Für Liv, Astrid und Ingrid Hustvedt

Eins

SIE beobachtete ihn seit drei Wochen. Seit Anfang Mai war sie jeden Morgen ans Fenster gegangen, um nach ihm zu schauen. Es war immer früh, kurz vor der Dämmerung, und soviel sie wußte, hatte er sie nie gesehen. Beim ersten Mal hatte Lily morgens die Augen geöffnet und einen Lichtschein entdeckt, der aus einem Fenster im Stuart Hotel gegenüber kam. Als sie näher hingegangen war, hatte sie ihn in dem leuchtenden Rechteck gesehen: einen schönen Mann vor einer großen Leinwand. Bei der Hitze nur im Slip, stand er eine Minute lang so still, daß er ihr unwirklich vorgekommen war. Aber dann hatte er angefangen, sich zu bewegen, hatte seinen ganzen Körper eingesetzt, um zu malen, und Lily hatte beobachtet, wie er sich streckte, sich bückte, nach vorn stieß und sogar vor der Leinwand niederkniete. Sie hatte beobachtet, wie er hin- und herlief, sich mit den Händen fest das Gesicht rieb und rauchte. Der Mann rauchte Zigarillos, die er sich, sobald er eine Pause machte, um nachzudenken, zwischen die Zähne klemmte. Und manchmal, wenn er einfach nur rauchte, nickte er dem Gemälde zu, als spräche er mit ihm. Lily hatte die Linien seiner Muskeln studiert, das helle Braun seiner Haut und wie sie im Licht schimmerte, aber sie hatte nicht gesehen, was er malte. Die Vorderseite der Leinwand war immer unsichtbar für sie gewesen.

Die Division Street war breit und baumlos. Das Zimmer des Mannes lag mindestens zwanzig Meter von Lilys Zimmer entfernt, und sie hatte ihn noch nie von näherem gesehen. Was genau sie davon erwartete, daß sie ihn beobachtete, wußte sie nicht, aber es spielte kaum eine Rolle. In Wahrheit konnte sie sich an dem Mann nicht satt sehen, und an den Tagen, wo er nicht ins Bett ging, sondern aufblieb und bis nach Tagesanbruch arbeitete, hatte sie sich zwingen müssen, ihre Vorhänge zuzuziehen und vom Fenster wegzugehen.

An diesem Morgen regnete es jedoch stark, und Lily konnte ihn nicht richtig sehen. Sie streckte den Kopf aus dem Fenster und schaute blinzelnd in seine Richtung. Regen prasselte ihr ins Gesicht, und Wasser floß in Schlieren an seinem geschlossenen Fenster hinunter, so daß sie nur einen verschwommenen, sich hin- und herbewegenden Körper ausmachen konnte. Und dann, bevor sie begriff, was geschah, ging der Mann zu seinem Fenster, riß es auf und lehnte sich in den Regen hinaus. Lily tauchte unter das Fensterbrett und kauerte sich auf den Boden. Mit klopfendem Herzen und erhitzten Wangen lauschte sie dem Rauschen des Wassers in der Dachrinne. Sie war ein furchtbares Risiko eingegangen, als sie sich derart hinauslehnte. Vorher hatte sie immer ein bißchen mit sich geschimpft, daß sie ihn bespitzelte, aber der Gedanke, nun dabei ertappt worden zu sein, erfüllte sie mit plötzlicher, brennender Scham. Sonst war sie so vorsichtig gewesen, hatte sich, nur die Augen über dem Fensterbrett, neben ihr Fenster geduckt, hatte darauf geachtet, daß im Zimmer kein Licht brannte, und wenn sie es anmachte, um zu duschen oder sich anzuziehen, hatte sie ihre Vorhänge fest geschlossen gehalten.

Lily wußte, daß der Mann Edward Shapiro hieß. Obwohl sie noch nie ein Wort gewechselt hatten, hatte sie einige Fakten über ihn erfahren und eine Menge Klatsch über ihn gehört. Sie wußte zuverlässig, daß Edward Shapiro ein Jahr als

«Gastkünstler» am Courtland College verbracht hatte. Sie wußte, daß er am Ende seines letzten Semesters, statt nach New York zurückzukehren, beschlossen hatte, in Webster zu bleiben, und daraufhin ein Zimmer im Stuart Hotel gemietet hatte. Daß seine Frau, die mit ihm auf dem Campus gewohnt hatte, irgendwann im März ihre Sachen gepackt und ihn verlassen hatte, hielt sie auch für eine Tatsache. Alles übrige war Gerede. Eine Menge Leute wollten wissen, was er in einer Absteige wie dem Stuart machte, einem so schäbigen Hotel, daß es nicht einmal Frauen aufnahm. Die fünf oder sechs alten Knacker, die dort wohnten, waren ein trauriger Haufen; Lily kannte die meisten von ihnen. Das Hotelrestaurant war geschlossen gewesen, solange sie zurückdenken konnte, obwohl man das entsprechende Schild nie entfernt hatte, und fast jeden Morgen schlurften die Männer einer nach dem anderen über die Straße, um im Ideal Café zu frühstücken, wo Lily sie sechs Tage in der Woche bediente. Sie hatte gehört, Edward Shapiro sei arm, er habe sein Einkommen am College beim Baseball verwettet, und sie hatte gehört, er sei reich, aber zu knauserig, um ein anständiges Zimmer zu mieten. Sie hatte gehört, seine Frau habe ihn verlassen, weil er spielte, und sie hatte gehört, sie habe ihn verlassen, weil, wie Lester Underberg es kaum eine Woche zuvor im Café ausgedrückt hatte, «er seinen Schwanz nicht in der Hose lassen konnte». Lester wußte «aus sicherer Quelle», daß Shapiro eine schöne rothaarige Studentin in seinem Büro «genagelt» hatte, während mit voller Lautstärke Verdi lief. Lester zufolge war Shapiro während seiner Zeit am College in seinem Büro von Dutzenden junger Opernliebhaberinnen besucht worden, aber in Wirklichkeit konnte man Lester nicht trauen. Er sammelte Schmutz über alle und jeden, und Lily hatte ihn schon mehrmals bei den faustdicksten Lügen ertappt. Mit Edward Shapiros Vorliebe für Opern hatte Lester allerdings recht. In den letzten Wochen hatte sie in manchen Nächten Musik aus seinem Zimmer kommen hören, und zweimal waren die Stimmen so laut gewesen, daß sie davon aus dem Tiefschlaf aufgewacht war. Trotzdem ging ihr die Geschichte mit der Rothaarigen nicht aus dem Kopf, und sie fügte ihr dauernd Einzelheiten hinzu, die Lester ausgelassen hatte. Sie stellte sich Shapiro und das Mädchen vor, sah es mit gespreizten Beinen, den Rock bis zur Taille hochgeschoben, auf einem Schreibtisch liegen und den Mann, bis auf den offenen Reißverschluß vollständig bekleidet, über ihr. Wieder und wieder hatte sie die Szene im Geist zu Ende gespielt, hatte Papiere durcheinandergeraten und Bücher vom Schreibtisch fallen sehen, während der Mann es mit seiner Studentin trieb. Sie hatte auch im Fenster des Mannes nach Frauen Ausschau gehalten, aber falls ihn welche besuchten, blieben sie nie über Nacht. Das schmale Eisenbett, das in der hinteren rechten Ecke seines Zimmers stand, war morgens zweiundzwanzigmal hintereinander leer gewesen.

Lily hatte Angst, sich zu rühren, aber dann spähte sie doch ganz vorsichtig über das Fensterbrett. Shapiros Fenster war dunkel, und sie spürte, daß ihre Schultern erleichtert herabsanken. Als sie die Vorhänge zuzog, hörte sie in der Wohnung nebenan Schritte. Mabel ist auf, dachte sie. Mabel Wasley schlief sehr wenig, und die Wand zwischen den zwei Räumen war nicht dick genug, um auch nur das leiseste Geräusch zu dämpfen. Tag für Tag hörte Lily die alte Frau herumgehen, mit Papier rascheln, Kommoden und Schränke öffnen und schließen, mit Geschirr klappern, husten, murmeln, die Wasserspülung bedienen, und den ganzen Nachmittag bis tief in die Nacht hörte sie Mabel tippen. Was genau sie schrieb, war Lily nie klargeworden, obwohl die Frau es ihr einmal erklärt hatte. Das ungeheuer dicke Manuskript war eine Art Autobiographie, in der es auch um Träume und ihr Einwirken auf den Alltag ging, aber immer wenn Mabel über das Buch sprach, fand sie kein Ende und gebrauchte Wörter, die Lily nicht verstand, und manchmal, wenn sie besonders aufgeregt war, wurde ihre Stimme sehr laut, bis sie fast schrie, weshalb Lily das Thema ungern ansprach. Neun Monate lang hatte Lily allein über dem Ideal Café gewohnt. Sie hatte das Zimmer ein paar Tage nach ihrem High-School-Abschluß gemietet, und als Mabel Anfang März einzog, hatte Lily sich über die Gesellschaft gefreut, obwohl sie hin und wieder den Eindruck hatte, daß Mabel etwas verbarg. Niemand wußte viel über sie, dabei hatte sie zwanzig Jahre am Courtland College gelehrt. Gerüchte besagten, sie sei mehrmals verheiratet gewesen, bevor sie nach Minnesota kam, aber Mabel hatte nie einen Ehemann erwähnt, und obwohl sie sehr nett war, war sie auch förmlich, und diese Förmlichkeit verbot jedes Aushorchen.

Lily setzte sich an den Tisch, an dem sie aß und sich schminkte und alles andere tat, wobei man sitzen muß. Darüber hatte sie ihren Spiegel gehängt, und nun sah sie darin ihr eigenes müdes Gesicht und das von Marilyn Monroe auf dem Poster, das sie hinter sich an die Wand geheftet hatte. Boomer Wee hatte einmal gesagt, sie sehe aus wie Marilyn, nur dunkelhaarig, und obwohl Lily wußte, daß es nicht stimmte, gefiel ihr die Vorstellung. Sie beugte sich zum Spiegel vor, senkte die Augenlider, öffnete leicht die Lippen und drückte ihren Busen zusammen, so daß über ihrem weißen BH ein langer Spalt entstand. Sie sah wieder zu Marilyn hin, und dann hörte sie es klopfen.

«Es ist offen», sagte sie mit vom Schlaf heiserer Stimme.

Ohne sich umzudrehen, sah sie im Spiegel Mabel eintreten. Die alte Frau ging schnell, ihr langer Morgenmantel schleifte über den Boden. Sie blieb neben dem Stuhl stehen.

«Tut mir leid, wenn ich störe, aber ich wollte dich noch vor der Arbeit erwischen und dich fragen, wie es mit dem Theaterstück läuft, und dir sagen, daß ich dir helfen könnte, falls du immer noch Probleme mit der Rolle hast. Du weißt ja, ich hab den ‹Sommernachtstraum› fast dreißig Jahre lang gelehrt, und heute nacht ist mir eingefallen, daß ich ihn mit dir einüben könnte. Hermia ist wirklich eine wunderbare Rolle, und du bist die perfekte Besetzung. Was meinst du?» Mabel trug diese Rede schnell und kurzatmig vor und richtete sie an Lilys Spiegelbild, wobei sie ostentativ mit den Händen fuchtelte, und einmal streiften ihre Finger über Lilys Kopf. Dann ließ sie die Hände sinken und legte sie leicht auf Lilys Schultern. Eine Weile waren beide still, und Lily starrte auf ihre Gesichter im Spiegel, auf das von Marilyn zwischen ihnen und fand, daß sie drei zusammen eigentümlich aussahen. Mabels herzförmiges kleines Gesicht mit den tiefen Falten auf der Stirn und um Augen und Mund hatte einen intensiven Ausdruck, der sowohl Verachtung wie Konzentration bedeuten konnte. Marilyn lächelte ebensowenig, aber ihre Lippen waren geöffnet, damit man ihre Zähne sah, und ihre Finger drückten das Fleisch ihrer rechten Brust ein. Etwas war zu vollkommen daran, wie sie drei in dem Spiegel gerahmt waren, und das störte Lily. Es rief den ärgerlichen Eindruck einer Reglosigkeit hervor, die sie unversehens an Lebendes und Totes denken ließ, und sie zuckte mit den Schultern, um sich von Mabels Berührung zu befreien.

«Montag nach der Arbeit wäre gut. Ich brauche Hilfe. Ich kann meinen Text, aber oft weiß ich nicht, was er bedeutet.»

Die Frau ergriff ihre Hände. «Vorher trinken wir Tee.»

Mabels Freude irritierte Lily aus irgendeinem Grund, und sie sagte nichts mehr.

Mabel ging. Statt sich zu verabschieden, rezitierte sie einige Verse aus Lilys Rolle in dem Stück: «Die Nacht, die uns der Augen Dienst entzieht». Lily sah, wie Mabel einen Finger an ihr Ohr legte. «Macht, daß dem Ohr kein leiser Laut entflieht. / Was dem Gesicht an Schärfe wird benommen, / Muß doppelt dem Gehör zugute kommen.»

Die Stimme der Frau klang dünn und alt, aber ihr Vortrag zeugte von einer Einfühlung und einem Verständnis, die Lily, wie sie wußte, völlig fehlten. Deshalb hat sie das gemacht, dachte sie, um mir zu zeigen, wie natürlich und gut sie ist. Hatte Mrs. Wright ihr nicht gerade das bei der Probe gesagt? «Sprich einfach mit deiner normalen Stimme», und Lily hatte gedacht: Was ist denn meine normale Stimme?

DIE frühen Gäste, die im Ideal Café eintrudelten, waren lauter Männer, lauter Stammgäste, und keiner von ihnen hatte viel zu sagen. Zwischen fünf und sechs war es im Lokal ziemlich still. Die Männer, die in dieser ersten Stunde kamen, hatten keine Frauen oder Freundinnen; jeder einzelne hätte, wenn er gewollt hätte, eine Geschichte erzählen können, von einem Unfall, Tod, Pech oder einer Marotte, die ihn zu dem gemacht hatten, was er jetzt war: ein einsamer Mensch, der bei Tagesanbruch ankam, um in einem Raum voll anderer einsamer Menschen, die allein vor ihrem Frühstück saßen, allein zu frühstücken.

Als erster kam gewöhnlich Pete Lund, nachdem er auf seiner großen Farm östlich der Stadt schon einiges erledigt hatte. Petes Frau war ein paar Jahre zuvor an Brustkrebs gestorben, und er hatte sich angewöhnt, im Lokal zu essen. Als Lily vor einem Jahr angefangen hatte zu arbeiten, hatte er seine Bestellung laut aufgegeben, und sie galt noch immer: eine Tasse schwarzen Kaffee, Rühreier und drei Scheiben helles Toastbrot mit Erdbeermarmelade, ja kein Traubengelee. Seither hatte er sich nicht mehr die Mühe gemacht zu sprechen. Als Lily an seinen Tisch kam, nickte er ihr zu, und sie schrieb die Bestellung auf. Harold Hrdlicka, der die alte Muus-Farm gekauft hatte, nahm Spiegeleier mit Bratkartoffeln, und Earl Butenhoff aus dem Stuart Hotel aß vor seinen Eiern – einmal kurz gewendet – eine Schüssel Cornflakes und genehmigte sich zum Abschluß eine dicke, gewöhnlich schon halb aufgerauchte billige Zigarre, die er in seiner Hemdtasche hatte. An diesem Morgen waren um halb sechs alle da, jeder saß in seiner Nische und wartete auf das Frühstück. Pete glotzte auf Vinces Sammlung halbwegs antiker Blechspielzeuge. Harold las den «Webster Chronicle», und Earl musterte die Tischplatte, unterbrochen von wiederholtem Räuspern, bei dem er gelben Schleim in ein riesiges schmutziges Taschentuch spuckte, das er jedesmal aus der Hosentasche zog. In der Küche konnte Lily Vince leise «Anything Goes» singen hören. Sie hörte den Regen draußen und roch Schinken und Wurst auf dem Grill, und von der Straße kam der Geruch von nassem Pflaster, Gras und von etwas, was sie für Würmer hielt, die über den Bürgersteig krochen, und während sie mit ihrer Kaffeekanne von Tisch zu Tisch ging, fühlte sie sich glücklich und summte leise mit Vince mit.

Martin Petersen kam gegen sechs ins Café, setzte sich an seinen üblichen Platz in der Nische am Fenster und begann Lily anzustarren. Jedesmal wenn er zum Frühstück kam, starrte er sie an. Sie war das gewohnt, nicht nur von Martin, sondern von vielen Leuten. Sie hatte Zahnspangen, Brüste, die nicht wachsen wollten, und einen Ruf als Wildfang überlebt, aber als sie vierzehn wurde, hatte sich das alles geändert, und jetzt, fünf Jahre später, hatte sie sich an ihr Aussehen und das damit verbundene Angestarrtwerden gewöhnt. Manchmal mochte sie es und manchmal nicht, aber sie hatte gelernt, so zu tun, als bemerke sie es nicht. Doch Martin war anders. Er musterte sie immer so ruhig und ostentativ, als wäre es sein Job, sie anzusehen, und weil sie nicht dahinterkam, was diese langen, starren Blicke zu bedeuten hatten, bereiteten sie ihr ein wenig Unbehagen. Gleichzeitig fühlte sie sich seltsam zu Martin hingezogen. Er war geheimnisvoll. Sie hatte das Gerücht gehört, er sei schwul, und das Gerücht, er sei gar nicht interessiert an Sex. Im Konfirmationsunterricht hatte ihr Linda Haugen einmal zugeflüstert, Martin sei «als beides geboren», und die Mädchenhälfte habe man entfernt. Aber das war bestimmt Unsinn. Martins Geheimnis lag nicht in seinem Körper, aber es lag auch nicht in seinem Geist. Etwas Eigenartiges ging von ihm aus – die Aura eines verborgenen Wissens oder sechsten Sinns, die Lily manchmal das Gefühl vermittelte, er sähe sie aus großer Entfernung an, obwohl sie nur Zentimeter von ihm entfernt war.

Lily konnte sich an keine Zeit erinnern, in der sie Martin Petersen nicht gekannt hatte. Das Haus, in dem er aufgewachsen war und noch immer lebte, lag nicht weit weg von Lilys eigenem Elternhaus am Stadtrand, und sie und Martin hatten manchmal im Wald oder am Bach zusammen gespielt. Damals hatte er noch schlimmer gestottert als heute. Ein paarmal hatte sie ihn zum Spielen zu sich nach Hause mitgenommen, aber Martins Haus hatte sie nie betreten. Mit seinem Vater hatte irgend etwas nicht gestimmt, und was immer es war, es hatte Lilys Mutter nervös genug gemacht, daß sie sich niemals dazu äußerte. Als Lily acht Jahre alt war, hatte Martins Vater, Rufus Petersen, seinen Hund getötet, eine hochträchtige Hündin. Er hatte sie erschossen und den Kadaver unten am Bach liegenlassen, wo Lilys Vater die arme Kreatur gefunden und samt ihren ungeborenen Welpen begraben hatte. Lily erinnerte sich an das Blut der Hündin auf dem Hemd ihres Vaters, und sie erinnerte sich daran, daß er Rufus Petersen ungewohnt heftig verflucht hatte. Danach hatte sie seltener mit Martin gespielt, aber er fuhr mit demselben Schulbus, und sie erinnerte sich, daß er wegen seines Stotterns erbarmungslos gehänselt wurde. Einmal hatten Andy Feenie und Pete Borum ihn hinter der Longfellow School verprügelt, und sie erinnerte sich, daß er heulend um den Klinkerbau herumgekommen und aus seiner Nase Blut auf sein Hemd getropft war. In der High-School hatte Martin sich meistens abgesondert, und er und Lily hatten nicht viel miteinander geredet, aber sie hatte sich ihm irgendwie verbunden gefühlt, und manchmal waren sie sich zufällig am Bach begegnet, wohin Martin seinem Zuhause entfloh, um zu lesen und allein zu sein. Inzwischen hatte sein Vater die Familie verlassen, seine junge Mutter, die nicht mehr jung aussah, hatte Leukämie, und seine beiden älteren Geschwister sorgten für sich selbst und verwilderten, wie manche sagten. Mrs. Petersen starb, als Martin in der letzten Klasse der Junior-High-School war, und es hatte irgendwelche Schwierigkeiten mit dem Jugendamt gegeben. Harte Schläge, dachte Lily, einer nach dem anderen. Die Geschwister waren weggezogen, aber Martin war im Elternhaus geblieben und lebte von gelegentlichen Handwerksarbeiten. Es hieß, er mache das sehr gut. Zuverlässig und ehrlich, sagten die Leute und riefen ihn dauernd, um dies oder das zu reparieren, um etwas anzustreichen oder zu zimmern, und Lily hatte den Eindruck, daß das Leben jetzt, da er erwachsen war, besser für ihn lief.

Martin wollte immer das gleiche Frühstück – verlorene Eier auf Toast –, aber im Gegensatz zu Lilys anderen frühen Gästen gab er sich nicht mit wortkargen Gesten zufrieden. Es genügte nicht, «Das Übliche?» zu sagen und ihn nicken zu lassen. Martin wollte sich austauschen. Doch anstatt eine Bestellung zu stammeln und nervös zu werden, trommelte er mit den Fingern rhythmisch auf die Tischplatte – rat-ta-ta-tat –, und Lily antwortete ihrerseits mit zweimaligem Klopfen: tat-tat. Die Trommelei hatte angefangen, kurz nachdem Lily im Café zu arbeiten begonnen hatte, und in gewisser Weise waren sie dadurch wieder Freunde geworden. Niemand sonst war eingeweiht. Die Trommelzeichen waren ihre ganz eigenen kleinen Zeichen, und Martin schien so glücklich, sein Frühstück in einem Code zu bestellen, daß Lily ebenfalls glücklich darüber war.

Auch an diesem Morgen hielten sie sich an ihr Ritual. Martin trommelte auf den Tisch.

Lily klopfte mit dem Zeigefinger zweimal auf die Tischkante und sagte: «Kommt sofort, Spinnweb.»

Martin hatte die kleine Rolle des Spinnweb im «Sommernachtstraum» ergattert, und Lily fand es nett, darauf anzuspielen, obwohl sie sich fragte, ob Mrs. Wright es mit der Nächstenliebe nicht ein bißchen zu weit getrieben habe, indem sie eine wenn auch noch so kleine Rolle mit Martin besetzte. Lily hatte noch nie mit Martin zusammen geprobt. Bisher war nur mit den Hauptdarstellern gearbeitet worden, doch konnte man sich Martin schwer in irgendeiner Rolle vorstellen, geschweige denn als Elfen.

Als sie seine Bestellung in der Küche an Vince weitergab, beugte sich der dicke Mann über den Herd und sagte: «Wo ist die Beerdigung? Es ist so still da drin, daß man denken könnte, ich würde für einen Haufen Leichen kochen.»

Lily grinste und schüttelte den Kopf. «Das sagst du jeden Morgen, Vince. In einer Stunde wird es lauter. Das weißt du doch.»

«Das ist vielleicht ein totes Nest hier, Puppe. Das Aufregendste, was hier passieren kann, ist doch, daß einer von diesen alten Lutheranern einen Furz läßt.»

Lily lächelte Vince an. Er hatte an diesem Morgen gute Laune, und sie war dankbar dafür. «Warum gehst du dann nicht zurück nach Philadelphia, wenn es da so ideal ist», sagte sie und nahm den Teller arme Ritter für Mike Fox mit. «Muß toll sein – Leute, die sich auf der Straße abknallen, Überfälle, Taschendiebstahl. Ich lese Zeitung, Vince. Klingt paradiesisch.» Sie ging rückwärts durch die halbhohe Schwingtür.

Vince zeigte mit seinem Spatel auf sie. «Wenigstens sprechen die Leute da mit einem, bevor sie einen abknallen!»

Mit Mikes Teller in der Hand blieb Lily hinter der Theke stehen. Sie spürte, daß Martin sie beobachtete, und schaute kurz zu ihm hinüber. Sein ruhiges Gesicht war aufmerksam auf sie gerichtet. Vielleicht hat er etwas für mich, dachte sie und stellte Mikes Teller auf die Theke neben die sechs Zigaretten, die er schon vor sich auf dem Resopal aufgereiht hatte.

«Dein Frühstück ist da, wenn du fertig bist, Mike», sagte sie.

Mike blickte zu ihr auf und schob sich eine lange blonde Haarsträhne hinters Ohr, bevor er sich eine neue Zigarette zwischen die Zähne steckte. Lily beobachtete, wie er sie anzündete. Seit einem Jahr, sechs Tage in der Woche, sah sie Mike das gleiche Ritual absolvieren. Die Aufgabe erforderte ein ganzes Päckchen Kent, und wenn er fertig war, fand Lily jedesmal eine Reihe von zwanzig Zigaretten auf der Theke, eine immer eine Haarbreite kürzer geraucht als die vorherige. Sie sah Mike an und war sich sicher, daß er seine Züge zählte, aber sie wußte, daß er auch nicht zu stark ziehen durfte, weil sonst der Glimmstengel zu schnell abbrannte. Er senkte die Zigarette in den schwarzen Aschenbecher und begann sie mit einer leichten Drehung von Handgelenk und Fingern auszudrücken. Als Mike diese vollkommen abgeschrägte Reihe von Kents zum erstenmal auf der Theke zurückgelassen hatte, hatte Lily sich gescheut, sie wegzuwerfen. Aber Bert hatte gesagt: «Wenn er fertig ist, liegt ihm nichts mehr dran. Du kannst das Meisterwerk einfach in den Müll werfen. Morgen macht er ein neues.»

Lily ging in die Küche, um Martins Frühstück zu holen, und Vince redete da weiter, wo er aufgehört hatte. «Und weil in dieser Scheißstadt nicht geredet wird, gibt es auch keinen richtigen Sex. Schon mal drüber nachgedacht, Puppe? Sieh dir doch die Frauen in dem Kaff an, kaum eine mit einem Fünkchen Cha-Cha-Cha. Im Winter sind alle in diese grausigen Daunenjacken gehüllt, und im Sommer tragen sie Sackkleider. Lippenstift ist Sünde. Schmuck ist Sünde.» Das Gesicht des Mannes war gerötet. Er hatte Hängebacken, die bebten, wenn er den Kopf bewegte.

Lily schnappte sich Martins Teller. «Es gibt eine Menge Sex in dieser Stadt, Vince. Sei nicht albern.»

«Ja, aber keinen, der Spaß macht. Das ist ein großer Unterschied.»

Lily seufzte. «Ach, komm.»

«Du kennst dich eben nicht aus, Baby. Ich will dir mal was sagen.» Er streckte die Arme zur Seite und schob seine gewaltigen Hüften vor und zurück. «Sex ist Schmusen in einer schummrigen Bar mit einer Jazzband und einem Mädchen, dem man ansieht, daß es ihm Spaß macht. O Süße, die Nächte, in denen ich von Sandra Martinez träume!» seufzte er.

«Was du nicht weißt, du Großstadtpflanze», sagte Lily, «ist, daß es in einem Maisfeld genauso heiß hergehen kann wie in einem Jazzclub. *Du* kennst dich eben nicht aus.» Sie rollte kokett die Schulter.

Vince öffnete den Mund und tat so, als sei er schockiert. «Na aber, Lily Dahl», sagte er, «du kleiner Satansbraten.»

«Erzähl mir bloß nie, ich hätte keinen Cha-Cha-Cha», sagte Lily im Hinausgehen und hörte Vince etwas vor sich hin brummen.

Der Regen hatte aufgehört, und die Division Street sah heller aus. Als sie den Teller vor Martin abstellte, blickte er mit seinem ernsten Gesicht aus großen Augen zu ihr auf, und sie entsann sich wieder, wie hell seine Iris war, blaßblau, eine Farbe, die ihr das Gefühl gab, sie könne durch sie hindurchsehen. Im Weggehen spürte sie einen dumpfen Krampf im Unterleib. Sie hörte die Fliegendrahttür aufgehen, und als sie sich nach dem Geräusch umdrehte, sah sie die Bodler-Brüder ins Café schlurfen. Sie seufzte, aber nicht so laut, daß sie es hören konnten, und beobachtete, wie sie zu der Nische hinten gingen, direkt vor der Toilette mit dem von Vince aufgehängten Schild, auf dem ENTWEDER / ODER stand. Wenn sie bloß nicht so schmutzig wären, dachte Lily, während sie auf die Dreckspur blickte, die die Männer auf dem Fußboden hinterließen. Wenn nur ihre Stiefel schmutzig wären und nicht ihre Arme und Beine, Köpfe und Hintern und jeder Quadratzentimeter an ihnen. Sie blieb vor dem Tisch der Bodlers stehen und zog ihren Bestellblock heraus. Sie schaute von Filthy Frank zu Dirty Dick und wieder zu Filthy Frank. Die alten Ferkel waren dreckig wie immer, nur feuchter. Lily konnte Wasserspuren auf ihren Wangen sehen, wo es draufgeregnet hatte. Sie trommelte mit der Fußspitze und wartete. Frank würde bestellen. Er bestellte immer. Dick sagte nie ein Wort. Die Bodlers waren eineiige Zwillinge, die sich im Laufe vieler Jahre unterschiedlich entwickelt hatten. Niemand hatte das geringste Problem, sie auseinanderzuhalten. Dicks Körper ähnelte Franks, wiederholte ihn aber nicht. Schwächer, kahler und formloser, war Dick eine verwässerte Kopie seines Bruders.

Alles, was sie anfaßten, wurde schwarz. Lily warf einen Blick auf Franks Hände. Sie sah schon die Schmutzflecken auf dem weißen Tisch.

«Na, was darf's sein?» sagte sie.

Keiner der beiden Männer regte sich oder zuckte auch nur mit der Wimper.

Sie beugte sich näher zu Frank und zog die Augenbrauen hoch. Er roch nach Erde.

Der Mann öffnete den Mund und entblößte lückenhafte braune Zähne. Dann kam ein gutturales Knurren: «Zweimal Rühreier, Schinken, Toast, Kaffee.»

«Kommt sofort.» Lily drehte sich um und sah über Martins Kopf hinweg auf die Straße. Das Wetter hellte sich stetig auf. Martin las jetzt. Er brachte meistens ein Buch mit und las eine Weile, bevor er ging. Soweit Lily feststellen konnte, las

Martin, was immer ihm in die Finger kam. Er schien historische Bücher zu mögen, besonders über den Zweiten Weltkrieg, aber auch Romane – schlechte und anspruchsvolle –, Science-fiction und Ratgeber. Sie erinnerte sich, daß er mehrere Wochen lang «Anna Karenina» im Café gelesen hatte und gleich, als er damit fertig war, ein Buch über «Hundert Arten, auf dem Land Geld zu verdienen» angefangen hatte. Trotzdem stellte Lily sich vor, daß dieses viele Lesen sich positiv auswirken mußte. Er ist vermutlich gar nicht so dumm, dachte sie, und auf dem Weg in die Küche setzte sie sich mit der Tatsache auseinander, daß Martin einundzwanzig geworden und höchstwahrscheinlich noch Jungfrau war. Dieser Gedanke, diese Vorstellung von Unschuld bei einem jungen Mann, gefiel ihr. Zugleich tat Martin ihr leid.

Nur wenige Minuten später, als Lily den Bodlers ihr Frühstück brachte und ihnen Kaffee nachgoß, bemerkte sie die braune Einkaufstüte, die neben Frank auf der Bank stand, und fragte sich, was die Schmuddelzwillinge da wohl mit sich herumtrugen. Dann beobachtete sie, wie Frank nach seiner Tasse griff, und sah sich seinen Daumennagel an – eine dicke gelbe Schote –, und während sie den fetten, schmutzigen Nagel betrachtete, fiel ihr Helen Bodler ein.

Niemand zweifelte mehr daran, daß der alte Bodler seine Frau 1932 lebendig begraben hatte. Damals aber hatten die Leute gedacht, sie habe ihn und die Zwillinge verlassen. Bodler trank. Seine kleine Farm lief, wie viele andere, sehr schlecht, und es wurde vermutet, daß die Belastung ihn zum Wahnsinn getrieben habe. Lily erinnerte sich daran, daß ihre Großmutter ihr die Geschichte erzählt hatte, erinnerte sich, wie die Großmutter sich über das Wachstuch auf dem Küchentisch gebeugt und mit nervöser, aber fester Stimme gesagt hatte: «Helen hätte die beiden kleinen Buben nie im Stich gelassen und wäre nicht ohne ein Wort zu jemand davongelaufen. So war sie nicht. Ich kannte sie, und so eine war sie nicht. War auch eine ziemlich hübsche Frau. Die Leute meinten, sie wäre mit Ira Cohen, dem Hausierer, durchgebrannt. So ein Quatsch. Cohen hatte eine Frau und sechs Kinder in St. Paul. Wo hätte er sie denn hintun sollen? Hinten auf seinen Karren? Die ganze Sache stank von Anfang an zum Himmel.»

1950 wurde Helens Leiche gefunden. Die Zwillinge und ein anderer Mann, Jacob Hiner, gruben die alte Außentoilette auf dem Grundstück aus und stießen in der Nähe auf ihr Skelett. Da war Bodler schon seit elf Jahren tot. Seine beiden Söhne hatten in Europa gekämpft, waren heimgekehrt und hatten ihren Altwarenhandel angefangen. Lily wußte nicht genau, wann sie aufgehört hatten, sich zu waschen. Das Militär zwang zu Sauberkeit, also mußte es irgendwann nach 1945 gewesen sein, daß die Bodler-Zwillinge zu Filthy Frank und Dirty Dick geworden waren. Hätten sie geheiratet, wäre die grausige Geschichte ihrer Eltern vielleicht schneller in der Versenkung verschwunden, wäre mit Kindern und Enkeln in größere Ferne gerückt. Aber es gab keine neuen Bodlers. Was die Brüder empfunden hatten, als sie auf die in Panik erstarrten Gebeine ihrer Mutter gestoßen waren, deren Haltung davon zeugte, daß sie versucht hatte, sich aus ihrem Grab hinauszuscharren, wußten die Götter. Undurchdringlich wie Stein liefen die beiden herum, aßen und beschränkten ihr gegrunzten Äußerungen auf das Nötigste.

Als Lily aufblickte, sah sie Edward Shapiro auf der Treppe des Stuart Hotels stehen. Selbst aus dieser Entfernung konnte sie sehen, daß er zerknittert aussah, als wäre er gerade aus dem Bett gestiegen. Sie ging zum Fenster und blieb dort stehen. Sie beobachtete, wie der Mann sich am Bein kratzte, und sah zugleich aus dem Augenwinkel, daß Bert ins Café gefegt kam und die Fliegentür hinter sich zuschlagen ließ. Nachdem sie sich eine Schürze um die Taille gebunden hatte, schlenderte sie zu Lily herüber und sagte: «Na, wie läuft die Fron heute morgen?» Ohne eine Antwort abzuwarten, ließ sie den Blick über die Tische schweifen, nickte den Zwillingen zu und stöhnte theatralisch.

Lily nickte und drehte den Kopf nach rechts, damit sie den Mann auf der Treppe nicht aus den Augen verlor. Bert folgte ihrem Blick, und die zwei Frauen beobachteten ihn gemeinsam.

«Ein todsicherer Grund zum Seitensprung, wenn ich je einen gesehen habe.» Bert ließ ihren Kaugummi knallen. «Es passiert nicht oft, daß ich versucht bin, den alten Rog zu betrügen, aber bei dem da...», und ohne sich die Mühe zu machen, den Satz zu beenden, schüttelte sie den Kopf. Dann drehte sie sich zu Lily um und stieß einen Pfiff aus. «Der arme Hank kann sich ja auf was gefaßt machen.»

«Ich bin nicht mit Hank verheiratet, Bert.»

«Ach nein? Ich dachte, ihr wärt verlobt.»

«Nicht wirklich», sagte Lily und streckte ihre linke Hand aus. «Kein Ring, siehst du. Überhaupt, wer sagt denn, daß ich bei so einem Typ eine Chance hätte. Er muß mindestens dreißig sein, er ist Künstler und...»

«Schätzchen», fiel Bert ihr ins Wort, «mit einem Körper wie deinem hast du bei allem eine Chance, was männlich ist und lebt.» Sie machte eine Pause. «Sieh mal einer an, der große, dunkle Geheimnisvolle kommt zu uns.»

«Nein», sagte Lily. «Er kommt nie hierher.»

Aber Edward Shapiro schlenderte über die Straße auf sie zu, und Lily nahm die Kaffeekanne von der Heizplatte und goß Kaffee in Clarence Sogns Tasse, obwohl sie noch fast voll war, und danach wischte sie sich grundlos die Hände an ihrer Schürze ab, spürte ihr Herz schlagen und beschwor sich, nicht so blöd zu sein. Sie sah ihn nicht, aber sie hörte ihn zur Tür hereinkommen, und bei dem Geräusch straffte sie den Rükken und zog den Bauch ein. Gerade als sie sich umdrehte und ihn an der Theke sitzen sah, spürte sie etwas Träges, Warmes zwischen den Beinen und wußte, es war Blut. Scheiße, dachte sie. Ich kann's mir nie merken. Sie starrte Edward Shapiro von hinten an. Er saß vorgebeugt, und der Stoff seines blauen Arbeitshemds lag gespannt über seinen Schulterblättern. Sie ließ ihre Augen die hintere Naht seiner Jeans hinunterwandern, die im roten Bezug des Hockers verschwand, und sie konnte sein Gewicht beinahe spüren. Der Mann war schlank, aber die Vorstellung seiner Schwere erregte sie. Selbst wenn er mich gesehen hat, erkennt er mich nie wieder, sagte sie sich und beobachtete, wie Bert ihm eine Tasse Kaffee eingoß. Sie wünschte, sie wäre mit der Kaffeekanne auf der anderen Seite der Theke. Sie wünschte, sie müßte nicht wegen eines Tampons nach oben in ihr Zimmer laufen. Sie winkte Bert zu, verzog den Mund zu dem Wort «Tage», rannte nach hinten und durch die Tür zum Treppenhaus.

Als sie in ihrer Wohnung auf der Toilette saß, fand sie es wohltuend, die Beine ausruhen zu können. Ihre Jeans und ihre Unterhose lagen auf dem Boden, und sie blickte auf den Blutfleck im weißen Stoff der Unterhose, sein glänzendes Rot über dem Denim und dem stumpfen Blau der Fliesen. Sie wollte sich nicht bewegen, aber nach einigen Sekunden griff sie nach ihren Tampons, wickelte einen aus und schob ihn hinein. Sie sah hinunter auf den blauen Faden zwischen ihren Beinen, auf ihre bloßen Knie und die Linien der Knochen und hatte dieses plötzliche seltsame Gefühl, mehr Fühlen als Denken und Kindern vertrauter als Erwachsenen, daß sie nicht wirklich in dem Raum war, daß sie aus ihrem eigenen Kopf irgendwo anders hin versprengt worden war und daß alle Dinge, die sie ansah, nicht mehr sie selbst waren, sondern eine Art seelenloser Schwindel. Sie stand auf, um das Gefühl loszuwerden, und zog dann eine frische Unterhose und Jeans an.

Langsam öffnete sie die Hintertür des Cafés. Sie wollte von dort aus Edward Shapiro an der Theke betrachten, aber er war weg. Statt dessen sah sie Martin einen guten Meter vor sich neben dem Tisch der Bodlers stehen und in ebendiesem Augenblick Filthy Frank zwei Zwanzigdollarscheine geben. Eine halbe Minute später, und sie hätte die ganze Transaktion verpaßt. Frank nahm das Geld, fummelte an seiner schmierigen Hemdtasche herum und steckte die Scheine hinein. Dann gab er Martin die Tüte. Die Art, wie dieser die Tüte nahm, erschreckte Lily. Als er die Hand danach ausstreckte, zitterten seine Finger vor Erwartung, und er verdrehte die Augen nach oben, so daß seine Pupillen einen Moment lang verschwanden und sie nur noch das Weiße sah. Seine Lippen öffneten sich, und Lily hörte ihn ausatmen. Sie wußte nicht, was sie da beobachtet hatte, aber was immer in der schmutzigen Einkaufstüte war, es hatte Martin in einer Weise berührt, die sie verlegen machte. Sie litt für ihn, für seine Verschrobenheit, dafür, daß er sich nicht zu verhalten wußte, für diesen schrecklichen Gesichtsausdruck, der für ein Café viel zu intim war. Sie drückte die Tür auf, und in ihrer Eile, an ihm vorbeizukommen, streifte sie seinen Ellbogen. Verdammt, sagte sie sich, als sie sich vergewisserte, daß Shapiro wirklich und wahrhaftig verschwunden war. Sie spürte eine leichte Berührung auf ihrer Schulter, drehte sich um und sah Martin, der sie anstarrte. Er stotterte ihren Namen und sagte dann: «Ich lasse was für dich auf dem Tisch liegen.»

Sie schaute auf die Tüte, die Martin in der linken Hand hielt. «Ein Geschenk für mich?» Sie wußte genau, daß es das nicht war. Die Verärgerung über ihn hatte sie zu der Frage veranlaßt, und sie hörte einen scharfen Ton in ihrer Stimme.

Er schüttelte den Kopf, und sie wandte sich ab, um ihm nicht ins Gesicht sehen zu müssen.

Sie eilte zu Bert und sagte: «Na, wie ist er?»

Bert blickte auf. «Von wem sprichst du?» säuselte sie.

«Ach, hör auf. Erzähl mir Einzelheiten.»

«Er ist rein und raus wie der Blitz, aber nach der Minute, die er hier war, würde ich sagen, er ist wirklich Klasse, wirklich nett und überhaupt nicht eingebildet.»

«So?» sagte Lily. Sie glitt hinter die Theke und goß Matt Halvorsen Kaffee nach. «Habt ihr über irgendwas gesprochen?»

«Er hat gesagt, er nähme einen Doughnut.»

«Das ist tiefsinnig», sagte Lily.

«Ich sagte: ‹Welchen?› und zeigte auf den Kasten. Darauf meinte er, in New York dürfe man ihn sich nicht aussuchen, und ich sagte: ‹Tja, wir sind eben nicht in New York›, und er sagte, daß er das wüßte und daß er den ohne Loch nehmen würde, das sei mehr fürs Geld. Er hat seinen Kaffee in Null Komma nichts runtergekippt, hat sich den Doughnut geschnappt und ist zur Tür rausgerannt.»

Lily preßte die Lippen zusammen. «Seine Augen sind irgendwie ungewöhnlich, findest du nicht? Sie sind ein bißchen schräg. Ist dir das aufgefallen?»

Bert nickte. «Mandelförmig. Das ist was Besonderes, zumindest hier in der Gegend.»

«Was Besonderes ist der allerdings.»

Lily und Bert drehten den Kopf, um die Lauscherin ausfindig zu machen.

Ida Bodine kam mit ihrer Kaffeetasse in der Hand auf sie zu. Die winzige Frau trug ihr Haar zu einem Bienenkorb aufgetürmt, um die fehlenden Zentimeter auszugleichen.

«Feind hört mit», sagte Bert leise zu Lily.

«In seinem Zimmer geht irgendwas vor», sagte Ida. «Ich hab da Sachen gehört.»

«Was für Sachen?» sagte Lily.

«Rumsen, Quietschen. Schon mehr als einmal hab ich ihm

sagen müssen, er soll weniger Krach machen – da dröhnt immer die Opernmusik, daß einem glatt das Trommelfell platzt. Es ist mein Job als Nachtmanagerin, darauf zu achten, daß alles ruhig läuft, und dieser Mensch macht mir die Arbeit richtig zur Hölle.»

Nachtportier, meinst du wohl, dachte Lily. «So schlimm hört sich das für mich aber nicht an», sagte sie laut. «So ein bißchen Lärm.»

Den Blick auf Lily gerichtet, schlürfte Ida ihren Kaffee. «Das ist längst nicht alles. Ich hab Leute zu ihm reingehen sehen, wenn ich um sechs anfange zu arbeiten, und die kommen nicht etwa durch die Vordertür, sie gehen hinten auf der Flußseite rein und bleiben stundenlang bei ihm. Und sie sind nicht gerade das, was man nette Leute nennt.» Ida nickte.

«Ich finde, jeder Mensch hat das Recht, Besuch zu bekommen, von wem er mag», sagte Bert.

Ida sah Bert in die Augen, legte den Kopf schief und lächelte mit falscher Liebenswürdigkeit. «Auch von Tex?» sagte sie.

Lily musterte Ida, die ihre Tasse abgestellt und die Arme über der Brust verschränkt hatte. Es klang unwahrscheinlich. Sie rief sich das Bild des Hünen in Erinnerung – 1,95 groß, mit langen roten Koteletten, einer von zu vielen Schlägereien krummen Nase und einem dicken Bierbauch, der ihm über die Hose hing. Vince hatte ihm, einige Jahre bevor Lily als Kellnerin anfing, den Zutritt zum Ideal verboten, und sie begegnete ihm selten, aber Hank kannte ihn aus dem Stadtgefängnis, wo Tex manchmal in einer der zwei Zellen die Nacht verbrachte. Hanks Sommerjob als Telefonist bei der Polizei und Feuerwehr von Webster hatte ihn zum Experten für die Fehltritte des großen Rothaarigen gemacht. Seine Vergehen liefen zwar gewöhnlich auf nicht mehr als Ruhestörung hinaus, aber er störte die Ruhe ziemlich regelmäßig und trieb die Polizisten zum Wahnsinn. Tex' letztes Delikt hatte am vergangenen Donnerstag stattgefunden, als er draußen am Highway 19 durch die Tür des Gemeindehauses der Zeugen Jehovas getorkelt und mit Tarzangebrüll und nichts als einem getigerten Slip, einem Cowboyhut und -stiefeln bekleidet durch den Gang gewankt war.

«Ich würde sagen, Tex hat diesen Shapiro bestimmt acht- oder neunmal besucht, und das letzte Mal, daß ich ihn gesehen hab, kam er aus dem Zimmer und knöpfte sich das Hemd zu.»

Idas Gesicht zuckte vor Abscheu.

Bert starrte sie mit gespieltem Entsetzen an. «Also, Ida Bodine», sagte sie. «Wenn der Mann eine Schwuchtel ist, bin ich 'ne fünfäugige Außerirdische aus der nächsten Galaxis.»

Ida schnaubte. «Ich sag nur, was ich gesehen hab, sonst nichts.»

«Ach komm, Ida», sagte Lily. «Edward Shapiro hat am Courtland College gelehrt. Er hatte da eine gute Stelle –»

Ida unterbrach sie. «Seine Frau hat ihn verlassen, oder? Sie lassen sich scheiden.» Sie zischte das letzte Wort. «Und sag mir doch mal, wenn er so ein feiner Pinkel ist, 'n bedeutender Professor und so, was macht er dann im Stuart Hotel?»

Lily sah Bert an, dann wieder Ida. «Ich denke, er malt.» Ihr Ton war heftiger als beabsichtigt.

Ida zog die Augenbrauen hoch. «Du weißt ja, was über seine Bilder erzählt wird, oder? Es sind welche von Webster, und sie zeigen nicht gerade die Sehenswürdigkeiten. Ich glaub, er hat den Getreidesilo, die Bahngleise und die Müllhalde gemalt und sie richtig häßlich gemacht, um uns allen hier zu zeigen, daß wir ein Haufen Hinterwäldler sind.»

Lily hatte nur die Rückseite von Shapiros Gemälden gesehen, aber sie fragte sich, warum er Pleinair-Motive im Haus malen sollte.

«Wo hast du denn das her?» sagte Bert.

«Von hier und da», sagte Ida und kniff die Augen zusammen.

Lily beugte sich über die Theke zu Ida vor. «Und welches Gesetz besagt, daß er nicht malen kann, was er verdammt noch mal will?»

Ida zog den Kopf ein. «Na, wir tragen die Nase heute aber hoch», sagte sie. «Ich hoffe, du nimmst es nicht persönlich.» Die Frau zog ein Kleenex aus ihrer Handtasche und betupfte beide Mundwinkel damit. Es war eine Geste von absurder, übertriebener Weiblichkeit, bei der Lily am liebsten losgelacht hätte. Ida ließ das Taschentuch sinken und nahm es in beide Hände. «Was ich gern wissen möchte, Lily Dahl, ist, was du an diesem New Yorker Juden findest?»

Lily starrte Ida wütend an, sagte aber nichts. Bert warf ihr einen besorgten Blick zu. Dann knäulte Ida das Taschentuch in der Faust zusammen, nahm ihre Kaffeetasse von der Theke und ging an ihren Tisch zurück.

«Schwätzerin», sagte Bert.

«Er ist Jude», stellte Lily laut fest.

«Shapiro», sagte Bert. «Das ist ein jüdischer Name.»

«Ach», sagte Lily. Sie spürte, daß sie rot wurde, und fragte sich, warum Bert solche Sachen wußte und sie nicht. Sie sah auf die Uhr. Es ging auf sieben zu. Bald würde es einen weiteren Ansturm geben, wenn die Geschäftsleute auf einen Happen hereinkamen, bevor sie ihre Läden aufmachten. Lily ließ den Blick durchs Lokal schweifen. Sie hatte den Abgang der Bodlers verpaßt. «Lieber Gott, Bert, du hast den Ekeltisch saubergemacht?»

«Du bist mir also was schuldig.» Bert hob einen Stapel Teller hoch, dann deutete sie mit einer Kopfbewegung zur Tür.

Hank Farmer kam herein und lächelte Lily zu. Sein Gesicht sah ein wenig geschwollen aus, aber schließlich würde eine ganze Nacht auf dem Polizeirevier jeden fertigmachen. Er gab Lily einen schnellen Kuß auf die Wange, und statt sich aufzurichten, behielt er den Kopf auf gleicher Höhe mit ihrem und sagte: «Ich geh jetzt zum Schlafen nach Hause, aber ich würde dich später gern sehen. Einverstanden?»

Lily schaute in sein hübsches Gesicht. Es war so nah, daß sie die schwachen Narben der Pubertätsakne sehen konnte. Eine dunkelblonde Haarsträhne war ihm in die Stirn gefallen. Sie antwortete nicht, sondern sah an seiner Wange vorbei auf Martins leere Nische und betrachtete die spiegelverkehrten Buchstaben der Neonreklame im Fenster. Sie trat ein wenig zurück. «Ruf mich an», sagte sie. «Ich fühle mich nicht ganz wohl. Hab meine Tage.»

Hank nickte und küßte sie noch einmal. Sie beobachtete, wie er aus der Tür und über die Straße eilte. Er bewegte sich schön, und sie dachte, daß er von weitem besser aussah. Sie starrte durchs Fenster und spielte mit dem Bestellblock in ihrer Schürzentasche.

Bert sagte zu ihrem Rücken: «Ich weiß, daß du hier rechts und links mit Liebesdingen jonglierst, Lil, aber du solltest deinen Hintern lieber wieder zur Arbeit bewegen.»

Lily drehte sich gar nicht erst um. Sie wackelte mit den Hüften und sagte zu Bert: «Es ist sieben. Ich lasse mal eine Platte laufen, bevor du weißt schon wer uns zuvorkommt.» Sie blickte über die Schulter zur Jukebox und sah Boomer Wee aus der Küche kommen.

«Schneid ihm den Weg ab!» schrie Bert und versuchte, Boomer mit dem Arm aufzuhalten.

Lily sprang auf die Jukebox zu, aber Boomer war zu schnell für sie, und als sie hinkam, stand er schon über die Wähltasten gebeugt. Sein T-Shirt war am Rücken hochgerutscht und entblößte seine weiße Haut und seine knochige Wirbelsäule. «Wag es ja nicht, diesen Song zu spielen. Geh zurück zu deinem Abwasch!» zischte sie ihn an und versuchte ihn mit dem Ellbogen von der Jukebox wegzuschieben. «Du bringst mich um damit.» Aber Boomer sperrte sich, sie hörte das Klappern der Vierteldollars, das Klicken der Maschine, und dann begann Elvis «Blue Suede Shoes» zu singen.

«Du kleines Stinktier», sagte Lily zu Boomer, der schon auf dem Rückweg in die Küche war und unschuldig lächelte. Ich mochte es auch, bevor ich es sechstausendvierhundertachtundfünfzigmal gehört habe, dachte sie und ging in Martins Nische, um den Tisch abzuräumen.

Das schmutzige Gedeck und die Tasse waren aufeinandergestapelt und zur Seite geschoben worden, aber ordentlich in der Mitte lag eine weiße Serviette, und darauf stand in großen schrägen Buchstaben das Wort «Mund». Das war alles. Mund? dachte Lily. Ein dünner Sonnenstrahl lugte durch ein Loch in der Wolkendecke und fiel diagonal auf den Tisch. Lily nahm die Serviette und starrte sie an. Konnte dies das sein, wovon er gesprochen hatte, das, was er für sie auf dem Tisch liegenlassen wollte? Wie sonderbar. Die Tinte war in dem weichen Papier ausgelaufen. Lily schüttelte den Kopf, und dann, ohne zu wissen warum, blickte sie sich um, um festzustellen, ob jemand mitbekommen hatte, wie sie die Serviette las. Niemand zeigte das geringste Interesse. Sie zerknüllte die Papierserviette zwischen den Händen und steckte sie schnell in die hintere Tasche ihrer Jeans. Dann nahm sie den Stapel Geschirr vom Tisch und ging in die Küche.

LILY sagte Hank, er solle abends nicht kommen. Als sie ihm die Enttäuschung anhörte, fühlte sie sich mies, aber im Abendprogramm lief «Manche mögen's heiß», und sie wollte sich Marilyn allein ansehen. Hank hatte sie wegen Marilyn geneckt, hatte gesagt, sie sei besessen von ihr, und einmal, als sie versucht hatte, ihm ihre Gefühle für die Monroe zu beschreiben, hatte Hank während der ganzen Erklärung gegrinst. Danach hatte sie aufgehört, mit ihm oder sonst jemandem über Marilyn zu sprechen. Die Sache mit Marilyn hatte mit «Bus Stop» angefangen. Damals hatte Lily noch bei ihren Eltern gelebt. Es war vor der Krebsoperation ihres Vaters gewesen, bevor ihre Eltern nach Florida gezogen waren, um den Wintern zu entgehen, und sie war bis zwei Uhr morgens aufgeblieben, um sich den Film anzusehen. Die Jacke in der allerletzten Szene hatte den Ausschlag gegeben. Der Cowboy hatte sie ausgezogen und sie Marilyn um die Schultern gelegt, und als sie sich hineinkuschelte, hatte ihr ganzer Oberkörper sich bewegt und gebebt, als würde sie auf Wangen, Hals und Schultern geküßt, und als Lily Marilyns Gesicht auf dem Bildschirm betrachtet hatte, hatte sie das Gefühl gehabt, ein wunderbares und gefährliches Glück zu sehen, das so intensiv war, daß es fast weh tat. Die Szene hatte in ihr den sehnlichen Wunsch ausgelöst, Theater zu spielen, und am nächsten Morgen hatte sie ihren Eltern mitgeteilt, sie wolle Schauspielerin werden. Die hatten nicht viel dazu gesagt. Ihre Mutter hatte sie freundlich darauf aufmerksam gemacht, daß Schulaufführungen und wirkliches Theater ganz verschiedene Dinge seien, und ihr Vater hatte gesagt, als Magister der schönen Künste könne man alles werden. Aber dank Marilyn hatte Lily die Schauspielerei mit anderen Augen gesehen, und sie hatte sich gefragt, ob man damit dem Wesen der Dinge nicht ganz nahe kommen könne, ob schauspielern einen der Welt nicht eher näherbringe als von ihr entferne.

Nach «Bus Stop» stieß Lily überall auf Marilyn Monroe: in Zeitschriften, Boulevardzeitungen, Comic-Heften, auf T-Shirts und Aufklebern, auf Postern und Fahnen. Sie entdeckte kleine Keramik-, Metall- und Gummifiguren von ihr und sah ihr Gesicht und ihren Körper als Verzierung auf Aschenbechern, Tassen, Stiften und Uhren. Aber für Lily waren diese Ikonen nicht mehr als grobe Annäherungen an die Person auf dem Bildschirm, billige, anzügliche Darstellungen von etwas Intimem, fast Heiligem, und sie mied sie. Ihr Poster hatte sie sich sorgfältig in einem Geschäft in Minneapolis ausgesucht, wobei sie sich gegen das berühmte Foto aus «Das verflixte siebente Jahr», auf dem Marilyn über dem U-Bahn-Schacht steht und ihr das Kleid über den Schenkeln hochfliegt, und für ein weniger bekanntes entschieden hatte. Sie hatte sich damals auch eine Biographie gekauft und begierig angefangen zu lesen, um unter den Einzelheiten aus Norma Jeans Leben das Geheimnis zu finden, das sie in dem Film erspäht hatte, aber nach etwa hundert Seiten war ihr klargeworden, daß es nicht drinstand, und sie hatte aufgehört zu lesen.

Als Lily abends im Bett lag und sich «Manche mögen's heiß» ansah, lachte sie laut über die als Frauen verkleideten Männer und lauschte Marilyns Stimme, ihrem zögernden Sprach- und Atemrhythmus, und gegen Ende betrachtete sie eingehend das Kleid, das Marilyn trug. Es war wie ein Teil ihres Körpers, entschied sie, eigentlich gar kein Kleid, sondern eine magische Filmrobe, wie Lily sich vorstellte, selbst eine zu tragen, nicht in Webster natürlich, sondern in einer fernen Stadt wie Los Angeles, New York oder Paris, wo Frauen mit so gut wie nichts an aufreizend in Clubs und Bars schreiten. Sie lächelte vor sich hin und biß in das Milky Way, das sie sich eigens für den Film gekauft hatte.

Danach versuchte sie einzuschlafen, konnte es aber nicht. Edward Shapiros Fenster waren dunkel, und sie fragte sich, wohin er gegangen war. Durch die Wand hörte sie, wie Mabel sich die Nase schneuzte und wieder mit dem Tippen anfing. Eine Nummer von «Glamour» lag auf dem Nachttisch, und Lily griff danach. Sie blätterte sie durch, starrte die Kleider an, die sie sich nicht leisten konnte, und dann hielt sie inne, um eine Überschrift zu lesen: «Was will der Mann von der Frau?» Es war eine Umfrage. Lily warf die Zeitschrift beiseite und sagte flüsternd ihre Textzeilen auf. «Lysander auch.» Sie schloß die Augen. «Oh, säh' mein Vater nur mit meinen Augen!» Sie machte eine Pause. «Ich bitt' Euch, gnäd'ger

Fürst, mir zu verzeihn. / Ich weiß nicht, welche Macht mir Kühnheit gibt.» Eine Brise wehte durchs offene Fenster herein, und die frische Luft verschlimmerte ihre Ruhelosigkeit. Ich könnte ins Rick's hinübergehen und ein Bier trinken, dachte sie. Hank fiel ihr ein, und sie war bekümmert, und dann, nachdem sie die Hand in ihre Jeans gesteckt hatte, legte sie sie zum Trost auf ihr Geschlechtsteil und schlief angezogen ein.

Mitten in der Nacht wachte sie auf und glaubte, in der Ferne Stimmen singen zu hören. Dann schlief sie wieder ein. Um neun Uhr hörte sie die Glocken von St. John's und schlug die Augen auf. Sie hatte geträumt, und die Sonntagsglocken hatten sich in ihren Traum eingeblendet, von dem sie alles vergessen hatte, außer daß er nicht angenehm gewesen war, weil das wiederholte Geläute sie störte. Sie konnte fast das eintönige Murmeln der Gemeinde hören, diesen hohlen, gequälten Ton, mit dem Leute zum Unsichtbaren zu sprechen pflegen, nur unterbrochen von gelegentlichem Husten oder dem Schreien eines Babys. Während sie aus dem verschwommenen Traum auftauchte, sah sie Pastor Carlsens Gesicht mit seinem notorisch aufrichtigen Ausdruck vor sich – einer verworrenen Mischung aus Mitleid und Schuldgefühlen. Dieser Ausdruck hatte sie immer geärgert, nicht weil sie ihn heuchlerisch fand, sondern weil sie wußte, daß er echt war.

LILY entschied sich nicht bewußt dafür, den Weg am Haus der Bodlers vorbei einzuschlagen, sondern radelte auf einmal in diese Richtung los und träumte von dem Auto, das sie sich von ihrem Geld auf der Bank kaufen könnte, wenn sie es nicht für das College verwenden müßte. Die Arztrechnungen ihres Vaters hatten die Ersparnisse für Lilys Studium aufgezehrt, und als Vince ihr einen Job im Ideal Café und das Zimmer darüber anbot, hatte sie klaglos angenommen. Sie hatte sich gesagt, daß sie ohnehin Zeit zum Nachdenken brauchte. Sie mußte planen. Hank hatte einen Plan für sich *und* für sie, aber immer wenn sie an das imaginäre Haus in Minneapolis, an die imaginären Kinder und an Hank Farmer auf immer und ewig dachte, sträubte sich etwas in ihr. Bisher hatte sie es geschafft, 3476 Dollar und 32 Cent von ihrem Lohn zu sparen, und dieses Geld verhieß ihr ein Leben nach Webster. Edward Shapiro beim Malen zu beobachten hatte neue Phantasien über New York ausgelöst, einen Ort, den sie nur auf Ansichtskarten und in Filmen gesehen hatte. Bevor er ins Stuart Hotel gezogen war, hatte sie meistens von Hollywood und Kalifornien geträumt, durch die Beobachtung des Mannes im Fenster hatte sie sich nach Osten umorientiert, und jetzt stellte sie sich vor, wie sie, mit einem Textbuch unterm Arm, zwischen gewaltigen Gebäuden, durch Straßen voller Menschen, auf dem Weg zu einer Vorsprechprobe war. Lily trat fester gegen den Wind an, der ihr ins Gesicht blies, und ließ ihren Blick über den Mais wandern, der noch klein war, aber auf den weiten, ebenen Feldern schnell wuchs. Der Himmel hatte seit dem Vortag aufgeklart, und die Sonne schien ihr heiß ins Gesicht. Als sie zu der Einfahrt kam, die zum Haus der Bodlers führte, hielt sie an, stieg ab und sah sich den in einen Schrottplatz verwandelten, heruntergekommenen Bauernhof an.

Das Anwesen der Bodlers war ein so spektakulärer Schandfleck, daß es fast schon wieder grandios wirkte, ein Anblick, bei dem die Leute ungläubig pfiffen, wenn ihnen nicht die Spucke wegblieb. Vorn im Hof war ein wahres Müllgebirge gewachsen, Abfallberge von solcher Höhe, daß sie das Haus, die Garage und die verfallene Scheune hinter sich verbargen. Diese buntscheckigen Türme aus Fahrrad- und Autoteilen, alten Elektrogeräten, Drähten, Rohren, Holz und zahllosen anderen vermodernden Dingen beeindruckten Lily jedesmal. Sie erinnerte sich, wie sie in den Haufen nach Spielzeug gesucht hatte, wenn sie als Kind mit ihrem Vater hierhergekommen war. Sie erinnerte sich, daß sie sich zugleich erheitert und unbehaglich gefühlt hatte, während sie in den Müllhaufen wühlte. Das war, bevor sie die Geschichte von Helen Bodler gehört hatte, und doch hatte sie gewußt, daß die alte Farm mit ihren zwei schmutzigen Bewohnern ein besonderer Ort war. Sie war nie im Haus gewesen. Ihr Vater pflegte hineinzugehen, um mit Frank zu sprechen, aber er hatte immer verlangt, daß sie draußen vor der Tür wartete, als wollte er nicht, daß sie sah, was darin war. Einmal, nachdem ihr Vater sie im Hof zurückgelassen hatte, war sie um die Ecke an die Seite des Hauses gegangen und hatte ihr Gesicht an die Fensterscheibe gedrückt. Sie hatte verschwommen einen Haufen von Sachen und Möbel gesehen, und dann war aus dem Nichts ein Gesicht aufgetaucht – ein ungeheures, nur entfernt menschliches Gesicht, in dem der große Mund weit offenstand und die Zunge zuckte wie die einer Schlange, und Lily war keuchend weggerannt. Sie hatte ihrem Vater nichts davon gesagt. Sie hatte niemandem etwas davon gesagt, und erst Jahre später kam sie darauf, daß sie Dick Bodler mit einem Ungeheuer verwechselt haben mußte.

Der alte grüne Lastwagen der Brüder stand nicht in der Zufahrt, und es war niemand in Sicht, der in den Altwaren stöberte. Lily lauschte dem Knirschen ihrer Füße auf der Erde und den Kieselsteinen der Zufahrt und blickte plötzlich auf, als sie ein Knattern über sich hörte. Der Wind hatte sich in einem losen Stück Segeltuch an einem Kindersportwagen verfangen, und sie hörte es wieder knattern. Ansonsten war es sehr still. Vögel zwitscherten, das Gras raschelte, und in der Ferne hörte sie Automotoren. Als sie zur Garage kam, hielt sie inne und schaute durch die offene Tür hinein. Die Sonne zeichnete ein scharfkantiges Rechteck auf den Erdboden, aber daneben wirkte der Raum fast schwarz. Sie konnte ein Durcheinander von Kästen, altem Werkzeug und Farmgerätcn ausmachen und atmete den Geruch von Schimmel und kalter, feuchter Erde ein, zwei Gerüche, die sie mochte. Sie hatte nicht die Absicht hineinzugehen. Sonne und Luft hatten sie träge und ein bißchen schläfrig gemacht. Doch dann sah sie auf einer Truhe einen Koffer liegen, auf dessen eine Ecke die Sonne schien, und sie ging hin. Ohne große Neugier berührte sie die rissige Lederoberfläche und zog an seinem Griff. Er fühlte sich voll an, und sein unerwartetes Gewicht weckte ihr Interesse. Sie zerrte ihn ans Licht, zögerte eine Sekunde und öffnete ihn. Der Koffer war nicht mit Krimskrams gefüllt, wie sie angenommen hatte, sondern mit ordentlich gepackter Kleidung, als hätte jemand eine Reise geplant, sie nie angetreten und den Koffer dann ganz vergessen. Die Kleidung mußte einer Frau gehört haben. Alles hatte die gleiche kleine Größe, und wer immer die Frau gewesen war, sie hatte sie nicht lange getragen. Lily konnte die Sachen zeitlich nicht genau einordnen, aber als sie sich ein formloses langes Kleid näher ansah, schätzte sie, daß es in den zwanziger oder dreißiger Jahren schick gewesen war. Sie setzte sich auf den Erdboden und zog ein abgetragenes Mieder mit einem rostbraunen Fleck heraus. Obwohl sie wußte, daß es kindisch war, tat ihr das fleckige Kleidungsstück leid wie ein unglückliches Kind oder ein winselndes Tier. Sie faltete es zusammen, legte es sorgsam in den Koffer zurück und bemerkte dann eine Stofftasche im Deckel, die von etwas ausgebeult war. Sie fuhr mit der Hand hinein und holte ein Paar weiße Schuhe heraus. Diese waren besser erhalten als die Kleider. Nur leicht abgenutzt, sahen sie aus wie Schuhe, die ihre Besitzerin dem Kirchgang und Festen vorbehalten hatte. Lily schätzte, daß sie ihr passen würden. Ihre Mutter hatte immer gesagt, sie habe Aschenputtelfüße: Größe sechsunddreißig. Lily zog ihre Turnschuhe aus, schlüpfte mit nackten Füßen in die Schuhe. Sie hatten keine Zungen, nur Schnürsenkel. Sie band sie schnell zu, streckte die Beine aus und musterte ihre

Füße in den altmodischen Schuhen. Der Schwung ihrer hohen Absätze und die Weichheit des Leders gefielen ihr. Sie paßten genau. Das heißt, eigentlich drückten sie, aber daß ihr Fuß so fest umschlossen war, empfand sie als angenehm – ein fast erotisches Gefühl, straff und warm.

Während Lily auf dem Erdboden der Garage saß, auf ihre Füße in den Schuhen einer anderen schaute und den befriedigenden Druck auf ihre Zehen auskostete, meinte sie außerhalb der Garage einen Schritt und dann jemanden atmen zu hören. Sie hielt die Luft an, um zu lauschen. Ein Auto mit defektem Auspufftopf fuhr auf der Straße vorbei, und sie horchte auf sein verklingendes lautes Knattern. War da jemand draußen im Gras? Hörte sie wieder Schritte? Sie schüttelte den Kopf. Nein, dachte sie. Sie beugte sich vor, um die Schuhe aufzubinden, und als ihre Finger die Schnürsenkel berührten, überfiel sie der Gedanke, daß dies Helen Bodlers Schuhe waren, daß sie viele Jahre zuvor ihren Koffer gepackt hatte, um ihrem Mann davonzulaufen. Vor Aufregung erschauernd zog Lily die Schuhe aus und beschloß im selben Augenblick, sie mitzunehmen. Nachdem sie den Koffer zugemacht und an seinen Platz zurückgestellt hatte, fand sie eine alte Papiertüte, schüttete die darin befindlichen Nägel aus und steckte die Schuhe hinein. Dann kramte sie in ihren Taschen und zog zwei Dollarscheine, einen Vierteldollar und zehn Cent heraus. Das lasse ich als Bezahlung hier, dachte sie.

Die schwere Haustür stand offen. Lily schaute durch die Gazetür in die Küche. Sie konnte Fliegen hören, ein tiefes, unregelmäßiges Summen, und nur wenige Zentimeter vor sich in dem schummrigen Raum sah sie lange Rollen Fliegenpapier mit einer schwarzen Kruste aus Insekten von der Decke hängen. Der Raum roch stark nach Moder, und als sie auf den Boden sah, meinte sie, die rissigen Linoleumplatten würden Feuchtigkeit ausschwitzen. Es ist einfach vom Regen gestern naß, dachte sie. Das Haus ist wahrscheinlich undicht wie ein Sieb. Etwa einen Meter entfernt erspähte sie in dem dunklen Raum einen Tisch. Hineinzulaufen, das Geld auf den Tisch zu werfen und wieder hinauszurennen würde nur Sekunden dauern. Dennoch zögerte sie. Sie lauschte. Es war still im Haus. Ihre Augen hatten sich mittlerweile dem Dämmerlicht angepaßt, und sie konnte ein an die Wand gelehntes Gewehr sehen. Ich zähle bis fünfzehn, sagte sie sich, und dann laufe ich los. Diese Methode hatte noch nie versagt, weil Lily sich dabei nie selbst betrogen hatte. Die Zahl änderte sich je nach dem Schwierigkeitsgrad der Herausforderung, aber es funktionierte immer. Das stumme Zählen war dafür verantwortlich, daß sie an der Longfellow School in der Pause bei einer Mutprobe den Wurm gegessen hatte, als sie acht war, daß sie mit dreizehn im Mai über die Felswand in das eisige Wasser im Steinbruch gesprungen war, und es war auch für ihren größten Triumph verantwortlich – in jener Nacht vor nur vier Jahren, als sie sich vor einem herannahenden Zug auf die Schienen gelegt hatte und Sekunden bevor er sie erreichte, zur Seite gerollt war. Bert war wütend gewesen, aber die Jungen hatten ihr alle die Hand geschüttelt und auf den Rücken geklopft. Das Zählen half ihr auch bei banaleren Prüfungen, wie morgens um vier aus dem Bett zu kommen, um zur Arbeit zu gehen. Lily zählte, stieß die Fliegentür auf, tat einen Schritt, hörte das Geräusch eines Autos auf der Zufahrt, drehte den Kopf und rutschte aus. Sie fiel halb vor und halb hinter die Tür, ihr linker Arm landete in einer kalten, schleimigen Lache. Münzen rollten über den Küchenboden, und sie setzte sich so schnell auf, wie sie konnte, um zur Zufahrt zu schauen. Erleichtert sah sie, daß es nicht der Lastwagen der Zwillinge war, sondern ein alter blauer Chevy mit verbeulter Stoßstange. Der Fußboden hatte einen mit Schmutz vermischten gelben Film auf ihrem Arm hinterlassen, und sie wischte ihn mit dem unteren Teil ihres T-Shirts ab. Dann ging sie, die Tüte mit den Schuhen hinterm Rücken, die Stufen hinunter und blieb einen Moment stehen. Sie sah einen Dollarschein vom Wind getrieben über das Gras schweben. Ich muß ihn auf der Schwelle fallen gelassen haben, als ich hinfiel, dachte sie. Er wehte weiter weg. Lily ließ ihn wehen und fing an, sich eine Geschichte für den Fahrer des Autos auszudenken, falls er wissen wollte, warum sie im Hauseingang der Bodlers herumgekrochen war. Sie würde sagen, sie habe Geld für einen Kauf dalassen wollen und sei hingefallen. Das stimmte ja, und auch wieder nicht.

Der Chevy hielt, und Lily sah, wie eine fette Frau sich langsam aus dem Auto wand. «Gib deinem Bruder die Hälfte ab, Arnie, oder ich knall dir eine», sagte sie in Richtung Rücksitz. Das Haar der Frau war bis zur Versengung gebleicht. Lily starrte auf ihre ungeheure Wampe und ihre enormen Oberschenkel in Bermudas aus Sportwolle. Sie machte drei schwere Schritte und schnaufte. Als Lily an ihr vorbeiging, sagte die Frau mit tonloser Stimme «Hi», und Lily gab den Gruß zurück. Sie warf einen Blick in den Wagen und sah zwei bemerkenswert ähnlich aussehende blonde Jungen auf dem Rücksitz. Der eine war eindeutig älter, aber beide sonnengebräunten Gesichter waren mit Tränen, Rotz und Kekskrümeln verschmiert. Lily ging an dem Auto vorbei, hörte hinter sich die Tür quietschend aufgehen und die Frau sagen: «Waffenstillstand, Babys. Kommt raus und umarmt Mama.» Lily blickte kurz zurück und sah die Jungen aus dem Auto klettern und sich gegen die Leibesfülle der jetzt hockenden Frau stürzen. Als deren Arme sie umschlangen, wandte Lily sich wieder der Straße zu und lief zu ihrem Fahrrad.

MABLES Zimmer roch nach Staub, Parfum und dem Papier alter Bücher. Sie besaß Hunderte, die Wohnung war damit vollgestopft, sie füllten überquellende Regale an mehreren Wänden des Wohnzimmers, des Schlafzimmers und sogar des Bads. Als Mabel ihr am Montag nachmittag die Tür öffnete, sog Lily diesen Geruch wieder ein. Abgestanden und trocken, dachte sie, wie tote Käfer. Mabel redete, aber Lily hörte ihr nicht zu. In Mabels Wohnzimmer hatte sie sich immer komisch gefühlt. Es gab zwei Dinge darin, die nicht in den Raum zu gehören schienen. Das eine war ein armseliger alter Tisch, den Mabel nie abstaubte. Die anderen Tische waren staubfrei, aber der wacklige Kiefernholztisch, auf dem die alten Schlüssel lagen, wurde nie angerührt. Und dann war da noch ein Vogelnest, kaum mehr als ein Häufchen Abfall. Hätte Mabel ihr nicht gesagt, daß es ein Vogelnest war, wäre Lily nie darauf gekommen. Mabels übrige Einrichtung war mit Seiden- und Samtkissen und gewebten Stoffen verziert. Auf dem Boden lag ein wunderschöner rot-blauer Orientteppich – ein Überbleibsel aus ihrem großen Haus in der Orchard Street. Lily erinnerte sich, daß Mabel ihr gesagt hatte, sie habe nur solche Gegenstände behalten, die eine «persönliche Bedeutung» hätten, ob wertvoll oder nicht, und daß ihr Apartment ein «Lagerhaus der Erinnerung» sei. Einmal hatte Lily den Mut aufgebracht, Mabel nach dem nicht abgestaubten Tisch zu fragen, und damals hatte sie herausgefunden, daß Mabel eine Frage beantworten konnte, ohne zu antworten. Sie hatte fünf oder zehn Minuten weiter von Cicero und irgendeinem anderen Kerl geschwatzt, an dessen Namen Lily sich nicht erinnern konnte, und als sie aufhörte, hatte Lily kein bißchen mehr gewußt als vorher.

«Lily.» Mabel sang den Namen.

Lily sah Mabel an.

«Du bist in Gedanken.»

«Entschuldigung.»

Mabel strich über den Ärmel ihrer schwarzen Tunika. Teuer, dachte Lily. Wahrscheinlich hatte sie die in einem dieser Geschäfte in Minneapolis gekauft, wo sie einen von oben bis unten mustern, bevor sie einen hineinlassen. Ich frage mich, woher sie ihr Geld hat. Dozenten verdienen nicht viel.

Mabel goß Lily eine Tasse Tee ein, wobei ihre Hände zitterten, als sie die Kanne hochhielt. Es sah immer aus, als würde die Frau frieren. Aber im Zimmer war es warm, und Lily hatte sich an Mabels Zittern und Beben und ihre ständig flatternden Hände gewöhnt. Sie war nicht krank. Sie war nervös, so hochgradig angespannt, daß Lily halbwegs erwartete, den Körper der Frau von der Spannung summen zu hören. Lily hielt die durchsichtige Teetasse und stellte sich vor, deren dünne Wand würde in ihrer Hand zerbrechen.

Ein Exemplar des «Sommernachtstraums» lag auf Mabels Schoß, und sie trommelte mit den Fingern darauf. Dann beugte sie sich vor, sah Lily scharf an und sagte unvermittelt: «Mir hat die Vorstellung von Wechselbälgern immer gefallen.»

Lily wußte nicht, was sie sagen sollte. Es war keine Frage, also sagte sie: «Warum?»

«Weil ich mit zunehmendem Alter immer sicherer werde, daß man nie wissen kann, wer wer und was was ist.» Lily betrachtete die blasse Puderschicht auf Mabels Gesicht. Sie hörte am Kinn auf. «Man kommt der Sache nie ganz auf den Grund. Nie.»

Lily fragte nicht noch einmal warum, obwohl sie nicht sicher war, ob sie diese Meinung teilte. Der «Wechselbalg» im Theaterstück hatte keinen Koboldoppelgänger oder so etwas. Sie wandte den Kopf zu Mabels Bücherregalen und bemerkte eine kleine Zeichnung, die zwischen zwei Bände gelehnt war. Japanisch, dachte sie. Als sie näher hinschaute, sah sie erschrocken, daß sie einen Mann darstellte, dessen Penis halb in einer Frau steckte. Der detailliert gezeichnete Penis war ungewöhnlich groß, das Geschlechtsteil der Frau ebenso. Lily sah weg. Wie konnte Mabel so etwas offen, für jedermann sichtbar herumstehen haben? Eine alte Dame wie sie?

Lily starrte auf ihre Knie. Das Bild erinnerte sie an einen dieser verzerrten sexuellen Träume, und das Dargestellte blieb haften: die mit gespreizten Beinen und zurückgeworfenem Kopf auf der Seite liegende Frau und der sich über sie neigende Mann, deren lose Gewänder von ihren Körpern herabfielen. Unwillkürlich erregten die japanischen Liebenden sie, und sie preßte die Schenkel zusammen.

«Ich gebe dir die Stichwörter», sagte Mabel.

Lily blickte auf. «Schön», sagte sie. Das Fenster beleuchtete Mabel von hinten und ließ die grauen Haarbüschel auf ihrem Kopf weiß erscheinen. Sie bewegte sich, und der Schimmer verschwand.

«Wie alt bist du, Mabel?» Lily versuchte, ihre Stimme ruhig und höflich klingen zu lassen.

Mabel lachte. «Zu alt, um zimperlich zu sein. Ich bin achtundsiebzig. Im Februar werde ich neunundsiebzig.» Sie strich eine Haarsträhne zurück. «Wir sind neunundfünfzig Jahre auseinander.» Sie rechnete nicht nach. Sie hatte die Zahl im Kopf.

Lily schielte noch einmal zu der Zeichnung hinüber. «Du wirkst nicht so alt, finde ich.»

Mabel stand auf. «Nun, mein Inneres hat nicht mit meinem Äußeren Schritt gehalten.» Sie atmete tief durch. «Jetzt steh auf. Deine Stimme ist wichtig, aber dein Körper auch. Wir müssen Hermias Haltung finden, ihren Gang, ihren körperlichen Ausdruck.»

Sie arbeiteten an diesem Nachmittag fast zwei Stunden ohne Pause, aber es dauerte nur Minuten, bis Lily spürte, daß Hermia danach nie mehr dieselbe sein würde. Nicht nur daß Mabel das Stück gut kannte und lange Passagen auswendig wußte oder daß sie Worte und Sätze erklären konnte, die Lily vorher nicht verstanden hatte, sondern Mabels Stimme veränderte sich, wenn sie Hermias Text sprach. Sie hörte sich nicht direkt jung an, aber sie klang auch nicht wie sie selbst, und Lily konnte die Anwesenheit einer dritten Person im Raum beinahe spüren. An einer Stelle unterbrach sie Mabel und sagte: «Hast du geschauspielert?» Und Mabel antwortete: «Mein Leben lang.» Und dann, ehe Lily weiterfragen konnte, fuhr die Frau fort: «Denk dran, Hermia ist nicht mehr und nicht weniger als die Wörter auf der Seite. Sie zu sprechen heißt, Hermia zu sein. So einfach ist das. Wie gut du bist, hängt aber von deiner Fähigkeit ab, der Sprache Gestalt zu geben. Und das» – Mabel deutete mit dem Finger auf Lily – «ist eine spirituelle Sache.»

Bis dahin waren Hermias Verse Lily so fern gewesen wie etwas in einer anderen Sprache, das sie zwar aufsagen, aber nicht verstehen konnte. Doch an diesem Nachmittag fand sie heraus, daß sie, indem sie Mabel genau beobachtete und ihren Ton und ihre Haltung imitierte, mehr empfand, wenn sie die Zeilen sprach. Tatsächlich schien es Lily, als käme das Gefühl eher aus Mabels Stimme und Gesten als aus ihr, Lily, selbst, und das bereitete ihr Unbehagen. Mabel gab Lily bellend Befehle, korrigierte, tadelte, und dann, plötzlich, merkte Lily, daß sie meinte, was sie sagte. Sie meinte es genauso wie alles andere auch. Es war, als habe die alte Frau sie verzaubert, als habe sie Verstehen und Glauben herbeigezaubert. Mehrmals brach sie grundlos in Gelächter aus und mußte eine Szene neu anfangen. Und einmal, nachdem Lily besonders mitreißend zu Mabel-Helena gesprochen hatte, nahm die alte Frau sie in die Arme, und Lily legte gleichfalls die Arme um sie. Sie hatten sich vorher noch nie umarmt. Unter dem schwarzen Stoff von Mabels Tunika spürte Lily die spitzen kleinen Knochen der Frau. Sie ist ja klapperdürr, dachte Lily, sie hat überhaupt kein Fleisch.

Am selben Abend bei der Theaterprobe sagte Mrs. Wright zu Lily, sie habe einen «großen Durchbruch» erzielt.

ALS Lily vom Kunstverein nach Hause radelte, sah sie zum Mond am dunkel werdenden Himmel hinauf. Wolken, so dünn wie Rauch, zogen über seine weiße Oberfläche, und darunter konnte sie den Umriß des Getreidesilos sehen, der die niedrigen Häuser der Stadt überragte. Ihr Rad holperte über die Eisenbahnschienen, und dann, als sie die Brücke überquerte, roch sie den Cannon River – Karpfen, Rost und Unterwasserpflanzen. Sie bog in die Division Street ein, schaute zu Edward Shapiros Fenster im Stuart Hotel hinauf, sah, daß Licht an war, und spürte einen Anflug von Hoffnung.

In ihrem Apartment angekommen, lief sie, ohne das Licht einzuschalten, zum Fenster. Edward Shapiro telefonierte. Er saß mit gespreizten Beinen auf einem Stuhl und wippte beim Reden mit dem rechten Knie. Dann stand er auf und ging, den Hörer zwischen Kinn und Schulter geklemmt, auf und ab. Die meisten anderen Fenster des Hotels waren dunkel oder verhängt. In einem Fenster im Erdgeschoß flackerte ein Fernseher unter einer halb heruntergelassenen Jalousie, und hinter der Glastür leuchtete das Foyer. Ida, die zweifellos hinter der Empfangstheke saß, war unsichtbar. Lily schaute zu Shapiro hinauf und sah, wie er den Hörer einen Augenblick lang anstarrte, bevor er ihn ungläubig oder resigniert – Lily wußte nicht, was von beidem – auflegte. Dann erinnerte sie sich an Hank und zog ihren Telefonstecker heraus. Als sie sich umdrehte, sah sie die Tüte auf dem Boden liegen, hob sie auf und nahm die Schuhe heraus. Sie sah auf die zwei blassen Formen in ihren Händen und fragte sich, warum sie sie mitgenommen hatte. In der Garage hatte sie geglaubt, diese Schuhe hätten Helen Bodler gehört. In ihrem Zimmer kam ihr diese Idee an den Haaren herbeigezogen vor. Warum sollte sie die Schuhe einer toten Frau haben wollen, so sehr haben wollen, daß sie sie stahl? Sie hatte das Geld nicht dagelassen und sie somit gestohlen, oder? Ich bin eine Diebin, sagte sie laut.

Dann schleuderte sie ihre Turnschuhe von sich und zog die Schuhe an.

Als sie aufstand, drückten sie. Ich bin schlecht, dachte Lily, und im selben Augenblick wußte sie, was sie tun würde. Sie machte alle Lichter an und riß das Fenster so heftig auf, daß sie sah, wie Shapiro den Kopf drehte und zu ihr hinüberschaute. Gut, dachte sie. Gut. Er ging an sein Fenster und beugte sich hinaus. Sie hörte Mabel nebenan eilig tippen, eine Pause machen und wieder in die Tasten hauen. Lily ging schnurstracks zum Fenster und nahm Shapiro gegenüber Aufstellung. Sie hob die Hand, löste das Band, das ihren Pferdeschwanz zusammenhielt, und schüttelte ihr Haar, daß es auf den Rücken fiel. Sie sah ihn direkt an, obwohl sein Gesicht im Schatten lag, und knöpfte langsam ihre Bluse auf. Dann warf sie sie zu Boden, strich mit den Fingern über ihre nackte Schulter und biß sich fest in die Unterlippe. Das ist wunderbar, dachte sie und knöpfte ihre abgeschnittenen Jeans auf. Sie drehte sich zur Seite und wand sich aus den engen Shorts. Sie fühlte, wie der feste Stoff über ihren Hintern glitt, und dieses Gefühl, gepaart mit dem Wissen, daß er sie ansah, löste in ihr die Vorstellung aus, eine andere zu sein – ein leichtlebiges Mädchen, das bei einer Stripshow auf die Bühne springt, ein Mädchen, das alles mitmacht und unschlagbar im Bett ist. Sie mußte ihre Unterhose festhalten, damit sie nicht mit den Shorts herunterrutschte, und tat es, so anmutig sie nur konnte. Dann schleuderte sie die Shorts in Richtung ihrer Bluse, warf den Kopf zurück und lächelte. Sie hoffte, daß Shapiro das Lächeln sehen konnte. Von ihm selbst war nur die Silhouette auszumachen – der Umriß seines Kopfes und seiner Schultern im Fenster. Lily hakte ihren BH auf. Sie war froh, daß sie den mit dem Verschluß vorne anhatte, so daß sie nicht hinten herumfummeln mußte. Sie ließ ihn die Arme hinunterrutschen, verschränkte dann die Hände über ihrem Busen und rollte die Schultern. Es waren geborgte Bewegungen, aber das steigerte nur den Spaß. Einen Augenblick lang dachte sie an Marilyn, nahm den BH in eine Hand und schleuderte ihn durchs Zimmer. Er flog höher und weiter, als sie vorgehabt hatte. Im Fallen blieb er am An-/Aus-Knopf des Fernsehapparats hängen, und dort baumelte er nun, einen halben Meter über dem Boden. Lily starrte auf den BH. Er war grau. Ich muß in den Waschsalon, dachte sie und blickte auf ihren Busen, dann auf ihre Füße hinunter. Wo die Schnürsenkel sich in ihre Haut eindrückten, waren Rötungen entstanden. Sie fühlte sich nackt. Einen Moment lang erwog sie, einen Satz zum Bett hin zu machen und sich in die Decke zu wickeln, aber statt dessen legte sie wieder die Hände über ihren Busen. O Gott, dachte sie. Ihr Herz schlug jetzt schnell, und sie atmete tief ein, bevor sie die Unterhose auszog. Du kannst jetzt nicht aufhören. Es würde wirklich blöd aussehen, als hättest du die Nerven verloren. Aber der Anblick ihrer Schamhaare ernüchterte sie noch mehr – ein dunkles Dreieck, eher rührend als erotisch. Die Schuhe rührte Lily nicht an, obwohl sie ihr die Zehen zusammendrückten wie Schraubstöcke. Mit nichts an als den Schuhen stand sie an ihrem Fenster und blickte über die Straße zu Edward Shapiro hinüber. Er ging vom Fenster weg. Eine Weile starrte sie auf die Rückseite seiner Leinwand, auf den Stuhl und das schwarze Telefon und fing fast an zu weinen. Aber sie hielt die Tränen zurück, wickelte sich in den Vorhang und setzte sich auf die Fensterbank. Sie roch Fliederduft in der Luft. Wahrscheinlich kam er von den Büschen vor der Bücherei an der nächsten Ecke. Ihre letzten Tage, dachte Lily. Und da hörte sie die Musik. Ein Mann begann in einer Sprache zu singen, die Lily nicht kannte, und kurz darauf antwortete ihm eine Frau. Edward Shapiro kam zum Fenster zurück, und Lily sah ihn an und hörte dem Mann und der Frau zu, die zusammen sangen. Sie lehnte sich an den Fensterrahmen. Der rissige Anstrich kratzte an ihrem Schulterblatt, und sie zog den Vorhang zurecht, um ihre Haut zu schützen. Es war ein Operndueтt. Soviel wußte sie, aber es war viel schlichter, als sie sich solche Musik vorgestellt hatte. Sie fand, daß es das schönste Lied war, das sie je gehört hatte, und wünschte, daß es immer weiterginge, weil sie wußte, daß es seine Art war, mit ihr zu sprechen, ohne mit ihr zu sprechen, und ihr war nicht mehr nach Weinen zumute. Während sie den Stimmen dieser zwei Menschen lauschte, stellte sie sich vor, daß das wahre Abenteuer ihres Lebens jetzt begann, daß nach dem hier alles geschehen konnte, alles. Als das Lied zu Ende war, ging der Mann vom Fenster weg, um die Platte abzuschalten, und kam zum zweitenmal zurück. Lily sah in sein dunkles Gesicht. Sie hätten sich etwas zurufen oder sich zuwinken können, aber sie taten es nicht. Sie sahen sich weiter an, lange, wie ihr schien, aber vielleicht war es gar nicht lange. Lily hörte das Geräusch eines Autos weiter hinten auf der Straße, den Wind in den Bäumen an der nächsten Ecke und dann eilige Schritte in dem schmalen Gang neben dem Stuart Hotel. Sie blickte in Richtung des Geräuschs, sah aber niemanden, und dann hörten die Schritte auf. Sie bemerkte, daß Mabel nicht mehr tippte. Sie warf einen letzten Blick auf Edward Shapiro, dann stellte sie sich in den drückenden Schuhen auf die Zehenspitzen und schloß langsam die Vorhänge.

ALS Lily am nächsten Morgen um Viertel nach fünf in Arbeitskleidung ins Treppenhaus hinaustrat, hörte sie Mabels Tür aufgehen, sah den Kopf der Frau durch die Öffnung lugen und hörte sie laut sagen: «‹Don Giovanni›.»

«Was?» flüsterte Lily, damit sie leiser sprach.

«Hast du es nicht gehört?» Mabel hatte ihre Stimme um einiges gesenkt. «Das Duett aus ‹Don Giovanni›, das gegen halb elf, elf über die Straße dröhnte?» Sie kniff die Augen zusammen. «Du mußt taub gewesen sein, wenn du es nicht gehört hast.»

«Ich habe es gehört», sagte Lily. «‹Don Giovanni›.» Sie sprach zur Wand. «Ich wußte nicht, was es war.»

«Mozart», sagte Mabel.

Lily nickte und ging zur Treppe.

«Er hat am Fenster gestanden, als wäre er versteinert.»

Lily war versucht, sich umzudrehen und in Mabels Gesicht zu sehen, aber sie unterließ es. «Wer?» fragte sie scheinheilig.

«Unser Nachbar gegenüber. Shapiro. Wenn es möglich wäre, im Stehen zu sterben, würde ich sagen, der Kerl da drüben ist an Ort und Stelle in Totenstarre verfallen.»

Lily sagte nichts.

«Übrigens, wie war die Probe?»

Lily blieb stehen, drehte sich um und blickte die Treppe hinauf. Mabel stand auf dem Absatz. Ihr Haar war zu einem lockeren Knoten aufgesteckt. Auf ihrem ganzen Kopf hatten sich kleine Strähnen gelöst. «Es war phantastisch», sagte Lily. «Das habe ich dir zu verdanken.»

Mabel sah zu ihr hinunter und lächelte. «Sollen wir heute oder morgen wieder zusammen arbeiten?»

«Morgen», sagte Lily.

Mabel sagte: «Gut.» Sie ging kerzengerade zu ihrer Tür und machte sie mit einer anmutigen Bewegung auf. Lily wußte, daß es ein Abgang war, der gesehen werden sollte. Die Tür schloß sich mit einem Klick, und Lily fragte sich, warum Mabel so an ihr interessiert war. Die Einsamkeit der Frau war handgreiflich, und das erklärte es zum Teil. Keine Kinder, dachte sie. Ich hoffe, ich kann Kinder bekommen, wenigstens eins, und wenn es nur eins ist, soll es ein Mädchen sein. Lily war ein Einzelkind. Nicht, daß ihre Eltern nicht mehr Kinder gewollt hätten, es hatte sich einfach so ergeben. Vor der Tür des Cafés blieb Lily stehen. Sie erinnerte sich an den Tag, als sie mit ihrem Vater vom Holzlager nach Hause gefahren war. Er hatte ihr im Auto das Wetter erklärt, wie es durch North und South Dakota wehte und einen oder zwei Tage später in Minnesota eintraf. Sie erinnerte sich, wie sie ins Haus gegangen war und nach ihrer Mutter gerufen hatte, aber ihre Mutter hatte nicht geantwortet, und sie erinnerte sich, wie ihr Vater einen Zettel vom Küchentisch genommen und gelesen hatte. Sie erinnerte sich an seinen bestürzten Gesichtsausdruck, den sie eigentlich nicht hatte sehen sollen. Mrs. Daily hatte Lilys Mutter ins Krankenhaus gefahren. Der Arzt hatte ihr gesagt, sie dürfe nach drei Fehlgeburten nicht noch einmal schwanger werden. Als Kind hatte Lily oft an diese ungeborenen Kinder gedacht. Sie hatte ihnen sogar Namen gegeben: Reginald, Alexander und Isabella. Es waren nicht die Namen von Menschen, die Lily kannte. Sie hatte sie aus englischen Kinderbüchern übernommen, doch noch heute hallten die Namen als Zeichen für das, was nie gewesen war, in ihr nach. Sie erinnerte sich daran, wie ihre Mutter ihr gesagt hatte, sie könne keine Kinder mehr bekommen, sie sei glücklich, daß sie ihre Lily habe. Danach hatte sie nie wieder darüber gesprochen. Vielleicht bekomme ich zwei Kinder, verbesserte Lily sich. Sie überlegte, warum Mabel keine Kinder hatte und warum sie in die Division Street gezogen war. Sie hatte zwar gesagt, das Haus in der Orchard Street sei zu groß für sie gewesen, aber warum hatte sie sich ausgerechnet dieses kleine Backsteingebäude mit verzogenen Fußböden und schlechten sanitären Anlagen ausgesucht? Die Frau war nicht arm. Und jetzt hatte sie Edward Shapiro am Fenster stehen sehen. Mabel Wasley war nicht dumm. Sie war zwar alt, aber Lily wußte, daß ihr Verstand so scharf war wie eh und je. Sie hatte das unangenehme Gefühl, Mabel könnte ahnen, was in der vergangenen Nacht vorgegangen war. Dabei hätte Mabel, es sei denn, sie hätte sich aus dem Fenster gehängt, gar nicht in Lilys Zimmer hineinsehen können. Natürlich weiß Mabel, wie die verdammte Oper heißt, dachte sie und stieß die Tür auf.

WÄHREND Lily zwischen der Küche und den Tischen hin- und herlief, erfüllte die Erinnerung an sich selbst, nackt am Fenster, sie mit Schrecken. Alle paar Minuten blickte sie hinüber zu dem im Tageslicht schäbig aussehenden Stuart Hotel und dachte daran, wie es nur Stunden zuvor ausgesehen hatte: das erleuchtete Fenster, der Schein der Straßenlaternen auf dem dunklen Klinker – ein vollkommen anderer Ort. Jetzt schläft er, dachte sie und hielt einen Moment inne. Sie stand mit dem Rücken an die Theke gelehnt, ein Tablett in der rechten Hand, eine Kaffeekanne in der anderen, als sie bei der Vorstellung von Edward Shapiros Schultern und Brust ein Schauer überlief. Das Tablett kippte, und ein Wiener Würstchen rollte hinunter. Lily duckte sich hinter die Theke, hob es auf und legte es auf den Teller zurück. Es sah tadellos aus. Sie stellte das Tablett vor Elmer Esterby ab.

Als Lily gerade Mr. Berman von Bermans Bekleidungshaus Kaffee eingoß und noch an den Mann in seinem Bett auf der anderen Straßenseite dachte, spürte sie eine Hand auf ihrer Schulter. Sie drehte sich erst um, als sie den Kaffee ausgeschenkt hatte. Es war Hank. Sein Gesicht sah abgespannt und müde aus. Lily vermutete, daß er nach seiner Schicht nicht geschlafen hatte, sondern direkt ins Café gekommen war. Er sagte mit leiser, gepreßter Stimme: «Wir hatten gestern abend eine Verabredung, erinnerst du dich? Wir wollten uns nach deiner Probe und vor meiner Schicht treffen. Ich habe x-mal angerufen. Wo zum Teufel warst du?»

Sie antwortete nicht. Sie sah ihm ein paar Sekunden ins Gesicht, dann wandte sie sich ab. Hank hielt sie am rechten Arm fest, dann packte er auch ihren linken und drückte ihn.

Lily wußte, er wollte ihre Aufmerksamkeit, wollte, daß sie ihn ansah und daß es ihr leid tat, aber es tat ihr nicht leid, und sein fester Griff ließ sie erst widerspenstig und dann gleichgültig werden. Sie spürte, wie ihr Körper schlaff wurde. Es ist mir egal, dachte sie. Ihr Kopf fiel nach vorn, und ihre Wirbelsäule knickte ein.

«Was soll das?» murmelte Hank.

Er umklammerte ihren Oberarm noch fester, um sie aufrecht zu halten. Sie wußte, wenn er sie losließe, würde sie fallen. Ist mir egal, dachte sie wieder und sah ihn stumpf an. Sie wußte, was er sah: das Gesicht eines aufsässigen Schulmädchens, das völlig ausdruckslos wird, wenn man mit ihm schimpft, und das erfüllte sie mit trotziger Freude. Ich bin schlecht, sagte sie sich, und bei diesem Gedanken lächelte sie. Bevor sie wußte, was sie tat, lächelte sie wie eine Schwachsinnige in Hanks aufgebrachtes Gesicht. Er schüttelte sie. Lilys Kopf flog nach hinten und kippte dann wieder nach vorn. Sie verlor das Gleichgewicht und taumelte nach vorn gegen Hank, der sie weiter schüttelte. Seine Wut verblüffte sie, und sie hörte sich vor Überraschung aufschreien.

Mr. Berman stand auf. «Das reicht jetzt, Hank», sagte er. Der väterliche Befehl wirkte wie Zauberei. Hanks Hände ließen von Lily ab. Sie rappelte sich auf und sah, wie er seine erhobenen Hände ansah, während er sich zur Tür wandte. Seine Wangen glänzten, und Lily biß sich auf die Lippe. Auf dem Bürgersteig fing Hank an zu rennen, noch bevor die Fliegentür hinter ihm zugeschlagen. Der Knall wirkte wie das Signal, daß das Drama vorüber war. Lily hörte Gemurmel, spürte, daß Leute sie anstarrten, und atmete tief durch.

«Alles in Ordnung, Lily?» sagte Mr. Berman.

Sie mied seinen Blick. «Ja, schon gut.» Sie zuckte die Achseln. Ihre Wangen und ihre Stirn glühten. Sie zog ihren Bestellblock aus der Tasche und tat so, als lese sie ihn.

Bert kam zu ihr und legte den Arm um sie. «Du heilige

Scheiße! Was hat der denn für ein Problem? Ich dachte, du würdest gleich über die Backwaren gesegelt kommen!»

Lily sprach zu Berts Füßen. «Vergiß es. Er war außer sich.»

Bert legte den Kopf schief nach unten, um Lilys Blick zu erhaschen. Die hob den Kopf, sah ihre Freundin an und kaute auf der Lippe.

«Hör mal, Lil. Selbst wenn du sagen würdest, du wolltest ihm den Pimmel abhacken, ihn kleinschneiden und zum Abendessen vertilgen, hat er nicht das Recht, dir was zu tun. Das ist Gesetz. Kapiert?»

Bert sprach diese Worte so melodisch und sanft aus, daß Lily lächeln mußte.

«Bloß damit wir uns verstehen», sagte Bert. Sie ließ ihren Arm in gespielter Zeitlupe vorschnellen und stieß die Faust sacht gegen Lilys Schulter.

Während Lilys restlicher Schicht kamen und gingen die Gedanken an Hank. Sie erinnerte sich daran, wie erwachsen er in der High-School gewirkt hatte – er in der Abschlußklasse, sie in der ersten – und wie alle Mädchen hinter ihm hergewesen waren. Und dann, als er im vergangenen Jahr von der Universität nach Hause gekommen war und sie ihn in seiner Mannschaftsjacke im Rick's gesehen und er sie zum Tanzen aufgefordert hatte, wie hatte sie sich da genau gefühlt? Geschmeichelt, dachte sie, und sicher – nach Peter. Peter war der Collegestudent, dem sie mit fünfzehn im Courtland-Baumgarten begegnet war. Er war zwanzig gewesen, und Lily erinnerte sich noch daran, wie seine blassen Finger das Buch umschlossen hatten, das er überall mit sich herumtrug: «Jenseits von Gut und Böse». Schon der Titel erregte sie, und sie erinnerte sich an die Überzeugung in seiner Stimme, wenn er ihr daraus über den Tanz und das Glück und schwache, kränkliche Christen vorlas, und wie er sie im feuchten Gras küßte und ihr Hemd aufknöpfte und über Nietzsche sprach, während er es mit ihr machte. Peter war dünn und weißhäutig, und wenn

Lily wollte, konnte sie seinen nackten Körper genauestens vor sich sehen – einen unbehaarten Knabenkörper, der nach Seife und Schweiß zugleich roch. Er schrieb Gedichte, die für Lily keinen Sinn ergaben, aber sie erinnerte sich daran, daß eine Menge Ausrufezeichen und Ellipsen darin vorkamen. Ihre Rendezvous mit Peter hatte sie vor allen verheimlicht, außer vor Bert, die Geheimnisse für sich behalten konnte. Achtmal hatte sie Peter Lear in den Wäldern des Baumgartens getroffen. Beim neuntenmal war er nicht gekommen. Lily hatte eine Stunde unter dem Baum gewartet und war dann in sein Zimmer im Studentenheim gegangen. Sein Mitbewohner Phil war dagewesen und hatte mit ihr geredet. Er wußte von ihr, und er hatte sie auf einem der schmalen Betten Platz nehmen lassen und gesagt, er finde, sie sehe aus wie ein nettes Mädchen, und er wolle sie nicht verletzen, aber Peter habe eine feste Freundin. Er sei auch im Moment mit ihr zusammen, und er, Phil, mißbillige Peters ausbeuterischen Umgang mit Mädchen. Genau das Wort gebrauchte er: «ausbeuterisch». Er hatte ungefähr eine Stunde so weitergeredet, und Lily hatte ihm bis zum Ende zugehört. «Bist du fertig?» hatte sie dann gefragt. Nachdem er ja gesagt hatte, war sie aus dem Zimmer, den Flur entlang zur Treppe und aus dem Haus gegangen. Sobald sie im Freien war, hatte sie angefangen zu weinen. Das Gefühl der Demütigung hatte viel länger angehalten als die Traurigkeit. Woran sie am häufigsten dachte, war Phils Eifer, als er mit ihr redete, der Wortschwall, der sein Gesicht zum Glühen brachte. Sie sah noch die Sommersprossen überall auf seinem Gesicht, seine rotblonden Wimpern und wie er beim Reden unentwegt auf ihre nackten Beine geschaut hatte. Danach hatte sie sich eine Rede für ihn und eine für Peter zurechtgelegt, aber nie Gelegenheit gefunden, sie vorzutragen. Einen Monat später hatte Peter Lear sein Examen am Courtland College gemacht und war nach Chicago zurückgekehrt. Im darauffolgenden Jahr hatte Lily jede Verabredung abgelehnt und die Jungen bei Tanzveranstaltungen und Partys abgewiesen. Kathy Finger hatte das Gerücht in Umlauf gesetzt, Lily sei lesbisch, und hatte erst den Mund gehalten, als Hank aufgetaucht war. Lily hatte Hank nur an den Wochenenden und in den Semesterferien an der University of Minnesota gesehen, und jetzt wurde ihr klar, daß es ihr so gerade recht gewesen war. Sie hatte gedacht, es wäre nett, Hank immer dazuhaben, aber statt dessen fühlte sie sich miserabel. Je mehr sie darüber nachdachte, desto klarer wurde ihr, daß sie, obwohl sie Hank hatte haben wollen, ihn nicht aus den gleichen Gründen hatte haben wollen wie Peter. Vielleicht hatte sie Hank wegen Peter haben wollen. Tatsache war, daß sie sich nachts Peter Lear neben sich vorstellte, bis sie Edward Shapiro am Fenster sah. Peter war eine körperliche Erinnerung – seine zarten Finger zwischen ihren Schenkeln und seine Zunge in ihrem Ohr.

Gegen Mittag steckte Ida den Kopf zur Fliegentür des Cafés herein und sah sich um. Auf Lily richtete sie einen extralangen Blick. Sie weiß schon über Hank und mich Bescheid, dachte Lily und tat so, als sähe sie die zwergenhafte Hotelangestellte mit der Hochfrisur gar nicht. Blöde Stadt, sagte sie sich, voller Schnüffler, die nach Unrat suchen und sich über ihre Funde das Maul zerreißen. Jedenfalls werden sie verdammt noch mal nicht erleben, daß ich mich einen Dreck darum schere. Als Lily eine halbe Stunde später das Ideal Café mit elf Dollar fünfundneunzig Trinkgeld in der Tasche verließ, richtete sie sich kerzengerade auf, hob das Kinn und machte einen würdigen Abgang für jeden, der sich die Mühe geben mochte zuzusehen.

Nachmittags schlenderte sie ein paar Stunden lang auf der Division Street hin und her, sah sich Schaufenster an und beobachtete die Jugendlichen, die sich auf dem Bridge Square herumtrieben. Sie kaufte sich «Don Giovanni» auf Kassette und eine Garnitur rosa Unterwäsche mit Spitze um die Beinausschnitte. Als sie mit der kleinen Tüte in der Hand zur Tür von Bermans Bekleidungshaus hinausging und erleichtert war, daß sie Mr. Berman nicht begegnet war, blieb sie stehen, sah zu den Wolken hinauf und merkte, daß sie beschlossen hatte, sich von Hank Farmer zu trennen.

UM sechs Uhr betrat Lily die Polizei- und Feuerwache von Webster. Von der Zufahrt aus sah sie Hanks Kopf durch das breite Fenster über dem Schreibtisch des Telefondiensthabenden. Sie hatte sich keine Rede zurechtgelegt. Die Gespräche, die sie sich tagsüber ausgedacht hatte, hörten sich alle an wie die von Figuren aus kitschigen Fernsehserien.

«Ich hätte nicht gedacht, daß du kommst», sagte Hank.

Lily setzte sich auf den langen Schreibtisch am Fenster und ließ die Beine baumeln.

Er sah sie ruhig an.

«Nun, da bin ich», sagte sie. Sie starrte auf ihre frisch lackierten Fingernägel. Eine Haarsträhne fiel über ihre Wange. Sie schob sie zurück.

«Warum sagst du mir nicht, was los ist?»

Lily wich seinem Blick aus. «Ich weiß nicht», sagte sie.

«Das ist keine Antwort.»

«Ich weiß.» Sie schaute durch das Glasfenster hinter Hank auf zwei uniformierte Polizisten, die Kaffee tranken. Lewis Van Sons Füße lagen auf dem Schreibtisch. Lily winkte. Lewis nickte ihr zu.

«Also», sagte Hank, «gibt es einen anderen?»

«Nicht wirklich», sagte sie.

Hank seufzte: «Was zum Teufel soll das bedeuten?»

Lily sah ihm in die Augen. «Es ist meine Schuld, nicht deine.»

«Okay», sagte er. «Und?»

«Ich bin durcheinander.»

«Weswegen?» Seine Stimme war aggressiv. Er lehnte sich auf seinem Stuhl zurück, der von der Bewegung ins Rollen kam.

«Na ja», sagte Lily, «ich weiß nicht, was ich will.»

Hank öffnete den Mund. Das Telefon klingelte. «Polizeirevier Webster.» Er sprach mit seiner Dienststimme. «Ja, Mrs. Klatschwetter.» Er hörte zu, verzog den Mund und rutschte auf dem Stuhl herum. «Sind Sie sicher?» Er rieb sich die Stirn. «Konnten Sie das genau sehen? Gut, ich schicke gleich jemand vorbei.» Er notierte eine Adresse und sprach sie beim Schreiben nach. «Highway 19 Richtung Old Dutch Road, hinter dem Bach links ab. Ja, sie kennen den Weg. Ja, Wiederhören.» Er legte auf, hob die rechte Hand und gab den Polizisten ein Zeichen.

«Worum ging's da?» sagte Lily.

«Rita Klatschwetter hat Eindringlinge gesehen, behauptet sie wenigstens. Vorige Woche war es ein Kerl, der Abfall über ihr Feld schleppte. Jetzt ist es einer mit einer Leiche.»

«Einer Leiche? Du meine Güte!» sagte Lily.

Hank tippte sich mit dem Zeigefinger an die Schläfe. «Sie haben nichts gefunden da draußen. Sie hat den Sheriff, die Autobahnpolizei und uns angerufen und besteht jedesmal darauf, mir ihre Adresse zu geben. Als ob wir sie nicht auswendig wüßten.»

«Das ist die große Farm da draußen neben dem Haus der Bodlers, nicht?»

Hank nickte.

Lewis kam zur Tür herein, zwinkerte Hank obszön zu und nahm den Zettel mit der Adresse. Er las sie. «Nicht schon wieder», sagte er.

«Diesmal ist es eine Leiche.»

Lewis hob die Brauen. «Ach ja», sagte er.

Lily dachte an die Garage, sah ihre Finger hinter dem dünnen Stoff der Tasche im Kofferdeckel verschwinden. Sie schloß eine Sekunde lang die Augen, öffnete sie wieder und beobachtete, wie Lewis den Raum verließ. Er watschelte zur Tür; der steife Stoff seiner blauen Hose machte ein schabendes Geräusch, wenn seine Schenkel gegeneinander scheuerten. Er ist wirklich mollig geworden, dachte Lily. In Webster schien das Tragen einer Waffe zum Fettwerden, aber nicht zur Ausübung von Gewalt zu berechtigen. Soviel sie sich erinnern konnte, hatte kein Polizist jemals auf einen Abzug gedrückt, es sei denn, man rechnete das Betäubungsgewehr ein, mit dem sie auf den armen Elch im Courtland-Baumpark geschossen hatten. Ein Mann aus dem Büro des Sheriffs hatte das bewußtlose Tier viele Meilen nach Norden gefahren, damit es zu Hause aufwachen konnte. Lily spürte, wie sich hinter ihr mit der am Himmel sinkenden Sonne das Licht veränderte.

Hank strich ihr übers Haar.

«Warum tust du mir das an?» sagte er.

Lily wich mit durchgestrecktem Rückgrat zurück und spürte, daß ihr der BH unter den Armen spannte. Darauf legte Hank eine Hand auf ihr Knie, aber sie blieb mit übereinandergeschlagenen Beinen sitzen. «Hör auf», sagte sie.

Er beugte sich vor, um sie zu küssen. Seine Lippen öffneten sich. Das hübsche Gesicht sah zu begierig, zu hungrig aus.

«Nicht hier», sagte sie.

«Ach komm, Lily.»

Sie hörte ein Winseln in seiner Stimme und rückte auf dem Schreibtisch nach hinten.

«Vergiß es.» Hanks hellbraune Augenbrauen zogen sich einen Moment zusammen, dann atmete er laut aus.

«Meinst du, der Anruf könnte etwas mit Filthy Frank und Dirty Dick zu tun haben?»

Hank verzog das Gesicht. «Was?»

«Das, was Mrs. Klatschwetter gesehen hat.»

«Weiß ich nicht.» Hank redete schnell, mit ärgerlicher

Stimme. «Es kann irgendwer gewesen sein oder vielmehr niemand. Was geht dich das an?»

Lily formulierte ihre Antwort sorgsam: «Ich bin gestern mit dem Fahrrad da vorbeigekommen –»

Hank unterbrach sie: «An der Farm der Bodlers? Was zum Teufel hast du da draußen gemacht? Warst du allein?»

«Natürlich war ich allein.»

«Lily, du sollst nicht allein da hingehen. Diese Drecksäcke sind nicht normal. Das weißt du doch. Sie haben Pastor Ingebretzen fast umgebracht, oder hast du das vergessen?»

«Das ist Jahre her, Hank. Es gehen dauernd Leute hin, um sich den alten Kram anzusehen. Warum nicht ich?»

«Weil sie geile alte Böcke sind, darum.» Hank massierte mit der rechten Hand seine linke.

Lily verdeckte ihren Mund, um ein Lächeln zu verbergen. «Diese komischen Alten? Ach was.»

Hank lächelte nicht. «Dolores besucht sie regelmäßig einmal die Woche. Wußtest du das?»

Lily schüttelte den Kopf. Die Frau kam ab und zu ins Ideal Café. Sie trank. Lily erinnerte sich, gehört zu haben, wie Gary Hrbek drei anderen Männern erzählt hatte, sie nehme fünf Dollar für die Nummer.

«Wahrscheinlich treibt sie's mit beiden gleichzeitig.»

Lily drehte sich zur Seite und schaute aus dem Fenster in die Abenddämmerung. «Na und?» sagte sie. «Jeder braucht Sex.»

«Das stimmt», sagte Hank.

Sie wandte sich ihm wieder zu. Sein Gesicht war in sich zusammengefallen, und seine Augen waren geschlossen. Sie beugte sich vor und wollte ihn gerade in die Arme nehmen, als er die Augen öffnete und höhnisch sagte: «Weißt du, wen sie sonst noch besucht?»

«Nein.» Lily rutschte weiter auf dem Schreibtisch zurück, bis ihr Kopf an der Glasscheibe lehnte.

«Diesen Kerl im Stuart Hotel, diesen Shapiro, der Dozent am Courtland war. Ida hat neulich angerufen und ‹Prostitution› geschrien. Sie hat Dolores aus seinem Zimmer kommen und Geldscheine in ihren BH stecken sehen. Ida müßte eigentlich wissen, daß wir uns mit Dolores nicht abgeben. Sie hat bei uns Narrenfreiheit. Aber dieser Typ?!» Hank schüttelte den Kopf. «Dabei habe ich gehört, daß er eine toll aussehende Frau hat oder zumindest hatte. Das paßt doch nicht zusammen.»

Lily starrte Hank an. «Und du glaubst Ida, der größten Schaumschlägerin des Jahrhunderts?»

«Warum nicht?»

«Weil sie eine menschliche Klatschfabrik ist, darum. Sie produziert schneller heiße Luft, als irgend jemand sie einatmen kann.»

«Und was ist dein Problem?» Er warf ihr einen Blick zu.

Lily sah ihn weiter unverwandt an. Sie preßte den Mund zusammen, während sie überlegte. «Es ist aus, Hank», sagte sie. Das sagte man doch, oder? Es ist aus. Es regnet, es schneit. Das Wetter hat sich geändert.

«Was?» Ihm blieb der Mund offenstehen. Er hob die Hände.

«Tut mir leid, Hank.»

«Es tut dir leid?» Sein Kinn zitterte.

Das Telefon klingelte.

«Ich gehe jetzt, Hank.»

Zum Zeichen, daß sie warten solle, hob er die Hand. Sein Gesicht war rot.

Lily schob sich auf dem Schreibtisch nach vorn und stand auf.

«Polizeirevier Webster.»

Sie legte die Hand auf die Türklinke und drehte sich um. Hanks Hand war noch in der Luft. Er winkte und formte mit dem Mund das Wort «warte».

«Ja, Mr. MacKensie, wann haben Sie bemerkt, daß es weg ist?»

Er sagte eine Weile nichts. «Farbe?» Er legte die Finger an die Stirn.

«Nein, Mr. MacKensie, nicht alle Vorgartenrehe sind braun. Vor ein paar Monaten wurde ein blaues gestohlen. Ja.»

Lily ging zur Tür hinaus und die von einer Straßenlampe beleuchtete Zufahrt entlang. Sie erwartete, daß Hank ihr hinterherkommen, ihr von der Tür aus nachrufen würde. Aber er kam nicht. Das überraschte sie ein bißchen, und als sie einen Schritt vom Straßenpflaster auf den Bürgersteig machte, knickte ihr Fußknöchel um, und ein Schmerz schoß ihr in die Wade. Sie humpelte ein paar Schritte, aber dann ging es wieder.

Die Bedienung im Rick's war langsam. Lily bestellte an der Bar einen Hamburger und eine Cola und redete mit Rolf, oder vielmehr Rolf redete mit ihr. Er war im Veranstaltungskomitee für die «Jesse-James-Tage» und quatschte ihr die Ohren mit den Plänen voll. «Sie wollen den Namen in ‹Tage der Niederlage von Jesse James› umändern.»

«Warum?» Lily sah ihre Finger durch das Glas an. Sie bewegte sie, um die Verzerrung hinter der dunklen Flüssigkeit zu beobachten.

«Sie meinen, die Jugendlichen bekämen eine falsche Vorstellung, Jesse James würde zum Helden gemacht. Ich hab ihnen gesagt, das wäre blöd. Hört sich doch daneben an: Niederlage von Jesse James.» Rolf warf sich einen Cracker in den Mund. «Ich spiele bei der diesjährigen Inszenierung den Frank. Hier voll Blei gepumpt.» Er drückte sich den Zeigefinger gegen die Brust.

«Ja», sagte Lily. «Ich habe die Ansichtskarte gesehen. Findest du es nicht ein bißchen geschmacklos, diese Fotos von den toten Bandenmitgliedern zu verkaufen, Rolf? Und das bei der Historischen Gesellschaft?»

«Das da ist Frank.» Er zog eine geknickte Postkarte aus seiner Gesäßtasche und knallte sie auf die Bar.

Lily sah sich das grobkörnige Schwarzweißfoto des toten Frank James an. Aus irgendeinem Grund trug er kein Hemd. Vermutlich hatten sie die Leiche für die Aufnahme ausgezogen, um die Einschüsse in seiner Brust vorzuführen. Seine Augen standen offen.

Sie schüttelte den Kopf. «Erinnerst du dich noch, wie wir in den Höhlen gespielt haben, Rolf?»

Rolf stützte die Ellbogen auf die Bar. «Der alte Jesse hat da ein verdammt gutes Versteck gefunden. Er muß diese Höhlen vor dem Überfall gekannt haben. Ich wette, die Bande hatte sie in ihrem Plan eingebaut.» Rolf verfiel in den Akzent von Missouri. «Wenn alles schiefgeht, Frank, treff ich dich in den Höhlen vor der Stadt.» Er lächelte und sah Lily in die Augen. «Erinnerst du dich an das Seilschwingen? Das war Klasse. Über den Bach und wieder zurück. Draufgängerin Dahl, erinnerst du dich?»

«Was denkst du denn?» sagte Lily. «Das ist mein Ruhmesblatt.» Sie biß in ihren Hamburger und kaute. «Ich möchte wissen, ob man jetzt noch hineinkommt.»

«In die Jesse-James-Höhlen?» Rolf schüttelte den Kopf. «Nachdem der Junge darin umgekommen ist, haben sie sie mit Brettern vernagelt.»

Lily nickte. «Wie hieß er noch mal?»

«Larry Lofti.»

«Ach ja», sagte sie, «Larry Lofti.»

AM nächsten Morgen sah Lily die Perücke im Lastwagen der Bodlers. Sie beobachtete die Zwillinge beim Verlassen des Cafés, und als Dick die Tür auf der Beifahrerseite öffnete, um neben seinem Bruder einzusteigen, bemerkte Lily eine dunkle Form auf dem Sitz. Zuerst dachte sie, es sei ein totes Tier, aber Dick steckte die Hand hinein, und sie sah die Zöpfe an seinen Armen herabhängen. Nachdem er sich gesetzt hatte, legte er das Ding sorgsam auf seinen Schoß und knallte die Tür zu.

«Wahrscheinlich hat er sie einer Krebstoten vom Kopf gerissen», sagte Bert, als Lily ihr davon erzählte. «Die studieren die Todesanzeigen, die beiden, und sobald einer abkratzt, kommen sie zum Rumschnüffeln und machen sich über die Überbleibsel her, die die Angehörigen nicht wollen.» Bert schwieg eine Weile. «Glaubst du, es war echtes Haar?»

«Ich weiß nicht.» Lily hatte nicht darüber nachgedacht. Die besten Perücken waren aus echtem Haar. Das wußte sie, aber auf jemandes Kopf waren alle Perücken unecht. Echt oder synthetisch, es ist totes Haar. Obwohl, dachte Lily, vielleicht ist alles Haar tot, und vielleicht war es mir deshalb zuwider – so unbefestigt.

ALS Lily am nächsten Nachmittag in Mabels Zimmer nach der pornographischen Zeichnung mit dem japanischen Liebespaar Ausschau hielt, war sie verschwunden. Statt dessen stand da ein Schwarzweißfoto von einem hübschen jungen Mann in den weiten Hosen der vierziger Jahre und einem weißen Hemd. Er hielt eine Zigarette zwischen zwei Fingern.

«Denkst du, dein Buch wird bald fertig?» Lily starrte auf das gewaltige Manuskript auf Mabels Schreibtisch.

«Ich glaube allmählich, ich werde nie fertig. Ich glaube allmählich, ich kann es nicht fertigmachen, oder es macht am Ende mich fertig. Verstehst du?»

Lily schüttelte den Kopf. Sie drehte sich zu den Schlüsseln auf dem Kiefernholztisch um. «Was sind das für Schlüssel?» Kaum ausgesprochen, bereute sie die Frage.

Mabel schwieg. Dann sagte sie: «Es sind die Schlüssel zu einem Haus, in dem ich früher gelebt habe. Ich habe sie da liegen, um mich zu quälen.» Sie lächelte.

Lily kniff die Augen zusammen. Sie glaubte nicht, daß Mabel unaufrichtig war, aber diese Aussage hatte etwas Vorbereitetes. «Weißt du», sagte sie, «manchmal redest du wie eine Figur in einem Buch.»

Mabel sah Lily einen Moment lang scharf an, dann lachte sie. «Das passiert, wenn man zuviel liest.» Sie schwieg eine Weile und sagte dann: «Ich habe heute nacht von dem Theaterstück geträumt, daß ich vorspreche und die Rolle von Zettel, dem Weber, bekomme.»

«Schlechte Besetzung», sagte Lily.

«Ja, das dachte ich im Traum auch, ein Teil von mir lehnte sich auf, fand das unfair und lächerlich. Dann entschied ich, daß es eine gute Rolle sei und daß ich das Beste daraus machen würde. Es war einer dieser Wanderträume, weißt du, mit immer neuen Fluren und Treppen und Türen.»

Lily nickte. «Hatte ich auch schon.»

«Ich trug den Eselskopf mit mir herum. Zuerst war er ganz leicht, aber dann wurde er schwerer und schwerer.»

Lily stellte sich den Papiermachékopf vor, an dem sie Mikkey Berner im Requisitenraum für Oren Fink hatte arbeiten sehen, und sie sah die noch unbemalte Form in Mabels Armen.

«Dann fing er an zu bluten.»

«Der Kopf?»

Mabel nickte.

Lily verwandelte das Bild aus ihrer Phantasie in das eines wirklichen Eselskopfes mit Fell. «War es gruselig?»

«Nein, es war einfach so.» Mabel nahm die Lesebrille ab und ließ sie an der Kette um ihren Hals hängen. «Du kamst auch in dem Traum vor», sagte sie. «Du warst in einem der Räume. Ich wußte nicht, in welchem. Ich konnte dich nicht finden.»

Lily wich Mabels Blick aus. Sie war aus irgendeinem Grund verlegen und starrte auf das Bücherregal. Nach einer Weile sagte sie: «Manchmal erinnere ich mich an eine Kleinigkeit, etwa ein Bild oder einen Gesprächsfetzen, und meine, es wirklich gesehen oder gehört zu haben, und versuche mich zu erinnern, und dann wird mir klar, daß es ein Traum war.»

Mabel strich ihre graue Bluse glatt und murmelte vor sich hin: «Verlorene Jugend natürlich, Treppen, Türen, Blut. Es ist absurd, wirklich, kein bißchen subtil.»

Lily hatte keine Ahnung, wovon Mabel sprach. Die Frau rekelte sich in ihrem Sessel. «Heute nacht hat ein Mann lange vor Bermans Geschäft gestanden. Er stand unter der Markise, im Dunkeln, so daß ich ihn nicht gut sehen konnte, aber er hat sich da aufgepflanzt und ist erst nach langer Zeit wieder gegangen.»

«Ich habe auch jemanden gehört», sagte Lily.

«Ich saß am Fenster, wie ich es oft tue, wenn ich nicht schlafen oder arbeiten kann, und glotzte einfach auf die Straße. Gewöhnlich ist da nicht viel zu sehen, ein paar betrunkene Jugendliche, ein oder zwei Autos, dieser taube Mann, der auf seinem Fahrrad vorbeifährt, aber heute nacht war da dieser Mensch, der unter der Markise Wache stand, und mir war so, als ob er etwas wollte. Ein paarmal hat er zu mir hinaufgeblickt, dachte ich jedenfalls. Es ist eine breite Straße. Sein Gesicht konnte ich nicht sehen. Dann bin ich auf dem Stuhl eingeschlafen. Als ich wieder aufwachte, war er weg, aber unser Nachbar stand am Fenster, genau so wie vorgestern abend, ohne Musikbegleitung. Er stand etwa, hm, fünf Minuten so da, und ich dachte mir, endlich passiert was in dieser Straße, nicht direkt ein Ereignis, sondern der Auftakt zu einem – zwei Männer, die nur beobachten und warten. Das ist doch schon was.» Mabel musterte Lily einen Augenblick lang eindringlich. «Er sieht ziemlich gut aus, nicht?» Und nach einer Weile: «Unser Nachbar.»

Lily erwiderte ihren Blick, um herauszufinden, ob die Bemerkung an sie gerichtet oder nur eine allgemeine Feststellung war. Sie konnte es nicht sagen. «Da hast du wohl recht.»

Mabel lächelte sie an. «Ich habe männliche Schönheit immer zu schätzen gewußt. Und ich mache da keine Unterschiede. Ich hatte nie einen bestimmten Typ. Ich mochte Kleine und Große, Dünne und Stämmige – bloß keine Dikken, obwohl es doch mal einen dicken Mann gab, den ich sehr sexy fand. Natürlich war er ein brillanter Kopf, wirklich brillant, und seine massige Figur paßte zu ihm, wie bei Ben Jonson – ein gewaltiges Gehirn in einem gewaltigen Körper. Dunkelhaarig, blond, mit Bart oder ohne, muskulös oder weich und mager», seufzte Mabel, «ich bin auf alle geflogen. Dummheit hat mich, glaube ich, grundsätzlich immer abgeschreckt, aber einmal vor vielen, vielen Jahren traf ich in einem Aufzug einen dummen Jungen, bei dem ich weiche Knie bekam.»

«Woher wußtest du, daß er dumm war?»

«Ich hab es herausgefunden, meine Liebe.»

Lily fragte sie ganz direkt: «Warst du oft verliebt?»

«Ich war immer verliebt.»

Lily lachte. Sie schaute auf das Manuskript. «Kommt das in dem Buch vor?»

«Ja.»

«Darf ich es irgendwann mal lesen?»

«Wenn du sehr artig bist», sagte Mabel.

«Heute nacht», sagte Lily, «hat er da gesehen, daß du zu ihm hinschaust?»

«Welcher?»

«Beide», sagte Lily.

Mabel lächelte. «Warum?»

«Ich weiß nicht, einfach darum.»

Mabel lachte. «Warum, darum?» sagte sie. Sie lachte noch heftiger, und beim Lachen zog sie die Nase kraus, und ihre Augen wurden ganz klein.

Lily lachte ebenfalls.

«Warum lachst du?» keuchte Mabel.

«Na, darum», sagte Lily und lachte noch lauter.

Mabel lachte, bis sie husten mußte und nach Luft rang.

Lily stand auf und klopfte ihr auf den Rücken. «Geht's wieder?»

«Ja. Es deprimiert mich, daß dieses alte Gerippe nicht mal mehr einen guten Spaß vertragen kann. Es ist zum Heulen.»

«Er war nicht gut. Er war nicht mal lustig», sagte Lily.

«O doch, er war lustig, wir wissen nur nicht, warum er lustig war.» Mabel hob und senkte die Augenbrauen.

«Fang nicht wieder damit an», sagte Lily.

Die beiden schwiegen ein Weilchen. Es hätte ihnen übermäßig lang vorkommen können, wenn sie nicht vorher so ausgelassen miteinander gelacht hätten, aber Lily mochte dieses Schweigen. Es war warm im Zimmer, und die Hitze schien Mabels Parfum zu verstärken. Sein süßer Duft vermischte sich mit dem Staub, und die Sonne schien durch die offenen Vorhänge auf den Couchtisch. Lily kam zu dem Schluß, daß Edward Shapiro ans Fenster gegangen war, um nach ihr Ausschau zu halten, und das machte sie froh.

Sie hörte ein Geräusch, schaute hin und sah, daß Mabel in ihrem Sessel zusammengesunken war. Lily beugte sich über sie. Die Augenlider der Frau flatterten. Sie keuchte und blickte wild um sich. Ihre Hände zitterten. «Hilf mir!»

«Mein Gott, Mabel!» Lily packte sie an den Schultern. «Was ist?»

«Lysander, hilf mir!» schrie Mabel. «Siehst du nicht?»

Lily ließ ihre Schultern los. «Großer Gott, Mabel, du hast mich zu Tode erschreckt!»

Mabel setzte sich wieder auf und steckte ihre herausgerutschte Bluse in den Rock. Sie schob sich eine Locke hinters Ohr und sagte mit einem zugleich steifen und befriedigten Ausdruck: «Gut, und jetzt erschreck *du* mich mal zu Tode.»

LILY blickte zum Dach des Kunstvereins hinauf und fügte einen Turm hinzu, wo keiner war. Der wirkliche Turm fehlte, solange sie zurückdenken konnte. Vielleicht war er bei einem Tornado weggerissen worden, vielleicht hatte auch jemand beschlossen, daß Theater und Schauspieler nicht in ein Gebäude gehörten, das wie ein Gotteshaus aussah, obwohl es keines war, und hatte den Turm mitsamt dem Kreuz abgeschlagen. Während Lily die Treppe hinauflief, hörte sie Reden, Hämmern und Lachen durch die offenen Türen. Dann rief jemand «Ruhe!», und der Lärm hörte auf. Im Vorraum schaute sie zur Bühne und sah Martin Petersen unter einem Scheinwerfer sitzen, der sein blondes Haar weiß erscheinen ließ und die Farbe seiner Augen löschte. Er scheint glücklich zu sein, dachte sie, glücklich, im Mittelpunkt der Aufmerksamkeit zu stehen, wenn auch nur für einen Moment. Dann bemerkte Martin sie, und sein Ausdruck veränderte sich. Er sah sie einige Sekunden lang starr an und nickte dann, als müßte sie wissen, was er damit meinte, als herrschte irgendein geheimes Einverständnis zwischen ihnen. Doch Lily ignorierte den Blick und schaute weg. «Danke, Martin», rief jemand hinter ihr. Der Scheinwerfer ging aus, und der Raum lag wieder in seiner gewöhnlichen trüben Beleuchtung.

Es war heiß, und sogar bei offenen Fenstern lastete die Hitze auf den Schauspielern. Amy Voegele verlor einen Zahn und war so aufgeregt, daß die Probe für einige Minuten unterbrochen wurde, in denen alle herumrannten und ein Behältnis suchten, das dem kleinen Mädchen zusagte. In der ersten Szene bemerkte Lily, daß Mr. Dugan sich die ganzen Beine an Giftsumach verbrannt und auf die Striemen Zinksalbe geschmiert hatte, so daß die langen Haare auf seinen Waden steif wie ein rosa Wald abstanden. Als Jim Lysanders Text sprach und dabei Lilys Hand hielt, sah sie große Schweißflecken unter seinen Hemdsärmeln, die sie ablenkend fand, aber Mrs. Wright sagte ihr, sie verhalte sich endlich «natürlich». Lily konnte nicht umhin zu denken, daß sie diese «natürliche» Darstellung gestohlen oder zumindest geliehen hatte, daß das, was natürlich wirkte, nicht natürlich war, und obwohl sie jedes einzelne von Hermias Gefühlen empfand, als wäre es ihr eigenes, befürchtete sie, daß ihre Darstellung irgendwie gefälscht war, daß sie nicht das Recht hatte, so gut zu sein, wie sie war. Die Rolle war von Mabel Wasley beseelt, und Lily spielte Mabel, oder vielmehr Mabel als Hermia.

Sie nahm Martin erst wieder zu Beginn des zweiten Aufzugs wahr, als sie neben der Bühne stand, sich Luft zufächelte und Droll zuhörte. Susie Immel, die schon seit ein paar Minuten laut gähnte, holte eine Gummieidechse aus ihrer Tasche und rülpste laut. Bei jedem geräuschvollen künstlichen Rülpser ließ sie die Eidechse springen. Während Lily Susie zur Räson brachte, bemerkte sie Martin, der einige Meter entfernt stand und auf seinen Auftritt wartete. Sie sah ihn im Profil, Kopf und Schultern gebeugt, die Augen geschlossen. Er atmete tief. Seine Vorbereitung kam ihr lächerlich vor – zuviel für zuwenig –, aber dann richtete er sich auf, ging mit den anderen Elfen auf die Bühne, und Lily sah, daß er sich verändert hatte. Martin Petersen in seinem kurzärmligen karierten Hemd, seinen steifen Jeans mit dem schmalen Plastikgürtel und seinen Turnschuhen – den Grundlagen seiner begrenzten Garderobe – bewegte sich wie jemand, nein, dachte Lily, wie etwas anderes. Er überragte die anderen Elfen im Gefolge, lauter Kinder, und doch wirkte nichts an ihm übermäßig groß oder plump. Er spielte weder affektiert noch angeberisch wie einige der kleineren Jungen.

Jim zupfte Lily am Ärmel und sagte: «Sieh dir Petersen an!»

Lily nickte, sagte aber nichts. Sie studierte Martins Körper, um herauszufinden, was ihn verändert hatte, aber sie konnte es nicht herausfinden. Seine Haltung, seine Bewegungen, sein Ausdruck – alles war anders als bei dem Martin, der im Ideal Café frühstückte. Auch Mrs. Wright beobachtete ihn. Und als Martin im dritten Aufzug sprach – «Und ich!» sagte er, «Heil!» und «Spinnweb» –, stotterte er nicht. Nicht ein einziger Tic oder eine Grimasse entstellte sein Gesicht, und Lily spürte, daß sie Zeugin eines Wunders war – wie bei dem Lahmen in der Bibel, der sein Bett nahm und wandelte. Und sie war nicht die einzige. Sie bemerkte die Verwunderung aller anderen. Später, als sie ihm hinter der Bühne begegnete, sah sie ihm in die Augen und umarmte ihn. «Du warst wunderbar», sagte sie. «Mehr als wunderbar!»

Martin lächelte.

Und dann küßte Lily ihn. Sie küßte ihn auf die Wange, weil sie glücklich über seinen Erfolg war, und sie küßte ihn, weil sie sich schuldig fühlte, daß sie mit seinem Versagen gerechnet hatte, und sie küßte ihn, weil sie sich vorstellte, es würde ihm gefallen. Zugleich war es ein nichtssagender Kuß, den Lily augenblicklich vergessen hätte, wenn ihr nicht Martins Gesichtsausdruck aufgefallen wäre, als sie sich von ihm abwandte. Weder lächelte er, noch wurde er rot, noch sah er selbstzufrieden aus. Blaß und feierlich öffnete er den Mund, als wollte er etwas sagen, dann schloß er ihn fest.

«Alles in Ordnung, Martin?» sagte sie.

Er nickte, und während sie ihn einen Moment lang musterte, fragte Lily sich, warum Martin nie so reagierte, wie sie es erwartete. Sie wünschte, er würde aufhören, sie so bedeutungsvoll anzusehen, aber sie schüttelte ihr Unbehagen ab und ging weg.

Nach der Probe hob Mrs. Wright die Arme mit verschränkten Händen über den Kopf wie ein Champion und berieselte ihre Schauspieler mit ermutigenden Nonsensphrasen wie «Ein guter Anfang» und «Die Fehler bügeln wir noch aus». Mütter kamen ihre Kinder abholen, und der Saal leerte sich schnell. Lily war auf dem Weg zur Tür, als sie eine leichte

Berührung auf der Schulter spürte. Als sie sich umdrehte, sah sie Martin. Er bedeutete ihr, ihm nach draußen zu folgen, und zeigte auf die Treppe. Drinnen hörte sie Mrs. Wright zu Mrs. Baker etwas über «Draht für Flügel» sagen. Martin warf einen kurzen, scharfen Blick auf die Frauen, dann wandte er sich wieder Lily zu. Seine Lippen bebten, und er stotterte an einem H herum.

Lily versuchte ihre Enttäuschung zu verbergen.

«H-h-hast du sie gefunden?» sagte er.

Lily sah ihn an. «Meinst du die Serviette, Martin?»

Er nickte.

«Ich habe sie gefunden. Ich kann aber nicht behaupten, daß ich verstanden hätte, was du damit gemeint hast.»

Martin schüttelte den Kopf und stotterte wieder. «B-bloß das, was es bedeutet.» Er starrte Lily an und näherte sein Gesicht dem ihren.

«Ist mein Gesicht schmutzig oder was?»

Er schüttelte den Kopf und starrte auf seine Hände.

«Was hast du damit gemeint?» sagte Lily.

Martin sprach zu seinen Fingern. «N-nun, es funktioniert nur mit dem Wort, weißt du.»

«Mund?» sagte Lily.

Martin riß den Kopf hoch und starrte sie an. «S-s-s-sag es noch mal.»

Lily spürte, daß ihr Gesicht anfing zu glühen. «Mensch, Martin, ich komme da überhaupt nicht mit.»

Er sah sie an. «Ich-ich-ich wollte, daß dein Mund das Wort Mund sagt.»

Lily zog die Nase kraus. «Was?»

Martin drückte seine Zeigefinger gegeneinander. Er wandte das Gesicht ab. «Weil», stammelte er, «das perfekt zusammenpaßt, das Wort und das, was es bedeutet.»

Lily schwieg. Sie dachte darüber nach. «Ja und?» sagte sie.

Martin blickte über seine rechte Schulter. Bei dem Geräusch von Mrs. Wrights Schlüssel im Schloß schaute Lily sich um und sah die Spielleiterin und Mrs. Baker schnell hinter ihnen die Stufen hinuntergehen. Unten an der Treppe blieben sie stehen, und Mrs. Wright winkte ihnen zu.

«Ihr beide wart toll heute abend. Macht weiter so!» sagte sie.

«Danke, Mrs. Wright! Wiedersehen, Mrs. Baker», rief Lily ihnen nach, während die Frauen zu einem an der Ecke geparkten Auto gingen.

Lily betrachtete Martins Profil. Er öffnete den Mund und begann zu sprechen. Zuerst stotterte er stark, aber dann schien er in Schwung zu kommen und redete ganz flüssig. Sie hörte eine Melodie in seiner Stimme und vermutete, daß die ihm half, seine Worte zu sortieren. «Ich suche nach dem Eingang», sagte er, «ich will eine Öffnung finden.»

«Wo hinein?» sagte Lily.

«Hast du nie den Eindruck, daß nichts wirklich ist?»

Lily sah ihn an. «Na ja», sagte sie langsam. «Manchmal denke ich, daß gewöhnliche Dinge irgendwie seltsam sind...»

Martin nickte heftig. «Es ... es ist so, als hätte alles eine Haut, und wenn du drunterkommen könntest, würdest du zu dem gelangen, was wirklich ist, aber man kann es nie, also muß man eine Art und Weise finden, dahin vorzudringen. Verstehst du?»

Lily verstand überhaupt nicht. Sie fühlte sich unbehaglich.

«Nein», sagte sie. «Versteh ich nicht.»

«A-a-also.» Er wandte ihr sein blasses Gesicht zu und stieß nach mehreren Versuchen das M hervor. «Mund. Das Wort ist nicht wirklich, aber ... aber du benutzt deinen Mund, um es zu sagen, und dann treffen sich die beiden...»

«Martin», sagte Lily kopfschüttelnd.

«Sch-sch-schwindel», sagte er laut.

Lily sah ihn an. Sie mochte das Wort nicht. «Schwindel?»

«W-wörter sind Schwindel – nichts als Laute für etwas, stimmt's? Bilder sind Schwindel, das Stück ist ein Schwindel. Aber vielleicht, wenn du sie auf das wirkliche Ding schiebst – dann öffnen sie einander.» Martin sah sie triumphierend an.

Lily starrte ins Leere.

«Nun muß es stimmen. Man muß so fest schauen, daß einem die Augen davon weh tun. Meistens stimmt es nicht. Aber man kann nicht aufhören hinzuschauen.» Martin schwieg eine Weile. «Sag es noch mal.»

Lily wich zurück. Sie schüttelte den Kopf und schaute die Straße entlang. Die niedrigen Äste großer Ulmen verdunkelten das Pflaster und den Bürgersteig. Zwischen ihnen konnte sie den Nachthimmel sehen und blickte zu ihm auf. Sie war müde und wollte woanders sein. «Es ist zu seltsam.»

Martin flüsterte ihr ins Ohr: «Spinnweb.» Lily drehte sich schroff zu ihm um.

«Was?»

«Hermias Vater wird sie töten.»

Sein abrupter Themenwechsel verwirrte sie, aber sie antwortete ihm: «Er tut es aber nicht, um Himmels willen. Es ist eine Komödie, Martin.» Sie gestikulierte mit den Händen. «Es ist lustig, erinnerst du dich? Die Leute sollen lachen.»

Martin rieb sich die Hände, und dann preßte er wieder die Zeigefinger gegeneinander. Sie zitterten unter dem Druck, und Lily nutzte sein Schweigen, um zu gehen. Sie richtete sich auf und ging zu ihrem Fahrrad.

«Kommst du mich besuchen, Lily, kommst du zu mir nach Haus?» sagte er zu ihrem Rücken.

Lily drehte sich nicht um. «Irgendwann mal», sagte sie. «Klar.»

Martin kam ihr hinterher, und plötzlich war es ihr unangenehm, daß sie ihm den Rücken zuwandte.

«Frau Professor Wasley», sagte er. Er schien alle Themen auf einmal abhandeln zu wollen. «Sie ist deine Freundin.»

Das sagte er laut und deutlich mit einer Stimme, die nicht ganz seine eigene war.

Lily legte die Hand auf den Fahrradsattel. «Ja, sie ist meine Freundin, warum?»

«Sie hat Nerven wie eine Fledermaus.»

«Was?»

Martin antwortete nicht.

Lily griff nach dem Schloß an ihrem Fahrrad und begann die Kombination einzustellen. Um die Nummern zu erkennen, mußte sie sich ganz nah über die winzigen Rädchen beugen, und wieder hatte sie das Gefühl, im Rücken ungeschützt zu sein. Sie zerrte an dem Schloß. Es ging nicht auf. Ganz langsam stellte sie erneut die Kombination ein. Das Schloß klickte, und sie zog es auf. Sie hörte Martin hinter sich atmen. Sie drehte sich zu ihm um. «Wiedersehen», sagte sie.

Seine Schultern wanderten nach oben, und er gestikulierte mit den Händen vor seiner Brust, während er ein Wort herausstotterte, das mit D anfing. Er tat ihr leid. Aber genug ist genug, dachte sie und fragte sich, wo das Stottern herkam. Es mußte sein, als trüge man einen Maulkorb.

Dann bewegte er dicht an ihrem Ohr die Lippen und flüsterte: «Die Farm der Bodlers.»

Lily widerstand der Versuchung, vor ihm zurückzuweichen. Dann klappte sie mit dem Fuß den Fahrradständer hoch und schwang das Bein über ihr Rad. Sie hörte ihr Herz klopfen und hoffte, Martin würde ihre Aufregung nicht bemerken.

«B-b-b.» Martin arbeitete lange an dem B. «Bevor du gehst, sag es noch mal.»

Lily trat in die Pedale. «Nein!» sagte sie. Das Nein schien in der Luft nachzuhallen, und dann, Sekunden darauf, spürte sie, wie die Reifen des Fahrrads über die Bahngleise holperten. Sie wollte sich zu ihm umschauen, wollte seine dunkle Gestalt allein vor dem kleinen Gebäude stehen sehen, aber sie tat es nicht. Warum hatte er die Bodlers erwähnt? Bei der Art und Weise, wie er geflüstert hatte, war ihr komisch zumute geworden. Fast als wüßte er das mit den Schuhen, dachte Lily. Sie erinnerte sich an die Stille des Ortes, das Rauschen des Windes, den weiten Himmel und die Scheune mit dem eingestürzten Dach, das zwischen den Steinen wachsende Gras. War das draußen vor der Garage Martin gewesen? Hatte sie ihn dort gehört? Und dann fragte sie sich, ob sie den Striptease für Edward Shapiro gemacht hätte, wenn sie nicht in die Schuhe geschlüpft wäre. Sie sah die Farm der Bodlers vor sich, wie sie an dem Tag gewesen war. Nur stand jetzt ein Mann, der Filthy Frank sehr ähnlich sah, auf einem Hügel frisch ausgehobener Erde. Wo waren die Zwillinge gewesen, als es passierte? In der Schule? Plötzlich kam Lily die Geschichte verkehrt vor. Die Stadt hatte Helen Bodlers Ermordung zur Legende gemacht, aber was war mit den Einzelheiten? Wie konnte eine Frau am selben Tag verschwinden, an dem ihr Mann neben seinem Haus ein tiefes Loch grub, ohne bei den Nachbarn Verdacht zu erregen?

Zwei

DURCH die Glastür des Stuart Hotels konnte Lily Idas Haar sehen, aber nicht ihr Gesicht. Seit fast einer Minute hatte sie vor, die Tür zu öffnen, aber jedesmal, wenn sie die Hand nach dem Griff ausstreckte, hielt sie inne. Jetzt oder nie, sagte sie sich und beschloß, bis zehn zu zählen. Aber als sie bei sieben war, blickte Ida Bodine von dem Buch auf, das sie las, und Lily öffnete die Tür und ging in die Halle.

Ida streckte den Kopf vor und riß die Augen auf. Über ihr hing eine Grünlilie, deren zahllose Ableger ihr Gesicht umrahmten wie eine wilde Perücke.

«Hallo, Ida», sagte Lily. Sie hörte die falsche Freundlichkeit in ihrer Stimme.

«Ist es nicht ein bißchen spät für einen Besuch?» Idas Gesicht erstarrte zu einer grell geschminkten Maske.

«Kommt auf den Rhythmus an, den man hat», sagte Lily und ging zur Treppe. Sie blickte starr geradeaus. Beim Treppensteigen hielt sie sich am Geländer fest, weil sie merkte, daß sie es für ihr Gleichgewicht brauchte. Aus halber Höhe spähte sie zu Ida hinunter, die sich wieder in ihr Buch vertieft hatte; es mußte spannend sein, wenn es sie davon abhielt, Lily nachzuspionieren. Die Frau saß vorgebeugt auf ihrem Stuhl und stützte das Buch auf der Kante der Empfangstheke ab. Auf seinem rosa Umschlag mit den erhabenen Goldlettern war eine ohnmächtige Frau zu sehen, die in den Armen eines Mannes hing, der ein Schwert um die Taille gegürtet trug. Das Gewand war ihr über die Schultern gerutscht und entblößte Brüste, die aussahen, als würden sie jeden Moment aus dem Mieder hüpfen.

Als Lily im ersten Stock ankam, blickte sie den langen Flur entlang. Sie hatte ihn noch nie gesehen. All die Jahre habe ich in Webster gelebt, und nie habe ich den ersten Stock des Stuart Hotels gesehen. Na, es ist genauso schäbig, wie ich mir dachte. Die Überreste eines braunen Teppichs hatten sich geworfen, und ein Geruch, der sie an die Cafeteria der High-School erinnerte, schwebte in der Luft – der Geruch von bleichen grünen Bohnen und Kartoffelpüree auf einem hellbraunen Plastiktablett. Ein einziges Licht beleuchtete den Flur – eine merkwürdige Fassung in Form eines Elchkopfs, in den eine schwache Glühbirne geschraubt war. Lily zählte die Türen ab, um sich zu orientieren. Vor der vierten blieb sie stehen, hob die Hand und wollte klopfen, tat es aber nicht. Ich kann nicht, dachte sie. Sie atmete so laut, daß sie befürchtete, der Mann könnte es hören. Bleib ruhig. Du kannst es. Aber ihr Arm sank herab. Dann, nach ein paar Sekunden, klopfte sie. Als sie ihre Hand zurückzog, fühlte sie sich ganz kalt an.

Die Tür ging auf. Edward Shapiro stand vor ihr und lächelte.

Lily versuchte, sein Lächeln zu erwidern, merkte aber, daß sie es nicht konnte. Ihr Mund war starr vor Beklemmung.

«Hallo», sagte er.

Lily konnte ihn riechen – Farben und Zigarillos. Seine Augen hatten lange, sehr schwarze Wimpern, die bis in die Augenwinkel gingen, und sie sah, daß seine Iris mehrfarbig war – grün, grau und ocker. Er trug ein farbverschmiertes T-Shirt und Bluejeans.

«Hallo», sagte Lily. Ihre Stimme klang normal.

«Möchten Sie reinkommen?» Er lächelte wieder.

Lily versuchte nicht noch einmal, zu lächeln. Statt dessen schluckte sie laut und ging hinein. Das Zimmer war kleiner, als sie gedacht hatte, und als sie sich nach den Bildern umschaute, sah sie, daß sie zur Wand gedreht waren.

«Wir sind uns noch nicht vorgestellt worden», sagte er und streckte die Hand aus. «Ich bin Edward Shapiro.»

Lily gab ihm die Hand, und als seine warmen Finger sich um ihre schlossen, bemerkte sie einen blauen Farbfleck auf seinem dritten Knöchel.

«Lily Dahl.»

«Nun, Lily Dahl, möchten Sie ein Glas Wein?»

Sie nickte.

Er deutete auf einen Klappstuhl. Lily setzte sich. Als sie auf ihre nackten Knie unter den abgeschnittenen Jeans starrte, bemerkte sie einen schwachen Bluterguß neben der Kniescheibe. Aber ihre Beine waren frisch rasiert, und sie war froh, daß sie am Nachmittag ihre Fußnägel neu lackiert hatte, nachdem sie sich entschlossen hatte, Sandalen anzuziehen. Sie schlug die Beine übereinander und beobachtete, wie der Mann sich über einen winzigen Kühlschrank beugte. Schnell zwickte sie sich in die Wangen, damit sie Farbe bekamen. Er drehte sich um, gab ihr ein Glas Weißwein und sagte: «Gefällt Ihnen Ihr Job im Café?»

«Haben Sie mich dort gesehen?» sagte Lily und spürte, daß sie rot wurde.

«Natürlich habe ich Sie gesehen.» Er sah sie ruhig an und setzte sich ihr gegenüber auf einen Stuhl.

Lily senkte den Blick. «Der Job ist schon ganz okay.»

«Das Café macht einen netten Eindruck – irgendwie echt.»

«Wie meinen Sie das?» Sie blickte zu ihm auf.

Er lächelte und griff nach einer Zigarillodose auf dem Boden. «Na ja, ich meine wohl, daß es ein echtes Kleinstadtcafé ist – schlicht und einfach.»

Er zündete sich ein Zigarillo an.

Lily lachte. «Die ganze Stadt ist so, falls Sie es noch nicht bemerkt haben sollten.»

Er sah sie an, sagte aber nichts. Er zog an dem Zigarillo und blies den Rauch nach rechts.

Lily nippte an dem Wein. Er hatte nichts von der Süße, mit der sie gerechnet hatte. Sie wartete darauf, daß er etwas sagte, und als nichts kam, sagte sie: «Alle reden über Sie.» Sie zögerte. «In der Stadt, meine ich.»

Der Mann lehnte sich zurück und lächelte. «Ach ja?»

Lily holte Atem. «Es ist ja normal, daß über einen Fremden geklatscht wird.»

«Ich bin also immer noch ein Fremder?»

«Na ja, verglichen mit den meisten Leuten hier schon.»

Edward Shapiro hob sein Glas und wies damit auf sich. «Auf die Befremdlichen», sagte er. Dann schwenkte er es zu Lily hin. «Und die nicht so Befremdlichen.»

Lily stellte das Glas auf ihr Knie. Sie starrte auf ihre Finger um den Stiel. «Ich habe nicht befremdlich gemeint.»

Sie schwiegen. Lily blickte nicht auf. Sie sah, wo seine Jeans aufhörten, und betrachtete den oberen Teil seiner in Mokassins steckenden nackten Füße.

Dann sprach er, und seine Stimme war kaum lauter als ein Flüstern. «Ich finde, wir sollten auf die Division Street bei Nacht trinken, auf ihre Stille und ihre Musik, ihre Dunkelheit und ihr Licht.»

Lily sah auf, und sie stießen an. Lily sprach langsam und vorsichtig. «Ich wollte nicht sagen, daß Sie befremdlich sind, sondern daß die Leute hier neugierig sind, wenn sie jemand nicht kennen.»

Er nickte. Seine Augen waren aufmerksam.

Lily schlürfte ihren Wein und sprach dann schneller weiter. «Wissen Sie, in Webster gibt es Leute, die endlos mit jedem quasseln, der sich genug langweilt, um zuzuhören, und mit der Wahrheit nehmen sie es dabei nicht so genau.» Sie beugte sich ein Stück vor. «Manche, die Schlimmsten, können sich sogar bei der Polizei auslassen.» Sie nickte Edward Shapiro vielsagend zu.

Der Mann schob den Kopf vor und kniff die Augen zusammen. Lily beobachtete, daß seine Zigarilloasche zu Boden fiel. Dann zog er belustigt einen Mundwinkel nach oben. «Spielen Sie in Ihrer diskreten Art auf meine Freundin Mrs. Bodine unten an?»

Lily nickte.

«Und Mrs. Bodine war so bekümmert über meine Musik, daß sie bei der Polizei angerufen hat?»

«Nicht über die Musik.»

«Nicht über die Musik», wiederholte er mit gespieltem Ernst. «Über was denn?»

Lily sah ihn an. «Dolores.»

Um seine Augen bildeten sich Fältchen, als er sagte: «Dolores Wachobski?»

So heißt sie also mit Nachnamen, dachte Lily.

Der Mann machte mit der rechten Hand kleine Kreise an seinem Ohr, zum Zeichen, sie solle weiterreden. Er hielt den Rest des Zigarillos zwischen Daumen und Zeigefinger, und Lily beobachtete, wie der Rauch aufstieg.

«Ich weiß wirklich nicht, wie ich das ausdrücken soll», sagte sie. Er machte aufmunternd große Augen.

«Nun, Dolores hat irgendwie einen schlechten Ruf.» Sie sah aus dem Fenster. «Sie nimmt Geld.» Sie hielt inne. «Von Männern.» Dann wandte sie sich ihm wieder zu.

Alle Anzeichen von Belustigung waren aus dem Gesicht des Mannes verschwunden.

«Verstehe», sagte er. «Ich kenne Dolores. Ich male sie.»

Lily starrte ihn an. Sie biß sich auf die Lippe, die einen Moment unter ihren Zähnen bebte.

«Ich zeige Ihnen das Bild», sagte er. «Es ist zwar noch nicht fertig, aber schon einigermaßen weit gediehen.»

Lily wandte den Blick ab. Sie hörte ihn aufstehen und spürte seine Hand auf ihrem Arm. Sie mußte sich gegen seine Berührung wappnen, weil sie den Drang verspürte, sich gegen ihn sinken zu lassen. Sie ließ sich von ihm zur Wand führen, ohne ihn anzusehen oder zu reden, aber sie spürte, wie seine Hand auf ihr Kreuz wanderte, und als sie bei den Bildern ankamen, streckte er sie an ihr vorbei aus, um nach der Leinwand zu greifen, und sein Daumen berührte den Knopf ihrer Jeans. Lily atmete etwas zu laut durch die Nase, wie sie meinte, und trat zurück. Er drehte das große Bild zu ihr um.

Eine lebensgroße Dolores Wachobski blickte Lily geradewegs an. Die Frau saß rittlings auf einem Hocker, ihre Hände umschlossen den Sitz zwischen ihren gespreizten Beinen. Dolores' vorgebeugtes Gesicht war grimmig und verschlossen. Sie trug ein schwarzes Kleid mit weißen Punkten, vorn so tief ausgeschnitten, daß es mindestens die Hälfte ihres enormen Busens entblößte. Am oberen Rand der Leinwand befanden sich drei aneinandergereihte Kästchen mit Zeichnungen, die Lily an Comic strips erinnerten. Die Figuren darin sahen eher gezeichnet als gemalt aus, und verglichen mit dem Realismus des Porträts darunter, wirkten sie noch mehr wie Cartoons. Lily trat ein paar Schritte näher an das Gemälde heran und betrachtete die Kästchen eingehend. Im ersten sah sie ein hinter einem Schuppen oder einer Außentoilette kauerndes Mädchen. Es war Nacht, und über dem Kind stand eine so schlicht gemalte Mondsichel, daß Lily dachte, sie sollte ein Gesicht haben. «Was bedeutet dieser Teil?» sagte sie und zeigte auf die Kästchen.

«Das ist der Geschichtenteil», sagte er. «Jeder, den ich male, wählt eine Geschichte aus, die im Rahmen des Porträts in Bildern erzählt wird. Wissen Sie, ich arbeite immer mit den Menschen zusammen, die ich male. Wir reden, während sie mir Modell sitzen, und ehe ich damit fertig bin, entscheidet er oder sie, welche Geschichte in der narrativen Leiste erzählt werden soll.»

«Das kleine Mädchen ist also Dolores?»

«Ja.»

Lily schaute sich das zweite Kästchen an. Den Kopf auf den Arm gelegt, schlief das Kind hinter dem Schuppen. Im dritten war eine Frau aufgetaucht und hielt das Kind mit einer Hand am Hemd gepackt. Die andere Hand war ausgestreckt, als sei die Frau im Begriff, dem Kind eine herunterzuhauen. «Wer ist das?» Lily deutete auf die Frau.

«Ihre Mutter.»

Eine Weile sagte Lily nichts. «Hatte sie Angst vor ihrer Mutter?»

«Ich glaube nicht. Aber sie versteckte sich gern vor ihr. Ich glaube, sie ließ sich gern suchen.» Er sprach leise, betonte jedes einzelne Wort.

Lily forschte in seinem Gesicht, konnte aber keine Gefühlsregung darin erkennen. Von draußen hörte sie ein Auto, Gehupe und dann das Scheppern von Metall. Der Motor heulte auf, der Wagen schleuderte die Straße entlang und wurde langsam leiser. Sie starrte das Kind in dem letzten Kästchen an, das sich vor dem bevorstehenden Schlag duckte. «Sie muß Ihnen vertrauen», sagte sie. «Das hier ist ziemlich persönlich.»

Sie hörte den Mann seufzen. Der Laut erregte sie. «Und die anderen», sagte sie mit einem Blick auf die drei übrigen Leinwände.

Er ging zur nächsten und drehte sie um.

Lily stieß einen langen Pfiff aus und grinste. «Heiliger Bimbam», sagte sie. «Das ist ja Tex.»

Der Mann stand in seiner ganzen Größe von 1,90 Meter splitternackt vor ihr. Das Rot seiner Haare wiederholte sich in seinen Schamhaaren. Sein aufgedunsener weißer Bauch war mit Leberflecken gesprenkelt. Lily studierte seinen Penis. Er sah aus wie jeder andere. Sie stellte sich auf die Zehenspitzen, um die drei Kästchen über dem Kopf des Mannes besser sehen zu können. Im ersten schwenkte der Mann von einem bokkenden Wildpferd herab seinen Hut. «Ich wußte gar nicht, daß Tex Rodeos reitet. Ich war oft bei den Veranstaltungen hier in der Gegend und habe ihn nie gesehen.»

«Ich glaube, er tut es auch gar nicht. Die Geschichten müssen nicht wahr sein, wissen Sie. Er wollte es so, also hat er es bekommen. Ich mische mich da nicht ein.»

«Wieso ist er nackt und Dolores angezogen?»

Shapiro grinste. «Er wollte sein ‹wahres Ich› enthüllen. Das ist ein Zitat.»

«Finden Sie, daß man nackt ein wahreres Ich zeigt, als wenn man angezogen ist?» Lily drehte sich nicht zu ihm um, sondern blickte unverwandt auf die Kästchen. Nachdem sie es gesagt hatte, wurde sie rot.

«Nein», sagte er, «finde ich nicht.»

Im zweiten Kästchen stand eine männliche Figur über einer weiblichen, die auf dem Boden kniete. Der Mann hielt der Frau eine Pistole an den Kopf. «Oh», sagte Lily. Es war weniger ein Kommentar als ein erstaunter Ausruf. Sie drehte sich zu Shapiro um.

Der Mann sah sie an. «Ich glaube, auch das ist eine Phantasie, eine unheimlicherc als die erste.»

«Ist es eine bestimmte Frau? Ich meine...»

«Das hat er nicht gesagt.»

«Sie meinten aber doch, Sie würden mit jedem reden, der Ihnen Modell sitzt.»

«Das tue ich auch, aber er wollte es nicht sagen. Er hat mir nur gesagt, was ich malen soll.»

Im dritten Kästchen hing ein Toter mit einem Strick um den Hals an einem Baum.

«Ist er das auch?»

«Ich glaube, ja. Als er mit mir darüber sprach, hat er mir

zwar jede Einzelheit des Bildes erklärt, aber nie das Wort ‹ich› benutzt. Ich denke, wir wußten beide, daß er mit dem ‹Er› sich meinte. Was ich an ihm bewunderte, war seine Sicherheit. Er wußte Bescheid. Howard geriet nie ins Wanken.»

«Howard?»

«Howard Gubber.»

Lily lächelte. «Wow! Das ist der albernste Idiotenname, den ich je gehört habe. Ich wette, Sie sind der einzige in ganz Webster, der seinen richtigen Namen kennt, außer seiner Mutter, und die sieht sich wahrscheinlich auf dem Urlandfriedhof die Grasnarbe von unten an.»

Lily zeigte auf die dritte Leinwand, und Shapiro drehte sie gehorsam um. Sie war kleiner als die mit Tex.

«Ach, Stanley», sagte Lily, «Stanley Blom. Er ißt ziemlich oft im Ideal. Ein netter Kerl.» Sie legte den Kopf schief, als könnte sie ihn so besser sehen. Der kleine Mann saß auf einem Stuhl und blickte starr geradeaus. In dieser Haltung war sein verkrümmter Körper etwas kaschiert. Er trug einen Anzug, den er für den Kirchgang geschont haben mußte. Jedenfalls frühstückte er nicht in ihm. Aber sein schmales, faltiges Gesicht war unverkennbar. Es war voller brauner Flekken und Zysten. Lily sah sich Stanleys Kästchen an. Durch das erste liefen zwei Jungen einander hinterher. Im zweiten war ein großes, langgestrecktes Haus mit vielen Fenstern zu sehen. «Wer wohnt da?» sagte Lily.

«Das ist ein Sanatorium», sagte Shapiro und trat dicht an sie heran. «Der Junge da» – er deutete auf das hintere Kind im ersten Kästchen – «war sein Bruder. Er starb 1925 an Tuberkulose. ‹Ich habe nur eine große Geschichte›, hat er zu mir gesagt, ‹und zwar diese.› Sein Bruder hieß Henry.»

Lily wandte sich dem letzten Kästchen zu. Es zeigte einen Raum mit einem Fenster und einem leeren Bett darin. Am Bildrand war der Rahmen eines weiteren Bettes sichtbar, aber das Bett, in dem niemand lag, stand im Mittelpunkt.

Lily spürte die Hand des Mannes auf ihrer Schulter. «Henry starb vor einem der Besuche der Familie. Als Stanley und seine Eltern den Raum betraten, war der Junge weg.»

«Heißt das, sie haben ihn nicht mehr zu Gesicht bekommen?»

«Nicht an dem Tag und nicht lebend. Das leere Krankenhausbett sagte ihm, daß sein Bruder tot war, und so erzählt er die Geschichte.»

Sanft drehte der Mann sie zu sich um. Sie sah seine Augenbrauen und die großen Augen, die gerade Nase und den kleinen Mund an und dachte: Gott, es ist ein wunderschönes Gesicht. Ehe er sie küßte, sagte sie: «Wie alt war er? Henry, meine ich.»

«Er war neunzehn.»

Lilys Shorts waren aufgeknöpft und das Hemd des Mannes ausgezogen, bevor ihr einfiel, daß sie ihre Periode hatte. Sie wußte, daß sie es ihm sagen mußte. Sie umklammerte sein Handgelenk mit den Fingern und sagte mit einer gepreßten Stimme, die ihr peinlich war: «Ich habe meine Tage. Ist das schlimm?»

Er schüttelte den Kopf.

«Ich bin gleich wieder da.»

Sie beobachtete, wie ihr fast weißer Tampon in Edward Shapiros rostbefleckter Toilette verschwand. Blaue, grüne, gelbe und braune Farbe verschmierte das Waschbecken. Bevor sie das Bad verließ, öffnete sie das Arzneischränkchen. Darin lag auf einer schmierigen Glasplatte ein schlankes schwarzes Rasiermesser – sonst nichts. Lily überprüfte ihr Gesicht im Spiegel. Sie fand es ein bißchen gerötet, aber ansonsten gut. Als sie die Tür des Badezimmers schloß, machte sie sich bewußt, daß sie keinen Zweifel hatte. Sie empfand nichts, weswegen sie hätte zögern sollen.

Er war unrasiert, und seine Stoppeln kratzten sie an der Wange, als er sie küßte, und sie roch Terpentin an seinen

Händen, aber ihr gefiel, daß er sich keine Gedanken über sich zu machen schien. Sie spürte die Entspanntheit in seinen Armen und Beinen. Er war nicht passiv, aber er hatte es auch nicht eilig, und Lily mußte plötzlich denken, daß Peter und Hank sich beide dabei beobachtet hatten, wenn sie mit ihr schliefen, und dieser Mann tat es nicht. Sie spürte das rauhe Haar auf seiner Brust, sie ließ die Finger zu seinem Nabel wandern und berührte die Haut ringsum, und dann küßte sie ihn dort und spürte die Muskeln in seinen Schenkeln, die sie sich durchs Fenster so genau angesehen hatte. Sie berührte seine Knie und seine Waden, und er küßte ihren Hals, ihre Schultern und ihren Rücken, und er küßte ihre Kniekehlen und küßte ihre Fesseln und berührte ihr Geschlechtsteil eine ganze Weile nicht, und Lily dachte, daß sie ihn, wenn sie ihn nicht schon vorher geliebt hätte, jetzt liebte. Dann überraschte er sie. Er faßte sie innen um die Schenkel und zog sie zu sich, und sie dachte, es ist, als wüßte er Bescheid, als wüßte er alles über mich, und sie ließ ihren Kopf auf die Matratze zurückfallen. Durch das dünne Bettlaken spürte sie, wie ein harter kleiner Knopf von der Matratze sich in ihren Hinterkopf drückte, als sein Körper sich auf ihren schob. Er fummelte ein paar Sekunden mit einem Kondom herum, aber sie schloß einfach die Augen und lauschte seinem Atem. Sie umklammerte seinen Rücken. Beide schwitzten auf dem weißen Laken, und Lily stellte sich sich selbst im Fenster vor, als sähe sie sich mit seinen Augen, und sie sah sich wieder vor sich, wie sie ihre Shorts herunterzog, und sie biß ihn in den Hals, nicht fest, sondern ganz leicht. Während sie sich liebten, sprach sie stumm mit sich selbst, erzählte sich, was sie gerade machten, und das erregte sie noch mehr, und als sie ihren Orgasmus fühlte, schrie sie auf, aber sie wußte nicht, wie laut, und es war ihr auch egal, und Sekunden später schaute sie ihm ins Gesicht und sah seine Pupillen unter seinen Lidern verschwinden und spürte das schwache Zucken seines Orgasmus und dann das Gewicht seines Körpers auf sich. Sie roch sein Haar – Shampoo und Zigarillos. Im gedämpften Licht betrachtete sie die Haut auf seinen Schultern, die winzigen Unebenheiten und Flecke. Sie fuhr mit dem Finger darüber und dachte, daß er wie niemand anders sei.

Als er sie nach ihrem Alter fragte, log sie und sagte einundzwanzig. Die zwei Jahre mehr schienen bedeutsam, und sie nahm sich vor, ihm später die Wahrheit zu sagen.

Sie redeten stundenlang in dieser Nacht. Lily erfuhr, daß er in Newark, New Jersey, geboren war und die Kunstakademie in New York besucht, aber auch Kunstgeschichte studiert hatte und daß er, bevor er einen Galeristen fand, sein Geld damit verdient hatte, Gemälde alter Meister zu kopieren und an reiche Leute zu verkaufen, hauptsächlich aus Texas, die einen Caravaggio oder einen Renoir oder einen David für ihre Ehefrauen und Freundinnen haben wollten. Er war vierunddreißig Jahre alt. Er sagte, er habe erst vor kurzem zu «seinem eigenen Stil» gefunden. Bisher habe er erst vier «richtige» Bilder verkauft, aber er sei optimistisch. Und Lily erzählte ihm von der Schauspielerei und von ihrer Rolle als Hermia im «Sommernachtstraum». Er sagte nicht, daß dies ein unmögliches Gewerbe sei und viel zu schwer, hineinzukommen, und fragte auch nicht, wieso sie meine, sie könne es. Er hörte ihr zu, rauchte seine Zigarillos und erkundigte sich, warum sie Schauspielerin werden wolle und wie sie sich fühle, wenn sie spielte. Da erzählte sie ihm von Marilyn. Er lächelte nicht einmal. Er sagte, er habe Marilyn in «Nicht gesellschaftsfähig» wunderbar gefunden und ihm gefalle an ihr, daß sie so lebendig wirke, lebendiger als eine Menge anderer Schauspieler, zugleich zart und stark. Es machte Lily sehr glücklich, ihn so über Marilyn reden zu hören, und als er schwieg, küßte sie sein Gesicht ab und sagte ihm, er sei schön, und sie liebten sich noch einmal.

Morgens wachte Lily ohne Wecker rechtzeitig zur Arbeit auf. Sie hatte nur zwei Stunden geschlafen, und nachdem sie vorsichtig den Arm des Mannes von ihrer Hüfte gehoben hatte, setzte sie sich auf und stellte die Füße auf den Boden. Ihre Beine zitterten vor Erschöpfung, doch als sie den Schlafenden ansah, dachte sie, da, neben ihm, habe ich gelegen. Sie zog sich schnell an und hinterließ ihm eine Nachricht. Es gab vieles, was sie gern auf den Zettel geschrieben hätte: «Ich liebe dich, ich bete dich an, du bist der wunderbarste Mensch auf der ganzen Welt», aber solche Sätze wären unklug gewesen, also schrieb sie: «Lieber Ed» – es war schön, ihn Ed zu nennen –, «meine Telefonnummer ist 645 1133. Lily.» Sie prüfte kurz ihre Handschrift, weil sie fürchtete, sie sehe kindlich aus, aber sie beließ es dabei. Sie schlich auf Zehenspitzen die Treppe hinunter und an Ida vorüber. Die Frau schlief mit dem Kopf auf der Empfangstheke, die Wange von ihrem rechten Arm zusammengequetscht. Ihr Make-up war im Lauf der Nacht verblaßt, und Lily fand, daß ihr Gesicht weicher und hübscher aussah als am Abend.

Die Division Street war leer und wurde eben mit der Morgendämmerung grau. Sie überquerte sie halb und blieb stehen. Sie schaute an Bermans Bekleidungshaus und Tinys und Willys Schuhreparatur vorbei zu dem Ben Franklin an der Ecke und nahm sich vor, sich genau daran zu erinnern, wie die Straße an diesem Freitagmorgen, dem siebten Juni des Sommers, als sie neunzehn war, ausgesehen hatte. Dann ging sie über das Pflaster, und im selben Moment, als ihr linker Fuß den Bordstein berührte, sah sie die Lichter im Ideal Café angehen.

UM fünf vor halb sechs preßte Martin Petersen sein Gesicht ans Fenster des Cafés. Lily war sich der Uhrzeit sicher. Sie hatte gerade auf den Minutenzeiger der Uhr geschaut, weil Vince wollte, daß die Türen des Cafés «auf die Minute pünktlich» geöffnet wurden. Die Glasscheibe drückte Martins Nase platt wie einen Schweinerüssel, und wenn er nicht so plötzlich aufgetaucht wäre, hätte Lily über ihn gelacht. Aber kein Laut war seinem Kommen vorausgegangen, kein Motorengeräusch auf der Straße und kein Scharren von Füßen auf dem Pflaster. Das Lauschen auf die frühmorgendlichen Geräusche in Webster gehörte zur täglichen Frühstücksvorbereitung im Café, und als sie den Kopf wandte und Martin in derselben Kleidung wie am Abend zuvor sah, fuhr sie zusammen.

Er winkte ihr zu.

Lily schloß die Tür auf und sprach ihn durch das Fliegengitter an: «Was machst du so früh hier?» sagte sie.

Martin kam zur Tür und hielt ein Stück Papier hoch. «I-i-ich wollte dir einen Plan bringen», stotterte er.

«Wofür?»

«Wie du zu meinem Haus kommst.»

Lily winkte abwehrend mit beiden Händen. «Martin Petersen», sagte sie im Ton einer genervten Lehrerin. «Ich weiß, wo du wohnst. Das Haus meiner Eltern liegt vierhundert Meter entfernt, und ich habe siebzehn Jahre darin gelebt.»

Martin stieg die Stufe hinauf und drückte sein Gesicht gegen die Fliegentür. Sie gab ein dumpfes Plopp von sich, als er den Druck verstärkte und den Mund und das Kinn gegen den Draht drückte, als wollte er ihn sprengen.

Lily sah, daß die kleine Kreuzschraffierung sich in seine Gesichtshaut grub und daß es ihm egal war. Stur, entschlossen und blind weigerte Martin sich, die Regeln zu befolgen, die für die meisten Leute selbstverständlich waren, und sie verspürte den Drang, ihre Faust mitten in dieses große, weiße Gesicht zu schlagen, das den Fliegendraht verformte. Hinter Martin sah sie Pete Lund aus seinem blauen Ford steigen.

«Hör auf damit», flüsterte sie Martin zu. «Du machst es noch kaputt.»

Sie entriegelte die Fliegentür, ließ Martin ein und hielt die Tür für Pete auf, der ihr zunickte.

Nachdem Martin sich argwöhnisch wie ein Kind, das Spion im Kalten Krieg spielt, im Café umgeschaut hatte, gab er Lily einen zusammengefalteten kleinen Zettel. Er schob sein rautengemustertes Gesicht ganz nah an ihres heran und flüsterte: «S-s-sag es noch mal.»

Lily wich kopfschüttelnd zurück. Sie spürte, wie die Kante des zusammengefalteten Zettels in ihre Handfläche schnitt.

Hinter ihr sagte Vince in befehlendem, aber noch nicht ärgerlichem Ton: «Ein Gast, Lil.»

«Komme gleich», sagte Lily.

«Sag es noch mal», flüsterte Martin.

«Püppchen!»

«Schon unterwegs, Vince.» Lily schaute sich zu ihm um. Er sah röter aus als sonst. Sie wandte sich wieder Martin zu. Seine Augen waren riesengroß, blau und verzweifelt. Sie wollte nicht mehr in diese Augen sehen. Sie haßte dieses schmachtende, flehende Gesicht und wollte, daß es verschwand. «Mund», sagte sie. Und dann noch einmal lauter: «Mund.» Sie beugte sich zu ihm vor und knurrte: «Mund! Okay?»

Martin lächelte. Lily fand, daß sein Lächeln aussah wie das eines Betrunkenen – mit hängenden Lippen und benommen. Sie wandte sich von ihm ab und ging zu Vince.

«Ist das ein Gast oder nicht?» bellte er sie an und zeigte auf Pete Lund.

«Reg dich ab, Vince», sagte sie. Sie schaute auf die Uhr. «Es ist vier Minuten nach halb sechs.» Pete Lund las in aller Ruhe den «Chronicle». «Sieht er aufgebracht aus? Will er mich auf sich aufmerksam machen? Du weißt doch, was er haben will. Ich brauche nicht mal seine Bestellung aufzunehmen. Geh in die verdammte Küche und mach es fertig. Ich kenne dich. Du bist über etwas ganz anderes wütend. Wahrscheinlich über Boom. Wohnt er noch bei dir? Er will nicht zu seiner Mama zurück, stimmt's?»

Der Mann verschränkte die Arme vor der Brust und starrte sie an. «Wieso mußte ich die beiden einzigen Mädchen in diesem beschissenen Nest einstellen, die Widerworte geben?»

«Weil du Waschlappen haßt, Vince, deswegen. Und weil sensible Typen bei dir kündigen. Erinnerst du dich an Cindy? Sie ist nach drei Tagen schreiend hier rausgerannt.»

«Ach, komm, die kleine Tussi konnte eben keinen Spaß vertragen.»

«Hör mal, Vince, das war kein Spaß. Es war eine schmutzige, abstoßende Geschichte, und du hast sie ihr nur erzählt, um sie zu schockieren.» Lily lächelte. «Macht Boomer dich verrückt?»

«Der Junge weiß einfach nicht mehr, wo ihm der Kopf steht. Ich würde ihn rausschmeißen, wenn diese verfluchte Frau nicht wäre.»

«Und was ist mit der?»

«Wenn er bei ihr ist, will sie ihn nicht haben, und wenn er nicht da ist, will sie ihn haben.»

«Das heißt, sie will ihn nicht haben», sagte Lily.

Vince schüttelte den Kopf. «Und er kommt nicht ohne sie aus. Er ist wie ein Säufer, der auf einen Drink aus ist. Sie wirft ihn raus, aber er nimmt es ihr nicht übel, sondern läßt seine Wut an ihrem Mann aus – nicht, daß der kein mieser Drecksack wäre.» Vince schwieg eine Weile. «Worum ging es denn da eben?» Er zeigte mit dem Daumen zur Tür.

Lily sah ihn an. «Ich weiß nicht», sagte sie ganz ehrlich. «Er fällt mir allmählich auf die Nerven, aber worum es eigentlich geht, kann ich dir nicht sagen.»

Nachdem sie ihre ersten vier Gäste bedient hatte, machte sie hinter der Theke eine Pause und zog den Plan aus der Tasche. Mit einem Blick sah sie, daß Martin, was immer er über die «Wegbeschreibung» zu seinem Haus gesagt hatte, etwas viel Komplizierteres im Kopf gehabt hatte. Bei genauerer Betrachtung stellte sie fest, daß das, was Martin ihr gegeben hatte, kein Plan, sondern eine Zeichnung zweier auseinandergefalteter Pläne war, einschließlich der Falze, wo das imaginäre, nicht das wirkliche Papier gefaltet war. Die Pläne waren so gezeichnet, daß sie eine Illusion von Tiefe vermittelten: als schwebe ein durchsichtiger Plan über dem anderen. Der obere zeigte Webster und seine Umgebung und der darunter Athen und den Elfenwald aus dem Theaterstück. Die Division Street war fett eingezeichnet, ebenso das Ideal Café und das Stuart Hotel, aber keine Geschäfte. Außerhalb der Stadt sah sie die Farm der Bodlers, den Heath Creek und die Heath Woods, die Jesse-James-Höhlen, und in die obere rechte Ecke hatte Martin einen Pfeil gezeichnet und «Zu deinen Großeltern Dahl» geschrieben. Unweit des Pfeiles war die Farm der Overlands mit einem großen Stern und einem länglichen Kasten oder einer Kiste gekennzeichnet. Lilys Großeltern waren tot, und von deren Farm war nichts übrig, weshalb ihr der Hinweis mit dem Pfeil seltsam vorkam. Das Haus der Overlands stand noch, nur Minuten von dem Ort entfernt, wo ihre Großeltern gelebt hatten, aber sie hatte lange nicht daran gedacht. Die Kinder, die oben in diesem Haus wohnten, hatte sie nie zu Gesicht bekommen, und sie versuchte sich daran zu erinnern, was mit ihnen nicht stimmte. Sie konnten nicht sprechen. Ihre Großmutter hatte ihr erzählt, die beiden Mädchen würden, jedes in einer Ecke, stundenlang vor- und zurückschaukeln. Aber was bedeutete diese Kiste? Die Zeichnung irritierte sie. Sie ahnte, daß Martin sich erneut in seiner umständlichen Art an sie wandte und sich in Andeutungen erging, die sie nicht begriff. Und dann, gerade als sie von dem Zettel aufblicken wollte, bemerkte sie, daß Martin an den Rand beider Pläne das Wort «Schlaf» geschrieben hatte. Lily rätselte eine Weile darüber, ließ den Blick über die roten Sitzecken und dann hinüber zu Clarence Sogns sonnenverbranntem Gesicht schweifen und wünschte, sie hätte das Wort für Martin nicht gesagt. Es war falsch gewesen, es zu sagen, aber warum? Weil er so befriedigt ausgesehen hatte. Als sie daran zurückdachte, wurde ihr übel.

Gegen halb eins, kurz vor Schichtende, schnitt Lily zwei Stück Zitronenbaisertorte für die alten Moss-Schwestern ab.

«Es ist Nesselsucht, meine Liebe», sagte Leonora. «Die hatte ich schon hundertmal. Sie kommt von diesem neuen Waschpulver, mit dem du die Bettwäsche gewaschen hast.»

«Ich fürchte, es ist eine Gürtelrose», sagte Bessy.

«Unsinn, meine Liebe. Gürtelrose hatte ich kurz nach dem Krieg. Sie sieht kein bißchen aus wie Nesselsucht.»

Unmittelbar nachdem Bessy sich vorgebeugt und die Worte «Nesselsucht bildet keinen Schorf» gezischt hatte, betrat Edward Shapiro das Ideal Café. Er stützte sich mit den Händen auf die Theke und sagte, sein Gesicht nur wenige Zentimeter von Lilys entfernt, leise, aber so deutlich, daß Bert es gehört haben mußte, weil sie daraufhin den Deckel des Kuchenkastens auf die Theke fallen ließ: «Ich habe dich vermißt!» Da vergaß Lily Martin Petersen, und sie vergaß, sich von Bert und Vince und Boomer zu verabschieden, und sie vergaß, ihre Schürze abzunehmen. Sie folgte dem Mann zur Tür hinaus auf die Division Street, wo er sie in die Arme nahm und vor den Augen aller Cafégäste und eines halben Dutzends Leute auf dem Bürgersteig küßte. Dann legte er den Arm um sie und ging mit ihr die Stufen zum Stuart Hotel hinauf.

AN diesem Nachmittag stellte Lily Ed eine Frage, die sie, wie sie wußte, nicht stellen sollte. Sie zögerte, wohl wissend, daß es klüger wäre, ihrer Neugier nicht nachzugeben, aber der Wunsch war zu stark, wie wenn man eine verschorfte Wunde aufkratzt, die bluten wird, wenn man an ihr herummacht.

«Wie ist sie?» sagte sie, auf dem Bett liegend, in Richtung Decke.

«Wer?» Ed drehte sich um und sah sie an. Er stand vor seiner Leinwand.

«Deine Frau.»

Er sah sie an und lächelte. «Vielleicht solltest *du* es mir sagen. Mein Leben scheint ja ein offenes Buch zu sein.»

«Nein, ich weiß nur, daß du eine Frau hast und daß sie nicht hier ist.»

«Stimmt, sie ist nicht hier.»

«Gut», sagte Lily. «Ich ziehe die Frage zurück.»

«Nein», sagte er, «schon in Ordnung.» Er kam zum Bett und setzte sich. «Ich war fünf Jahre verheiratet.» Er schwieg eine Weile. «Die Ehe ist in die Brüche gegangen. Sie ist Malerin. Ihre Arbeit unterscheidet sich sehr von meiner. Sie malt winzig kleine Bilder.» Er zeichnete mit den Fingern ein etwa postkartengroßes Rechteck in die Luft. «Sie sind eher abstrakt, aber ab und zu kann man einen kleinen Gegenstand darauf erkennen – eine Schere, einen Hut oder eine Pillendose.» Er hielt inne. «Ich habe ihre Arbeit immer respektiert, aber ich glaube nicht, daß ihr meine gefallen hat. Sie hat es zwar nie gesagt, aber ich hatte das Gefühl, sie fand meine Sachen übergroß und vulgär. Sie schien immer überrascht, wenn andere Leute sich dafür interessierten.»

«Aber wie ist sie?»

«Ich dachte, das hätte ich dir gerade erzählt.» Er beugte sich über das Bett und nahm Lilys Hand. «Vielleicht auch nicht.»

«Wie konntest du jemand heiraten, der deine Malerei nicht mag?»

Ed kniff die Lippen zusammen. «Ich glaube, ich habe es erst später gemerkt. Wir haben uns mit achtzehn kennengelernt, und ich glaube, ich fand sie geheimnisvoll. Eigentlich habe ich nie verstanden, wie sie wirklich war, und bin ihr jahrelang nachgelaufen.»

«Sie muß aber schön sein.»

Ed lächelte sie an. «Wie kommst du darauf?»

«Weil du gesagt hast, daß sie geheimnisvoll war und daß du hinter ihr her warst, und weil ich denke, daß Männer, wenn sie hübsche Frauen sehen, alles mögliche in sie hineinphantasieren, bevor sie sie überhaupt kennen, und dann müssen sie immer so weitermachen.»

«Sprichst du aus Erfahrung, Lily Dahl?» Er sah sie mit zusammengekniffenen Augen zärtlich an und nahm dann sein T-Shirt, das am Fußende des Bettes über dem Eisenrahmen hing.

Lily lehnte sich zurück und musterte ihn. «Du bist der dritte.»

Ed sah sie überrascht an. «Hast du gedacht, ich hätte dich *danach* gefragt?»

«Ich sage es dir. Es gab zwei andere. Mit dem zweiten habe ich vorgestern Schluß gemacht.»

Ed zog sich das T-Shirt über den Kopf und griff nach seiner Jeans. Er vergaß seine daneben liegenden Boxershorts und zog die Jeans über seine nackten Schenkel hoch. «Soll ich es nur wissen, oder willst du mir damit noch etwas anderes sagen?»

Lily biß sich auf die Lippe und sah ihn an. Sie blickte sich nach ihrem Hemd um, demselben, das sie gestern getragen hatte. Ich muß mich umziehen, dachte sie. Dann sagte sie: «Ich denke, ich möchte einfach, daß die Dinge klar sind. Verstehst du, was ich meine?»

Er ging zum Fenster und sah hinaus. Lily betrachtete seinen Rücken und fragte sich, ob er irgendeine Gefühlsregung verbarg. Sie dachte, daß sie, wenn sie jetzt in ihrem Zimmer wäre, sein Gesicht sehen könnte.

«Es ist selten, daß die Dinge klar sind, nicht?» Er drehte sich nicht um. Lily dachte, daß er womöglich in ihr Fenster auf der anderen Straßenseite schaute, und der Gedanke machte sie traurig. Sie zog sich schnell an, nahm ihre zerknitterte Schürze vom Bett und ging zur Tür.

«Ich gehe jetzt nach Hause», sagte sie. «Auf Wiedersehen, Ed.»

Da drehte er sich um und kam zu ihr. Er küßte sie fest auf den Mund und sagte: «Ich rufe dich später an.»

Lily sah ihm in die Augen. Er mag mich lieber, wenn er weiß, daß ich gleich gehe, sagte sie sich.

«Was ist das für ein Blick?»

«Was für ein Blick?» sagte sie.

«Dieser Blick, dieser ironische, blasierte Blick.»

«Rate mal», sagte sie. Dann drehte sie sich um und ging zur Tür hinaus.

Aus Mabels Wohnung drang kein Laut, und Lily nahm an, daß sie entweder weg war oder schlief. Mabel schlief tagsüber oft besser als nachts. Lily zog die Vorhänge zu und dachte an Ed. Ich hätte ihn nicht nach ihr fragen sollen. «Elizabeth.» Sie sprach den Namen laut aus, um ihn zu hören. Nicht Eliza, Liza oder Liz, nicht Lizzie, Beth, Betsy oder Bess. Sie fragte sich, wieso jemand nichts Erkennbares würde malen wollen, und dann beschloß sie, ihr Zimmer aufzuräumen. Sie stopfte ein T-Shirt und eine schmutzige Jeans in ihren Wäschekorb im Bad, ging ins Zimmer zurück, sah die Spitze eines der gestohlenen Schuhe unter dem Bett hervorlugen und beugte sich hinunter, um ihn aufzuheben. In dem gedämpften Licht, das durch den Vorhang drang, machte sie darin den Schatten eines Fußes aus. Sie erinnerte sich nicht an diesen Abdruck. Sie wußte, daß er nicht von ihrem Fuß stammte, denn sie hatte einen hohen Rist, und die vorherige Trägerin dieser Schuhe hatte Plattfüße gehabt. Irgendwie war ihr das entgangen, und plötzlich kam ihr der irrationale Gedanke, daß an ihnen allmählich Spuren ihrer früheren Besitzerin auftauchten. Die Schuhe sahen schlechter aus, das stand außer Frage, faltiger und verschmutzter, als sie sie in Erinnerung hatte, aber vielleicht hatte sie das in der trüben Garage nicht richtig gesehen. Sie hielt sich die Schuhe an die Nase und schnupperte daran. Die Garage der Bodlers roch wie der Kartoffelkeller ihrer Großmutter, und der Geruch brachte die Erinnerung daran zurück, wie sie neben der offenen Tür des Kellers gelegen und den guten erdigen Duft eingeatmet hatte, und im Geiste sah sie das kleine weiße Haus vor sich. Ihr Großvater hatte während der Wirtschaftskrise, als die Bank ihm den Großteil des Landes weggenommen hatte, die Landwirtschaft aufgegeben, und damals mußte es dort so still geworden sein. Sogar das Haus gab keinen Laut von sich. Es hatte keinen Wasseranschluß, so daß es darin nie gesummt oder gegluckert hatte wie im Haus ihrer Eltern, und die Kühe und Schweine und Hühner, die früher dort gewesen waren, Tiere, deren Namen Lily kannte, weil ihr Vater ihr von ihnen erzählt hatte, hatten immer nur in ihrer Vorstellung existiert. Lily warf einen Blick auf den Nachttisch und sah das Buch, das Mabel ihr gegeben hatte. Sie hatte vor, es zu lesen. «Middlemarch». Das letzte Mal war sie im Haus ihrer Großeltern gewesen, nachdem Vandalen es zerstört hatten. Sie erinnerte sich, daß sie froh gewesen war, daß ihre Großeltern inzwischen verstorben waren und niemand mehr dort wohnte. Sie und ihr Vater waren hineingegangen und hatten zerbrochene Spiegel und Fenster, kaputte Möbel, Steingut in Scherben auf dem Fußboden und diese unheimliche Stille im Haus vorgefunden.

Durch die Wand drang Keuchen und dann ein kurzer, atemloser Schrei. Lily saß ganz still und lauschte. War Mabel krank? Hatte sie einen Alptraum? Sie hörte die Frau seufzen und dann Schritte. Nicht lange danach hörte sie die Schreibmaschine. Lily hatte sich an diese alte Schreibmaschine gewöhnt. Sie war gleichbedeutend mit Schlaf geworden. Ich bin so müde, dachte sie. Sie erinnerte sich an den Hühnerstall auf der Farm der Overlands. Sie nahm sich vor, sich Martins Zeichnung noch einmal anzusehen, und schlief ein.

Das Klingeln des Telefons weckte sie.

Es war Ed. Zum erstenmal hörte Lily seine Stimme am Telefon, und ihr Klang schien ihren Körper zu erwärmen. Sie war sich plötzlich ihrer eigenen Stimme bewußt und sprach sanft in den Hörer, wobei sie sich um einen gleichgültigen Ton bemühte, so als freue sie sich gar nicht so sehr. Doch als er sie zum Essen im Rick's einlud, sagte sie sofort ja und lachte, was die ganze einstudierte Lässigkeit von vorher zunichte machte.

Sie setzten sich an einen Tisch in der Ecke, und er erzählte ihr noch mehr Geschichten aus seinem Leben. Nach der Kunstakademie hatte er ein Jahr als Gehilfe bei einem Klempner gearbeitet und gelernt, wie Ausgüsse und Toiletten funktionieren – eine Arbeit, die er nie bereute, wie er sagte. Dann hatte er das verdiente Geld genommen und war nach Amsterdam gezogen, wo er gelesen und gemalt und Gelegenheitsjobs übernommen hatte, wie Bühnenbilder entwerfen oder eine Backsteinwand und zehn Fenster für einen Kunstfilm ausmalen, den er dann nie sah. Lily gefiel es, wie er mit ihr sprach. Er nahm nicht an, daß sie Amsterdam kannte, aber er nahm auch nicht an, daß sie gar nichts wußte. Ihr gefiel es auch, wie er seine Lasagne aß. Sie schien ihm zu schmecken, ohne daß er groß darauf achtete. Ihr gefielen sein Hals über dem Rand seines weißen T-Shirts und sein dichtes Haar und seine Augen, die nicht umherschweiften. Lily aß nicht viel. Sie sah auf das rot-weiß-braune Gericht und hatte keine Lust darauf. Sie war nicht hungrig, und außerdem widerstrebte es ihr, vor Ed zu kauen. Rolf schaute mehrmals zu ihnen herüber – nicht unfreundlich, dachte Lily, aber sie wußte, er würde es Hank erzählen, und wenn nicht er, dann jemand anders. Hank würde es so oder so erfahren. Nachdem Ed bezahlt hatte, sagte sie ihm, daß sie in Wirklichkeit neunzehn und nicht einundzwanzig sei, und er hob die Augenbrauen.

«Ich wollte nicht, daß du mich wegschickst», sagte sie. «Deshalb habe ich ein paar Jahre hinzugefügt.»

«Verstehe», sagte Ed. Er atmete hörbar durch die Nase aus, warf die Serviette auf den Tisch und stand auf.

Im Hinausgehen begegneten sie Denise Steckle. Lily stellte sie Ed eilig vor, tat so, als sehe sie den bestürzten Blick in den Augen des Mädchens nicht, und sagte: «Wir sehen uns bei der Probe.»

Draußen auf der Straße sagte er: «Du magst sie nicht, oder?»

«Denise?» sagte Lily. «Merkt man das?»

«Ja.»

«Denise ist in Ordnung. Ich kenne sie schon ewig. Wir sind als Kinder in Mrs. Lodenmeyers Tanzschule gegangen, und jetzt ist sie in den Semesterferien nach Hause gekommen, hat für die Helena vorgesprochen und die Rolle bekommen. Ihr Aussehen paßt zumindest. Sie ist eines der Mädchen, die mir immer gegen den Strich gegangen sind. Du kennst den Typ – Cheerleader, technisch gesehen Jungfrau.»

Ed sah sie verwirrt an.

«Geht immer *fast* bis zum Äußersten, zumindest auf der High-School. Ich kann da keinen Unterschied erkennen.»

Ed seufzte.

Lily schwieg. Sie blieb stehen und sah ihn an.

Er tat es ihr nach und runzelte die Stirn. «Du hast mich verführt», sagte er. «Du hast angefangen.»

«Ich weiß», sagte Lily. «Und ich bin stolz darauf.» Das Wort «verführt» hörte sich wunderschön an. Sie schloß die Augen und atmete die Luft ein. Sie roch gut. Dann schaute sie zum Mond hinauf und bemerkte, wie vollkommen er halbiert war.

Stunden später, als das Rick's und die Corner Bar zugemacht hatten und der Bus nach Des Moines angekommen und weitergefahren war, redeten Lily und Ed immer noch in seinem Zimmer. Sie erzählte ihm von Hermia und davon, daß Mabel ihr bei der Rolle half, und sie erzählte ihm, daß sie auf der High-School die Maria in der «West Side Story» gespielt und wie gern sie auf der Bühne gesungen und getanzt hatte. Darauf bat Ed sie, etwas zu singen. Zuerst sagte Lily nein, aber als er nicht lockerließ, gab sie nach und sang «Diamonds are a Girl's Best Friends». Und weil es ihm zu gefallen schien, hielt sie sich nicht zurück, sondern schmetterte die Worte, während sie durch den Raum stolzierte. Als der Song zu Ende war, zwinkerte sie ihm zu.

Er klatschte. «Du hast eine kräftige, klare Stimme.» Er sah sie an. «Marilyn trug in dem Film, als sie diesen Song sang, ein rosa Kleid. In dem würde ich dich gern sehen.»

«Glaubst du, Rosa würde mir stehen?»

Er nickte.

Lily dachte an Marilyn. Dann sagte sie: «Es ist komisch mit Marilyn. Niemand wäre sonderlich glücklich darüber, wenn sie noch lebte, außer mir vielleicht. Du weißt ja, wie sie in den Boulevardzeitungen immer schreiben, sie hätten Elvis und J. F. K. lebendig in Südamerika oder so gefunden? Aber Marilyn finden sie nie, obwohl sie genauso berühmt ist. Nun, sie finden sie nicht, weil sie sie nicht alt finden wollen.» Sie stieg zu ihm ins Bett. «Deine Ohren sind schön, wußtest du das? Sie stehen ein bißchen ab, aber sie sind wirklich hübsch.» Sie lehnte sich zurück und betrachtete seinen Haaransatz. Dann streckte sie die Hand aus und berührte seine Wange. Es gefiel ihr, mit ihm zu reden, alles auszusprechen, was ihr durch den Kopf ging, und es gefiel ihr, wie er aussah, wenn er zuhörte. «Manchmal wünschte ich, meine Eltern wären nicht weggezogen», sagte sie zu ihm. «Mein Vater hatte ein seltenes, schlimmes Karzinom im Bein. Das Bein wurde gerettet, aber es ist nicht in Ordnung. Er war ein großartiger Tischler. Das wußte jeder.» Sie starrte an die Wand. «Er hätte sterben oder sein Bein verlieren können. Sie konnten wohl einfach nicht hierbleiben. Die Winter, weißt du?» Sie sah zu ihm hinüber und senkte die Stimme, als würde sie ihm ein Geheimnis anvertrauen. «Also haben sie unser Haus außerhalb der Stadt verkauft und sind nach Florida gezogen, nach Tampa. Da ist es ganz anders als hier. Viele der alten Leute, mit denen ich aufgewachsen bin, sind jetzt tot – meine Großeltern, ihre Freunde. In den letzten fünf Jahren fand eine Beerdigung nach der anderen statt. Ich nehme an, dieser Ort konnte sie nicht halten. Meine Eltern, meine ich.»

«Kann er dich halten?» sagte er.

Lily sah ihn an. «Ich habe noch nie richtig darüber nachgedacht. Ich habe immer gesagt, ich würde weggehen, und ich werde es auch. Ich will nicht mein ganzes Leben hier verbringen. Aber ich fühle mich trotzdem mit diesem Ort verbunden. Er steckt mir wohl in den Knochen.»

Ed schwieg eine Weile. Dann sagte er: «Die Serie von Bildern, die du gesehen hast – weißt du, wie ich die nennen werde?»

«Nein.»

«Webster.»

Lily nickte.

«Findest du den Namen nicht gut?»

«Doch.»

«Was dann?»

Lily überlegte. «Ich finde ihn richtig, weil du diese Kästchen mit den Geschichten drin gemacht hast, und dadurch wird der Ort irgendwie einbezogen. Es sind nicht nur Bilder der Leute.»

«Auch wenn die Geschichten nicht alle wahr sind, wie die von Howard.»

«Diese Stadt lebt von unwahren Geschichten. Mein Großvater sagte immer: ‹Des einen verrückte Idee ist des anderen Wahrheit.›»

«Ein Relativist?» sagte Ed.

Lily war verwirrt. «Nein», sagte sie, «er war Sozialist. Thorstein Veblen war sein Held.»

«Wirklich?» sagte er.

«Hältst du nichts von ihm?» sagte Lily und lächelte.

«Machst du Witze? Ich habe einen Onkel, der damit angab, daß er für Emma Goldman Briefumschläge zugeklebt hat.»

Lily zögerte. Sie überlegte, ob sie fragen sollte, wer das war, aber bevor sie sich entscheiden konnte, sagte Ed: «Sie waren alle auf derselben Seite, Lily. Sie blickten alle zu denselben Sternen auf.»

«Sind wir durch deine Ohren auf all das gekommen?»

«Nein», sagte er. «Durch Marilyn Monroe.»

Nachts war wieder der Mann auf der Straße, beobachtend, wartend. Lily schlief durch, aber am nächsten Morgen erzählte Ed ihr, daß jemand draußen in dem Gang zwischen den Häusern auf und ab gegangen war und vor sich hin gemurmelt hatte.

AM nächsten Tag drehte der Wind. Die Luft wurde klar, warm und trocken. Das veränderte Wetter ließ die Konturen jedes Gebäudes, jedes Baums, Buschs und Feuerhydranten und jeder Ritze im Bürgersteig klarer hervortreten. Lily fand, daß jeder Mensch und jeder Gegenstand, die sie sah, mit einer Klarheit hervorstach, die fast weh tat, und daß dieses grelle Licht ihrem intensiven, schmerzenden Glück mit Ed gemäß war. Bevor sie das Café verließ, erzählte sie Bert, was sie Ed nie gesagt hätte, nämlich daß sie wahnsinnig in ihn verliebt war und es kaum aushalten konnte. Bert drückte ihr die Hand und sagte: «Du bist also sicher? Und Hank?» Lily sagte ihr die Wahrheit – daß sie nicht viel an Hank dachte. Sie wußte, es war schrecklich, aber es war nun einmal so. Bert sah sie an und sagte: «Na ja, der Himmel wäre nicht der Himmel, wenn man sich an seine Freunde in der Hölle erinnern würde.»

Nachmittags traf Lily eine aufgelöste Mabel. Blaß und zittrig begrüßte sie Lily mit ausgestreckten Armen und sagte: «Da bist du ja! Gott sei Dank! Du kannst dir nicht vorstellen, was für eine Nacht ich hinter mir habe. Es war eine Qual, Lily. Ich habe mich noch immer nicht davon erholt.» Sie sank in einen Sessel und blickte zu Lily auf. «Nimm Platz», sagte sie.

Lily setzte sich. «Was ist passiert?»

Ganz plötzlich röteten sich die Wangen der alten Frau. Sie beugte sich in ihrem Sessel vor und sagte: «Er war hier.» Sie zeigte mit dem Finger nach unten. «In diesem Haus, heute nacht.»

«Wer?»

«Ich weiß nicht, wer, aber ich bin sicher, es ist der Mann» – Mabel senkte die Stimme und wies mit dem Kopf zum Fenster –, «der draußen Wache gestanden hat.»

«Woher weißt du das?»

«Ich habe ihn gespürt, Lily. Du warst nicht zu Hause, oder?»

Lily schüttelte den Kopf.

«Zuerst dachte ich, du kämst von deinen ... deinen Lustbarkeiten zurück.»

Lily überlegte, ob das ein indirekter Vorwurf war. Durch irgend etwas an Mabels Ton fühlte sie sich schuldig, daß sie die alte Frau die ganze Nacht allein gelassen hatte.

«Ich habe deinen Namen gerufen, aber es kam keine Antwort.»

«Vielleicht war Vince im Flur, um das Licht zu kontrollieren. Du weißt ja, daß er das manchmal macht.»

«Aber nie um diese Zeit. Vince war es nicht. Er sagt mir immer Bescheid, und außerdem trampelt er auf der Treppe wie eine Herde Elefanten. Dies war ein Heimlichtuer. Er war in deinem Zimmer.»

«In meinem Zimmer?»

Mabel nickte. Ihr Gesicht wurde hochrot, und auf ihrer Stirn trat eine Ader hervor. «Er hat vor sich hin geflüstert und gemurmelt. Ich habe ihn durch die Wand gehört, aber ich konnte kein einziges Wort verstehen, und du weißt ja, wie hellhörig diese Wände sind. Ich hätte etwas verstehen müssen.» Sie rieb sich die Arme und blickte zur Decke. «Es war sinnloses Geplapper. Sieh mich nicht so an, Lily.»

«Ich versuche nur, es zu verstehen.»

Mabel rieb sich die Hände und blickte links und rechts neben sich auf den Boden. «Ab und zu, nicht oft, habe ich akustische Halluzinationen, zugegebenermaßen ein seltsamer Ausdruck, aber so heißt das, und diese Stimme aus deinem Zimmer klang wie eine und doch auch wieder nicht.»

«Bist du sicher, daß es keine Halluzination war?»

Mabel berührte kurz ihre Lippen. «Ja», sagte sie ruhig. «Wenn sie auftreten, ist es immer jemand, den ich kenne, meistens Evan. Mein Mann. Und das, was gesagt wird, ist klar und knapp. Er ist vor vielen Jahren an einer Hirnblutung gestorben.» Sie starrte die Schlüssel auf dem Kiefernholztisch an. «Eines Morgens hat er über Kopfschmerzen geklagt, und zwei Stunden später war er tot.» Sie atmete kurz ein, spitzte die Lippen und sagte: «Jedenfalls kommt es vor, daß ich ihn ‹hilf mir› sagen höre.» Sie sah Lily an. «Im wirklichen Leben hat er das nie gesagt, aber es ist, als wäre seine Stimme in mein Gehirn eingebrannt, und manchmal kommt sie zurück. Manchmal höre ich meine Mutter meinen Namen rufen.» Die Frau rieb sich über die Schenkel. «Es stört mich nicht.»

Lily legte die Hand auf die Stirn. Sie sagte nichts.

Mabel sah ihr in die Augen. Sie sprach langsam und betonte jedes Wort. «Das war es heute nacht nicht, weißt du. Aber es war fast so, als wüßte der Mann von diesen Erlebnissen. Ein paarmal dachte ich, er würde sie nachahmen.»

«Das ist unmöglich», sagte Lily.

«Ja», sagte Mabel. «Und doch hatte ich das Gefühl. Hast du irgendeine Veränderung in deinem Zimmer bemerkt?»

«Ich war noch nicht zu Hause.»

«Komm, wir sehen nach», sagte Mabel.

Lily trat mit ihr in den Flur hinaus. Sie musterte das Gesicht der Frau und fragte sich, ob sie nicht neben einer Geistesgestörten wohnte. Mabel drehte langsam den Knauf und stieß dann schnell die Tür auf. Sie schlug innen gegen die Wand.

Es war nichts zu sehen. Soweit Lily sagen konnte, war ihr Zimmer genau so, wie sie es verlassen hatte. Mit Mabel an ihrer Seite war sie froh, daß sie die weißen Schuhe unter das Bett geschoben hatte.

Lily drehte die Handflächen nach oben und lächelte. «Es sieht noch genauso aus, wie als ich weggegangen bin.»

Mabel wandte sich zu ihr um.

«Du glaubst mir doch, oder? Du denkst doch nicht, daß ich spinne und Dinge höre, daß ich eine senile alte Frau bin, die nicht zwischen wirklich und unwirklich unterscheiden kann?»

«Nein», sagte Lily langsam. «Ed hat ihn heute nacht auf der Straße gehört. Er hat sogar gesagt, daß er gesprochen hat.»

Mabel nickte. Ihr Ausdruck verriet, daß sie genau wußte, wo Lily in der vergangenen Nacht gewesen war, und daß sie nicht vorhatte, Überraschung zu heucheln. Zugleich sah sie erleichtert aus. «Ich bin ein hochgradig rationaler Mensch, Lily. Ich weiß, daß ich einen zerfahrenen, nervösen Eindruck mache, und ich leugne auch gar nicht, daß ich so bin, aber gerade diese Eigenschaften, die» – sie zögerte –, «die dich stören, ermöglichen mir zu spüren, was viele Leute nicht spüren. Es ist so etwas wie ein Geruch oder ein Klang, der von einem anderen Körper ausgeht, und ich nehme ihn wahr.» Mabel sah Lily bedeutungsvoll an. «Dieser Mann, der da unter der Markise und in dem Gang gelauert hat... er gibt einen hohen Ton von sich, fast einen Schrei.» Mabel zögerte. «Ich glaube, du solltest deine Tür abschließen.»

«Du lieber Gott, Mabel», sagte Lily laut.

Mabel wandte sich von ihr ab und schaute über das Bett zum Fenster.

Lily musterte Mabels schmale Schultern unter der weiten Bluse. Wer konnte in ihrem Zimmer gewesen sein? Sie hoffte, daß es Hank gewesen war. Er war oft genug hier, daß er meinen könnte, es gehöre zum Teil ihm, dachte sie. Ich habe noch ein paar Hemden und Unterwäsche von ihm im Schrank. Ich war auch wirklich nicht besonders nett zu ihm. Ich habe ihm noch nicht einmal eine Chance gegeben, mich auszuschimpfen. Aber Hank wäre laut und ungehalten gewesen, nicht still und heimlichtuerisch. Lily dachte an Martin, aber sie erwähnte ihn nicht. Ich könnte völlig auf dem Holzweg sein, dachte sie. Die Sonne schien durch die geschlossenen Vorhänge, und Lily starrte auf Mabels enge Hose und ihre goldenen Sandalen und wechselte das Thema. «Weißt du, ich glaube, du würdest Ed mögen. Ich habe ihm schon von dir erzählt, und ich glaube, ihr zwei habt viel gemeinsam. Würdest du gern mal seine Bilder sehen?»

Mabel drehte sich um. Sie schien zunehmend entspannter zu werden: zuerst ihr Gesicht, dann der Hals und die Schultern.

«Ja», sagte sie mit noch gepreßter Stimme. «Das würde ich gern.»

Lily lächelte. «Gut, ich rede mit ihm und mache etwas aus.»

Nachdem Mabel gegangen war, marschierte Lily langsam von einem Ende ihres Zimmers zum anderen und suchte nach Zeichen für einen Eindringling. Hanks Hemden waren unberührt. Allerdings war Lily nicht übermäßig ordentlich. Alle möglichen Gegenstände hätten verstellt worden sein können, ohne daß sie es bemerkt hätte. Dieser Gedanke veranlaßte sie, unter dem Bett nach den Schuhen zu sehen, obwohl sie sich nicht erklären konnte, wieso sie bedrohter zu sein schienen als alle anderen Dinge. Aber die Schuhe waren da, und nachdem sie sie hervorgezogen hatte, ging sie zum Spiegel und hielt sie davor hoch. Während sie sie ansah, kam ihr der Gedanke, daß Helen Bodler vielleicht doch einen Liebhaber gehabt hatte, und dann, als folge das aus dem ersten Gedanken, fiel ihr der Name von Mabels Mann ein: Evan. Er war vermutlich der hübsche junge Mann auf dem Foto. Sie stellte die Schuhe auf den Tisch und sah sich deren Abbild im Spiegel an. Ich möchte wissen, wie alt er war, als er starb, dachte sie. Eine Brise kräuselte die Vorhänge und bauschte sie ins Zimmer. Lily sah eine Weile zu, wie sie emporwehten, bevor sie wieder zurückfielen. Dann stopfte sie die Schuhe in ihre Segeltuchtasche, lief zur Tür hinaus, die Treppe hinunter in den Gang neben dem Haus, sprang auf ihr Fahrrad und radelte die Division Street entlang. Der Himmel war so blau und wolkenlos, daß sie Lust hatte zu singen, und sie sang. Als sie auf einen halben Kilometer an die Farm der Bodlers heran war, hatte sie mehrere Musicalsongs und einige ihrer Lieblingschoräle gesungen.

DER Lastwagen der Bodlers stand in der Zufahrt. Lily schob ihr Fahrrad in den Graben, erklomm die Böschung und legte sich oben bäuchlings ins hohe Gras. Sie blickte über das Feld zu dem kleinen Haus, der Garage und den Abfallbergen hinüber. Aus einer rostigen Metalltonne nur wenige Meter von der Garage entfernt stieg schwarzer Rauch auf, der grau wurde, wenn der Wind ihn erfaßte. Sie bemerkte den Kotflügel eines weiteren Lasters, eines Transporters, und hörte Stimmen. Die Sprechenden waren unsichtbar, und der Wind verzerrte die Laute – auf undefinierbares Gemurmel folgten ein einzelnes Wort oder ein einzelner Satz, die seltsam aufgeladen und verstärkt über das Feld getragen wurden. Sie hörte ganz deutlich das Wort «Seil», dann «Brand» oder «Rand». Eine Gestalt kam hinter dem Lastwagen hervor. Es war Frank, der einen großen schwarzen Müllsack trug, und direkt hinter ihm sah Lily einen alten Korbrollstuhl hinter dem Laster hervorrollen. Darin saß jemand, den Dick schob. Zuerst dachte Lily, es sei ein großes Mädchen, aber nach zwei oder drei Sekunden erkannte sie, daß es Martin Petersen war. Er sprang aus dem Rollstuhl, sagte etwas zu Dick, und die beiden Männer hoben den Stuhl hinten auf den halb verborgenen Transporter und fingen dann an, ihn mit einem Seil festzubinden. Martin stand hinten im Transporter, und als er sich vorbeugte, um von Frank den sperrigen schwarzen Müllsack entgegenzunehmen, wurde sein Oberkörper gegen den Himmel sichtbar. Lily schob sich im Gras vor, um sie besser sehen zu können, aber sie behielt den Kopf unten. Martin sprang aus dem Wagen. Lily wünschte, sie könnte hören, was sie sagten, und kroch im Gras vorwärts. Die drei Männer standen dicht zusammen. Sie sah, wie Dick den Kopf wandte. Er schien über das Feld zu ihr hinzusehen. Sie drückte sich auf den Boden, und dann wurde ihr klar, daß er sie nicht gesehen haben konnte, denn er drehte sich wieder zu Martin um. Frank handelte wohl den Preis aus. Er streckte fünf Finger aus und berührte jeden einzelnen mit dem Zeigefinger der anderen Hand. Martin wandte Lily jetzt den Rücken zu, aber sie sah ihn in seiner Tasche kramen. Der Wind wehte ihr das Haar ins Gesicht und legte das Gras vor ihr flach. Frank redete, aber sie konnte die Worte nicht hören. Sie hörte Martins Stimme – ein anfängliches Stottern, das er schnell überwand, und dann sagte er: «Privatsache, Frank.» Martin rieb sich das Gesicht, und die Geste ähnelte einer von Frank. Vielleicht weiß er es nicht, dachte sie, aber er imitiert Frank. Sie schüttelten sich die Hand, und Martin klopfte Dick auf die Schulter. Die Berührung schien Dirty Dick aus seiner Benommenheit zu reißen. Er nickte und tastete nach Martins Hand, die er nicht schüttelte, sondern ein paar Sekunden festhielt. Der körperliche Kontakt zwischen den dreien deutete auf eine Vertrautheit hin, die Lily nicht verstand. Nur wenige Leute berührten die Bodlers. Ihr Vater schon, oder? Ja, er hatte Frank an der Tür immer die Hand gegeben. Lily legte den Kopf ins Gras und schloß die Augen. Sie stellte sich Pastor Ingebretzen vor, wie er mit flatterndem schwarzem Talar aus dem Haus stürzte, während Frank ihn mit einer Axt bis zur Straße jagte. Dann korrigierte sie das Bild. Nein, der Geistliche hatte bestimmt kein Kirchengewand getragen, nur einen schwarzen Anzug mit weißem Stehkragen. Sie erinnerte sich an den alten Pastor Ingebretzen. Er war ein ernster kleiner Mann gewesen, der bei jeder Gelegenheit aus der Bibel zitierte, sogar vor den Kindern in der Sonntagsschule, die kaum ein Wort davon verstanden. Er neigte dazu, während der Predigt des Nachdrucks halber mit dem Finger zu zeigen, und einmal hatte er mit seinem kurzen weißen Finger auf sie, Lily Dahl, gezeigt. Er hatte sie unter allen Kindern in der Sonntagsschulklasse herausgegriffen. «Habe Ehrfurcht und sündige nicht; sprich im Bett mit deinem Herzen und schweige still.» Erst Jahre später hatte sie begriffen, daß der Mann wahllos auf irgend jemanden gezeigt hatte, daß er nicht in ihr Herz geblickt und sündige Flecken darin gesehen, sondern nur ein junges Gesicht, das besonders gelangweilt aussah, herausgepickt und bestraft hatte. Damals hatte Lily geglaubt, Pastor Ingebretzen habe in ihrer Seele gelesen und gewußt, daß sie nachts in ihrem Bett nicht nur Ehrfurcht, sondern

Furcht empfand. Sie hatte Gott, Satan, den Heiligen Geist und die Engel gleichermaßen gefürchtet und dafür gebetet, daß sie von der Erscheinung der ganzen Bagage verschont bliebe. Sie hatte sogar das Wort «verschont» benutzt, weil es biblisch klang. Als Martins Transporter aufheulte, hob sie den Kopf und beobachtete, wie er auf der Zufahrt zurücksetzte. Der Rollstuhl schwankte und machte unter seiner Befestigung einen Satz, als der Transporter von dem Kiesweg nach rechts auf die Landstraße einbog – stadtauswärts und in Richtung der kleinen Straße, die Martin ihr in den Plan eingezeichnet hatte. Während sie dem kleiner werdenden Wagen nachblickte, sah sie im Geist die zarten Linien des Spinngewebes, das Martin unter sein Haus gezeichnet hatte, die unerklärliche Kiste bei der Farm der Overlands und den Pfeil zum Haus ihrer Großeltern. Es war wie ein Hinweis auf nichts, außer vielleicht auf den Himmel.

Filthy Frank und Dirty Dick standen in der Zufahrt herum. Sie sprachen nicht miteinander und sahen sich nicht an. Sie standen lange reglos und stumpf da. Lily hatte gehofft, sie würden in ihren Laster steigen und wegfahren, aber als sie Dick zum Feuer hinübergehen sah, wurde ihr klar, daß das nicht geschehen würde. Dick nahm ein weiches Bündel vom nächsten Abfallhügel und ließ es in die Metalltonne fallen. Was es auch war, es nährte die Flammen, und sie schossen hoch. Dick hob das Kinn und wich vor der Hitze zurück, aber als das Feuer schwächer wurde, ging er wieder nahe heran und warf etwas hinein. Als er diesmal vor den auflodernden Flammen zurückwich, sah Lily, daß er lachte oder zumindest so aussah, aber sie hörte keinen Laut. Womöglich wurde das Geräusch vom Knistern des Feuers im Verein mit dem Wind überdeckt, aber es wunderte sie, daß sie gar nichts hörte. Er zog die Schultern hoch, warf den Kopf zurück und riß den Mund weit auf, während sein Kopf in lautloser Erheiterung hin- und herwackelte. Dann zog er etwas Weißes aus der

Tasche und warf es ins Feuer. Das weiße Ding hatte kaum eine Wirkung auf die Flammen, aber Dick stieß trotzdem sein lautloses Lachen aus, als wäre ein brennendes Stück Stoff das Urkomischste, was er sich vorstellen konnte. Lily sah Frank zu seinem Bruder schlurfen, neben ihm stehenbleiben und seine Faust über Dicks Kopf heben. Sie machte sich auf einen Schlag gefaßt, aber statt dessen ließ Frank seinen Arm langsam vor Dicks Gesicht herunterfallen. Dann ging er zum Haus, und sein Bruder trottete hinter ihm her. Die Fliegentür schlug zu, und Lily sagte sich, jetzt oder nie.

Sie rannte zur Garage hinüber. Als ihre Füße über die Zufahrt liefen, hörte sie den Kies unter ihnen wegrutschen und dachte, ich mache zuviel Lärm, aber sie hielt erst an, als sie keuchend in der Garage ankam, wo sie sich an die Wand drückte, um sich zu verstecken. Sie lauschte auf das Geräusch der Haustür. Nichts. Leise arbeitete sie sich zu der Stelle vor, wo der Koffer war. Sie erinnerte sich genau daran, wo sie ihn gelassen hatte, und nahm an, sie könne ihn innerhalb von Sekunden öffnen, die Schuhe hineinlegen und ihn wieder zumachen. In der Mitte der Garage kauerte sie sich nieder, streckte die Hand nach dem Koffer aus, der zwischen zwei Regentonnen eingezwängt sein sollte, und stellte fest, daß er nicht da war. In der Erwartung, ihn jeden Moment zu finden, schob sie Dosen, Kisten und eine alte Harke beiseite, aber der Koffer war nicht mehr in der Garage. Lily hielt inne, preßte die Tasche mit den Schuhen an die Brust und überlegte, was sie tun sollte. Dann hörte sie die Fliegentür zuschlagen und das Geräusch von Schritten. Sie duckte sich hinter eine große Lattenkiste und kauerte sich auf den Boden. Durch die Ritzen der Kiste sah sie Dick an der Garage vorbei zu dem Feuer gehen und neben der Tonne stehenbleiben. Sie beobachtete die reglose dunkle Gestalt, deren Gesicht hinter dem aufsteigenden Rauch verschwommen wirkte, und wartete. In der

Ferne konnte sie die Scheune und den Silo der Klatschwetters sehen. Sie bemerkte, daß der Himmel sich zuzog und die Sonne schon tiefer gesunken war, als sie gedacht hätte. Plötzlich machte sie sich Sorgen, ob sie rechtzeitig zur Theaterprobe kommen würde. Doch Dick hatte es nicht eilig. Lily setzte sich. Sie holte die Schuhe aus der Tasche und legte sie in ihren Schoß. Sie würde sie hier in der Garage lassen müssen. Was blieb ihr anderes übrig? Der feuchte Erdboden begann durch ihre kurzen Jeans und ihre Unterwäsche hindurchzunässen, und sie hob den Po vom Boden, um sich zurechtzusetzen. Dabei rutschten die Schuhe hinunter. Lily drehte sich, um sie festzuhalten, schlug mit der Nase gegen die Kante einer verrosteten Schubkarre hinter sich, und dann, als sie zurückzuckte und die Hand nach ihrem Gesicht ausstreckte, stieß sie ihre Stirn in die Zinke einer Harke. Sie keuchte kurz auf und legte die Finger auf die Stelle, und als sie die Hand herunternahm, sah sie, daß sie voller Blut war. «Oh, Scheiße», flüsterte sie. Sie berührte die Wunde an ihrer Stirn; sie war nicht tief. Als sie an sich hinunterblickte, bemerkte sie Blutflecken auf ihren Schenkeln. Es kommt aus meiner Nase, dachte sie und kniff sie fest zu, aber das Blut sickerte trotzdem heraus. Sie ließ es laufen und versuchte, es von ihren Beinen abzuwischen, aber es verschmierte nur auf der Haut und vermischte sich mit dem Schmutz an ihren Händen. Bei dem schlechten Licht war es schlecht zu sehen, aber sie spürte, daß das Blut schnell und stark lief. Als sie einen Blick auf die Schuhe warf, sah sie, daß sie auch darauf geblutet hatte – einer hatte einen großen roten Fleck auf dem Absatz, und auf der Spitze des anderen waren drei Tropfen. Lily griff nach ihrer Segeltuchtasche und rieb die Schuhe damit ab. Sie spuckte auf den Stoff und rieb, aber als sie sich dicht über die Schuhe beugte, um sie zu säubern, sah sie wieder Blut auf ihre Beine tropfen. Sie gab trotzdem nicht auf, sondern hielt sich mit einer Hand die Nase zu und versuchte, mit der anderen die

Schuhe zu säubern, aber sie fühlte Panik in sich aufsteigen. Die Schuhe wurden allmählich ruiniert. Das weiße Leder war bei ihren Versuchen, es zu reinigen, rostrot und schmuddelig geworden, und plötzlich hätte sie am liebsten losgeheult. Ich kann sie doch so nicht hierlassen, dachte sie. Als noch mehr Blut auf die Spitzen tropfte, bedeckte sie die Schnürsenkel mit den Händen. Sie schaute durch die Ritzen zwischen den Latten zu der rauchenden Tonne hinaus und sah, daß Dick verschwunden war. Jetzt, dachte sie, ging mit den Schuhen in der Hand zur Garagentür und streckte vorsichtig den Kopf hinaus. Ohne ihre Hände genauer zu betrachten, sah sie, daß das Blut darauf jetzt im Hellen viel röter erschien. Sie schaute zum Haus und sah niemanden. Dann warf sie einen Blick in die andere Richtung, aber weder Dick noch Frank waren irgendwo in Sicht.

Sie beobachtete den aus der Tonne aufsteigenden Rauch und dachte, ich verbrenne sie. Es wird nichts von ihnen übrigbleiben. Das war die perfekte Lösung. Sie rannte zum Feuer, ließ die Schuhe in die Asche fallen, flüchtete mit einem Gefühl der Erleichterung zum Graben und warf sich der Länge nach ins Gras. Ein paar Sekunden lang rührte sie sich nicht. Dann drehte sie sich um und schaute nach der rauchenden Tonne. Sie sah keine Flammen. Sie brennen nicht, dachte sie. Morgen früh kommen die beiden und finden sie, und dann stellen sie fest, daß sie voller Blut sind. Was, wenn sie ihr gehört hatten? Was, wenn Dick und Frank den Koffer sicherheitshalber ins Haus geholt hatten, weil er ihr gehört hatte? Lily sprang auf, lief zur Tonne zurück und schaute hinein. Natürlich waren die Schuhe verkohlt und eingeschrumpft, aber nicht verbrannt. Als sie sich vorbeugte, um sie aus der Asche zu holen, roch sie etwas Süßes und Fauliges, das sie einen Augenblick zurückweichen ließ. Dann zog sie die Schuhe aus der Glut. Das heiße Leder verbrannte ihr die Fingerspitzen, aber sie hielt sie fest und lief zum Graben hinüber, wo sie sich zum zweitenmal ins Gras warf und die Schuhe fallen ließ. Dann sah sie sie an und lachte – ein kurzes, bekümmertes Lachen über ihre eigene Dummheit. Als sie die zwei verkohlten Dinger in ihre Tasche steckte, waren sie nicht mehr heiß, nur noch warm. So warm wie jemand mit hohem Fieber, dachte sie, und dann schob sie ihr Rad aus dem Graben auf die Straße. Ihre Nase hatte aufgehört zu bluten, aber in ihren Daumen und Zeigefingern pochte es, als sie die Griffe des Lenkers umfaßte. Als sie zum Himmel blickte, sah sie, daß die Sonne völlig hinter dicken grauen Wolken verschwunden war, ein normaler Wetterumschwung, der sie trotzdem verwunderte. Sie fuhr schnell, hielt bei Gegenverkehr den Kopf gesenkt und hoffte, sie würde im Schutz der zunehmenden Dunkelheit unerkannt bleiben.

Auf halbem Weg sah sie einen türkis-weißen Pontiac mit hohem Tempo entgegenkommen. Als das Auto nur noch wenige Meter von ihr entfernt war, erkannte sie Dolores am Steuer. Sie fuhr mit heruntergedrehten Fenstern, und als die Scheinwerfer eine oder zwei Sekunden über Lily hinweghuschten, hörte sie einen Loretta-Lynn-Song aus dem Radio dröhnen. In diesem kurzen Augenblick sah Dolores sie geradewegs an, aber das Gesicht der Frau zeigte keine Regung des Erkennens. Vielleicht ist es ihr Abend mit den Zwillingen, dachte Lily. Jetzt hat die Probe ohne mich angefangen. Und während sie an den Kunstverein dachte, merkte sie auf einmal, daß Hermia ihr fehlte, als wäre sie eine enge Freundin. Als sie am Ortsschild von Webster vorbeiradelte, spürte sie einen Regentropfen auf dem Hals. Dann noch einen und noch einen.

ALS Lily die Hintertür öffnete und die Treppe hinaufschaute, sah sie Mabel in den Flur treten und zu ihr hinunterblicken. Die nackte Glühbirne schien auf Mabels graues Haar und ließ es weiß erscheinen. «Ich bin froh, daß du es bist,

Lily», sagte sie, und dann, als sie genauer hinschaute, schrie sie leise auf: «Du hast einen Unfall gehabt!»

Daraufhin wurde sie ganz geschäftig. Ihre Angstzustände vom frühen Nachmittag waren wie weggeblasen, und Lily bemerkte, daß sie sich wie ein anderer Mensch bewegte. Energisch und brüsk befahl sie Lily, in ihre Wohnung zu kommen, damit sie sie säubern und ihr etwas zu essen geben konnte, und nachdem Lily die blutbefleckte Tasche mit den verkohlten Schuhen in ihren Schrank geworfen und Mrs. Wright im Theatersaal angerufen hatte, die ihr die Lüge, sie sei beim Radfahren gestürzt, abnahm, ging sie zu Mabel.

Sie setzte sich auf Mabels Sofa und hörte im Badezimmer Wasser laufen. Während sie wartete, schaute sie sich nach dem japanischen Liebespaar um, fand es aber nicht. Dann stand Mabel mit einer Schüssel Wasser und einem Waschlappen vor ihr. Sie zog einen Stuhl ans Sofa, stellte die Schüssel auf den Boden und fing ohne weiteres an, Lily das Gesicht zu waschen. Behutsam tupfte sie die Schnittwunde auf Lilys Stirn ab, hob das Haar hoch und fuhr ihr mit dem warmen Waschlappen über den Hals. Dann wusch sie ihr die Beine und trocknete sie ab, gerade als sie von der Feuchtigkeit zu jucken begannen. Noch während sie gewaschen wurde, wußte Lily, daß damit zwischen ihr und Mabel eine unwiderrufliche Veränderung eintrat, doch sie widersetzte sich ihr nicht. Angesichts der zärtlichen Art und Weise, wie die Frau sie berührte und die Hand mit dem Waschlappen führte, schnürte es Lily vor Rührung die Kehle zu. Als Mabel Lilys Hände in die Schüssel tauchte, verstärkte das warme Wasser die Schmerzen von den Verbrennungen, und Lily stöhnte. Mabel drehte die Hände um – an der Spitze beider Daumen und Zeige- und Mittelfinger waren Brandblasen. Sie warf Lily von unten herauf einen durchdringenden Blick zu, sagte aber nichts. Sie ging ins Badezimmer und kam kurz darauf mit einer Schüssel frischem Wasser zurück.

Dann begann sie zu reden. Ohne Einleitung oder irgendeine Erklärung für ihren plötzlichen Wunsch, Lily etwas zu erzählen, was sie ihr noch nie erzählt hatte, legte sie einfach los: «Mein Vater hat mich geliebt, aber er konnte seine Zuneigung nicht zeigen. Er berührte mich selten, und wenn er es doch einmal tat, war sein Körper wie aus Holz. Heute tut er mir leid. Meine Mutter dagegen nahm mich in die Arme und wiegte mich, mich und meinen Bruder, und sie hatte Hände, Lily – wenn die einen berührten, spürte man die gesammelte Ruhe der Welt, und als sie starb – ich war damals jünger als du, siebzehn –, hatte ich das Gefühl, alles, was in meinem Leben gut und licht war, wäre wie eine Kerze ausgeblasen worden. Eines Tages im Frühling, nach einem Jahr Geheimnistuerei und Pläneschmieden, bin ich mit Owen Hartwig, einem Freidenker vom ‹Aberdeen Weekly›, durchgebrannt, um zu heiraten.»

«Ich dachte, dein Mann hieß Evan», sagte Lily.

«Hieß er auch. Ich habe Owen Hartwig am Altar oder vielmehr im Standesamt verlassen.» Mabel hielt inne. «Ich konnte es nicht ertragen, wie er von nahem aussah, Nase an Nase, verstehst du. Es hört sich lächerlich an, aber ich glaube nicht, daß es das wirklich war. Etwas an seinem Körper stieß mich ab.»

«Aber du hast geglaubt, du liebst ihn?»

«Mir gefiel die Vorstellung, die ich mir von ihm machte – der knallharte Zeitungsmacher mit dem Schuß Radikalität. Ich hatte übersehen, daß ich mit diesen Oberschenkeln würde leben müssen.»

«Was hast du dann gemacht?»

«Ich wurde Zimmermädchen im Grand Hotel, ließ mich im Ort nieder und besuchte schließlich die Abenduniversität.»

«Und dein Vater und dein Bruder?»

«Die blieben auf der Farm. Mein Vater hat den Hof bis zu seinem Tod vor zehn Jahren bewirtschaftet.»

«Auf der Farm?» Lily sah sie an.

«Bei Aberdeen, in South Dakota.»

«South Dakota? Ich dachte, du kämst irgendwoher aus dem Osten.»

«Nein.»

«Aber das hast du noch nie erwähnt. Du bist durch und durch ein Stadtmensch.» Lily trocknete sich die Hände an dem Handtuch ab, das Mabel ihr reichte.

«Bücher.»

«Bücher?»

«Ja, ich wollte ein großartiges, leidenschaftliches Leben führen, ein Leben voller Gefahr, Schönheit und Schmerz.» Mabel lachte. «Letzterer scheint von selbst zu kommen.»

«Und?» Lily sah ihr in die Augen. «War es so?»

Mabel lächelte. «Ich glaube, es geht nicht so sehr darum, was im Leben passiert, sondern darum, wie man es sich vorstellt, wie man die Ereignisse färbt. Es ist ungefähr so wie die Sache mit dem Wechselbalg, wenn ich es mir recht überlege. Es hat etwas mit Vertauschen zu tun. Als ich in diesem Hotel arbeitete, den Leuten das Bett machte, ihr Klo reinigte, ihre Parfumflaschen und Seifen aufräumte und ihre Aschenbecher in einen Kübel ausleerte, fühlte ich mich pausenlos gedemütigt, weil ich mir einbildete, für etwas anderes bestimmt zu sein; in Wahrheit hatte ich keinen Grund, das zu glauben. Ich war ein armes Landkind aus South Dakota. Aber ich hatte eine Menge Bücher gelesen, und die Geschichten darin hatten meine eigene geschrieben, wenn du verstehst. Weißt du, wer mir diese Bücher gegeben hat?»

Lily schüttelte den Kopf.

«Meine Mutter.»

«Gibst du mir deshalb immer welche zu lesen?»

Mabel sah sie mit zusammengekniffenen Augen an. «Vielleicht», sagte sie, stand abrupt auf und ging aus dem Zimmer. Sie kam mit einem langen schwarzen Hemd zurück und warf es Lily zu. «Hier, zieh dir das an. Es steht dir bestimmt gut, und das schmutzige Ding da legen wir in Entfärber.» Sie deutete mit dem Kopf auf Lilys T-Shirt.

«Warum hast du diese Wohnung genommen, Mabel?» sagte Lily und sah ihr in die Augen.

Mabel schüttelte den Kopf. Plötzlich sah ihr schmales Gesicht müde aus. «Sie hat mich an einen Ort erinnert, wo ich mal gelebt habe – diese kleinen Zimmer.» Sie atmete tief ein. «Ich wollte wohl dorthin zurückkehren...» Sie schüttelte wieder den Kopf.

Lily starrte auf das schwarze Hemd in ihrem Schoß. Als sie ihr T-Shirt auszog, taten ihr die Finger mit den Blasen weh, aber sie steckte die Arme in die Ärmel des neuen Hemds. Nun hing es offen an ihr herunter, und sie sah erst die lange Reihe Knöpfe an und dann Mabel.

Mabel knöpfte es ihr zu. Dabei hielt sie den Stoff von Lilys Busen fern, damit sie ihn nicht mit den Händen berührte, und ihre Finger hinterließen einen Parfumduft. Als sie fertig war, suchte sie Lilys Blick und sagte: «Geheimnisse zu haben ist nicht immer etwas Schlechtes, weißt du.»

«Nein?» Lily dachte an die Schuhe.

«Geständnisse zu machen ist problematisch», sagte Mabel. «Unter Freunden jedenfalls. Der Zuhörer kann die Last nicht immer ertragen. Deshalb fand ich immer, daß ein Priester in seinem Kabuff etwas Wunderbares ist – der Schuldbeladene flüstert einfach durch ein Loch in ein Ohr, das alles hören kann. Freud hat das auch verstanden, mit der Couch. Man brauchte den Analytiker nicht anzusehen. Heute geht das alles verloren. Die Leute starren ihren Psychiatern direkt in die Augen.»

Lily beobachtete Mabels Gesicht. Die Frau wandte den Kopf zum Fenster. «Ich bin gespannt, ob er heute nacht wieder Wache steht. Wer es auch ist, er hat etwas vor.» Mabel verzog den Mund zu einem kleinen, schwachen Lächeln, das

Lily verwirrte. Es war unpassend. Dann ging sie zum Fenster und zog den Vorhang auf. Die Geste wirkte zugleich dramatisch und befangen, aber Lily konnte nicht genau feststellen, ob Mabel sich über sich selbst lustig machte oder nicht. «Ich schwärme nachts umher auf solche Taten», sagte sie, während sie aus dem Fenster spähte. Lily erkannte Drolls Text. «Nein», sagte Mabel, «vielleicht ist es noch zu früh.» Sie drehte sich um. «Aber er kommt wieder.»

«Wieso bist du dir da so sicher?»

Mabel machte Lily ein Sandwich und bestand darauf, daß sie das Hemd behielt, das aus Seide und wahrscheinlich teuer gewesen war. Lily protestierte zunächst, aber dann nahm sie es an.

Dann, bevor sie zu Ed hinüberging, verabschiedete sie sich auf dem Treppenabsatz von Mabel. Die Frau beugte sich vor und drückte ihren Mund auf Lilys Wange. Sie berührte kaum die Haut, aber Lily spürte den Kuß noch auf der Treppe, unten auf der Straße und als sie die Tür des Stuart Hotels öffnete, als hätte Mabels Mund einen Abdruck auf ihrem Gesicht hinterlassen.

DIE Geschichte, die sie Ed als Erklärung für ihre Schnittwunde und die Verbrennungen auftischte, klang nicht nur wahr, sie hörte sich glaubwürdiger an als die Wahrheit. Sie sei bei der Arbeit in der Küche ausgerutscht, habe versucht, sich am Herd festzuhalten, sich aber statt dessen die Finger verbrannt und den Kopf an der Herdtür aufgeschlagen. Beim Erzählen sah sie die Geschichte wie eine wirkliche Erinnerung ablaufen, und bis zu einem gewissen Grad verdrängte sie das wahre Geschehen. Bloß weil sie wirklicher erschien als die Wirklichkeit, trat eine langweilige Phantasiegeschichte an die Stelle lächerlicher Tatsachen. Ed glaubte ihr, und sie glaubte sich beinahe selbst.

Als er in dieser Nacht neben ihr in dem schmalen Bett lag, redete er. Es war kein Gespräch, sondern ein Monolog. Er starrte an die Decke und beschrieb jeden einzelnen Teil ihres Körpers. Er begann mit ihrem Haar, wanderte zu ihrer Stirn und erwähnte auch die Schnittwunde. Er beschrieb ihre Brauen, ihre Augen, Nase, Mund und Kinn. Langsam, Detail für Detail, wanderte er ihren Körper hinunter, ohne sie je anzusehen, so daß sie das Gefühl hatte, ihr Körper gehöre ihr nicht mehr, und obwohl sie sich wünschte, daß er sie berührte, sprach sie es nicht aus, weil der Klang seiner Stimme in dem dunklen Zimmer sie mit so intensiver Erwartung und Lust erfüllte, daß sie nicht wollte, daß er aufhörte. Aber als er mit seiner Beschreibung bei ihren Fußnägeln angekommen war, küßte er ihre Zehen. Lily fragte sich, wie viele Frauen er mit solchen Reden schon zur Raserei gebracht hatte, doch als er die Verbrennungen an ihren Fingerspitzen so zart küßte, daß der leise Schmerz sie nur glücklich machte, vergaß sie die anderen Frauen. Sie hatten schließlich keine Gesichter und keine Namen, außer Elizabeth – und auch das war nur ein Name.

Mitten in der Nacht stand Lily auf, um auf die Toilette zu gehen. Bevor sie die Badezimmertür öffnete, ging sie ans Fenster und blickte über die Straße zu ihrem Haus hinüber. Nur in Mabels Wohnzimmer brannte ein Licht. Lily nahm an, daß es die Schreibtischlampe war und daß Mabel noch bis spät in die Nacht hinein an ihrem Buch arbeitete. Dann suchte sie die Straße nach dem Mann ab, der, wie Mabel behauptete, dort Wache stand, sah aber niemanden. Als sie sich jedoch zum Gehen wandte, hörte sie unten ein Geräusch, vielleicht von den Eingangsstufen her. Sie schob das Fliegenfenster hoch und beugte den Kopf hinaus, um zu sehen, wer es war, aber wieder sah sie nichts, hörte nur jemanden durch den Gang neben dem Hotel laufen. Sie horchte, aber wer es auch war, er war entweder stehengeblieben oder zu weit weg, als daß man ihn noch hätte hören können.

AM Sonntag nachmittag folgte Mabel Eds und Lilys Einladung und besuchte sie im Stuart Hotel, wo sie, kaum eine halbe Stunde da, in Ohnmacht fiel. Schon als sie in einer blaßroten Bluse, enger schwarzer Hose und umschwebt von einer Parfumwolke ins Zimmer trat, spürte Lily ihre nervöse Erregung. Sie redete das Blaue vom Himmel herunter, sprang mit hoher, bebender Stimme von einem Thema zum anderen und gestikulierte dabei mit den Händen. Es war heiß und feucht geworden, und der Regen, der sich am Vortag zu nicht mehr als einem Nieseln hatte aufraffen können, lag noch immer in der Luft. Ed drehte das Bild von Dorothy und dann das von Stanley um, um sie Mabel zu zeigen. Sie sah sich beide sehr genau an, hörte aber dabei nicht auf zu reden. Besonders die narrativen Kästchen am oberen Rand der Leinwand fesselten sie und ließen sie in einen Vortrag über die Erinnerung verfallen, die einem Spaziergang von Zimmer zu Zimmer eines Hauses gleiche. Ed schien sie genau zu verstehen, aber Lily fand es schwierig, dem Gespräch zu folgen. Mabel sagte, sie habe diesen «Kniff» auch schon benutzt, um Reden oder Texte zu behalten, doch für sie selbst seien «Wände» das wichtigste. Ed drehte das Porträt von Tex um, und Lily beobachtete, wie Mabel das Gemälde ansah und dann zusammenklappte. Es ging so schnell, daß sie auf den Fußboden geknallt wäre, wenn Ed nicht dicht neben ihr gestanden und sie aufgefangen hätte. Er trug sie zu seinem Bett, legte sie darauf und fühlte ihren Puls.

«Glaubst du, daß es das Bild war?» flüsterte er. «Vielleicht hat die Nacktheit sie schockiert. Ihr Puls ist normal.»

«Sie ist keine von diesen alten Ladies, Ed. Nur Männer glauben, es sei eine Mordssache, einen Pimmel zu sehen. Frauen läßt das völlig kalt.»

Er lächelte über diese Bemerkung und wandte sich Mabel zu. Sekunden später schlug sie die Augen auf, aber in dem dazwischenliegenden Moment sah Ed sie so durchdringend an, daß Lily verblüfft zurückwich. Mabel regte sich, wurde wach, und ihr wächsernes Gesicht bekam schnell wieder Farbe.

«Es ist mir so peinlich», stöhnte sie.

«Das ist die Hitze», sagte Lily. «Deine Nerven.»

Mabel setzte sich auf und starrte Ed an. «Ich verstehe das nicht», sagte sie langsam. «Es war natürlich das Bild. Das ist mir schon mal passiert, vor vielen Jahren, als Studentin, bei einer Reproduktion, stellen Sie sich das vor. Der Professor ließ das berühmte Gemälde von Grünewald mit dem toten Christus herumgehen. Ich warf einen Blick darauf und kippte um. Damals wußte ich nicht, was für einen Eindruck dasselbe Bild auf den armen Dostojewski gemacht hat, aber von seiner Reaktion zu lesen hat mich ein bißchen getröstet.» Mabel blickte sich hektisch im Zimmer um, dann sah sie wieder Ed an. «Vielleicht werden die Leute wie die Fliegen umfallen, wenn Sie das Bild ausstellen. Wäre das nicht spannend?»

«Reg dich nicht zu sehr auf», sagte Lily und streichelte Mabels Hände.

Ed sah Mabel genau an. «Ich möchte Sie malen», sagte er. Er legte den Kopf schräg und musterte erst ihren Hals, dann ihre Beine. Lily mochte es nicht, wie er Mabel ansah, aber der schien es zu gefallen. Sie richtete sich auf und hob das Kinn.

«Wirklich?» sagte sie.

«Ja, sehr gern. Es wäre aber eine Verpflichtung, müssen Sie wissen. Ich würde sofort mit der Zeichnung anfangen, und Sie müßten stundenlang mit mir reden. Es ist ein bißchen so, als ginge man mit jemandem eine Woche lang in eine Höhle, was, ehrlich gesagt, unangenehm sein kann, und dann ist da noch das Problem, eine Geschichte für die Kästen zu finden. Manchmal fällt das den Leuten schwer. Ich bezahle stundenweise, natürlich nicht viel, aber –»

Mabel unterbrach ihn. «Ich bin einverstanden.»

Ed ergriff ihre Hände und sagte: «Wir fangen gleich morgen an.»

Lily beobachtete die beiden. Sie hatte sie miteinander bekannt gemacht, und jetzt, keine Dreiviertelstunde nachdem sie sich kennengelernt hatten, sprachen sie schon davon, zusammen in eine Höhle zu gehen. Lily war klar, daß es wahrscheinlich nie geschehen wäre, wenn Mabel nicht diesen Ohnmachtsanfall gehabt hätte. Sie konnte sich nicht erklären, warum sie das glaubte, aber es war so, und sie beobachtete die beiden auf einmal argwöhnisch. Sie hatte sich gewünscht, daß sie einander mochten, aber doch nicht so sehr, und sie widersetzte sich ihrem schnellen Einvernehmen, indem sie kaum noch etwas sagte. Nach ihrem Ohnmachtsanfall wirkte Mabel ruhiger, aber sie redete trotzdem weiter, hauptsächlich über Tex' Porträt und was sie daran nicht hatte sehen wollen. «Das kommt heute abend sofort in mein Buch», verkündete sie. Sie schien glücklich, fast stolz darauf zu sein, daß sie beim Anblick des Bildes umgekippt war. Als Lily sagte, sie glaube, es sei die Hitze gewesen, nicht das Bild, warfen Ed und Mabel ihr skeptische Blicke zu, und sie beharrte nicht weiter darauf. Trotz ihrer Bereitwilligkeit, über das Bild zu diskutieren, wollte Mabel es nicht noch einmal ansehen. Ed drehte es zur Wand, um den großen Mann samt seinen häßlichen Phantasien vor ihren Blicken zu verbergen. Lily betrachtete die Rückseite der Leinwand, und da sie von Mabel als dem Hauptgesprächsthema des Nachmittags ablenken wollte, fragte sie Ed, wie Tex wirklich sei.

«Wie er wirklich ist?» sagte er. «Ich weiß nicht. Er steht auf Gesetzlose – auf Wildwestfiguren. Zu einer der Sitzungen hat er einen Revolver mitgebracht – einen Fünfundvierziger. Ein Riesenapparat, ich habe mir fast in die Hose gemacht vor Angst, wenn ihr's genau wissen wollt. Aber ich hatte das starke Gefühl, daß es schlecht ausgehen würde, wenn er meine Angst sähe, und tat mein möglichstes, um ruhig zu bleiben. Wie sich herausstellte, war der Revolver gar nicht geladen. Er war so nett, mir die leere Trommel zu zeigen. Die Waffe war bloße Staffage, und das ging auch ohne Patronen.» Ed schwieg eine Weile. «Er meinte, sie hätten ihn von der Aufführung des Jesse-James-Überfalls ausgeschlossen, und das habe ihm das Herz gebrochen.»

«Nein», sagte Lily. «Sie haben ihm gesagt, er könne nicht Jesse James spielen, und eine andere Rolle wollte er nicht.»

Ed nickte. «Jesse James kommt mir dauernd unter. Gerade neulich hat Dolores mir erzählt, sie habe ihn gesehen.»

«Die Dolores auf dem Bild?» sagte Mabel.

Ed nickte. Er starrte in die Ferne. «Sie hatte getrunken, und die Einzelheiten wurden nicht richtig deutlich, aber sie sagte, sie hätte ihn im Wald gesehen, oder vielmehr seinen Geist, der aus einer Höhle kam.» Er unterbrach sich. «Jetzt, wo ich es sage, klingt es richtig gruselig: Dolores hat behauptet, er habe den Kopf einer Frau in der Hand gehalten.»

Lily sah Mabel an, die sich Ed zugewandt hatte. «Was?»

«Das hat sie jedenfalls gesagt. Sie sieht vermutlich weiße Mäuse.»

Mabel runzelte die Stirn.

Diese absurde Geschichte brachte Lily stärker aus dem Gleichgewicht, als sie hätte zugeben mögen, und sie schwieg. Sie fühlte sich dadurch an eine andere Geschichte erinnert, die sie nicht einordnen konnte. Sie rieb die Blase an ihrem Zeigefinger gegen die an ihrem Daumen und spürte, wie die Flüssigkeit sich darin hin- und herbewegte.

Ed sah Mabel an. Lily wünschte sich, er würde *sie* anschauen. «Trotzdem ist Dolores eine ungewöhnliche Frau. Sie hat eine Art instinktive Intelligenz.»

«Es ist eigenartig, daß einer dieses Adjektiv vor einem solchen Substantiv gebraucht», sagte Mabel, «aber ich verstehe Sie.»

Lily räusperte sich. «Der Kopf war dann wohl auch ein Geist, oder?»

«Das hat sie nicht gesagt», erwiderte Ed lächelnd.

Lily lächelte zurück. Sie reckte sich auf ihrem Stuhl. «Mir ist heiß», sagte sie und sah ihm in die Augen. Sie zog ihr Hemd aus der Hose, öffnete drei Knöpfe und knotete es unter ihrem Busen zusammen. Sie fühlte sich von beiden beobachtet, und das machte sie glücklich. «So, jetzt ist es besser», sagte sie. Wieder reckte sie sich träge, drückte die Schultern durch, hob die Arme und verschränkte sie hinter dem Kopf, so daß das Stück nackte Haut unter ihrem Hemd breiter wurde. Dann sah sie Ed an und biß sich auf die Lippe.

Er warf ihr einen argwöhnischen Blick zu, lächelte und schüttelte mit leisem Tadel den Kopf. Sein Gesichtsausdruck löste bei Lily eine plötzliche Phantasie aus – sie stellte sich vor, ihn auf den Boden zu zerren und sich auf ihn zu setzen. Sie lächelte ihrerseits, schlug die Beine übereinander und drehte sich zu Mabel um, deren Gesicht deutlich erkennen ließ, daß ihr nicht eine Sekunde des Austauschs zwischen Lily und Ed entgangen war.

Mabel zwinkerte ihr zu. Sie versuchte gar nicht erst, ihre Ironie zu verbergen. «Lily Dahl», sagte sie, als ließe sie sich den Klang des Namens genüßlich auf der Zunge zergehen. «Laß uns Mr. Shapiro Hermia vorspielen.» Sie legte eine Pause ein. «Die Auseinandersetzung. Ich kann Helenas Text auswendig.»

«Jetzt?» sagte Lily.

Mabel nickte. «Ich glaube, das ist ein sehr geeigneter Moment dafür. Es soll unsere heutige Probe sein. Wenn wir fertig sind, gehe ich. Du fängst an: ‹Du Gauklerin.›»

Lily und Mabel spielten Ed die Szene dreimal vor. Mabel war eine viel bessere Helena als Denise. Beim dritten Mal sah Mabel zu Lily auf und sagte: «‹Seid, gute Hermia, nicht so bös auf mich, / Ich liebt' Euch immer, hab Euch nie gekränkt.›» Lily hörte die Worte und errötete.

AM nächsten Morgen um zehn Uhr sagte Bert Lily, sie habe Mabel Wasley soeben zur Tür des Stuart Hotels hineingehen sehen. Lily drehte sich sofort zur Straße um, aber Mabel war schon im Hotel verschwunden. Sie wünschte, sie hätte sie gesehen, und sei es nur, um einen kurzen Blick auf ihre Kleidung zu werfen. Wie hatte Mabel sich für die «Höhle» angezogen? Dann versuchte sie sich das Gespräch zwischen Ed und Mabel vorzustellen. Sie sah Mabel dramatisch gestikulieren, während Ed sich mit dem gleichen faszinierten Ausdruck zu ihr hinbeugte, den er zur Schau gestellt hatte, als Mabel ohnmächtig geworden war. Ich möchte wissen, warum er mich nicht porträtieren will, dachte Lily. Zum erstenmal war ihr eingefallen, daß Ed auch sie malen könnte, und schon fühlte sie sich miserabel. Warum hatte er Mabel malen wollen, aber nicht sie? Sie rief sich die Bilder in Erinnerung, sah die Porträtierten auf der Leinwand vor sich: Dolores, Tex, Stanley. Die Bilder sind alle so intim, dachte sie. Wirklich, wenn sie an sie dachte, hatte sie das Gefühl, daß Ed die Intimität selbst malte – Menschen, die einen zwar direkt ansahen, aber zugleich allein waren. Er wählte diese Menschen doch wohl aus einem bestimmten Grund aus? Plötzlich wußte Lily, daß seine Wahl nie auf sie fallen würde und daß er sich für die Menschen, die er malte, eine besondere Art von Intimität vorbehielt. Sie versuchte, sich in deren Rolle hineinzuversetzen. Was würde sie in den Kästchen zu erzählen haben, wenn er sie fragte? Sie sah das Grundstück vor sich, auf dem das Haus ihrer Großeltern gestanden hatte. Die neuen Eigentümer hatten es abgerissen. Und jetzt ist es so, als wäre dort nie etwas gewesen. Aber das ist nicht *meine* Geschichte, dachte sie. Und als sie dann wieder an Mabel und Ed auf der anderen Straßenseite dachte, ärgerte sie sich darüber, daß sie zusammen waren. Sie stellte sich Mabel in irgendeinem losen Seidenfummel vor und spürte einen Anflug von Bedauern über ihre eigene Kleidung. Fast konnte sie Mabel reden hören – eine Flut von Sätzen, angefüllt mit Namen von Leuten, die Lily völlig unbekannt waren. Als sie das Café verließ, malte sie sich Eds Bild von Mabel aus. Sie stellte sich die Frau so vor, wie sie sie am Tag zuvor auf dem schmalen Bett gesehen hatte – ein kleiner Körper, aus dem alle Farbe und fast alles Leben gewichen war: das Porträt einer Leiche. Diese Vorstellung fand Lily tröstlich.

Als sie vor Eds Zimmertür stand, hörte sie sie reden. Eds Stimme war leise, vertraulich, etwas zögernd. Sie konnte ihn nicht verstehen, aber sie fand, daß er sich genau so anhörte, wie sie es sich vorgestellt hatte. Ihr Nacken versteifte sich, und sie biß die Zähne zusammen. Dann hörte sie Mabel mit sehr viel lauterer Stimme antworten.

«Sie hatte ein blaues und ein braunes Auge. Eine seltene Eigenheit, und wenn man es einmal bemerkt hatte, überaus fesselnd. Zuerst habe ich es gar nicht gesehen, aber dann konnte ich den Blick nicht mehr von diesen nicht zusammenpassenden Augen lassen. Offen gestanden glaube ich, daß ich anders auf sie reagiert hätte, wenn die Augen gleichfarbig gewesen wären. Sie war sehr schön und sehr still. Wenn sie gesprochen hätte, wäre vielleicht auch alles anders gewesen. Vermutlich habe ich mich in sie verliebt, ohne es mir selbst oder ihr oder sonst jemandem klarzumachen, und es mir erst zwanzig Jahre später eingestanden. Sie war wie eine Katze, oder vielmehr wie eine verzauberte Katze. Sie war nicht gut, aber auch nicht böse. Sie kannte keine Moral. Ich habe ihr oft den Rücken und die Füße massiert, und ich erinnere mich, daß es mich beunruhigte, sie zu berühren. Es war nicht nur das Gefühl, etwas Verbotenes zu tun. Dieses Vakuum in ihr erschreckte mich. Aber sie kannte mich besser als ich mich selbst. Sie neckte mich wie ein Liebhaber, aalte sich in meiner Ergebenheit wie in der aller anderen, einfach weil sie Lust darauf hatte. Und dann war sie verschwunden, weggelaufen. Ich habe sie nie wiedergesehen ...»

Lily drehte sich um und entfernte sich durch den Flur. Sie lief leise, aber schnell, der Puls dröhnte ihr in den Ohren, und sie rannte den ganzen Weg nach Hause. Dort ging sie geradewegs zum Schrank, nahm die Segeltuchtasche heraus und warf das schmutzige Ding auf ihr Bett. Sie holte die Schuhe heraus und sah sie an. Sie drehte und wendete sie und kratzte mit den Fingern an dem verschlissenen Leder. Das Feuer hatte sie verfärbt – schwarz, braun, ocker, gelb. Sie waren fleckig, gesprenkelt, an den Absätzen versengt, und beide Spitzen waren durchgebrannt. Lily hielt sie sich dicht vors Gesicht und schnupperte an ihnen; sie roch den Aschegeruch, und dann stieg ihr wieder der Gestank des Feuers in die Nase. Ich muß sie loswerden, dachte sie, aber sie konnte sich nicht dazu überwinden, sie in den Müll zu werfen. Sie stellte sie nebeneinander auf den Boden und starrte sie eine Minute lang an. Es sind die jämmerlichsten Schuhe, die ich je gesehen habe, dachte sie, und dann zog sie mit langsamen, entschlossenen Bewegungen ihre Sandalen aus und schlüpfte hinein. Der eine riß, der andere hing lose über ihren Rist. Ohne zu verstehen warum, kam Lily sich mit diesen verkohlten, ramponierten Schuhen an den Füßen grausam vor, und sie beschloß, daß sie dieses Gefühl jetzt brauchte. Sie ließ sie an, stellte ihren Wecker rechtzeitig für die Probe, legte sich aufs Bett und schloß die Augen. Als der Wecker klingelte, träumte sie, aber wovon auch immer – es verschwand mit dem Klingeln, und sie konnte sich an nichts erinnern.

LILY vermutete, daß es an ihrer Laune lag, aber an diesem Abend verwandelte sich das Theaterstück für sie. Als Mr. Pumper in der ersten Szene Egeus' Text genauso sprach wie sonst, hörte sie zum erstenmal die Drohung darin: «So fordr' ich / Das alte Bürgerrecht von Athen, / Mit ihr, wie sie mein eigen ist, zu schalten. / Dann übergeb ich diesem Manne sie, /

Wo nicht, dem Tode, welchen unverzüglich / In diesem Fall das Gesetz verhängt.» Und sie hörte auch die Hitzigkeit von Theseus' Antwort: «Dem Ihr nur seid wie ein Gepräg' in Wachs / Von seiner Hand gedrückt, wie's ihm gefällt, / Es stehnzulassen oder auszulöschen.» Die Metapher, die ihr vorher entgangen war, wurde plötzlich lebendig, und sie sah das Bild einer jungen Frau vor sich, der Gesicht und Körper von der Faust eines Mannes zerschmettert wurden. Sie erinnerte sich an Mabel vor dem Fenster, als sie die Szene zusammen geprobt hatten. «Nur eine Umdrehung», hatte Mabel gesagt und ihre Finger bewegt, als hielten sie eine Schraube, «und die Komödie wird zur Tragödie.»

Im ganzen Stück hörte sie nun Worte und Sätze, die sie vorher nicht gehört hatte, und hinter den vertrauten Menschen, hinter ihren T-Shirts und Shorts und ihrem unbeholfenen Spiel, hinter den vergessenen Zeilen und Mrs. Wrights Anweisungen, «leichtfüßig» zu spielen und zu gehen, und hinter dem Hämmern und Sägen der Kulissenbauer unten und sogar hinter der schwülen Luft, die wie ein Gewicht im Saal hing, spürte sie das Vorhandensein eines anderes Stücks, das beinahe real war, oder zumindest so real, wie die Erinnerung ist. Obwohl sie die Bäume, die Disteln und das Geißblatt nicht wirklich riechen konnte, erinnerte sie sich daran, sie gerochen zu haben, und sie erinnerte sich an das im Vorfrühling im Schatten der Wälder aufgehende Blutkraut und an den auf der Weide blühenden Hahnenfuß und an das hohe Gras, in dem Heuschrecken hüpften und zappelten, wenn sie hindurchschritt, und sie erinnerte sich daran, daß sie lauter schwarze Blutegel an den Beinen gehabt hatte, als sie aus dem Bach kam, und daß sie nach Hause gerannt war, ohne nach unten zu sehen. Und nun meinte sie, Martins Plan der beiden Höfe zu verstehen, und sie sehnte sich danach, heimzugehen, in das Haus zurückzukehren, in dem sie in Kindertagen mit ihren Eltern gewohnt hatte, vor der Krebserkrankung ihres Vaters, vor dem Ideal Café und vor Ed und Mabel, zurück zu dem, woran sie sich erinnerte, zu Wolfsmilch, Kuhfladen und dem Bach.

An diesem Abend wurden die Schauspieler erstmals musikalisch von einem Streichquartett begleitet, das gut spielte. Lily war klar, daß sie ohne die Musik wahrscheinlich nicht dasselbe empfunden hätte. Die Musik war reines Gefühl für sie, unreflektiertes, unmittelbares Gefühl, und während sie ihr nach ihrem miserablen Tag lauschte, verfiel sie in eine Art Fieberzustand. Mit leicht benommenem Kopf und schmerzenden Gelenken spielte sie Hermias Rolle wie in Trance.

Als die Probe zu Ende war und die Musik verstummte, versuchte Lily, die Benommenheit abzuschütteln, aber es fiel ihr schwer. Sie hörte niemandem zu und nahm keine Notiz von den anderen Schauspielern, bis Ruth Baker mit einem dicken Ballen weißem Stoff in den Armen zu ihr kam und sagte: «Das ist der Stoff für dich und Denise. Gefällt er dir?»

Lily starrte auf das Weiß und blinzelte.

«Ich erwarte dich dann in der Garderobe zum Maßnehmen.»

«Gut», sagte Lily.

«Hast du Barbaras Ankündigung nicht gehört?»

Lily sah in Mrs. Bakers rundes Gesicht und dann auf ihren Bauch, der sich unter einer Khakihose wölbte. «Entschuldigung. Ich habe wohl mit offenen Augen geträumt.»

Als sie in die Garderobe kam, sah sie Denise auf einem niedrigen Hocker stehen. Neben ihr stand Mrs. Baker mit einem Bandmaß, und Martin Petersen saß mit einem langen Stück Stoff auf den Knien im Schneidersitz auf dem Boden. In der einen Hand hielt er ein kleines Notizheft, in der anderen einen Stift. Die nackte Glühbirne an der Decke verstärkte Martins Blässe, aber Lily hatte trotzdem den Eindruck, seine Haut werde mit jedem Tag bleicher. Ich bin sicher, daß er blasser ist als vor einer Woche, dachte sie. Was tut er überhaupt hier?

«Martin hilft mir», sagte Mrs. Baker, als habe Lily die Frage laut gestellt.

Lily nickte und beobachtete, wie Denise von dem Hocker heruntersteig. Es war doch normal, daß Martin half, oder? Schließlich half er auch sonst überall aus. Warum hatte sie dann das Gefühl, seine Anwesenheit sei vorbedacht, habe etwas mit ihr zu tun?

Sie stieg auf den Hocker und beobachtete, wie Denise den Raum verließ. Denises Gang stieß sie ab. Er war steif und gehemmt. Ihre Haarwurzeln wachsen dunkel nach, dachte sie und spürte, wie Mrs. Baker mit dem Bandmaß ihre Beinlänge vermaß. Sie verkündete laut die Ergebnisse, und Martin kritzelte sie in das Notizheft. Lily blickte einen Moment lang zu ihm hinunter und sah, daß im Stoff seines Hemdes drei Nadeln steckten. Er beugte sich über das Heft, und die Nadeln blitzten einen Augenblick lang auf.

Beim Abmessen schnalzte Mrs. Baker mit der Zunge. «Ihr Mädchen», sagte sie, «was ihr für kleine Größen habt. Natürlich hatte ich vor fünfzehn Jahren und vier Geburten auch einen Taillenumfang von fünfundsechzig. Schwer zu glauben heute, aber ich kann es mit meinem Hochzeitskleid beweisen.» Während Lily fühlte, wie Mrs. Baker das Maßband um ihre Taille legte und festzog, hörte sie Martin atmen, und bei dem Geräusch wurde sie rot. Sein Stift kratzte über das Papier. Sie schloß kurz die Augen, und dann wurde ihr schwindlig. Sie schwankte auf dem Hocker. Mrs. Baker hielt sie am Ellbogen fest.

«Lily, ist alles in Ordnung?»

Sie schaute in Mrs. Bakers besorgtes Gesicht. «Ja», sagte sie. «Ich habe nur das Gleichgewicht verloren.»

«Wir sind fertig, Liebes.»

Lily stieg vom Hocker, und Mrs. Baker verließ, etwas über Titania und Pailletten vor sich hin murmelnd, den Raum. Lily schaute zu Martin hinunter. Der Stoff lag jetzt neben ihm, und sie sah, daß der Reißverschluß seiner Jeans halb offenstand. Einen Moment lang stellte sie sich seinen Penis, seine Hoden und Schamhaare unter dem Jeansstoff vor, und zum erstenmal wurde sein Geschlecht für sie real. Nachdem er sich ein paarmal vor- und zurückgewiegt hatte, sagte er: «W-warum kommst du jetzt nicht mit zu mir nach Hause. Da können wir ein bißchen reden. I-i-ich möchte dir was zeigen.» Er hielt inne, und als er weitersprach, hörte Lily eine kaum vernehmliche Melodie in seiner Stimme. «Ich denke, du mußt jetzt kommen. Der Wald ist gleich hinter dem Haus.»

Sie starrte erst Martin an, dann einen purpurroten Samtumhang, der zusammengeknüllt hinter ihm lag, und sagte, den Blick noch auf den Samt gerichtet: «Warum hast du das mit dem Wald gesagt?»

Martin zitierte Oberon, den Elfenkönig, der seinen Knappen Droll ausschickt, das Kraut zu holen, das Titania betören soll. Jedesmal, wenn Lily diese Verse hörte, stellte sie sich das gleiche vor: Cupidos Pfeil, der in einem hohen Bogen dahinflog, bis er auf offenem Feld sein Ziel traf. Martin stotterte kein bißchen: «Er fiel gen Westen auf ein zartes Blümchen, / Sonst milchweiß, purpurn nun durch Amors Wunde, / Und Mädchen nennen's: ‹Lieb' im Müßiggang›.»

Er sah sie fest und herausfordernd an. Das klang überhaupt nicht nach Martin Petersen. Das Zitat war eine Herausforderung.

«Warum nicht?» sagte sie. Sie schüttelte ihr Haar auf den Rücken und sah ihm in die Augen.

Falls Martin überrascht war, zeigte er es nicht. Er stand auf, stotterte etwas über den Transporter, und Lily folgte ihm nach draußen. Während sie hinter ihm herging, wußte sie, daß sie einen Fehler machte, aber es war einer, den sie machen wollte. Wenn Ed nicht wäre, würde sie nicht mit Martin mitgehen. Wenn sie bei Martin war, konnte sie nicht mit Ed zusammensein, doch wenn sie zu Hause wäre, würde sie sich vielleicht nicht davon abhalten können, ins Stuart Hotel hinüberzugehen. Gleichzeitig fühlte sie sich zu Martin hingezogen und war neugierig auf das Haus, das ihr früher verboten gewesen war.

Auf dem Beifahrersitz seines Transporters versenkte Lily sich in den Anblick der Straße vor ihnen, während Martin schweigend am Dilly-Altenheim und am Courtland Hill vorbei auf die Landstraße fuhr. Die Sitze rochen irgendwie nach Chemie. Sie steckte den Ellbogen durch das geöffnete Fenster und rutschte dicht an die Tür, um so weit wie möglich von Martin weg zu sein. Sie ließ sich den Wind ins Gesicht blasen und sah in die Dunkelheit hinaus. Ein paar Sekunden lang merkte sie nicht, daß Martin etwas sagen wollte, aber dann wandte sie sich ihm zu und hörte ihn stottern: «Weißt du, was ‹Lieb' im Müßiggang› für eine Blume ist?»

«Nein», sagte Lily.

Martin schwieg.

Sie sah ihn nicht an, aber sie spürte, wie sehr er sich bemühte, das nächste Wort auszusprechen.

«Ein St-st-stiefmütterchen.»

«Wirklich?» sagte Lily, und dann erinnerte sie sich an die Stiefmütterchen ihrer Mutter, die in Töpfchen aufgereiht standen, bevor sie sie auspflanzte. Manche hatten Blütenblätter mit dunkelvioletten oder blauen Flecken in der Mitte. «Das leuchtet mir ein», sagte sie. «Ich kann's mir vorstellen.»

Martin nickte. Im Licht der Armaturen betrachtete sie sein Profil. Er schaltete hoch. Sie lehnte sich zurück und dachte, daß Erfahrungen manchmal um ihrer selbst willen gut waren, daß Martin Petersen zumindest ein interessanter Mensch war und daß auch das hier abenteuerlich werden könnte.

Er fuhr schnell, nicht wahnsinnig schnell, nur schnell, und Lily konnte seine Eile spüren. Sie fuhren an der Farm der Bodlers vorbei, wo sie oben im Haus ein einziges Licht brennen sah. Sie warf einen Blick auf die großen Abfallhaufen, die sich schwarz vor dem Wald auftürmten, und hatte plötzlich ein beklemmendes Vorgefühl. Martin bog in den Kiesweg ein, der durch einen Tunnel aus Bäumen führte, und hielt vor dem winzigen Haus. Es war stockdunkel.

Als der Motor verstummte, hörte Lily Grillen im Gras. Sie öffnete die Wagentür, und Martin rief: «W-w-warte!» Lily erschrak so sehr, daß sie wartete, bis Martin um den Transporter herumgelaufen war, an ihrer Tür auftauchte und die Hand ausstreckte, um ihr beim Aussteigen zu helfen. Sie ging auf das Spiel ein.

«Artigen Dank, mein Herr», sagte sie.

Als sie neben ihm stand, verbeugte Martin sich und machte eine schwungvolle Handbewegung.

Am Haus angekommen, knipste er das Verandalicht an. Lily blickte sich um und bemerkte auf einem kleinen Tisch eine eingehende Pflanze, deren Blätter so vertrocknet waren, daß man sie nicht mehr identifizieren konnte. Martin öffnete die Haustür, und Lily ging zögernd hinter ihm hinein. Der Geruch, den sie im Auto wahrgenommen hatte, war hier noch stärker – Klebstoff oder irgendeine Chemikalie. Sie betraten den Raum, der das Wohnzimmer sein mußte. Martin schaltete das Licht an. Ein verschlissenes Sofa, einige steife Stühle und ein Tisch; mehr Möbel gab es nicht. Martin forderte sie auf, sich zu setzen, und Lily ging zum Sofa und fragte sich, warum sie sich in diesem Raum so unbehaglich fühlte. Ihr fiel ein, daß Martins Vater fast völlig fleischlose Lippen gehabt hatte, und aus irgendeinem Grund trat ihr plötzlich ein Bild von ihm vor Augen, wie er mit einem Gewehr über ein Feld stapfte, obwohl sie sich nicht daran erinnern konnte, woher es kam. In dem Zimmer gab es keine

Regale, aber überall waren Bücher gestapelt. Nachdem Lily sich gesetzt hatte, las sie einige der Titel: «Gray's Anatomie», «Stalin: Eine Biographie», «Vielseitige Schablonen», «Wie zeichne ich den menschlichen Körper?», «Das Dritte Reich», «Die Eva der Zukunft», «Der Planet ohne Nummer». Sie sah auch einen Stapel Science-fiction-Taschenbücher und Krimis sowie zumindest einen Liebesroman mit dem Titel «Das Herrenhaus der Baxters». In der Ecke, die ihr am nächsten war, bemerkte sie eine Menge kleiner Holzleisten und einen Werkzeugkasten neben einem Haufen alter Kleider oder Stoff, eine große Schere sowie kleine und größere Schaumgummistücke. Garnspulen, Farbtuben und mehrere Messer lagen ordentlich aufgereiht nebeneinander. Der Schein des Deckenlichts fiel nicht ganz bis in die Ecke, und in der Dunkelheit sah Lily auch unbestimmte Formen von Gegenständen, die sie nicht erkennen konnte. Die Messer beunruhigten sie, aber sie sagte sich, daß sie bei Tageslicht wahrscheinlich harmlos aussehen würden.

Sie wandte sich der gegenüberliegenden Zimmerecke zu, in der ein Schaukelstuhl stand, über dessen Lehne ein großes schwarzes Stück Stoff drapiert war. An der Wand hing eine Art Collage, die auf eine Weltkarte geklebt war. Die Karte sah aus wie mit der Hand gezeichnet und erinnerte Lily an den Lageplan, den Martin ihr gegeben hatte. Darauf und rundherum klebten Zeitungsausschnitte und Farbfotos aus Illustrierten; einige sahen aus wie herausgerissen, andere waren sauber ausgeschnitten. Lily stand vom Sofa auf, ging hin und hörte Martin hinter ihr etwas brummen, tat aber so, als nähme sie ihn nicht wahr. Als sie vor der Collage stand, bemerkte sie, daß deren Mittelpunkt leer war – keine Bilder, keine Zeichnungen, nichts. Doch weil drum herum so viel war, wirkte die Leere bedeutungsvoll. Dann sah sie sich das Bild eines hungernden Kindes an, das höchstwahrscheinlich aus der Anzeige einer Hilfsorganisation wie UNESCO oder

CARE stammte. Daneben hatte Martin das Foto eines jungen Models im Abendkleid aus einem Modemagazin geklebt. Der Gegensatz war furchtbar und augenfällig, aber als sie genauer hinsah, merkte sie, daß der Ausdruck des geziert lächelnden Models und der des armseligen Kindes sich seltsam ähnelten. Lily blickte von einem Artikel, einem Bild zum anderen – ein altes Foto aus Vietnam, Artikel über John Wayne Gacy, Jack the Ripper, June Putkey, das Mädchen aus Webster, das vor ein paar Jahren seine Mutter erstochen hatte, ein Artikel mit der Überschrift «Tausende besuchen Statue der Jungfrau, die Heilkräfte haben soll» und ein grobkörniges Foto von Opfern eines Todeslagers in offenen Gräbern, weitere Anzeigen für Kleidung, Bier, Zigaretten, Bilder von Gärten mit Brunnen, Blumen und Bäumen. Sie sah mehrere Ausschnitte aus Boulevardzeitungen mit Titeln wie «Mann überlebt Kopftransplantation», «Der Vater meines Kindes ist ein Außerirdischer» und «Satansgräber in Utah entdeckt. Wissenschaftler graben Hunderte gehörnter Totenschädel aus». Direkt neben einer Zahnpastareklame, auf der eine junge Frau mit schneeweißen Zähnen abgebildet war, sah Lily einen Stern, der auf Bergen-Belsen hinwies, und unter den Stern hatte Martin eine Kiste gezeichnet, ähnlich der, die er für sie gezeichnet hatte, aber schmaler. Lily schloß einen Moment die Augen. Die Muskeln in ihren Schultern spannten sich. Sie spürte Martin hinter sich und drehte sich schnell zu ihm um. «Was ist das, Martin?»

Er musterte sie ruhig und mit zusammengepreßtem Mund. Dann sah sie seinen Kopf leicht zittern, sah seine Zunge, seine Zähne. Er stotterte etwas Unverständliches.

«Wie kannst du es ertragen, das da hängen zu haben, die ganze Zeit diese Sachen zu sehen?» Sie legte die Hand auf die Lehne des Schaukelstuhls und fühlte ihn unter ihrer Berührung schwanken. Der darüberhängende Stoff streifte ihr Bein. Sie trat zurück.

Martin deutete auf die Werbung einer Telefongesellschaft, auf der eine Mutter in einem grünen Garten ein Kind umarmte. «Es sind ja auch nette Bilder dabei.»

«Ich weiß, Martin, aber neben den übrigen sehen sie albern aus. Und dann all diese hübschen Models und die Blumen. Ich weiß nicht.»

Martin wandte sich von ihr ab. Lily hörte ihn an dem ersten Konsonanten herumstottern, und dann kamen seine Worte flüssig heraus, aber in dem gleichen singenden Tonfall, den sie schon öfter gehört hatte. «Es ist eben eine Mischung aus diesem und jenem. Aus dem, was *ist*. Und alles hat einen Namen. Jedes Ding wird irgendwie benannt, sogar» – er unterbrach sich und zeigte auf Auschwitz – «sogar Orte, die keinen Namen haben sollten. Ich lese eine Menge. Ich sehe viel fern.» Er deutete mit dem Kopf auf ein altes Gerät mit einem Vinylgehäuse, das eine Holzmaserung imitierte. «Schwarzweiß. Ich will keine Farbe.»

Sie schwiegen eine Weile. Lily mochte den Geruch des Hauses nicht. Sie wandte den Kopf zur Schlafzimmertür, die offenstand. Sie sah ein ungemachtes Bett mit lauter Papieren darauf, einen Schreibtisch und einige Zentimeter von einer Frisierkommode. «Was wolltest du mir denn zeigen?» sagte sie. «Ich muß nämlich bald nach Hause.»

Martin lief an ihr vorbei ins Schlafzimmer. Sie hörte eine Schublade auf- und zugehen. Er kam mit einem Zeitungsausschnitt zurück und forderte sie auf, sich wieder zu setzen, was sie tat. «Das hier.» Er gab ihr den vergilbten alten Ausschnitt.

Lily sah ein kleines Kinderfoto, ein Mädchen mit kurzem dunklem Haar, das nicht älter als zwei oder drei war. Es lächelte breit. «Wer ist das?»

«Becky Runevold.»

«Ich glaube nicht, daß ich weiß, wer das ist», sagte Lily.

«Ihr Vater hat sie vor sechzehn Jahren umgebracht.» Martin machte eine Pause. «H-h-heute vor sechzehn Jahren. Sie wäre jetzt so alt wie wir.»

«Heute?» sagte Lily. «Kanntest du sie?»

«Nein.»

«Das ist doch lange her. Woher stammt dieses Bild?»

«Aus der ‹Pioneer Press›. Mom hat es ausgeschnitten.»

«Kannte deine Mom die Familie?»

Martin schüttelte den Kopf.

«Wieso hast du es dann?» Lilys Stimme klang schrill.

Martin nahm ihr das Stück Zeitung weg und starrte darauf. «Du siehst es doch, nicht wahr, Lily?»

«Ich sehe was?»

«Sie ... sie sieht aus wie du, als du klein warst.»

Lily riß Martin das Bild aus der Hand. «Nein, tut sie nicht.»

Martin sah sie an. Er nickte langsam. «Doch.»

«Das müßte ich besser wissen als du», sagte Lily.

Martin schüttelte den Kopf. «N-nein, gewöhnlich sehen es andere, nicht der Betroffene.» Er zog den Mund breit, nickte und sagte: «Es ist irgendwie so, als wärst du an ihrer Stelle erwachsen geworden.» Er zupfte an dem Bild in Lilys Hand, und sie ließ es los.

Sie starrte ihn an. «Nein, es ist nicht so», sagte sie.

«Ist nicht in Minneapolis oder St. Paul passiert. Es war in der Nähe von Farmington. Er hat sie in der Wanne ertränkt.»

«Warum?» Lily flüsterte das Wort.

Martin zuckte die Achseln. Während er die Schultern hochzog, waren seine Züge ruhig, aber starr, und die Augen auf einen fernen Gedanken fixiert. Dann sagte er: «Es ist so seltsam angezettelt.»

«Du liebst das Stück wirklich, nicht?» sagte Lily.

Martin blinzelte zu ihr hin, als wäre sie Meter von ihm entfernt. «N-nein», sagte er.

«Du zitierst doch dauernd daraus.»

Martin stolperte über die nächsten Wörter. «Das ist einfacher, als es mit eigenen Worten zu sagen», sagte er schließlich.

«Aber du wolltest doch mitspielen», beharrte Lily.

Martin nickte.

«Und der Plan, Martin. Warum hast du ihn mir gegeben?» Lily wollte nach der Kiste fragen, hielt sich aber zurück.

Martin wandte sich von ihr ab. Er sah zum Fenster und psalmodierte wie ein Kind auf dem Spielplatz. «Sie ist jetzt da draußen.»

«Wer?» sagte Lily.

«Sie ist nicht lebendig.»

Lily holte tief Luft. Seit sie eingewilligt hatte, Martin nach Hause zu begleiten, hatte sie mehrere Klippen umschifft, und sie beschloß, daß dies die letzte sein sollte. «Ich will nach Hause», sagte sie.

Sofort stand Martin auf und ging zur Tür. Eine Sekunde lang verstand Lily nicht, was er da tat. Er öffnete die Fliegentür und überquerte schnell die Veranda, ohne hinter sich das Licht auszuschalten. Sie folgte ihm, und als sie auf die Veranda hinaustrat, sah sie ihn neben dem Transporter stehen und ihr die Tür aufhalten.

Wortlos stieg sie ein. Martin schwieg den ganzen Weg über. Sie hatte keine Ahnung, ob sein Schweigen Wut, Verdruß oder Resignation bedeutete. Sein Gesicht ließ nichts erkennen. Aber Lily wollte nicht reden. Sie saß dicht an der Tür, beobachtete die Straße und achtete dabei auf jede seiner Bewegungen. Während er fuhr, stellte sie sich plötzlich Schleuderpartien und Zusammenstöße vor, daß der Wagen auf die falsche Spur geriet und in entgegenkommende Scheinwerfer raste. Als Martin in der Division Street vor dem Café anhielt, wandte sie sich ihm zu. In diesem Moment sah er mit seinem weichen Gesicht und dem unmodern kurzgeschnittenen Haar ganz jung aus. Lily sah durch die Windschutzscheibe und sagte: «Mach's gut.» Martin beugte sich zu ihr herüber, aber Lily zog am Türgriff und sprang hinaus auf die Straße. Martin rutschte auf den Beifahrersitz und streckte den Kopf zum Fenster hinaus. «Du läßt dich nicht von ihm malen, nicht wahr, Lily?»

Sie riß den Mund auf. Sie verstand, was er sagte, wußte, daß er Ed meinte, aber sie sagte: «Wovon sprichst du?»

«E-e-es ist wichtig, daß er dich nicht malt. Nicht dich.» Er hielt inne. «U-um deinetwillen, Lily.»

Sie wandte den Blick ab. «Mach's gut, Martin», sagte sie. Sie ging zwischen den Gebäuden durch zur Hintertür, die in ihre Wohnung führte, und beobachtete, wie Martins Wagen wegfuhr. Dann schaute sie über die Straße in Eds Fenster. Im Licht sah sie zwei Gestalten – Ed und Mabel. Sie saßen sich auf den einzigen Stühlen im Zimmer gegenüber. Lily sah Mabel eine Hand heben und zur Decke hin gestikulieren. Sie reden immer noch, dachte sie. Sie beobachtete die beiden mindestens eine Minute lang, bevor sie die Augen schloß und den Atem anhielt. Sie sehnte sich so leidenschaftlich danach, zu Ed zu laufen und ihn in die Arme zu schließen, daß sie von der Anspannung, sich zurückzuhalten, zitterte. Nachdem sie bis hundert gezählt hatte, zog sie an der Hintertür, merkte, daß jemand abgeschlossen hatte, kramte ihre Schlüssel heraus, schloß auf und ging nach oben ins Bett.

Bevor sie einschlief, meinte sie, Brandgeruch zu riechen – ein fernes Feuer vielleicht, dessen Rauch der Wind in die Stadt trug. Es können doch nicht die Schuhe sein, die immer noch verbrannt riechen? Sie dachte an die Karte und die Bilder an Martins Wand und an den leeren Fleck in der Mitte. Würde er ihn noch ausfüllen? Irgendwie spukte ihr jetzt diese Leere im Kopf herum, mehr als irgendeines der Bilder oder Worte, die sie ringsherum gesehen hatte. Sie ist nicht lebendig, dachte Lily. Er hatte wohl die kleine Becky gemeint. Lily legte eine Kassette ein, um Martin und das tote Mädchen und

Ed und Mabel zu vergessen. Sie hörte sich zweimal «The Best of Aretha Franklin» an und stellte sich dabei sich selbst in einem grünen Paillettenkleid auf der Bühne vor. Die Worte «You make me feel like a natural woman» sang sie laut mit, und in ihrer Phantasie hatte sie eine Stimme wie Aretha, eine Stimme, die direkt aus dem Himmel zu kommen schien.

IN dem Moment, als Lily die Hand auf die Türklinke des Cafés legte, hörte sie die Jukebox klicken und den Anfang eines Songs erklingen: «Do You Believe in Magic?» Sie öffnete die Tür und sah Vince zwischen den Tischen und der Theke allein tanzen und singen. Er wandte Lily den Rücken zu, und sie beobachtete, wie er sich in den Hüften wiegte und mit den Fingern schnippte wie ein Teenager. Sie sah die kahle Stelle oben auf seinem Kopf, während er die Schultern rollte und dann zur Kaffeemaschine steppte. Lily lächelte. Der dicke Mann tanzte anmutig, leichtfüßig. Er ging in die Knie und sang «... in a young girl's heart». Dann machte er eine Drehung, erblickte Lily, streckte, ohne einen Takt des Songs auszulassen, die Hand aus und sagte: «Mach mit, Puppe.» Lily ergriff die ausgestreckte Hand, und sie tanzten mit wakkelnden Hüften und Hintern und johlten den Refrain mit.

Als der Song zu Ende war, sagte Lily: «Du hast heute morgen aber gute Laune.»

Vince atmete schwer, und auf seiner Stirn trat eine Ader hervor. «Du auch», sagte er. «Du siehst wunderschön aus, wirklich taufrisch. Mir scheint, dein neuer Freund behandelt dich gut.» Er unterbrach sich, wischte sich die Stirn ab, zögerte, und dann platzte er heraus: «Ist er nicht ein bißchen alt für dich, Schätzchen? Als alter Mann sollte ich dich vielleicht vor ihm warnen.» Er lächelte. «Man wird mit dem Alter nicht besser.»

Lily wurde rot. «Weißt du, Vince, dafür entscheidet man sich eigentlich nicht. Es passiert einfach irgendwie.»

«Ja, ich weiß.» Wieder zögerte er und kratzte heftig seinen Oberarm. «Hank hat in letzter Zeit oft im Café rumgehangen, und ich dachte, das solltest du wissen.»

«Ich habe ihn nicht gesehen.»

«Er ist nachmittags hergekommen, und gestern abend ist er mir beim Stuart Hotel über den Weg gelaufen.»

«Hank?»

«Er ist schlecht drauf.»

«Hank?» wiederholte Lily.

Vince legte in gespielter Verwunderung den Kopf zurück. «Ja, Hank. Erinnerst du dich an ihn? So 'n Großer, Gutaussehender. Du warst ungefähr ein Jahr mit ihm zusammen.»

Lily schnalzte mit der Zunge. «Vince.» Sie knurrte den Namen. «Gestern abend?»

«Ganz recht. Ich hab noch lange über der Buchführung gesessen, und als ich gegangen bin, trabte er traurig durch den Gang neben dem Hotel, und die Mundwinkel hingen ihm bis zu den Kniekehlen runter.»

«Das sieht Hank aber gar nicht ähnlich.»

«Er weiß Bescheid über...» Vince wies mit dem Kopf in Richtung Stuart Hotel. «Ich hab ihn mit zu mir nach Hause genommen, hab ihm über einer Flasche Bourbon die Standardrede gehalten – diesen ganzen Keine-Frau-ist-es-wert-Quatsch. Er ist breit wie 'ne Natter zur Arbeit gegangen.»

«Das war nett von dir, Vince.»

«Es geht mich ja nichts an, Lily, aber ich finde, du solltest mal mit ihm reden.»

«Das würde nichts ändern.»

Vince nahm Lilys Hand und tätschelte sie. «Das weiß ich, aber Hanks Problem ist, daß er es nicht glauben kann. Er kann's einfach nicht glauben.»

Lily sah auf die Straße hinaus und seufzte. «Das Komische

ist, daß alles passieren kann, Vince. Weißt du, mit Hank Schluß zu machen ist nichts Besonderes. Es passieren dauernd alle möglichen, wirklich verrückten Sachen. Darauf muß man gefaßt sein.»

«Hank hat das noch nicht gelernt. Er spielt nach den Regeln. College, Studium, guter Job, hübsche Ehefrau, intelligente, glückliche Kinder.» Er musterte Lily. «Ich glaube nicht, daß er es je gesehen hat.»

«Was?»

«Was ich sofort gesehen habe – den unbefriedigten, hungrigen Teufel in dir, der vor Züge springt und darüber lacht.»

«Woher weißt du das?»

«Das ist doch Legende, Lil.»

«Ich war noch ein Kind.»

«Du warst alt genug, um es besser zu wissen.»

«Solchen Blödsinn mache ich nicht mehr, Vince.»

«Nein», sagte er und verschränkte die Arme. «Du bist zu höherem Blödsinn aufgestiegen.»

«Hör auf.»

Vince sah zum Fenster hinaus und kniff die Augen zusammen. «Ich hab Blei im Schädel. Es gibt Regen. Es gibt starken Regen und Wind.»

Lily lachte. «Du bist zu lange aus Philadelphia weg. Du redest wie ein alter Farmer.»

«Ach woher, alter Farmer», sagte Vince. «Ich hab ein Barometer im Kopf, seit ich sieben bin. Meine Großmutter nannte mich immer ‹Wetterhahn›.»

Vince hatte recht. Das Wetter änderte sich. Der Morgenhimmel wurde blaßgrün, und kurz darauf war die Division Street still wie ein Grab. Um halb sieben kam Boomer hereingetänzelt, und zu dritt bedienten sie einige Frühaufsteher, die schnell frühstückten, um vor dem Sturm wieder zu Hause zu sein. Schwarze Wolken wälzten sich über den Himmel, ein Wind kam auf und fing an zu heulen. Um sieben Uhr machten sie das Radio an und hörten die Meldung, daß für Minneapolis und Umgebung, einschließlich Webster, Sturmwarnung ausgegeben worden sei. Lily rief Bert an, sie solle zu Haus bleiben, und sie schlossen das Café. Der Regen trommelte auf die Straße. Die Markisen knatterten im Wind, und in der Nähe donnerte es. Eine oder zwei Minuten lang regnete es so stark, daß sie das Hotel nicht mehr sahen. Boomer drückte die Nase gegen die Fensterscheibe und murmelte mit idiotischer Regelmäßigkeit «Ja, ja», was Lily mit der Zeit auf die Nerven ging.

Die drei setzten sich in eine Nische und spielten Poker, aßen Kuchen vom Vortag und lauschten dem Scheppern der Fliegentür. Die Dachrinnen liefen über, und der zarte neue Baum, den das Verschönerungskomitee von Webster erst einige Tage zuvor gepflanzt hatte, bog sich tief im Wind. Lily hoffte, daß sie ihr Fenster nicht offengelassen hatte, und dann dachte sie an Mabel. Einen Augenblick lang stellte sie sich vor, daß die kleine alte Frau aus dem Fenster gefegt wurde und ihr Körper wie ein Taschentuch über die Dächer segelte.

«Du bist dran, Lily», sagte Boomer.

Sie sah den Tellerwäscher an. Er saß nie still. Im Augenblick wackelte er mit den Schultern und dem Kopf. Lily warf einen Blick auf sein Elvis-T-Shirt, auf dem in riesigen Buchstaben «The King» stand. Dann betrachtete sie Boomers Gesicht und starrte in die Augen hinter der dicken Brille, an der er wieder einmal herumgebastelt hatte. Außer dem um das Gestell gewickelten Isolierband hatte er auch noch ein Stück Draht daran angebracht, das sich wie eine kaputte Sprungfeder vom linken Glas nach oben wand. Mit der verrückten Brille über dem Gesicht der Rock-'n'-Roll-Ikone sah der Junge aus wie ein assimilierter Außerirdischer. Quengelnd sagte er zu ihr: «Du hältst das Spiel auf.»

«Immer hübsch langsam», sagte Lily und studierte ihre

Karten. Sie nahm noch zwei auf, und als sie die Große Straße sah, verzog sie keine Miene.

Vince dachte ein Weilchen nach und schob einen Kronenkorken in die Tischmitte. «Hast du das von Dolores gehört?»

«Nein», sagte Lily.

«Festgenommen.»

«Weswegen?»

«Ich wette, ich weiß es.» Boomer grinste.

Lily schaute auf den abgebrochenen Zahn des Jungen – eine kleine weiße Spitze vorn in seinem Mund.

Vince ignorierte ihn und nickte Lily zu. «Sie behaupten, sie hätte eine der Höhlen in der Nähe der Stadt aufgebrochen.»

«Du machst Witze», sagte Lily und starrte in ihre Karten.

«Dein Freund hat sie gegen Kaution rausgeholt», sagte Boomer.

Lily hielt ihre Karten vor Mund und Nase und sah Boomer darüber hinweg an. «Wer hat dir denn das erzählt?»

Boomer lehnte sich auf der Bank zurück und verschränkte die Arme. «Ich hab Beziehungen zur Polizei.»

«Du und jedermanns Hund», sagte Lily.

«Du nicht mehr.» Boomer sang die Worte mit hoher, spöttischer Stimme.

Lily sah in Boomers selbstgefälliges Gesicht. Er würde mir leid tun, wenn er nicht so ein kleiner Widerling wäre, dachte sie.

Vince seufzte vernehmlich und kratzte sich am Hals.

«Halt die Klappe, Boom», sagte sie. «Bist du noch dabei oder nicht? Ich erhöhe um drei.»

Gegen elf ließ der Sturm allmählich nach. Es hörte auf zu regnen, aber Windböen rüttelten an unsichtbaren Objekten auf der Straße, und durch den Rinnstein strömten noch immer Bäche. Zaghaftes gelbes Licht sickerte durch vereinzelte Löcher in den Wolken. Auf den Gebäuden, dem Bürgersteig und den Parkuhren lag ein schattenloses Leuchten, von dem Lily sich nicht erinnern konnte, es je zuvor gesehen zu haben. Eine Weile stand sie am Fenster und sah hinaus. Sie hatte immer gedacht, Gott zeige sich in Stürmen, aber sie dachte es nicht mehr. Sie blickte zum Flachdach des Stuart Hotels hinauf und dann in die grau-gelb gefärbten Wolken. Das Zeitungsfoto, das sie in der Nacht zuvor gesehen hatte, fiel ihr ein, und plötzlich kam ihr die bloße Tatsache, daß Menschen leben und sterben, seltsam vor, nicht schrecklich, nur seltsam. Sie schaute hinaus und erinnerte sich an ihren Großvater, nachdem er im Krankenhaus an einem letzten Schlaganfall gestorben war. Er hatte jünger ausgesehen. Das war allen aufgefallen. Und dann stellte Lily sich Helen Bodler in ihrem Grab vor, wie sie sich in die Erde über ihr krallte und mit aller Kraft nach oben drückte. In Lilys Phantasie gelang es ihr schließlich, sich auszugraben. Sie kletterte aus dem frischen Grab, und Lily stellte sich vor, wie sie neben der langen, flachen Grube stand. Erdklümpchen hingen in ihrem Haar, verschmutzten Mund und Nase, klebten ihr an Wimpern und Brauen. Helen wischte ab, was sie konnte, kehrte Lily den Rücken und ging die Zufahrt hinunter, fort von der Farm der Bodlers. Sie hatte es nicht eilig. Wenn Wunder geschehen, hat niemand es eilig. Lazarus war bestimmt nicht gerannt. Er stand auf, dachte Lily, und trat, noch in seine Leichentücher gehüllt, aus dem Grab.

NACHMITTAGS trieb das Telefon Lily aus ihrem Zimmer. Sie konnte es nicht länger aushalten, auf das blöde Ding zu starren. Mehrmals hatte sie den Hörer abgenommen, aber gleich wieder aufgelegt. «Soll er doch anrufen», sagte sie laut zu dem Apparat. «Er kann mich anrufen.» In Mabels Wohnung war es ungewöhnlich still – entweder war sie nicht da, oder sie war nach einer schlaflosen Nacht endlich eingeschlafen. Als Lily in Eds Fenster schaute, konnte sie nichts sehen, aber sie vermutete, daß Mabel bei ihm war, und der Gedanke frustrierte sie. Statt dessen rief sie Bert an.

«Soll er doch anrufen», sagte Bert.

«Ich habe befürchtet, daß du das sagen würdest.»

«Laß es mich mal so ausdrücken: Du willst ihn nicht, wenn er dich nicht will, stimmt's? Es ist besser, das jetzt gleich herauszufinden.»

Lily hörte zu. Sie sagte es nicht, aber sie dachte: Natürlich will ich ihn. Seit wann will man jemanden nicht, nur weil er einen nicht will? Manchmal will man ihn nur um so mehr. Sie sagte: «Ja, danke, Bert.» Sie redeten eine Weile über das Unwetter, und nach einer Pause sagte Bert: «Ich habe gehört, er war bei Swenson.»

«Was?» sagte Lily.

«Shapiro, er war im Bestattungsinstitut.» Bert holte Atem. «Er hat gesagt, er wollte die Leichen zeichnen. Na ja, der einzige Tote, den sie hatten, war der alte Oscar Hansen...»

«Wer hat dir das erzählt?»

«Mr. Swenson selbst. Er hat gesagt, er wäre überrascht gewesen. Er mußte die Familie um Erlaubnis bitten, weil Oscar schließlich weder ja noch nein sagen konnte.»

«Gott, Bert!» sagte Lily. «Haben sie ihn gelassen?»

«Es scheint so, daß Oscars Sohn mehr oder weniger ‹Nur zu› gesagt hat, aber die Tochter ist sich nicht so sicher.» Lily hörte, wie Bert den Hörer hinlegte. «Wenn du noch ein einziges Stückchen von dem Kuchen nimmst, Roger, feßle ich dich an allen vieren und schicke dich zurück zu deiner Mutter.» Dann, zu Lily: «Ich weiß gar nicht, warum ich dir das erzähle. Ich dachte nur irgendwie, du solltest es wissen.»

Lily schwieg.

«Lily?»

«Ich bin noch da. Ich denke darüber nach.»

Bert lachte. «Es ist kein Verbrechen, Leichen zu zeichnen, weißt du. Ich finde, er ist so ein netter Kerl, und, na ja, es leuchtet schon ein, daß so was interessant ist. Mich hat es immer da hingezogen.»

Daß Bert Ed verteidigte, erleichterte Lily. «Ja», sagte sie. Sie zögerte, dann fügte sie warmherzig hinzu: «Du bist eine gute Freundin, Bert.»

«Ach, geh», kam es vom anderen Ende der Leitung. Lily legte auf. Sie wünschte, Bert würde es ein einziges Mal auch sagen.

Davon überzeugt, daß es das letzte Mal sein würde, schlüpfte Lily in die verbrannten Schuhe. Sie behielt sie nicht lange an, gerade lange genug, um den Anlaß zu würdigen. Dann wickelte sie sie in einen Rest des weißen Baumwollstoffs, aus dem sie ihre Vorhänge gemacht hatte, legte das Bündel behutsam in ihre Segeltuchtasche und ging aus dem Zimmer. Sie schloß die Tür hinter sich.

Sie lenkte ihr Rad durch das Labyrinth der vom Sturm heruntergerissenen Äste, deren Blätter noch nicht zu welken begonnen hatten. Sie fühlte sich gut, weil sie unterwegs war, die Schuhe zurückzubringen. In den Koffer oder auch nur in die Garage konnten sie nun nicht mehr zurück, aber sie würde sie an irgendeinen versteckten, ruhigen Ort bringen, wo sie ungestört vermodern konnten.

Am Himmel zeigten sich neue Flecken von klarem Blau, und die frische Luft belebte sie. Sie fuhr schnell und trat so fest in die Pedale, daß sie ins Keuchen geriet. Als sie sich der Farm der Bodlers näherte, entdeckte sie den Lastwagen der Zwillinge und hielt ein gutes Stück vor der Zufahrt an. Sie schob ihr Rad in den Graben, legte es auf die Seite und trat ins Feld hinaus. Dann drehte sie sich um und warf einen Blick zur Farm der Klatschwetters. Der Himmel war ungeheuer weit und klarte schnell auf. Sie roch Kuhdünger, einen Geruch, den sie mochte, wenn er wie jetzt mit dem von Klee und sonnenerwärmter Erde vermischt war. Sie ließ den Blick über die Straße zum Horizont schweifen, vorbei an einem Dickicht verkümmerter Bäume, einem Silo und einer roten Scheune, dann wieder zurück zu den Guernsey- und Holsteiner Kühen auf der Weide. Träge Tiere, dachte Lily, während sie sie beobachtete – ein Kopf sank ins Gras, ein Schwanz schlug nach einer Fliege, und dann diese schwerfällige Zusammenrottung von Hinterteilen am Zaun. Der Stacheldraht war elektrisch geladen. Sie konnte das silberne Band am unteren Draht sehen. Vielleicht war es die Vertrautheit dieses Anblicks, die Lily rührte, oder die Weite dieser Landschaft, in der sie sich wohltuend unscheinbar vorkam, aber sie betrachtete die Szenerie ohne irgendeinen Gedanken, bis sie hinter sich ein Geräusch hörte. Da erschrak sie und wirbelte herum.

Etwa einen Meter von ihr entfernt stand Frank Bodler. Seine Augen waren unter dem Schirm seiner Kappe verborgen, aber sie sah seinen verkniffenen Mund und sein Kinn. Ihr war völlig schleierhaft, woher der Mann gekommen war. Nur Sekunden zuvor hatte sie über das Feld geblickt und niemanden gesehen. Er trug einen großen, halb verrosteten Spaten, und damit stampfte er jetzt zweimal auf den Boden. Er nickte ihr zu und bedeutete ihr mitzukommen. Einige Sekunden lang bewegte sie sich nicht. Sie drückte die Tasche an sich und wartete.

Er brummelte: «Kommen Sie.»

Lily ging mit. Sie war sich nicht so recht sicher, warum, aber sie folgte dem Mann über das Feld und starrte auf den großen Ölfleck hinten auf seinem schmutzigen Hosenbein. Leicht gebückt, mit dem Spaten über der Schulter, stapfte er vor ihr her. Sie wissen Bescheid, dachte sie. Sie werden mich damit konfrontieren, werden mich fragen, wo die Schuhe sind. Sie müssen mich gesehen haben. Lily fing an, sich ihre Beichte zurechtzulegen. Ich werde ihnen die Wahrheit sagen, dachte sie. Aber die Wahrheit hörte sich unsinnig an. Ich werde beichten, ohne ihre Mutter zu erwähnen. Aber wie kann ich erklären, daß ich die Schuhe verbrannt habe? Ich bin vor lauter Schuldgefühl in Panik geraten und habe sie ins Feuer geworfen. Als sie an der Küchentür ankamen, blieb Lily stehen. Sie erinnerte sich an ihren Sturz, erinnerte sich an den feuchten Boden an ihrer Haut. Sie hörte sich schlukken und trat ein. Verwirrt lief sie in einen herunterhängenden Fliegenfänger. Das klebrige gelbe Papier mit seiner Kruste aus Fliegen streifte ihr Ohr, und sie stöhnte auf, ehe sie es unterdrücken konnte. Frank achtete nicht darauf. Er ging durch die Küche in den anderen Raum, der durch zwei kleine Fenster etwas mehr Licht bekam. Es roch nach Schimmel. Frank zeigte auf das ramponierte Sofa, wartete, bis Lily sich setzte, und öffnete eine Tür zu einem weiteren Raum, in dem er, die Tür hinter sich zuziehend, verschwand.

Lily legte die Tasche zwischen sich und die Sofalehne, um sie mit ihrem Körper zu verdecken. In der gerundeten olivgrünen Mattscheibe eines uralten Fernsehers erblickte sie ihr eigenes verzerrtes Bild und wandte die Augen zum Fenster. Durch die trübe Scheibe sah sie die Spitze eines blühenden Pfingstrosenstrauchs. Wieder schluckte sie geräuschvoll. Das Zimmer war vollgestopft mit Gegenständen – zwei Toaster zu ihren Füßen, eine Kiste voller Lumpen oder Lappen am anderen Ende des Sofas, ein über die Lehne eines Korbstuhls hängendes, dickes schwarzes Gummiseil. Um das Seil nicht ansehen zu müssen, starrte Lily an die Decke und bemerkte die kunstvollen Wasserflecken, die der Karte eines imaginären Landes glichen. Sie war noch damit beschäftigt, dessen zerklüftete Küste zu studieren, als Frank mit Dick ins Zimmer zurückkam.

Sie standen zusammen in der offenen Tür des dritten Raums. Frank trat vor, streckte ungestüm den Arm in Lilys Richtung aus und sagte so laut, daß sie zusammenfuhr:

«War sie's?»

Dick ging auf Lily zu. Sie zog die Schultern hoch und drückte sich fest gegen ihre Tasche, während sie Dick in halb geduckter Haltung auf sich zukommen sah. Offenbar wollte er in Augenhöhe mit ihr bleiben. Er blieb stehen, stützte die Hände auf die Knie und starrte sie an. Sie sah Staub in seinen Augenbrauen und Schmutz in den Furchen seines faltigen Gesichts. Sie schluckte und war sich sicher, daß Dick es hören konnte. Das Schlucken war zu einer Manie geworden. Der Speichel schien sich so schnell in ihrem Mund zu sammeln, daß sie nicht darüber hinweggehen konnte. Wie hatte sie nur je unwillkürlich schlucken können, fragte sie sich. Dick musterte sie immer noch. Dann drehte er den Kopf.

«Jau», sagte er. Seine Stimme war hoch. Lily fiel auf, daß sie ihn noch nie hatte sprechen hören und daß seine Stimmlage nichts mit der seines Bruders gemein hatte. Ich bin geliefert, dachte sie. Sie überlegte sich ihren ersten Satz. Die Worte «Es tut mir leid» begannen sich wie von selbst in ihrem Mund zu bilden.

Die Männer setzten sich auf zwei der armseligen Stühle, die auf der anderen Seite des Zimmers aufgereiht standen.

«Sie sind Lars Dahls Tochter», sagte Frank.

Lily nickte.

«Ich kenn Ihren Pa», sagte er. «Der is in Ordnung, Ihr Pa. Ihren Opa kannt ich auch.» Dann wandte er sich seinem Bruder zu und brüllte: «Lars Dahls Tochter!»

Dick war schwerhörig. Das hatte Lily nicht gewußt. Sie sah von einem Mann zum anderen. «Ich arbeite im Ideal Café», sagte sie, so laut sie konnte, ohne zu schreien.

Frank kniff die Augen zusammen.

«Ich habe Sie oft bedient.» Ihre Stimme klang kindlich. War es möglich, daß sie sie nicht wiedererkannten?

Frank kratzte sich am Haaransatz, und Lily sah graue Schuppen vorn auf sein Hemd fallen. Sie blickte in die Ecke, in der er den Spaten abgestellt hatte, und überlegte, wie lange sie brauchen würde, um hinzuspringen und ihn sich zu schnappen. Vorsichtig begann sie, mitsamt der Tasche auf dem Sofa zur Seite zu rücken. Dann spürte sie, wie sich eine ausgeleierte Sprungfeder in ihren Schenkel bohrte, und hielt inne.

«Dick hat Sie gesehn.»

Lily wartete auf die Anschuldigung.

«Gestern abend auf'm Feld.»

Doch nicht gestern abend, dachte sie. Gestern abend war ich auf der Probe und dann bei Martin ... Sie sah Dick an.

«Is aber wohl jetzt egal», sagte Frank.

Dick beugte sich wieder zu ihr hin. Er kniff ein Auge zu, als würde das sein Sehvermögen verbessern.

Frank schwieg. Alle drei saßen mindestens eine Minute lang da, ohne ein Wort zu sagen. Als sie es nicht länger aushielt, rief Lily: «Ich verstehe das nicht.»

Keiner der beiden Männer antwortete. Sie sahen einander an. Dann, offensichtlich auf den Blick seines Bruders hin, stand Dick langsam auf und schlurfte in die Küche. Einige Minuten lang hörte man von dort ab und zu Geklapper. Frank griff in seine Hemdtasche und zog einen Beutel Kautabak heraus. Er nahm eine Prise der kleinen braunen Blätter zwischen Daumen und Zeigefinger und steckte den Tabak in seine Backentasche. Soweit Lily das beurteilen konnte, war ihm ihre Gegenwart nicht bewußt. Vielleicht kann ich einfach aufstehen und gehen, dachte sie. Sie warf wieder einen Blick auf den Spaten, dachte daran aufzustehen, blieb aber sitzen.

Schließlich kehrte Dick mit einem braunen Plastiktablett aus der Küche zurück, auf dem eine Kaffeekanne aus Blech und drei Tassen standen und ein paar mit weißem Zuckerguß beschmierte längliche Plätzchen, die auf einem Teller lagen. Seine Stiefel kamen dabei nie vom Boden hoch. Er schob einen Fuß vor den anderen wie ein Kind, das zum erstenmal

Schlittschuh läuft, seine Augen waren starr auf die Tassen gerichtet, seine Hände zitterten. In dem Zimmer gab es keinen Tisch, auf dem man das Tablett hätte abstellen können, aber Dick hatte eindeutig vorgeplant. Er blieb stehen und ging nach und nach in die Knie. Als er etwa zwanzig Zentimeter tiefer gelangt war, verharrte er ein paar Sekunden lang so, wie um sich seines Fortschritts zu vergewissern, und dann beugte er sich vor und stellte das Tablett abrupt auf den Boden. Tassen klirrten, Plätzchen rutschten, aber das Tablett stand sicher neben einem der Toaster. Ohne sich aufzurichten, begann Dick Kaffee auszuschenken. Er reichte Lily eine Tasse, und sie sah in die schwarze Flüssigkeit. Fettaugen schwammen an der Oberfläche, aber sie führte die schmutzige Tasse an den Mund und trank. Der Kaffee schmeckte gar nicht schlecht – ein bißchen fettig, aber stark und gut.

Dick beobachtete sie gespannt. «Ei», sagte er.

«Wie bitte?» schrie Lily.

Frank schrie zurück: «Im Kaffee is 'n Ei!»

Dick nickte. Er richtete sich auf und hielt Lily den Teller mit den Plätzchen unter die Nase. Sie nahm eins.

Als alle drei bei Kaffee und Plätzchen saßen, brüllte Lily zu Dick hinüber: «Ich verstehe das nicht. Sie können mich gestern abend nicht gesehen haben. Ich war nicht hier.»

Dick nickte, aber Lily war sich unsicher, was das Nicken bedeutete, ob er ihr damit sagen wollte, daß er sie verstanden hatte oder daß er ihr zustimmte. Er sagte mit seiner komischen Stimme: «Ich hab gesehn, wie Marty Sie übers Feld und über die Straße getragen hat.»

«Was?» sagte Lily, aber nicht laut genug. Dann besann sie sich und schrie: «Marty?»

«Marty Petersen, der 'n Stück die Straße runter wohnt», sagte Frank.

«Gestern?» sagte Lily.

Die Augen auf das Fenster gerichtet, redete Dick weiter.

Langsam, mit angewinkelten Ellbogen, streckte er die Arme vor sich aus. Lily beobachtete, wie die Kaffeetasse in seiner rechten Hand gefährlich kippte. «Ich hab gesehn, wie er Sie trug, als wärn Sie ohnmächtig oder...» Er vollendete den Satz nicht, sondern senkte die Arme, ohne etwas zu verschütten, und rieb dann mit beiden Händen die Tasse. «Das warn bestimmt Sie», sagte er zum Fenster. «Ich hab Ihre Augen, Ihr Gesicht und Ihre Haare gesehen. Ich hab ihn gerufen.» Dick wechselte die Tonlage. «‹Mar-ty!› hab ich gesagt. ‹Wen haste da? Komm zurück, Marty›, aber er hat nich geantwortet. Er geht weiter, über die Straße und runter zum Bach und in den Wald. Ich kann mit meinen Beinen nich mehr so laufen, also geh ich rein zu Frank und erzähl ihm, was ich gesehn hab.» Dick sah Lily kurz an, dann starrte er wieder auf das Fenster. Er nickte, blinzelte, wandte sich wieder ihr zu und sagte: «Aber Sie sind ja gesund und munter.»

Lily beugte sich vor und starrte Dick an. «Um welche Uhrzeit war das?»

Dick sah Frank fragend an.

Frank sagte: «Ich würd sagen, am frühen Abend. Es war noch nich dunkel.»

Die beiden Männer schwiegen. Lily sah von einem zum anderen. Es war verrückt. Die ganze Sache war hirnverbrannt. Sie wartete darauf, daß sie weiterredeten.

Mindestens eine halbe Minute lang sagte keiner von beiden ein Wort. Dann holte Frank Luft und sagte: «So weit, so gut.»

Lily sah ihn an und schluckte. Er stieß sich ein bißchen ab, stand auf und ging zur Küche. Das war das Zeichen für sie, aufzubrechen, und ihr war klar, daß sie es nicht einfach ignorieren konnte. Sie stellte ihre Tasse vorsichtig auf den Boden, nickte Dick zu, der nicht reagierte, und folgte Frank zur Tür.

Sie versuchte es noch einmal. «Es muß jemand anders gewesen sein», sagte sie. «Und wenn es jemand anders war, könnte es, na ja...» Sie beendete den Satz nicht, sondern fügte einen weiteren hinzu. «Ich finde, wir können das nicht einfach auf sich beruhen lassen.» Sie drückte die Tasche mit den Schuhen an sich und blickte zu Boden. Franks Stiefel hatten Abdrücke auf dem ohnehin schon mit einer dicken Schmutzschicht bedeckten Linoleum hinterlassen.

Er antwortete nicht. Statt dessen öffnete er die Fliegentür und hielt sie ihr auf.

Lily ging hinaus, drehte sich auf der steinernen Stufe um und sah ihn an. «Mr. Bodler», sagte sie. «Versprechen Sie mir, daß Sie mich anrufen, wenn Ihnen etwas auffällt? Ich kann Ihnen meine Nummer dalassen.»

Er ließ die Fliegentür zuknallen und sah Lily durch sie hindurch an.

«Ich hab kein Telefon.»

Jeder hat ein Telefon, dachte Lily. Egal, wie arm er ist. Jeder hat ein Telefon.

Frank schob das Gesicht dicht an den Fliegendraht. «Wegen Dick», sagte er in einem vertraulichen Ton, der sie überraschte. «Er mag die Dinger nich. Er mag diese weit entfernten Stimmen ohne Körper nich. Schon bevor er schwerhörig wurde, mochte er sie nich.» Er schüttelte den Kopf. «Er hat gemeint, es wär wie mit 'nem Geist zu reden, und warum soll ich ihn damit aufregen? Wir hatten mal eins. Ham es Pete Lund verkauft. Der sammelt so alte Telefone, und wir ham einen guten Preis dafür bekommen. Ich vermiß es auch gar nicht. Die Leute kommen her, oder wir fahren hin, egal wie.»

Lily nickte. «Verstehe», sagte sie. «Also dann, Wiedersehen.»

Der Mann gab den Gruß nicht zurück. Keiner der Brüder schien imstande zu sein, die üblichen Begrüßungs- und Abschiedsrituale einzuhalten, und das Ausbleiben von Grußworten ging Lily auf die Nerven. Sie sah, wie Frank sich umdrehte, durch die Küche ging und verschwand. Statt zu ihrem Fahrrad zu gehen, bog sie ab und lief auf den Wald hinter dem Haus zu.

Sie suchte sich eine Stelle unter einem kleinen Steilhang am Bachlauf. Der Ort war ihr wohlvertraut. Als Kind war sie den Heath Creek hinauf- unter hinuntergewatet, und die Landschaft war stets in ihr lebendig geblieben. Doch als sie jetzt vom Rand des steilen Ufers auf das Wasser hinuntersah, fand sie sie verändert. Es war Jahre her, daß sie an dieser Stelle gewesen war, und sie schien ihr kleiner geworden zu sein. Erst nach einigen Sekunden wurde ihr klar, daß sie selbst gewachsen war und daß ihre neue Größe alle anderen Proportionen veränderte. Die Strömung des angeschwollenen Bachs drückte gegen die zahllosen Binsen, die sich über das Wasser neigten. Das durch die Bäume dringende Licht glitzerte unregelmäßig auf der grauen Oberfläche. Nachdem sie den Hang hinuntergeklettert war, kniete sie an der Stelle nieder, die sie sich ausgesucht hatte, und fing mit bloßen Händen an zu graben. Der durchweichte Boden war locker, und als das Loch tief genug war, nahm sie die in den Stoff gewickelten Schuhe aus der Tasche und legte sie hinein. Nachdem sie sie fest in das Loch gedrückt hatte, schob sie die feuchte Erde darüber und klopfte und strich noch eine Weile auf der Oberfläche herum, bis die Stelle rund und glatt war. Sie begutachtete ihr Werk, legte sich dann auf den feuchten Boden und schloß die Augen. Sie hörte einen Specht – ein fernes, dumpfes Hämmern, dann ein Rascheln im Laub über ihr. Sie warf einen scharfen Blick in Richtung des Geräuschs und spitzte die Ohren. Blätter bewegten sich, ein Ast knackte. Sollte Frank mir gefolgt sein? dachte sie. Sie starrte auf den Steilhang. Hinunter ging's leicht, aber wie kam man wieder hinauf? Falls jemand dort war, wäre er längst weg, bis sie oben angekommen war. Sie stand auf, wischte die schmutzigen Hände an ihren Shorts ab, stampfte mit den Turnschuhen auf, damit der Dreck abfiel, und sah die Stelle an. Bevor sie ging, suchte sie einen glatten, länglichen Stein und legte ihn als Markierung darauf.

Sie kletterte nach oben, indem sie sich an Wurzeln festhielt und die Zehen in den Steilhang grub. Dabei stellte sie sich vor, wie Dick auf seinen kurzen, steifen Beinen Martin über das Feld verfolgte, und dann Martin, der eine junge Frau auf den Armen trug, eine Frau mit langem dunklem Haar wie ihrem. Sie mußte ihr ähnlich sehen, damit Dick sich so täuschen konnte. Oben angekommen, sah sie am Haus vorbei zu dem Feld hinüber und fragte sich, wieso Dick, so langsam er sein mochte, Martin nicht hatte einholen können. Martin hatte doch jemanden getragen, wie schnell konnte er also laufen? Vielleicht war das Ganze auch einfach eine Wahnvorstellung von Dick. Sie ging zu ihrem Fahrrad und schob es auf die Straße. «Sie ist nicht lebendig.» Lily erinnerte sich an Martins Worte und blickte zum Himmel. Der frische Wind blies ihr ins Gesicht, und dann hörte sie rechts von sich ein Rascheln im Gras. Ein braunes Kaninchen schoß an ihr vorbei, und sie beobachtete es, bis es hinter einer Anhöhe verschwand.

Sie fuhr zu Martins Haus. Sie fürchtete sich davor, aber sie hatte das Bedürfnis, das kleine Haus bei Tag zu sehen. Martin und sein Transporter, sein Haus und die Karte mit den Bildern – alles erschien in der Erinnerung schlimmer, als es ihr an dem Abend bei ihm vorgekommen war, und jetzt, wo Dick ihr seine seltsame Geschichte erzählt hatte, wollte sie sich den Ort noch einmal ansehen. Sie bog in die unbefestigte Straße zu Martins Haus ein, fuhr einen sanften Hügel hinauf, den sie im Auto kaum bemerkt hatte, und hielt auf seiner Kuppe. Sie sah Martins Wagen in der Zufahrt, und dann kam Martin selbst mit gesenktem Kopf hinter dem Haus hervorgerannt und lief zur Tür hinein. Ihr Fahrrad holperte über den nassen Kies und geriet ein paarmal ins Rutschen, als sie es den Hügel hinunter zum Haus rollen ließ.

Was wird er wohl sagen, wenn ich ihm das von Dick erzähle? dachte Lily, während sie zur Treppe ging. Als sie zur Tür hinaufsah, bemerkte sie, daß sie offenstand. Durch die Fliegentür hörte sie ein Quietschen und dann, daß jemand drinnen summte. Sie ging die Treppe hinauf und schaute ins Wohnzimmer, direkt auf Martin. Er saß auf dem in die Mitte des Raums gerückten Schaukelstuhl. Der schwarze Stoff, den sie am Abend zuvor gesehen hatte, lag über seinem Kopf. Martin schaukelte wild vor und zurück. Und dabei summte er. So hektisch, tief und eintönig, wie es war, hörte sich das Summen mehr wie ein Singsang an als wie eine wirkliche Melodie. Lily verstand nicht, was sie da sah, aber sie hatte den starken Eindruck, daß Martin nicht beim Schaukeln unterbrochen werden durfte, daß er, was immer er da tat, allein tun mußte. Sie sah, wie er sich mit den Füßen abstieß, um schneller zu schaukeln, sie hörte das erregte Raunen seiner Stimme und schaute auf den mitschwingenden schwarzen Stoff. Dann drehte sie sich um, ging die Treppe hinunter und stieg auf ihr Rad. Auf dem ganzen Weg in die Stadt sah sie ihn auf diesem Stuhl schaukeln. Warum tat er das? Bedeutete es etwas? Er war wie ein Besessener ins Haus gelaufen, um mit verhülltem Gesicht zu schaukeln und zu summen. Als sie die Stadtgrenze erreichte, wünschte sie, sie könnte weiterradeln bis nach Florida.

AM selben Abend beobachtete Lily von ihrem Fenster aus Mabel und Ed. Sie saßen sich in Eds Zimmer gegenüber und rührten sich über eine Stunde lang nicht vom Fleck. Mabel redete und gestikulierte, und Ed zeichnete. Lily sah, wie sein Arm sich in ausholenden, langen Strichen bewegte und wie er dann seinen Rhythmus änderte und sein Handgelenk schüttelte. Wenn er eine Zeichnung fertig hatte, riß er sie von dem großen Block ab, warf sie auf den Boden und fing eine neue an. Beim Zeichnen beugte er sich auf der Stuhlkante zu Mabel vor. Einmal schob er mit der linken Hand eine von Mabels Locken zurück, aber Lily konnte ihren Gesichtsausdruck nicht sehen, weil sie zu weit weg war. Ein paar Minuten später beobachtete sie, wie Mabel den Kopf schief legte und die Hände mit der Innenseite nach oben hielt. Bei der Geste zuckte Lily zusammen. Sie erkannte sie. Sie hatten sie zusammen für Hermia einstudiert, wenn sie am Anfang des Stücks zu Lysander sagt: «Drum laß Geduld uns durch die Prüfung lernen, / Weil Leid der Liebe so geeignet ist / Wie Träume, Seufzer, stille Wünsche, Tränen / Der armen kranken Leidenschaft Gefolge.»

Am nächsten Tag nach der Arbeit fand Lily sich auf einmal vor Eds Tür wieder. Sie konnte sich nicht länger von ihm fernhalten. Sie hörte Mabel reden, aber sie verschloß die Ohren vor den Worten, klopfte und öffnete die Tür, ehe einer von beiden antwortete. Es sah aus, als hätte sich seit dem Vorabend weder der eine noch der andere bewegt. Das konnte zwar nicht sein, aber sie saßen noch genau da, wo sie gesessen hatten, die Köpfe zusammengesteckt und um sie herum auf dem Boden lauter Blätter. Lily schloß die Tür hinter sich.

Ed wandte sich ihr zu. «Lily?» sagte er. «Wo warst du?»

Auch Mabel sah sie an. Ihre aufrichtige Miene ärgerte Lily.

Wo war ich denn? fragte sie sich und antwortete: «Hier und da.»

«Wir haben dich mehrmals angerufen», sagte Mabel.

Jetzt heißt es schon «wir», dachte Lily, aber die Tatsache, daß sie angerufen hatten, tröstete sie.

«Da war ich wohl nicht zu Hause.» Sie trat ein paar Schritte auf die beiden zu. «Wie läuft's?»

«Gut», sagte Ed. «Ich habe Mabel zwei Tage lang zugehört.» Er hielt inne, streckte die Hand nach ihrer aus, und

Lily gab sie ihm. Er hielt sie fest in seiner und sah zu Lily hinauf. «Ich freue mich, daß du da bist», sagte er.

«Wirklich?» fragte sie. Ihre Stimme war frei von Ironie. Sie wollte es ehrlich wissen.

«Natürlich», sagte er. Er streichelte ihre Hand, und Lily blickte ihm in die Augen. Sie sah keinen Vorbehalt darin, wußte aber zugleich nicht, wonach sie eigentlich suchen sollte. Sie dachte an Oscar Hansen auf der Bahre in Swensons Bestattungsinstitut.

Mabel hatte die Augen abgewandt, und als Lily zu ihr hinschaute, sah sie ihre Schultern einen Moment lang zucken. Da entzog sie Ed ihre Hand und sah sich die Zeichnungen an. Auf allen saß Mabel auf dem Klappstuhl, in jeweils nur leicht unterschiedlicher Haltung. Ihr Ausdruck jedoch war nie der gleiche. Ein wildbewegtes Gesicht nach dem anderen schaute Lily vom Fußboden entgegen. Einmal starrte Mabel wütend empor, ein andermal blinzelte sie stirnrunzelnd; ihr Mund stand offen oder war geschlossen, ihre Hände waren mit abgewinkelten Ellbogen erhoben oder ans Gesicht gelegt. Es waren Bilder der gefühlsbetonten, bebenden Mabel, die sie kannte, und obwohl sie fixiert waren, konnte Lily fast spüren, wie sie sich bewegten.

Sie sah Mabel an. «Ermüdet dich das Reden nicht? Ist es nicht anstrengend?»

Mabel lachte. «Ich bin erschossen. Aber ich habe mich an Augenblicke in meinem Leben erinnert, an die ich jahrelang nicht gedacht habe.» Sie schwieg kurz. «Es ist beinah beängstigend.»

«Und macht bestimmt Spaß», sagte Lily.

Mabels Ausdruck veränderte sich, und sie starrte Lily an. Sie hob die Hände und wurde plötzlich blaß. Lily befürchtete, sie würde wieder ohnmächtig, und streckte die Hand nach ihr aus, aber Mabel winkte ab. «Manchmal, wenn ich in den Spiegel sehe, bin ich erschüttert, daß ich darin dieses junge

Gesicht nicht mehr sehe, die Frau, die ich mal war. Ich weiß, daß ich alt bin, fast am Ende meines Lebens, aber es überrascht mich immer noch.»

Lily schloß die Augen. Sie sah Martin vor sich, wie er mit dem schwarzen Stoff über dem Kopf schaukelte, und öffnete sie wieder.

«Hast du was gesagt?» sagte Mabel laut zu Ed.

«Nein...» Seine Antwort kam gedehnt.

Lily hatte Eds «Nein» noch in den Ohren, als sie die Tür gegen die Wand knallen hörte. Als sie aufblickte, sah sie Dolores Wachobski mit finsterem Gesicht in der Tür stehen. Sie trug dasselbe Kleid wie auf ihrem Porträt – das weiße mit den schwarzen Punkten. Als niemand etwas sagte, schien Dolores sich über den Vorteil des überraschenden Auftritts klarzuwerden und tänzelte ins Zimmer. «Hallo, Eddie», sagte sie. «Lang nicht gesehn.»

Ed stand auf und trat zu ihr. «So lange nun auch wieder nicht», sagte er.

Sie ist voll, dachte Lily, aber Ed wirkte weder verärgert noch nervös. Er steckte die Hand in die Tasche, zog eine Dose Zigarillos heraus, öffnete sie und steckte sich eines in den Mund. Lily sah das Streichholz einen Moment vor dem Zigarillo brennen. «Wie geht's?» sagte er zu Dolores.

Die Frau blickte mit geschwollenen Augen von Mabel zu Lily. Sie steckte sich eine Zigarette an und sagte: «Will jemand eine? Laßt uns alle rauchen.» Sie bot jedoch weder ihre Zigaretten an, noch wartete sie auf eine Antwort. Sie blies Ed den Rauch direkt ins Gesicht und lächelte. Er lächelte ohne Feindseligkeit zurück. Dolores war erst seit Sekunden im Zimmer, und schon hätte Lily ihr am liebsten eine geknallt. Für wen zum Teufel hält die sich? dachte sie und stand auf. Mabel rührte sich nicht.

«Ich komme meine letzte Bezahlung abholen», sagte Dolores und schnippte ihre Asche auf den Boden.

Lily sah auf die Asche und dann zu Dolores. Sie zog eine Grimasse und hoffte, die Frau würde sie sehen.

Aber Dolores sah Ed an.

«Ich habe dich bezahlt, erinnerst du dich nicht?» sagte er.

«Ich glaub nicht, Schatz.» Dolores reckte den Hals, wandte sich dann plötzlich Lily zu und fuhr sie an: «Worüber lachst du, Mädel?»

Lily wußte, daß sie nicht gelacht hatte. «Er sagt, er hat Sie bezahlt.»

«Bist du neuerdings seine Buchhalterin?» Dolores schob eine Hüfte vor und legte die Hand darauf. Ed rückte näher an sie heran, aber sie wackelte, einen Stöckelschuh behutsam vor den anderen setzend, auf Lily zu. «Ich kann dir 'nen guten Rat geben, Herzchen. Ich würde die Finger von ihm lassen. Er ist nicht so, wie er aussieht, so nett und freundlich.» Sie schüttelte den Kopf. Einer ihrer Knöchel knickte kurz um, dann stand sie wieder gerade. Um ihren Mund zuckte ein flüchtiger Schmerz – das erste Anzeichen einer Gefühlsregung, das durch die Angeberei hindurchdrang. «Hörst du?»

Lily roch den Alkohol in Dolores' Atem und zog den Kopf ein Stück zurück.

«Der ist nichts für kleine Mädchen. Er hat 'ne wüste Seite, hörst du?»

Lily sah Ed an. Auf seiner Stirn erschienen Falten, und er legte der Frau die Hand auf die Schulter. «Dolores», sagte er ruhig, «nun mach mal halblang.»

Sie wirbelte zu ihm herum und nickte. «Ich?»

Lily hörte Mabel hinter sich, drehte sich aber nicht um. Mabel schob ihre Hand in ihre, und Lily nahm sie.

«Soll ich dir was borgen?» sagte Ed ruhig.

Lily starrte erst ihn und dann Dolores an. Sie versuchte das Alter der Frau zu schätzen. War sie schon vierzig? Das Kleid zeigte viel Ausschnitt, und der Stoff war dünn genug, um den Fettwulst um ihre Taille zu enthüllen. Die Haut ihrer nackten

Arme war weiß, glatt und nur leicht sommersprossig. Dolores zog die Hüfte ein, und diese unbewußte Bewegung ließ Lily sich des Körpers der Frau bewußt werden, unabhängig von ihrer Stimme und ihrer Kleidung. Sie sah, daß Dolores sich Ed zuwandte und ihm die Arme um den Hals legte. Eds Hände wanderten zu ihrer Taille, und Lily stellte sich vor, wie er ihr das Kleid über die Schultern zog. Warum ist ihm das vor mir nicht peinlich? Sie sah Ed über Dolores' Hinterkopf hinweg ins Gesicht, aber ihre Blicke trafen sich nicht.

Dolores flüsterte jetzt. «Erinnerst du dich, Eddie, ich hab dir doch von Jesse James erzählt. Ich hab ihn wieder gesehn.»

Mabel drückte Lilys Hand, und Lily sah sie an. Mabel wirkte abgespannt und müde, aber ihr Blick war scharf. Lily hätte alles darum gegeben, ihren Gedanken lauschen zu können.

Dolores stand auf Zehenspitzen, lehnte sich schwer gegen Ed und flüsterte überflüssigerweise. Lily konnte jedes Wort hören. «Ich hab Jesses Geist zusammen mit mir gesehn, Eddie, bloß konnt ich es nicht sein, weil ich ja zugesehen hab, aber es waren zwei von mir da.» Sie holte Luft. «Und als ich das gesehen hab, hatte ich keinen Tropfen getrunken. Hörst du? Ich war stocknüchtern, und ich hab ihn mit meinem Ebenbild neben sich vor der Höhle im Gras sitzen sehen. Und Jesse war 'n lebender Geist, aber mein eigener war mausetot, und ich sag's dir jetzt, damit du nicht vergißt, daß ich 'n Zeichen bekommen hab. Mein Leben geht zu Ende.»

Sie löste sich von Ed, strich sich vorn das Kleid glatt und zog mit zusammengekniffenen Augen eine Miene, die zugleich pfiffig und abwesend wirkte. «Und dann», sagte sie, «hab ich Musik gehört, die direkt aus dem Himmel kam.» Sie legte den Kopf schief. «Was hältste davon, Eddie-Boy?» Sie warf Mabel und Lily einen Blick zu und spie das nächste Wort geradezu aus: «Himmelsmusik!»

Sie schwieg eine Weile, als wartete sie ab, bis ihre Worte

gewirkt hatten, dann machte sie auf dem Absatz kehrt und ging, ihre große schwarze Handtasche schwenkend, zur offenen Tür. Ed folgte ihr, und die beiden blieben im Flur stehen. Lily sah Ed in seine Gesäßtasche greifen, sein Portemonnaie zücken und Dolores mehrere Scheine geben. Sie konnte nicht sehen, wieviel es war, aber Dolores nahm es mit einem Lächeln und hielt ihre Handtasche dicht vors Gesicht. Nachdem sie eine Weile am Verschluß herumgefummelt hatte, öffnete sie die Tasche und ließ die zerknüllten Geldscheine hineinfallen.

Lily hatte Eds Angebot, Dolores Geld zu borgen, als Ausdruck seiner Freundlichkeit verstanden, aber als die konkreten Scheine auftauchten, wurde ihr ganz elend. Mehr als die Hand des Mannes um die Taille der Frau vermittelte der Anblick dieser Scheine Lily ein Gefühl, daß es nicht nur Intimität zwischen den beiden gab, sondern auch irgendeine Vereinbarung. Er hätte Dolores ohne weiteres den Flur hinunter begleiten können. Daß er ihr Geld gab, wäre dann ein Geheimnis geblieben, aber er hatte beschlossen, es nicht zu verbergen, und Lily fand seine Offenheit rätselhaft.

Sie lauschte dem Klappern von Dolores' hohen Absätzen auf dem Flur, hörte, wie das Geräusch sich entfernte und dann verklang. Der Teppich auf der Treppe dämpfte wohl den Lärm.

Mabel entschuldigte sich mit den Worten, sie sei «ausgelaugt bis auf die Knochen», und ging. Bevor Lily ein einziges Wort sagen konnte, stürzte Ed sich auf sie, hob sie hoch, trug sie zu dem kleinen Küchentisch und legte sie darauf. Dann beugte er sich über sie und küßte ihren Hals. Sie hatte hundert Fragen über Dolores an ihn, aber sie stellte sie nicht, nicht in diesem Moment. Ich bin im Sturm genommen worden, dachte sie, als sie zu ihm aufsah. Der Klang des «im Sturm» gefiel ihr. Es schien anzudeuten, daß Ed ihr eigener stürmischer Wetterumschwung war.

ALS Lily das Haus des Kunstvereins betrat, war es dort voll und laut. Sie starrte auf die Pappbäume mit den Seidenpapierblättern an den Ästen und auf Debbie Larsen und Genevieve Knecht, die mit flatternden Armen so taten, als flögen sie über die Bühne. Sie hörte das Quartett seine Instrumente stimmen und die Schauspieler schnattern, und plötzlich hätte sie am liebsten die Augen geschlossen und die Hände gegen die Ohren gepreßt, um sich alldem zu entziehen. Wie kann jemand bei diesem Getöse in seine Rolle finden? fragte sie sich, setzte sich auf einen Klappstuhl und wartete darauf, daß Mrs. Wright die Truppe zur Ordnung rief. Sie sah auf ihre Hände. Die Brandblasen waren zu zähen roten Hautflecken geworden. Sie rieb sie und sah dabei aus den Augenwinkeln Zettels Eselskopf hinter dem Vorhang auftauchen – mittlerweile bemalt, mit wuscheliger Stirnlocke und struppiger Mähne. Sie blickte auf und sah Martin, der den Kopf mit unbewegter Miene vor sich hielt. Seine linke Hand war weiß bandagiert. Lautes I-ah kam von der Bühne, und Lily sah Ronald Lovold hinter Martin hervorschießen und den Kopf angrinsen.

An diesem Abend machte die Aufführung Fortschritte, und Lily dachte allmählich, es könnte am Ende doch etwas anderes als eine Blamage dabei herauskommen. Selbst Denises Darstellung geriet weniger fade. Die neuen Kulissen und Requisiten regten die Truppe zu besserem Spiel an, und auch Lily war froh über die Bühnenbilder, die falschen Bäume und das künstliche Mondlicht, aber wenn sie sich bewegte und sprach, vergaß sie die Szenerie. Wenn sie Hermia spielte, hörte und sah sie Mabel nicht. Deren Anweisungen waren ihr in Fleisch und Blut übergegangen, und mit jeder Probe verwandelte sich Hermia, gewann ihr Charakter mehr Gestalt und Tiefe. Letzten Endes war diese Athenerin eine mit Haaren auf den Zähnen, und so spielte Lily sie auch.

Es wäre netter gewesen, wenn das, was außerhalb des

Kunstvereins war, draußen und das, was innerhalb war, drinnen geblieben wäre, aber so funktionierte das nicht. Wenn Lily mit Lysander sprach, sah sie in Jims Gesicht und schenkte ihm das Gefühl, das sie für Ed empfand, und Jim ging mit einer Ausdruckskraft darauf ein, die sie vorher nicht bei ihm gesehen hatte. Und wenn sie beobachtete, wie Spinnweb auf Zehenspitzen um Zettel herumschlich, nahm sie etwas Unheilverkündendes in Martins Darstellung des Elfen wahr, das ihn besser machte als die anderen. Er fiel nie aus der Rolle. Selbst wenn die kleinen Elfen über den lächerlichen Kopf auf Orens Schultern kicherten, schwand der entrückte, fast unbewußte Ausdruck nicht aus Spinnwebs weißem Gesicht. Mehrmals während der Probe spürte Lily, daß Martin sie anstarrte, spürte seine Augen im Nacken oder Rücken, und sobald sie sich umdrehte, begegnete sie seinem Blick. Sie fragte sich, ob die Wissenschaft herausgefunden hatte, wieso man fremde Blicke physisch spüren kann. Sie machte sich Gedanken um Martins Hand. Wobei hatte er sich verletzt? Sie wünschte, ihr wäre noch eingefallen, wie seine Hände im Schaukelstuhl ausgesehen hatten, aber sie konnte sich nicht daran erinnern.

Nach der Probe legte sie ihm die Hand auf die Schulter und sagte: «Martin.» Sie sprach leise, was sie sofort bereute, weil es so vertraulich klang, aber er drehte sich zu ihr um und lächelte. Seine eifrige Miene kam ihr vor wie eine Falle. «Ich muß mit dir sprechen», sagte sie und wechselte den Ton.

Martin sagte nichts, nahm aber ihre Hand. Sie ließ ihn gewähren, obwohl sie das Reiben des Verbands in ihrer Handfläche unangenehm fand. Als sie aus der Tür traten, verstärkte Martin den Druck seiner Hand. Sie verstand nicht, warum er das mit seiner Verletzung tat. Sie bewegte die Finger, um ihm zu bedeuten, er solle ihre Hand loslassen, doch Martin drückte nur noch fester zu. «Deine Hand», sagte Lily. «Du tust mir weh.»

Martin ließ los, sagte aber nichts. Sie setzten sich auf die Treppe, und Lily berichtete ihm, mehr an die Straße als an ihn selbst gewandt, was Dick ihr erzählt hatte. «Du denkst doch nicht, daß Dick das erfunden hat, oder?» fragte sie schließlich.

«Dick lügt nicht», sagte Martin.

«Ich meine, daß es eine Phantasie von ihm ist?»

«Nein.»

Lily wandte sich ihm zu. «Willst du damit sagen, daß du vorgestern wirklich jemand über ihr Feld getragen hast?»

Martins Mund zuckte. «J-ja.»

Diese Antwort hatte Lily nicht erwartet. Sie zögerte, dann sagte sie: «Wer war es?»

Martin wandte ihr das Gesicht zu. Er stotterte nicht. «Du», sagte er. «Du warst es.»

Lily musterte prüfend sein Gesicht, um zu sehen, ob er scherzte. Sie öffnete den Mund, schloß ihn wieder und sagte dann: «Das ist nicht komisch, Martin.»

Er sah sie ausdruckslos an.

«Ich war nicht da. Das weißt du. Wer war es? Dick hatte, na ja» – Lily seufzte –, «ich glaube, er hatte Angst, daß das Mädchen verletzt war oder...» Schließlich sprach sie es aus: «Tot.»

Martin schüttelte den Kopf. «E-es gibt viele Dinge, die w-wir nicht verstehen, Lily.»

Lily gestikulierte. «Das ist doch Quatsch, Martin. Ich weiß todsicher, wo ich jeweils bin. Ich weiß todsicher, daß ich nicht mit dir auf irgendeinem Kleefeld bei den Bodlers war.»

Martin starrte sie an, ohne eine Miene zu verziehen.

«Warum tust du das?» flüsterte Lily gepreßt. «Wozu soll das gut sein?»

Martin schüttelte heftig den Kopf. Dann senkte er den Blick auf seine Knie.

Lily packte ihn an der Schulter. «Martin, dich mag Dick ja gesehen haben, aber mich nicht.»

Martin antwortete nicht. Sein Gesicht war wie versteinert. Er wandte den Kopf ab und stotterte etwas Unverständliches.

«Was?» sagte Lily laut. Dann hörte sie Leute hinter sich an der Tür reden.

Martins Schultern zuckten. Er keuchte. «Ma-ma-ma», stotterte er.

Lily streckte die Hand nach ihm aus. «Du lieber Himmel, Martin», flüsterte sie. «Was ist denn?»

«Alles in Ordnung?» fragte Mrs. Wright von der Tür her.

Lily antwortete nicht.

Martin stand auf und kehrte ihr den Rücken zu. Er hielt den Kopf gesenkt und die Schultern gebeugt, als hätte jemand ihn in den Magen geschlagen. Er ächzte und Lily meinte, Speichel auf den Bürgersteig fallen zu sehen. Hinter ihr lief jemand die Treppe hinunter. Es war Mrs. Baker. Sie legte den Arm um Martin, und Lily sah, wie er unter der Geste bebte. «Ma-ma-ma-ma», stammelte er.

Mrs. Baker hielt Martin fest und drehte sich gleichzeitig zu Lily um. «Was ist passiert?»

«Ich weiß nicht. Wir, wir haben uns nur unterhalten», sagte Lily. Sie stand kopfschüttelnd auf und rieb sich fest das Gesicht. «Mein Gott», sagte sie und trat zu Martin, der sich mit noch immer gesenktem Kopf an Mrs. Baker lehnte. «Soll ich gehen, Martin?» sagte sie und warf dann einen Blick zur Tür hinauf. Ein Dutzend Leute starrten zu ihr hinunter. Sie wandte sich wieder Mrs. Baker zu.

«Vielleicht ist es das Beste», sagte die Frau.

Lily warf einen letzten Blick auf Martin, der noch immer gebeugt dastand, aber nicht mehr zu sprechen versuchte. Er schniefte laut, und dann sah Lily, daß er die Hände zum Gesicht hob und es bedeckte. Die Straßenlaterne beleuchtete seine linke Hand, und sie sah deutlich die verkrumpelten Pflaster und das um seine Handmitte gewickelte Stück Gaze.

Sie verbargen nur teilweise zahlreiche lange, scharfe Schnitte, die zwischen seinen Fingergelenken und seinem Handrücken in alle Richtungen liefen.

Lily entfernte sich eilig vom Kunstverein und überquerte die Bahngleise. Einmal blieb sie stehen und sah sich nach der Gruppe von Leuten um, die Martin unter der Straßenlaterne umstanden und rätselten, was er sagte, falls er überhaupt etwas sagte. Beim Gehen zitterten ihr die Knie. Sie sah zum Mond hinauf und dachte: Wie zum Teufel konnte das alles passieren? Es ist, als hätte ich jetzt eine Art Beziehung mit ihm, als steckten wir gemeinsam in irgend etwas drin. «Du warst es.» Ein geheimnisvolles, bleischweres Schuldgefühl legte sich auf Lilys Brust. Was habe ich bloß getan? dachte sie und sah auf ihre weißen Turnschuhe hinunter, die sich auf dem Pflaster vorwärts bewegten. Dann hörte sie jemanden auf sich zukommen und sah auf.

Ein großer Mann mit Cowboyhut und Patronengurt kam ihr entgegengeschritten. Einen Moment lang glaubte sie zu phantasieren. Wie ein Revolverheld in einem alten Western näherte sich die dunkle Gestalt, die Hände einige Zentimeter von den Waffen an seinen Hüften entfernt, und Lily vermutete, es sei der von Dolores erwähnte Geist oder Tex. Der Mann kam näher, und Lily erkannte Hank. Er sagte ihren Namen.

«Hank, was tust du in dieser Verkleidung?»

«Ich bin doch Charlie Younger im Jesse-James-Spiel, erinnerst du dich nicht? Rolf hat mir gerade bei unserem Treffen das Kostüm gegeben. Es gehört noch mehr dazu, aber ich bin unterwegs zum Revier, und ich dachte, die Jungs würden auf meine sechsschüssigen Revolver stehen.»

Lily senkte den Blick aufs Pflaster. «Du hast mir nichts davon erzählt.»

«Sie dachten erst, Allan Fisk würde es machen, aber er hat gekniffen.»

«Aha.» Sie sah auf seine Hüften. «Sind die Waffen echt?»

«Natürlich nicht.»

«Sie sehen echt aus», sagte sie.

Hinter ihnen ertönte das laute Pfeifen eines Zugs, und Lily hörte die Bahnschranke vor den Gleisen heruntergehen. Hanks schwarze Turnschuhe standen nur Zentimeter von ihren entfernt.

«Du fehlst mir», sagte Hank.

Lily betrachtete eingehend das abgelöste Gummi vorn an ihrem Schuh. Warum fehlt er mir nicht? dachte sie.

«Hast du mir nichts zu sagen?» fragte er.

«Eigentlich nicht.» Sie kratzte mit ihrem Turnschuh an einem Mückenstich hinten an ihrem Bein. Sie konnte Hanks Wut spüren, aber sie wußte nicht, was da zu tun war. Martins Anfall hatte sie erschöpft. Sie ließ den Kopf hängen. Tatsache ist, dachte sie, daß ich mich Hank gegenüber wirklich blöd verhalte. Bei anderen Leuten tue ich das nicht.

Hank wedelte abfällig mit den Händen. «Wenn du meinst», sagte er, «daß dieser Kerl deinetwegen hierbleibt, bist du auf dem Holzweg.»

«Oh, Hank», sagte Lily.

«Du weißt, daß ich recht habe. Wieviel älter ist er, fünfzehn Jahre? Um Gottes willen, Lily, du machst dich lächerlich. Er ist noch nicht mal geschieden. Die ganze Stadt weiß, daß er dich schmählich verlassen wird. Er hat an jedem Finger zehn, Herrgott noch mal. Er ist ein beschissener Don Juan. Du bist nicht anders als alle anderen.» Hank rieb sich über die Stirn. «Jedenfalls nicht für ihn.»

Lily blickte auf. «Das ist mir egal.» Sie sagte es gelassen, stur.

«Das ist dir egal!»

«Ja.»

Hank trat dichter an sie heran. Er beugte sich hinunter

und sah ihr ins Gesicht. «Wer bist du?» schrie er. «Was stellst du dar?»

Lily preßte die Kiefer zusammen. Sie hielt das Kinn gesenkt und den Mund geschlossen. Hinter Hank sah sie im Mondlicht den Silo.

«Antworte!» Seine Stimme überschlug sich.

Lily biß sich auf die Lippe. «Wie kann ich darauf antworten?» sagte sie. Plötzlich spürte sie Tränen in den Augen und hob das Gesicht, damit sie nicht hinunterliefen.

Hank streckte die Arme aus. «Oh, Lil», sagte er und beugte sich zu ihr.

Sie schloß ihn zögernd in die Arme. Sie erinnerte sich an seinen Geruch und an sein Hemd – das, auf dessen Rücken «Minnesota Twins» stand. Sie stellte sich auf die Zehenspitzen und flüsterte: «Es tut mir leid, Hank. Ich kann nicht. Ich kann einfach nicht.»

Sie löste sich von ihm, lief über die Brücke und am Red-Owl-Gemüseladen vorbei. Immer noch laufend, gelangte sie auf die Division Street. Als sie das Rick's sah, verlangsamte sie ihr Tempo und warf einen Blick auf zwei Männer, die ein paar Meter weiter vor der Corner Bar standen. Einer von ihnen trug einen grauen Overall von Olafs Autowerkstatt, und als sie näher kam, konnte sie den Namen «Steve» auf seiner Tasche lesen. Ihr fiel auf, daß seine Arme für seinen kleinen Körper zu lang waren, daß er eine Rasur nötig hatte und daß er sie mit Sicherheit bemerkt hatte. Als sie an ihnen vorbeiging, gab «Steve» Keuchlaute von sich, und aus den Augenwinkeln sah sie, daß er dabei die Hüften vor- und zurückbewegte. Er feixte anzüglich. Ausnahmsweise beschloß Lily, die Beleidigung nicht zu übergehen. Sie wirbelte herum und fing an zu schreien: «Was ist los? Das möcht ich doch mal wissen. Wie zum Teufel kommt so ein zu kurz geratenes Würstchen wie du darauf, sich für einen tollen Macker zu halten, he?»

Steve glotzte. Sie konnte sehen, daß er nach einer schlagfertigen Antwort suchte, während er angestrengt sein hämisches Grinsen beibehielt. Dann fing sein Freund an zu lachen, und Lily sah, daß Steve unsicher wurde. Das Gelächter tönte hinter ihr her bis zur nächsten Ecke, und dann hörte sie Steve sagen: «Was ist bloß mit der los?» Wohlwissend, daß sie ihr nachblickten, ging sie langsam und achtete darauf, daß sie sich aufrecht hielt und würdevoll bewegte. Als sie zu dem kleinen Gang neben dem Ideal Café kam, bog sie ab, setzte sich neben eine der großen Mülltonnen auf den Boden und weinte.

In dieser Nacht dauerte es lange, bis sie einschlief. Nebenan tippte Mabel. In Eds Fenster war kein Licht, und obwohl sie wußte, daß er jetzt, von der stundenlangen Arbeit erschöpft, auf seinem Bett liegen mochte, schien es ihr ebenso wahrscheinlich, daß er ausgegangen war, und sie wünschte, sie könnte mit den Fingern schnippen oder einen Zauberspruch murmeln und ihn, wo immer er war, beobachten. Statt dessen spielte sie leise, damit Mabel es nicht hörte, ihre «Don-Giovanni»-Kassette. Ihr fiel ein, wie Dolores in Eds Zimmer umgeknickt war, worauf sie an Mabels zitternde Hände denken mußte und an Martins Stammeln, an das Wort, zu dem er vor dem Haus des Kunstvereins angesetzt, das er aber nicht beendet hatte. Sie fühlte sich selbst wackelig. Alle sind unausgeglichen, dachte sie. Alle außer Ed. Sie erinnerte sich an seine Hand auf Dolores' Hüfte. Und als sie sich sein ruhiges Gesicht und seine besonnenen Bewegungen vergegenwärtigte, wurde ihr klar, daß die Ruhe in ihm auch etwas von Härte und Sturheit an sich hatte, daß Ed einem Menschen glich, der, auf der Straße von einem furchtbaren Unwetter überrascht, sich weigert umzukehren und statt dessen die Füße fest aufsetzt, sich gegen den Wind stemmt und weitergeht.

Straßengeräusche, Mabels Tippen und halbbewußte Gedanken begleiteten ihre ersten zwei Stunden im Bett, als sie weder richtig wach war noch richtig schlief. Durch die dünnen Vorhänge schien das Mondlicht zu hell auf ihre Augenlider, und leise Stimmchen schnatterten Verse aus dem Theaterstück. Ihr Kissen war zu heiß. Immer wieder schüttelte und klopfte sie es aus und drehte es um. Kurz bevor sie merkte, daß sie einschlief, hörte sie Howie Bickles Stimme in ihrem Kopf. Howie spielte im Stück den Schlucker und im Zwischenspiel den Mondschein. Der gemächliche Redner von einer Farm im Westen der Stadt zog jeden Vokal in die Länge. «Den wohlgehörnten Mond d' Latern z' erkennen gibt.» Dann, nach scheinbar nur wenigen Minuten Schlaf, hörte sie den Wecker klingeln und setzte sich im Bett auf. Das Mondlicht schien noch immer durchs Fenster, was keinen Sinn ergab, aber Lily stand auf, ging auf zwei Lichtrechtecke zu, die den Fußboden beleuchteten, und sah dort eine junge Frau mit geschlossenen Augen liegen. Lily beugte sich über sie, um sie sich näher anzusehen. «Du bist also hier», sagte sie. Die Frau antwortete nicht, aber Lily erwartete keine Antwort. Sie blickte hinunter auf den Körper und bemerkte ein langes Stück weißen Stoff, das um ihre Hüften, Schultern und Brüste gewickelt war. Der Stoff verblüffte Lily. Warum war ihr Bauch nackt? Sie sah sich interessiert den Nabel des Mädchens an, und dabei fiel ihr plötzlich ein Wort ein, das das Problem der jungen Frau löste: «Nimmerschön.» Das Wort begeisterte sie. Ich weiß, sagte sie sich. Ich weiß. Aber so schnell, wie das Gefühl gekommen war, verflog es auch wieder, und sie dachte, sie kann nicht hier sein. Ich muß sie hinausschaffen. Sie bückte sich, um die junge Frau hochzuheben, aber der Körper, der so weich und weiß wie eine Daunenfeder aussah, rührte sich nicht von der Stelle, und nachdem sie heftig daran gezerrt hatte, merkte sie, daß die Hände der jungen Frau am Fußboden festgeschraubt waren. Lily geriet in Panik, und in ihrer Panik kam ihr der Verdacht, daß sie träumte, und sie versuchte, sich aus dem Traum herauszukämpfen, fort von dem Mondlicht, das auf diese blutleeren, am Boden festgeschraubten Hände schien, aber sich zu sagen, sie solle aufwachen, hatte keine sofortige Wirkung. Sie ging in dem Traum unter und kämpfte sich, mit Armen und Beinen rudernd, an die Oberfläche, strampelte mit Händen und Füßen nach oben, während sie sich befahl aufzuwachen. Mit den Händen über dem Kopf drückte sie gegen etwas Weiches und Nasses, durchbrach es und lag auf einmal wach in ihrem Bett. Das Mondlicht war verschwunden. Niemand lag auf dem Boden. Hätte sich der Alptraum außerhalb ihres Zimmers abgespielt, wäre es ein Trost für sie gewesen, in ihren vier Wänden aufzuwachen, aber Traum und Erwachen lagen zu dicht beieinander. Sie setzte sich im Bett auf und versuchte, sich an das Wort im Traum zu entsinnen, das sie so beglückt hatte. Und sie holte es wieder hervor, aber nicht aus ihrem Kopf, sondern aus ihrem Mund. Im Traum hatte sie es ausgesprochen: «Nimmerschön.» Es ist ohne Sinn, sagte sie sich. Mabel tippte nicht mehr, und in der Stille ihres Zimmers versuchte Lily vergeblich, wach zu bleiben. Sie schlief ein, träumte wieder und fand erneut die junge Frau auf dem Fußboden. Ich träume, sagte sie sich. Ich muß aufwachen, und sie wachte in ihrem Zimmer auf und sah das Mondlicht auf die Leiche der jungen Frau fallen. Und so ging es die ganze Nacht. Wieder und wieder befahl sie sich, aufzuwachen, und sie wachte auf, aber manchmal wachte sie aus einem Traum im Traum auf und fand wieder die Leiche. Nach einer Weile tauchte die Polizei und mit ihr Hank in dem Traum auf. Sie brachen durch den Fußboden, bohrten die Füße durch die Decke und krochen durch das Fenster herein. Sie hämmerten so gleichmäßig und unaufhörlich gegen ihre Tür wie ein Schlagzeug aus dem Synthesizer.

AM nächsten Tag bei der Arbeit hatte Lily schlaffe Arme und Beine. Das Koffein von den fünf Tassen Kaffee, die sie getrunken hatte, um einen klaren Kopf zu bekommen, raste durch ihren Körper, und sie konnte plötzlich ihre Nerven spüren: sie schienen direkt unter der Haut zu vibrieren. Vince war an diesem Tag ungewöhnlich still, aber Boomer ließ sich jedesmal, wenn sie in die Küche kam, über Graceland und Elvis aus. Gegen neun Uhr stand sie Vince gegenüber und starrte auf zwei Spiegeleier für Russell Malecha, als Boomer ihr einen Doughnut vor der Nase herumschwenkte und mit Falsettstimme zu ihr sagte: «Erde an Lily, Erde an Lily.»

«Was ist denn, Boom?»

«Ich hab gehört, du betrügst deinen neuen Freund schon.»

Lily nahm den Teller mit den Eiern und ging zur Küchentür. «Wo hast du denn den Blödsinn her?»

Boomer stopfte sich den Doughnut in den Mund. Puderzucker klebte an seinen Lippen, und er riß die Augen hinter seinen Brillengläsern auf. «Von 'nem Burschen, der nicht lügt. Er hat gemeint, er hat dich splitternackt im Steinbruch gesehn.» Boomer kaute. «Mit 'nem Cowboy.»

Lily, die eben den Rücken gegen die Schwingtür drückte, blieb stehen. «Cowboy? Wovon redest du, verdammt?»

«Er hat gemeint, du hast auf seinem Schoß gelegen, hast geschlafen oder ein Sonnenbad genommen oder so.» Boomer begann zu grinsen und stellte den halbzerkauten, mit Speichelblasen überzogenen Doughnut zur Schau.

«Mach den Mund zu, Boom.» Lily hörte sich laut werden. «Egal, mit wem du geredet hast, er spinnt. Hörst du mich? Er spinnt. Ich war dieses Jahr überhaupt nicht im Steinbruch, und was den Cowboy angeht – was zum Teufel ist das? In dieser Stadt gibt es keine Cowboys, keine echten jedenfalls. Das ist doch totale Scheiße.»

Vince musterte Lily mit schmalen Augen, und Boomer kaute verdutzt auf seinem Doughnut herum.

Vince schüttelte eine Bratpfanne mit Würstchen und sagte: «Geht's dir nicht gut? Falsche Zeit im Monat?»

«Nein, Vince, es ist nicht die falsche Zeit im Monat. Wie würde es dir gefallen, wenn die Leute so einen Mist über dich erzählten?»

«Machst du Witze? Ich fände es wunderbar, als der Kerl bekannt zu sein, der mit nackten Miezen im Steinbruch rumhängt.»

«Das ist nicht das gleiche», sagte Lily und drückte mit der Schulter die Tür hinter sich auf. Sie betrachtete erneut die zwei vollkommenen Eigelbe auf dem Teller und fühlte sich plötzlich benebelt. «Du warst es.» Das hatte er gesagt. Als sie sich umdrehte, wirkte das Café ganz neu, und einen Moment lang schwankte die sonnenerleuchtete rote Sitznische, in der Martin gewöhnlich saß, und Lily dachte: Mir wird wieder schwindlig. Ich muß mich setzen. Sie nahm den Teller in die rechte Hand und streckte die linke nach der Theke aus. Ich bin einfach müde, dachte sie sich erklärungshalber. Sie atmete ein paarmal tief durch, servierte die Spiegeleier, und als sie sich von Russell abwandte, fiel ihr wieder ein Fragment des Traums ein – der weiße Stoff, der die Brüste der Frau einschnürte und in ihrem Fleisch eine tiefe rote Kerbe hinterließ, wie von einem Schnitt.

Eine Woche früher hätte Boomers Geschichte Lily kalt gelassen, das wußte sie. Doch Boomer zuzuhören, nachdem sie Dick, Dolores und Martin zugehört hatte, das war ihr an die Substanz gegangen. Die Geschichten paßten nicht zusammen, aber sie überlagerten sich, und die Ähnlichkeiten zwischen ihnen machten sie nervös. Entweder grassierte in Webster ein Virus, das Halluzinationen verursachte, oder alle sahen dasselbe und dachten, es sei etwas anderes. Als sie im Café stand und Bert in ein lebhaftes Gespräch mit Emily Legvold vertieft sah, die vor kurzem die Mun-Sekte verlassen hatte und wieder ganz die alte zu sein schien, entschied sie, daß die Visionen kein Phantasieprodukt waren. Dazu waren es zu viele. Dann sah sie durchs Fenster Mrs. Pointer mit einer Schar Kinder von der Elizabeth Barker School vorbeigehen. Die Kinder gingen händchenhaltend in Zweierreihe. Ein pummeliger, etwa sechzehnjähriger Junge riß sich von dem Mädchen neben ihm los. Er wandte sich dem Fenster des Cafés zu, zog eine Grimasse und führte den Leuten drinnen einen kleinen Tanz vor. Er hatte die charakteristischen Züge eines Mongoloiden – kleine Augen und eine platte Nase. Die einfältige Freude in seinem Gesicht, als er mit den Hüften wackelte und den Kopf zurückwarf, riß Lily aus ihrer Versunkenheit, und sie lachte. Der Junge sah sie und verbeugte sich. Lily beobachtete, wie die Kinder lachten und klatschten. Mrs. Pointer ging ruhig durch die Reihen und blieb neben ihm stehen. Sie faßte ihn bei den Schultern und fing an, ihn zu massieren. Sein Gesicht sah jetzt hochgradig erregt aus, die Zunge schoß ihm aus dem Mund und wieder hinein. Mrs. Pointer strich ihm weiter kräftig über die Schultern, und langsam beruhigten sich seine Züge. Dann nahm Mrs. Pointer seine Hand in ihre, zog sie zu der seiner Partnerin – einem Mädchen mit kurzen Zöpfen, die zu beiden Seiten des Kopfes abstanden – und legte beider Hände mit einem kleinen Schütteln ineinander, das zu bedeuten schien, sie sollten sich nicht loslassen. Sie setzte sich wieder an die Spitze ihrer Klasse und gab den Kindern ein Zeichen weiterzugehen. Sie setzten sich in Bewegung, und bald waren sie außer Sicht.

Lily sah, daß Bert sich mit dem «Webster Chronicle» in der Hand von der Kasse her näherte. «Hast du den Polizeibericht gelesen, Lil?»

Lily schüttelte den Kopf. Sie warf einen prüfenden Blick über die Tische. Alle Gäste sahen zufrieden aus. Bert hielt ihr die Zeitung vor die Nase, und sie nahm sie.

«Sieh dir mal die Schlagzeile an», sagte Bert.

Lily sah auf den Polizeibericht, der sich die Seite mit den

amtlichen Mitteilungen teilte. Die Witzbolde vom «Chronicle» hatten ihn mit der Schlagzeile «Quiekser auf der Division Street festgenommen» versehen.

«Da unten.» Berts Finger zeigte auf den Eintrag für Dienstag, den 11. Juni.

Lily sah hin. Der Druck schien verschwommen. Sie mußte sich auf jeden Buchstaben konzentrieren, um lesen zu können.

«Die Polizei unternahm eine Verkehrskontrolle... In Viking Terrace wurde eine Schlägerei gemeldet... Eine schwarze Tasche mit Insulin und Spritzen wurde auf dem Bridge Square gefunden... Ein Mann in der Albers Avenue meldete Geräusche in seinem Keller. Polizisten entdeckten ein Erdhörnchen in einem Fensterschacht... Eine Frau in der Dundas Street hörte Leute vor ihrem Fenster reden. Die Polizei konnte jedoch die Ruhestörer nicht entdecken... Ein freilaufendes Schwein wurde auf der südlichen Division Street gemeldet. Die Polizisten kreisten das Tier ein und brachten es seinem Besitzer zurück... Ein Mann, der eine verletzte Frau trug, wurde an der Stadtgrenze auf dem Highway 19 gemeldet. Die Polizei kontrollierte das Gebiet, fand aber niemanden.»

Lily starrte auf die letzte Meldung. Dann schaute sie Bert an.

Bert sah verwirrt aus. «Schön, ich gebe zu, es ist nicht sonderlich komisch.»

Lily starrte wieder auf den Bericht.

«Lil, Schätzchen, alles in Ordnung?»

Lily sah in Berts braune Augen. «Irgendwas geht da vor, Bert.» Sie wandte sich zum Fenster. «Ich weiß nicht genau, was, aber ich glaube, jemand ist dabei verletzt worden oder sogar umgekommen. Sie hat schwarzes Haar. Das ist alles, was ich weiß.» Sie ging zum Fenster und sah auf die spiegelverkehrten Neonbuchstaben, die von außen gelesen «IDEAL CAFE» ergaben, und spürte, wie Berts Finger von hinten über ihre Schulter strichen. Bei der Berührung ihrer Freundin übermannte Lily plötzlich der Kummer.

«Wovon redest du? Hast du irgendwas gesehen?» sagte Bert.

Lily sah sie über die Schulter hinweg an. «Ich habe nichts gesehen», sagte sie.

«Das liegt an Shapiro», sagte Bert. «Er ist nicht gut für dich.»

Lily zog ein Gesicht. «Was hat er denn damit zu tun? An ihm liegt es nicht.»

Bert starrte sie mit leicht geöffnetem Mund an. Dann sagte sie: «Was ist dann los?»

Lily raschelte mit der Zeitung in ihrer Rechten. Sie winkte Bert damit zu. «Ich bin mir nicht sicher.»

Als Lily nach ihrer Schicht auf die Straße hinaustrat und am Stuart Hotel nach einem Anzeichen von Ed Ausschau hielt, tat es ihr leid, daß sie Bert nicht genauer erklärt hatte, was sie meinte. So viele seltsame Dinge passierten auf der Welt. Ihr Leben lang hatte sie die unwahrscheinlichsten Geschichten gehört, die stimmten. Waren Mrs. Knutsen und Mr. Walacek nicht am selben Tag in direkt benachbarten Häusern in der Elm Street tot umgefallen? Wie oft passierte so etwas? War Ernie Applebaum nicht vor vier Jahren spurlos verschwunden und erst im vergangenen Jahr mit den Schaustellern, die an den Jesse-James-Tagen die Achterbahn betrieben, von Kopf bis Fuß tätowiert wiederaufgetaucht? Und hatte June Putkey ihre Mutter nicht an einem Sonntagnachmittag in ihrer Küche mit einem Messer attackiert? Hatte irgend jemand in der Stadt gewußt, daß June (die Lily vor allem wegen der Aufkleber aufgefallen war, die sie auf ihre Tasche pappte) dazu fähig war, so etwas zu tun? Sie ist ausgerastet, dachte Lily. Aber wieso? Hatte sie ihre Mutter wirklich gehaßt, oder hatte sie es nur in dem Moment getan? Lily stellte sich ein Messer in der Hand des Mädchens vor und Blut in einer Spüle voller schmutzigem Geschirr. Und dann, dachte Lily, gibt es Leute, die gar nichts empfinden, Leute, die alles, aber auch alles fertigbringen, wie dieser Mann in Chicago. Martin hatte einen Artikel über ihn an der Wand. Lily erinnerte sich, daß dieser Gasey als Clown bei Kindergeburtstagen aufgetreten war. Niemand hatte sehen können, was in ihm steckte. Aber Martin, dachte Lily, Martin ist nicht so. Doch als ihr einfiel, wie Martin so fest und schnell, wie es ging, auf diesem Stuhl geschaukelt hatte, war sie sich nicht mehr so sicher. Durch die Glastür des Hotels sah sie Stanley mit Scheuerbesen und Eimer die Treppe hinaufgehen. Gleich nachdem seine Füße verschwunden waren, dachte sie, Martin hat etwas vor. Ich fühle es.

ALS Lily am nächsten Tag Eds Zimmer betrat, saß Mabel kaum einen Meter von der Leinwand entfernt am Fenster. Die Figur auf dem Gemälde war genauso groß wie Mabel selbst. Lily sah sich die Farbflächen und die noch unfertigen weichen Umrisse von Mabels Körper an. Ed hatte ihr nicht geschmeichelt, hatte sie nicht jünger oder hübscher gemacht. Die Frau auf dem Gemälde war die Mabel, die Lily kannte, und doch hatte diese zweidimensionale Mabel etwas an sich, was Lily nicht verstand. Vor dem Bild stehend, spürte sie, daß Mabel sich ihr direkt zuwandte. Die mageren weißen Hände ans Gesicht gelegt, beugte sie sich vor. Ihre Augen waren zusammengekniffen, wie um schärfer zu sehen, und ihr Mund stand offen. Er hat sie genau getroffen, dachte Lily – ihren elektrisierenden Blick. Trotzdem störte sie etwas an dem Bild. Sie konnte es fühlen, und sie mußte es auch gesehen haben, aber sie konnte nicht sagen, was es war. Sie trat ganz dicht an das Porträt heran. Sie spürte, daß Ed und Mabel auf ihre Reaktion warteten und daß sie eine parat haben sollte, aber sie wollte nicht sprechen, bevor sie nicht wußte, was sie sagen wollte. Sie trat etwa einen Meter zurück, um das Bild noch einmal zu begutachten. Es bereitete ihr Unbehagen. Es liegt an ihrem Gesicht, dachte sie. Sie sieht wild aus, fast verrückt. Und dann wurde ihr klar, daß sie eine Person ansah, die rasend glücklich war, so glücklich, daß man ihren Ausdruck leicht mit etwas anderem verwechseln konnte: Verrücktheit, Schmerz, sogar Angst. Sie ist so glücklich, sagte Lily sich, weil sie mit ihm reden kann. Und obwohl sie immer gewußt hatte, daß Mabel einsam war, hatte sie es noch nie so unverhüllt gesehen.

«Was denkst du?» sagte Ed.

Lily nickte. «Es ist das beste», sagte sie schlicht.

Sie warf einen Blick auf Mabel, die neben der Leinwand ganz ruhig aussah. «Aber», fuhr sie fort, «es ist auch ein bißchen beängstigend, weil» – sie stammelte – «weil es so persönlich ist.» Sie wischte sich den Schweiß von der Oberlippe. Ihr Magen rumorte. Vielleicht habe ich mir irgendwas geholt, dachte sie. Als sie von Ed zu Mabel sah, spürte sie, daß zwischen ihnen etwas entstanden war, an das sie nicht herankam. Nicht das Gemälde. Das Gemälde war daraus hervorgegangen, aber das meinte sie nicht. Sie wandte sich von der Leinwand ab und Mabel zu.

«Es gibt viele Dinge, über die ich nichts weiß», sagte sie. «Malerei zum Beispiel. Aber ich kann erkennen, daß Ed dich so gemalt hat, wie du wirklich bist, und ich weiß, daß man dazu eine Menge Talent braucht. Du mußt ihm alles über dich erzählt haben, damit es ging.» Sie hielt inne und sprach mit leiserer Stimme weiter. «Vielleicht hast du ihm sogar Dinge erzählt, die du vorher noch nie jemandem erzählt hast.» Sie sah Ed an. «Aber ich möchte wissen, ob er dir auch etwas über sich erzählt hat. Ich meine Sachen, die wirklich wichtig sind.» Sie holte tief Luft. «Den ganzen Tag sitzt du hier und hörst Leuten zu, die dir ihre persönlichsten Gedanken mitteilen – Tex, Dolores, Stanley und jetzt Mabel. Sie erzählen dir von ihren Eltern und ihren Liebsten und sogar von ihren geheimen Phantasien, und du saugst alles auf wie ein großer Schwamm – im Namen der Kunst.» Beim letzten Wort hörte Lily ihre Stimme schrill werden. Sie versuchte sich zu beruhigen. «Du hast mir zwar auch von dir erzählt, aber das ist doch nichts im Vergleich zu dem, was diese Leute dir erzählt haben. Ich weiß nicht mal, wer deine Mutter ist.» Sie zeigte auf die offene Tür. «Da hindurch habe ich gesehen, wie du Dolores Geld gegeben hast, als wäre sie deine älteste Freundin auf der Welt, aber mir sagst du kein Wort davon. Und alle in der Stadt tratschen über die vielen Mädchen, die du gehabt hast, Titten und Ärsche am Fließband, und von dir höre ich nichts.» Lilys Unterkiefer bebte. Sie hatte nicht gewußt, daß sie so aufgebracht war. Ihre eigenen Worte brachten sie in Rage. «Und dann höre ich, daß du bei Swenson warst und Leichen zum Zeichnen aufgetan hast. Hast du mir das gesagt? Von wegen! Und» – sie hielt inne und faßte beide ins Auge – «nur der Ordnung halber würde ich gern mal wissen, wo zum Teufel ich da reinpasse? Ihr zwei seid dieser Tage so unzertrennlich, daß für sonst jemanden gar kein Platz mehr ist!» Lily sah in überraschte Gesichter. Sie wartete, aber keiner von beiden sagte etwas.

Lily nickte Ed zu. Mabel sah blaß aus.

Nach einigen Sekunden begann Ed zu reden. Seine Stimme klang nicht aufgeregt, aber seine Stirn legte sich in Falten, und Lily war froh, überhaupt ein Anzeichen von Kummer auf seinem Gesicht zu entdecken. «Ich weiß, daß ich beim Arbeiten stur bin», sagte er, «und ich weiß auch, daß es mir dabei manchmal schwerfällt, an etwas anderes zu denken. Ich fühle mich verantwortlich für die Menschen, die ich male, weil ich mir für die Porträts nicht einfach für eine Weile jemandes Körper ausleihe. Deshalb habe ich Dolores Geld gegeben. Ich bin nicht mit ihr fertig, nur weil ich sie fertiggemalt habe. Verstehst du das?»

Lily sah ihn nach Worten ringen.

«Und ich spioniere sie nicht aus», sagte er. «Alles, was die Menschen mir erzählen, erzählen sie mir freiwillig. Ich bohre nicht in ihren Seelen nach häßlichen Geheimnissen...» Er seufzte und rieb sich übers Gesicht. «Und was die Sache mit dem heißen Frauenhelden angeht, so weiß ich ehrlich nicht, wie es dazu kommt. Das ist dermaßen übertrieben, daß ich mich selbst nicht wiedererkenne.» Er unterbrach sich und betrachtete Lily, als versuchte er, sich an etwas zu erinnern. Er lächelte. «Es war wohl dumm von mir zu denken, ich könnte in dem Bestattungsinstitut ein und aus gehen, ohne Aufsehen zu erregen. Seit Jahren hatte ich vor, eine Serie von Bildern mit dem Titel ‹Die Toten› zu malen. Ich hatte dabei immer etwas Stilles vor Augen, nichts Sensationelles oder Dämonisches – keine Mordopfer oder so was.» Er holte Atem. «Was Mr. Hansen angeht, die Beerdigung ist morgen, und ich habe meine Chance verpaßt. Ich habe eine Skizze aus dem Gedächtnis angefertigt, aber das reicht nicht. Schade, sein Gesicht gefiel mir nämlich.»

Mabel beobachtete Ed sehr genau, und Lily sah die Anspannung um ihren Mund.

Ed hielt den Blick weiter auf Lily gerichtet. «Was dich angeht, so sehe ich nicht, daß meine Malerei meine Gefühle für dich in irgendeiner Weise beeinträchtigt.» Er sah auf seine Hände hinunter, drehte sie um und bog seine Finger zurück. «Mit dir zusammenzusein macht mich sehr glücklich.»

Lily wußte, daß er nicht log, daß er alles glaubte, was er sagte, und doch fühlte sie sich durch seine Antworten betrogen. Alles ergab Sinn, und trotzdem stimmte etwas daran nicht. Sie wußte nicht, warum das Porträt von Mabel das, was zwischen ihm und ihr war, veränderte, aber es war so. Sie konnte es sich nur einfach nicht erklären. Sie wußte nicht, ob Eds Logik falsch war oder ob man auf das, was sie gesagt hatte, nicht mit Logik antworten konnte. Es war, als würde man auf der Straße auf ein überfahrenes Eichhörnchen zeigen und es mit einer algebraischen Formel erklärt bekommen.

Danach sagten die drei etwa eine Stunde lang kaum etwas. Mabel saß auf ihrem Stuhl, und Lily setzte sich auf den Boden. Ed machte sich wieder an das Porträt, und Lily sah ihm zu. Manchmal schloß er die Augen, als betrachtete er ein Bild von Mabel in seinem Innern. Er trat vor und zurück, vor und zurück, und Lily lauschte seinen Schritten. Mabel beobachtete ihn angespannt. Sie tat Lily leid. Sie ist so glücklich, bei ihm zu sein, dachte sie. Er hat ihr Glück gemalt, aber er sieht es nicht. Der wirklichen Person gegenüber ist er blind.

Als Ed Mabel bat, ihm weiterzuerzählen, forderten weder er noch Mabel Lily auf zu gehen. Daß sie sie einschlossen, tröstete sie jedoch nicht. Sie durfte zwar Mabels Monolog mit anhören, aber der war an Ed und sonst niemanden gerichtet.

«Ich traf Evan ein paar Tage nach meinem sechsundzwanzigsten Geburtstag in einer Buchhandlung und habe mich sofort in ihn verliebt. Drei Tage später waren wir verheiratet, und wir blieben zusammen, bis er starb – fünfzehn Jahre. Und das war kurz. Wir bekamen keine Kinder. Bei mir konnten die Ärzte nichts feststellen. Das ist natürlich lange her. Es könnte auch an Evan gelegen haben. Wir haben es nie herausgefunden. Aber es ist schon komisch, woran man später denkt, woran man sich noch erinnert...» Mabel sah weder Ed noch Lily an, sondern schaute irgendwo ins Zimmer. «Ich erinnere mich, wie er sich mit den Jahreszeiten veränderte, ich meine, wie sein Körper in unterschiedlichem Licht aussah – im Sommer und im Winter. Es gibt nämlich eine Zeit, in der man spürt, daß die Jahreszeit wechselt – wenn aus Herbst Winter oder aus Winter Frühling wird –, diese zweideutige Schwelle. Dann war das Licht um ihn her anders, und er roch anders, und ich» – Mabel rieb sich die Hände und blickte zur Decke – «mir gefiel diese Veränderung, aber ich erinnerte mich auch gern daran, daß er früher schon so gewesen war –

im Winter oder im Frühling davor… Ich habe oft unter dem Aspekt von jahreszeitlichem Licht an meine Ehe gedacht.» Sie neigte den Kopf zur Seite und lächelte schüchtern. Wie ein Mädchen, dachte Lily.

Nach kurzem Schweigen sagte Mabel: «Der Kummer war schrecklich, aber auch alltäglich, wenn ich so sagen darf. Es war niemandes Schuld, daß Evan starb. Menschen sterben eben. Sie sterben plötzlich wie Evan oder langsam wie mein Vater, und ich war nicht so dumm zu fragen: ‹Warum Evan? Warum der Mensch, den ich auf der Welt am meisten liebe?› Warum eigentlich nicht? Nur wenn man seinen Kummer selbst verursacht hat, wenn man schuldig geworden ist, ist es nicht zu ertragen.»

Lily betrachtete Mabels starren Körper. Was Mabel über Schuld gesagt hatte, verschlimmerte ihre Angst noch, nicht die vor Martin, wurde ihr jetzt klar, sondern die vor sich selbst. Sie hörte Ed sprechen und Mabel antworten, aber sie hörte nicht zu. Dann trat Ed dicht an die Leinwand. Er sah sie mit halbgeschlossenen Augen an und sagte zu Mabel: «Das Bild ist genausosehr deins wie meins. In etwa einer Woche muß ich wissen, was für eine Geschichte es ist.»

Mabel nickte. Ihr Kopf wirkte sehr klein, und ihre Lippen waren blaß.

Der Rest des Nachmittags verging langsam. Lily lag auf einem Kissen auf dem Boden, während Ed malte, und Mabel saß ruhig auf ihrem Stuhl. Lily holte eine Nummer des «Star» aus ihrer Tasche und blätterte darin. Sie hatte ihn gekauft, weil auf der Titelseite ein Bild von Marilyn war. Aber als sie den Artikel aufschlug, sah sie, daß er gar nicht von Marilyn handelte, sondern von einer Hausfrau in Normal, Illinois, die allmählich zu Marilyn Monroe wurde. Obwohl er in der dritten Person geschrieben war, trug er die Überschrift: «Der Geist von Marilyn Monroe übernimmt meinen Körper.» Neben dem Artikel zeigte eine Strecke von sechs

Fotos die allmähliche Verwandlung von Angela Hokenburg, einer braunhaarigen, langnasigen Frau, in die strahlende, platinblonde Marilyn. Lily studierte die Fotos. Die Geschichte war blödsinnig, aber sie erinnerte Lily an die Bilder von Norma Jean am Strand, die sie irgendwo gesehen hatte, mit ihrem braunen Haar und den nicht gezupften Augenbrauen. Auch sie hatte man in Marilyn Monroe verwandelt, dachte Lily.

Sie merkte nicht, daß sie eingeschlafen war, bis das Gefühl von Fingern, die über ihre Stirn streichelten, sie weckte. Im Halbschlaf dachte sie, es sei ihre Mutter, und sie setzte dazu an, «Mom» zu sagen, sprach das Wort aber nicht ganz aus. Sie hörte Ed sagen: «Mach keine Dummheiten. Bleib einfach, wo du bist.»

Lily schlug die Augen auf und sah Mabel schnell ihre Hand wegziehen. Sie lag auf Eds Bett, und draußen war es dunkel. Sie sah Mabel an. «Was ist los?»

Mabel sah müde aus, und das aufgelöste Haar hing ihr ums Gesicht. «Du hast ja heute keine Probe, deshalb haben wir dich schlafen lassen. Ed hat dich zum Bett getragen. Du hast dich nicht gerührt.»

Lily setzte sich auf. «Wer ist da am Telefon?»

«Ich glaube, Dolores Wachobski», sagte Mabel, wobei sie die Brauen hob und den Mund zur Seite verzog. «Sie scheint irgendwie in der Bredouille zu sein.»

Lily sah zu Ed hinüber. Er hatte aufgelegt und stand nun da und rieb sich den Mund.

Lily sagte: «Was will sie?»

«Sie hat ein furchtbares Schockerlebnis hinter sich. Wieder mal Geister und Meschuggene.»

Lily zerbrach sich den Kopf über das letzte Wort, fragte aber nicht nach. «Fährst du zu ihr?»

Ed kam herüber. «Sie hat sonst niemand, Lily.» Er steckte die Hand in die Tasche und tastete nach den Autoschlüsseln, und sie hörte sie klimpern.

«Ich komme mit», sagte Lily.

Ed sah sie an. «Ich weiß ehrlich nicht, was uns da erwartet. Sie ist voll und deliriert.»

«Das macht mir nichts», sagte Lily.

«Mir auch nicht», sagte Mabel.

ED fuhr zu dem Wohnwagenplatz, der am Flußufer gegenüber vom Dairy Queen mit seinem riesigen erleuchteten Eishörnchen lag. Durch das offene Fenster roch Lily das Wasser, und sie fühlte, wie der Kombi auf dem unebenen Boden schaukelte. Ein türkisgrüner Wohnwagen leuchtete kurz im Licht der Scheinwerfer auf, bevor er mit dem Verstummen des Motors verschwand.

Ed hämmerte gegen die Tür von Dolores' Trailer, und als keine Antwort kam, ging er hinein. Der langgestreckte Raum, den Lily an Eds Rücken vorbei sah, war ganz anders, als sie erwartet hatte. Erstens war er sehr sauber. Zweitens war er verspielt. Überall Nippes: sorgfältig arrangierte Kinder, Engel, Hunde, Katzen und Pferde aus Porzellan, eine große blau-weiße Madonna mit Kind, eine breite Schale voller Katzenaugenkugeln und einige Gegenstände mit kurzen Sprüchen oder Slogans darauf: Ein pausbäckiger kleiner Cupido hielt ein Schild mit dem Wort «LIEBE» hoch. Auf einem Miniaturnummernschild, das über dem Waschbecken hing, stand «LEBENSKÜNSTLER». «Powerfrau» war auf ein Nadelspitzenkissen auf Dolores' sorgfältig gemachtem Bett gestickt, und als Ed im Badezimmer nachsehen ging, entdeckte Lily noch ein Schild – ein Herz aus Holz, in das die Worte «Für kleine Mädchen» geschnitzt waren.

Gerade als sie den Wohnwagen verließen, um draußen weiterzusuchen, bemerkte Lily ein auf der Frisierkommode aufgestelltes Foto. Sie spürte Eds Unruhe und sah, daß Mabel schon wieder hinausgegangen war, daher warf sie nur einen kurzen Blick darauf, aber das kleine Mädchen auf dem Bild in einem duftigen weißen Konfirmationskleid war offensichtlich Dolores, und die schlanke Frau neben ihr mußte ihre Mutter sein. Als Lily hinter Ed zur Tür eilte, wurde ihr bewußt, daß sie die Identität von Dolores' Mutter nicht gefolgert, sondern die Frau nach Eds Zeichnung in den narrativen Kästchen über Dolores' gemaltem Kopf erkannt hatte.

Sie schlugen unterschiedliche Richtungen ein. Lily ging zum Fluß hinunter. Sie stapfte zwischen Reihen von Wohnwagen hindurch und hörte einen Diskjockey schleppend einen Song ansagen. Sie merkte, daß der Kiesweg endete, hörte die Musik plötzlich abbrechen und watete in das hohe Gras nahe am Ufer. Ed rief Dolores' Namen, aber Lily brachte es nicht über sich, den Mund aufzumachen. Ein Moskito sirrte in ihrem Ohr, und sie schlug blind danach. Die Bäume und das Wasser vor ihr wurden plötzlich dunkel. Als sie aufblickte, sah sie eine Wolke vor dem Mond hertreiben. Das Gras kitzelte an ihren Beinen, und sie bückte sich, um sie tüchtig zu kratzen, bevor sie weiterstapfte und unter ihren Turnschuhen einen harten Gegenstand wegrollen fühlte. Sie hockte sich ins Gras, tastete nach dem Ding und spürte das kühle runde Glas einer Flasche in ihrer Hand. Darin schwappte Flüssigkeit, und als sie die Flasche an die Nase hob, roch sie Whiskey. Während sie noch mit der halbvollen Flasche in der Hand im Gras kauerte, kam der Mond hinter der Wolke hervor und beleuchtete die Wipfel der Bäume am Fluß. Durch die Bäume sah sie das Flußwasser schimmern und dann, nur etwa einen Meter rechts von sich, erblickte sie eine weiße, zu einer lockeren Faust geballte Hand. Sie kroch hin. Dolores lag mit dem Gesicht nach oben ausgestreckt im plattgedrückten Gras. Sie atmet, dachte Lily, als sie den großen Busen der Frau sich heben und senken sah. Erbrochenes, Urin und Schnaps, dachte sie weiter und hielt wegen des Gestanks den Atem an. Der Rock der Frau war zur Taille hochgerutscht, und blasse Haut leuchtete durch einen breiten Riß in ihrem Strumpf. Lily beugte sich über Dolores und flüsterte: «Stehen Sie auf!» Aber Dolores rührte sich nicht. Lily faßte die Frau bei den Schultern und schüttelte sie, zuerst sachte und auf eine Reaktion wartend, aber der Kopf der Frau schien so schwer zu sein wie eine Bowlingkugel. Lily schüttelte fester. «Wachen Sie auf!» flüsterte sie. Nichts geschah, und als Lily in Dolores' bewußtloses Gesicht sah, fühlte sie Ärger in sich aufsteigen. Sie schüttelte sie noch heftiger. Dolores' Kopf prallte auf den Boden, als Lily sie aus Leibeskräften schüttelte. Da wurde ihr klar, daß sie es genoß, daß dieses Schütteln eine Eigendynamik, ein Eigenleben hatte und so viel Spaß machte, daß sie nicht damit aufhören wollte, und also schüttelte sie sie noch fester. Dolores öffnete ein Auge, und Lily sah einen feuchten weißen Schimmer darin. Der Mund der Frau ging auf, und ihre Unterlippe sackte herunter. Lily ließ ihre Schultern los, aber der schlaffe, blöde Ausdruck auf ihrem Gesicht blieb. Sie sah sich das Loch in dem schwarzen Strumpf an und schlug darauf. Als sie ihre Hand zurückzog, brannte sie, aber sie hob den Arm, um erneut zuzuschlagen. Im selben Augenblick hörte sie Dolores ächzen und bekam einen Schreck. Sie hatte nicht erwartet, daß die Frau aufwachen würde. Aber genau das geschah. Dolores hatte sich auf einen Ellbogen gestützt und starrte Lily aus Augen an, die im Dunkeln aussahen wie erleuchtete Schlitze.

Lily fing an, nach Ed und Mabel zu rufen. Sie rief ihre Namen, bis sie heiser wurde, und selbst als sie geantwortet hatten, schrie sie weiter ihre Namen, als sei sie diejenige, die gerettet werden müßte. Tränen liefen ihr die Wangen hinunter, aber sie wischte sie ab, als sie Ed auf sich zulaufen sah. Er keuchte laut, als er sich über Dolores beugte, die sich aufsetzte, die Arme um ihn schlang und unter Tränen Worte hervorstieß, die Lily nicht verstand.

Erst als Dolores auf ihrem Bett lag, merkte Lily, wie übel

sie aussah. Ihre Haut war ganz weiß, ihre Augen waren rot, und die Haut drum herum hatte einen merkwürdig violetten Ton. Verlaufenes Make-up hatte die Wangen schwarz und grün gefärbt, und halb verdautes Essen besudelte ihre nackte Brust und ihre Bluse.

Mabel übernahm es, Dolores das Gesicht mit feuchten Papiertüchern abzuwischen, ihre Brust und ihre Arme zu reinigen, ihr die schmutzigen Kleider und die kaputten Strümpfe auszuziehen und sie unter die Bettdecke zu bugsieren. Während der gesamten Prozedur stöhnte Dolores das Wort «Nein». Sie warf sich so unsinnig im Bett hin und her, daß es eine Weile dauerte, bis Lily verstand, daß die Frau sich aufsetzen wollte. Schließlich schaffte sie es aus eigener Kraft, sich aufzurichten, und schrie: «Schaut mich an! Hab ich Schnittwunden?» Ihr Kopf fiel nach vorn. «Hab ich Schnittwunden?» Dann fing sie an zu weinen, und das fand Lily viel schlimmer als das Stöhnen und Schreien.

Mabel krabbelte auf das Bett und packte Dolores an den Schultern. Sie sah sehr klein und dünn aus neben Dolores, aber ihre entschlossenen Bewegungen machten ihre Schwäche wett. Sie drückte Dolores wieder auf das Bett hinunter, fing ihre um sich schlagenden Hände ein und hielt sie fest. «Sie haben keine Schnittwunden», sagte sie. «Hören Sie? Sie haben keine Schnittwunden.»

Dolores hörte auf, sich zu wehren, und lag ruhig da. «Ich hab ihn gesehn», sagte sie halb flüsternd, halb stöhnend. «Mit 'nem Messer.»

«Nein», sagte Mabel. «Sie sind nicht verletzt. Morgen fühlen Sie sich wieder besser.»

Lily drehte sich um. Sie sah Ed mit einer Flasche in der Hand vor einem offenen Schrank stehen. «Wir lassen sie jetzt schlafen», sagte er.

Sie ging zu ihm und legte ihre Wange an seine Brust. Sein Hemd roch leicht nach Terpentin, und dieser Geruch, zusammen mit den Armen, die sie umschlossen, und der Berührung der Whiskeyflasche an ihrem Rücken, trieb ihr aus unerfindlichen Gründen die Tränen in die Augen. Hinter ihnen sagte Dolores undeutlich «Ich bin erledigt» oder «Es ist erledigt», und Lily hörte Mabel sagen: «Nein, nein. Schlafen Sie jetzt.»

Im Auto schwiegen sie. Ed fuhr jetzt langsam, und Lily dachte an Dolores im Wohnwagen, an ihren mit Leberflecken gesprenkelten Bauch und die von dem Gummiband um ihre Taille hinterlassenen Druckstellen, als sie nackt auf dem Bett gelegen hatte. Lily weinte lautlos. Sie erstickte fast vor Scham. Die Scham legte sich ihr so beklemmend auf die Brust, daß sie nicht stillsitzen konnte. Sie rutschte unruhig auf dem Sitz hin und her, sah aus dem einen Fenster, dann aus dem anderen. Dolores weiß es, dachte sie. Sie weiß, was ich getan habe.

Sie merkte, daß Ed im Rückspiegel zu ihr hersah. Mabels Kopf bewegte sich nicht. Ed begann zu singen. Lily konnte das nicht verstehen. Es kam ihr so unvermittelt, so albern vor, aber er sang. Mit leiser, heiserer Stimme sang er «Row, row, row your boat». Er sang das ganze Lied und fing dann wieder von vorn an. Mabel fiel ein und machte einen Kanon daraus. Ihre hohe, dünne Stimme tremolierte. Lily hörte zu und wischte sich die Wangen ab, und dann sang auch sie mit. Alle drei sangen, und sie sangen noch, als Ed den Kombi vor dem Stuart Hotel abstellte.

NOCH bevor Lily am Sonntag morgen die Augen öffnete, wußte sie, daß die Sonne schon seit Stunden schien. Das Bettlaken und der Kopfkissenbezug rochen nach Hitze und Staub, und sie spürte die Feuchtigkeit unter ihren Armen und zwischen ihren Beinen, als sie sich auf der Matratze umdrehte und merkte, daß sie allein im Bett lag. Sie hörte Ed, roch Farbe und Kaffee und spürte das Sonnenlicht auf ihren Lidern. Einen Moment lang ließ sie sie aufgehen und sah den

Saum ihrer Wimpern als beweglichen Schatten. Sie beschloß, die Augen nicht zu öffnen, noch nicht. Ihr Kopf war leer. Es war nichts darin als das Licht und die Wärme des Tages, aber als sie in den Schlaf zurücksank, erinnerte sie sich an eine lange Reihe großer Fenster mit blaßgrün gestrichenen Simsen. Es war wohl das Sonnenlicht, das sie ihr ins Gedächtnis rief. Aus einem der Fenster sah sie den orangen Schulbus unter riesigen Ulmen auf dem Parkplatz stehen. Spätes Frühjahr, dachte sie, der Ausflug in die staatliche Klinik. Ich war in der fünften Klasse. Sie erinnerte sich daran, in einem langen, schmalen Raum mit Betten auf beiden Seiten gestanden zu haben. In einem hatte der Junge gelegen, und sein Bild war jetzt noch genauso klar wie damals. Er mußte zwölf oder dreizehn Jahre alt gewesen sein. Er lag in einem krippenartigen Bett und trug nichts außer Windeln und einem Höschen aus Plastik. Er rührte sich nicht und sah sie nicht, aber die Blässe und Weichheit seiner langen Glieder faszinierten sie – die Haut eines Kleinkinds. Sie erinnerte sich an eine Männerstimme, die «stark zurückgebliebene Kinder» sagte, und das Wort «stark» war bei ihr hängengeblieben. Jahrelang hatte es diesen reglosen Jungen mit dem leeren Blick bedeutet.

Dann fiel Lily die vergangene Nacht ein, und ihre Scham kehrte zurück, bohrende Reue, gepaart mit der Angst, entlarvt zu werden. Was, wenn Dolores sie damit konfrontierte oder, noch schlimmer, Ed und Mabel davon erzählte? Konnte sie leugnen und sagen, Dolores habe das alles erfunden? Konnte es überhaupt zur Sprache kommen, ohne daß Lily die Fassung verlor? Sie konnte es jetzt schon kaum für sich behalten. Ihr ganzer Körper wurde von Scham gequält. Sie setzte sich auf und starrte auf Eds nackten Rücken vor Mabels Bild. In der einen Hand hielt er eine Tasse Kaffee, und an seinem Hals und seinen Schultern konnte sie erkennen, daß er über das Gemälde nachdachte, deshalb sprach sie ihn nicht an. Sie erinnerte sich daran, wie Dolores immer wieder

«Nein!» gesagt hatte, und blickte an Eds Kopf vorbei aus dem Fenster, als könnte die Luft draußen ihre Aufregung dämpfen, aber sie tat es nicht. Sie sah auf den Bikinistreifen an ihrem Busen, auf ihren braunen Bauch und die blasse Haut oberhalb ihrer Schamhaare. Dann stellte sie die Füße auf den Boden, stand auf und ging zu Ed. Ohne seinen Pinsel hinzulegen, nahm er sie in die Arme, und sie lehnte den Kopf an seine Brust. Sie spürte seine Schweißtropfen auf ihrer Stirn und konnte der Versuchung nicht widerstehen, ihre Wange an seinen Härchen zu reiben.

«Guten Morgen», sagte er. «Armes, müdes Mädchen.»

Als Lily seine freundliche Stimme hörte, fühlte sie sich noch elender. «Denkst du, Dolores ist okay?» sagte sie.

«Ich habe sie vor ungefähr einer Stunde angerufen. Sie lebt.»

«Ist das alles?»

«Ich glaube, sie braucht noch ein paar Stunden, um wieder richtig zu Bewußtsein zu kommen.» Er lächelte.

Lily sah zu ihm auf. «Erinnerst du dich, daß sie gesagt hat, jemand hätte sie mit einem Messer attackiert?»

Ed berührte ihre Wange. «Heute morgen hat sie mir erzählt, sie habe zu sehen gemeint, daß sie umgebracht wurde.»

Lily löste sich von ihm. «Was meinst du? Wie kann jemand das sehen?»

«Sie muß deliriert haben», sagte Ed.

«Jesse James?»

Er nickte.

Lily sah ihm ins Gesicht, und er erwiderte ihren Blick mit weit geöffneten Augen. Er sah sie an und schien ihr zuzuhören, aber sie hatte das Gefühl, daß er es in Wirklichkeit gar nicht tat. Etwas fehlte in diesen Augen. Sie hatte schon zuvor gespürt und spürte auch jetzt, daß Ed zugleich da und nicht da war. Er tat so, als sorge er sich um Dolores, aber plötzlich fragte sich Lily, ob das wirklich stimmte. Hinter ihm sah sie das Bild von Tex und das Kästchen, in dem der Mann die Frau würgte. Jesse James, dachte sie und packte Ed am Ellbogen. «Was wäre, wenn es stimmte?» sagte sie. «Was wäre, wenn sie einen wirklichen Mord gesehen hätte? Hast du je daran gedacht? Schon andere Leute haben Dinge gesehen, Ed, nicht nur Dolores.» Lily fing an zu plappern. Sie merkte es selbst, aber sie konnte nicht aufhören. Ihre Stimme wurde lauter und überschlug sich, als sie ihm von dem Polizeibericht erzählte, von Boomers Cowboy, Martins Schnittwunden und Becky Runevold. Sie wollte, daß er zuhörte, wollte ihn aufrütteln. «Ihr Vater hat sie umgebracht», murmelte sie vor sich hin. «Menschen sind zu allem fähig, Ed.» Sie hielt die Luft an. «Hörst du mich?»

«Immer mit der Ruhe», sagte er. Er sah auf seinen Ellbogen hinunter, und Lily merkte, daß sie ihre Finger in seine Haut grub. Sie ließ ihn los.

Ed rieb sich die Hände. «Ich weiß nicht, was andere Leute gesehen oder nicht gesehen haben. Aber ich denke, Dolores ist labil und, na ja, nicht ganz vertrauenswürdig.»

«Meinst du, sie ist eine Lügnerin?»

Ed rieb die Handflächen gegeneinander, als helfe ihm diese Geste beim Denken. «Vielleicht keine ausgemachte Lügnerin, aber sie frisiert und neigt zu Übertreibungen. Sie ist melodramatisch – der Star ihrer eigenen Show. Als sie heute nacht anrief, hat mich nicht so sehr erschreckt, was sie zu sehen geglaubt hatte, sondern daß sie sich vielleicht umbringen würde, um ... um sich an mir zu rächen.»

«Wofür?»

Eds Blick verdüsterte sich. Er sah an Lily vorbei. «Dafür, daß ich mit ihrem Porträt fertig bin, nehme ich an.»

«Das ist seltsam», sagte Lily und sah ihn direkt an. «Und ich bin mir nicht sicher, ob ich es glaube. Ich sage dir was anderes. Ich glaube nicht, daß Dolores sich umbringen wollte. Dazu ist ihre Wohnung viel zu sauber.»

Ed erwiderte ihren Blick und lächelte. «Du meinst, Sauberkeit und Todeswunsch passen nicht zusammen?»

«Richtig», sagte Lily. «Das Haus war für Besuch herausgeputzt, und ich wette, der Besuch warst du. Aber das bedeutet nicht, daß sie nichts gesehen hat. Vielleicht war es Tex! Könnte Dolores nicht Tex gesehen haben? Wie würdest du dich fühlen, wenn jemand umgebracht worden wäre? Würdest du dich nicht schuldig fühlen, weil du ihn so gemalt hast?» Sie deutete auf die Leinwand.

Ed hob abwehrend die Hände. Lily wußte, daß sie unvernünftig war, aber sie schrie trotzdem. Es gefiel ihr. Es war genauso schön, wie auf der Bühne zu schreien oder zu weinen. Sie erlebte das Gefühl innerlich und äußerlich zugleich. Sie verspürte Wut, und gleichzeitig beobachtete sie sich dabei. «Na, würdest du dich nicht verantwortlich fühlen, wenn er irgendeiner Frau da draußen etwas angetan hätte?»

Ed sagte: «Es reicht.» Er packte ihre Handgelenke und hielt sie fest. Lily ruderte mit den Armen, aber sie wehrte sich nicht sonderlich heftig. Es gefiel ihr, daß er ihre Handgelenke so fest hielt. Sein sicherer Griff erregte sie, und sie ließ sich gegen ihn fallen und begann seine nackte Schulter zu küssen.

«Was mache ich bloß mit dir?» sagte er.

Lily küßte sein Ohr. Sie wußte nicht warum, aber er hatte das Richtige gesagt. Es erregte sie noch mehr. Ihr Gesicht an seinem Hals fühlte sich feucht an. Sie ließ ihren Kopf zurücksinken. «Was du willst», sagte sie.

Er küßte ihren Oberarm und biß hinein, nicht fest, aber sie spürte seine Zähne und fragte sich, ob sie wohl eine kleine rote Stelle hinterlassen würden.

DER Montag verlief ruhig. Er brachte keine neuen Gerüchte über Lily oder sonst jemanden. Der «Chronicle» kam, aber im Polizeibericht stand nichts Interessantes. Gegen sechs Uhr morgens bediente Lily Stanley Blom, und als sie ihm sagte, sein Porträt gefiele ihr, lächelte der alte Mann. «'n schöner Anblick ist es nicht gerade, aber das kann so 'n Kerl wie ich auch nicht erwarten.» Daraufhin vermied sie es, Stanleys Buckel anzusehen, und murmelte etwas wie, das Bild habe «Charakter». «Das ist doch bloß 'ne Umschreibung für häßlich», sagte er. Und als Lily rot wurde, lachte er so heftig, daß er anfing zu husten. Nachmittags malte Ed Mabel, und Lily sah zu. Draußen war es heiß, aber nicht zu heiß, und als Lily einfiel, daß erst am vergangenen Dienstag das Unwetter über der Stadt getobt hatte, schien es unmöglich. Es ist, als läge es Monate zurück, dachte sie. Das war der Tag, an dem ich die Schuhe vergraben habe. Wenn sie jetzt daran dachte, daß sie Dolores geschlagen hatte, befiel sie intensives Unbehagen, aber es war nicht mehr so schlimm wie zuvor, und sie begann zu denken, daß sie ohnehin die einzige war, die davon wußte. Dolores war ja stockbetrunken gewesen. Abends bei der Probe hielt sie Distanz zu Martin, und er redete nicht mit ihr. Seine Hand war frisch verbunden, so daß die Schnitte nicht mehr zu sehen waren. Jim sagte, er habe gehört, Martin habe sich bei der Reparatur eines Zauns auf der Farm der Grastvedts geschnitten, und Lily glaubte es. Tatsächlich ließ während dieser Probestunden ihr Argwohn nach. Worauf gründete er eigentlich? Auf Hörensagen, Gerüchten, den Geschichten Betrunkener und Verrückter und dem übergeschnappten Gerede von Martin Petersen selbst.

Am Dienstag um halb zehn änderte sich alles wieder. Lily hörte, wie Professor Vegans Stimme sich über das allgemeine Gemurmel im Café erhob, und wandte den Kopf, um zuzuhören. Er kam einmal im Monat mit drei anderen emeritierten Professoren her. Die vier Männer nannten sich «Die Bande von jenseits des Hügels». Sie verzehrten ein großes Frühstück, und wenn sie satt waren, vertieften sie sich in Kierkegaard. Lily hatte erfahren, daß sie seit drei Jahren dabei waren, den Philosophen zu zerpflücken, Wort für Wort, Satz für Satz, Absatz für Absatz, so geduldig und unermüdlich, wie der Tag lang ist. In diesem Jahr waren es nur zwei Bücher gewesen, und sie hatten die schauerlichsten Titel, die Lily je gesehen hatte: «Furcht und Zittern» und «Die Krankheit zum Tode». Aber die Männer scherzten und zogen einander durch den Kakao, und ab und zu amüsierte sich Professor Schwandt so sehr, daß er Tränen lachte. Zwar wurde Kierkegaard hin und wieder mit dem Wetter, mit Sport und Politik vermischt, aber die Beharrlichkeit der Männer beeindruckte Lily – und sie gaben gute Trinkgelder. «Die Kreatur hatte Flügel», sagte Professor Vegan gerade, und Lily ging mit der Kaffeekanne zum Tisch der Professoren.

«Wäre Gladys allein gewesen, hätte ich vermutlich nicht so genau hingehört. Soviel ich weiß, ist sie eine Betschwester – erzevangelisch. Ich erinnere mich nicht an den Namen der Sekte, der sie angehört, aber sie verrichten ihr gut Teil Zittern und Klagen. Marit dagegen ist eine ausgesprochen nüchterne Frau, deren Beobachtungsgabe ich nie anzweifeln würde. Und sie hat das verflixte Ding auch gesehen, am hellichten Tag, nur wenige Meter vom Haus entfernt.»

Lily goß Professor Hong Kaffee nach, obwohl seine Tasse noch fast voll war, und beobachtete Professor Vegan. Auf seinem Gesicht lag ein ironisches Lächeln, und er senkte effekthascherisch die Stimme. «Es kam in aller Ruhe von Norden her durch das Bachbett gelaufen – ein durchsichtiges Wesen in Weiß mit einem riesigen Paar Flügel.» Er trank einen Schluck Kaffee und studierte die Gesichter seiner drei Kollegen. «Und» – er hielt inne – «dann ist da noch die Sache mit dem Koffer. Wer würde schon ein solches Detail erfinden? Ein übernatürliches Wesen, das mit seiner Habe in einer Tasche herumlatscht.»

Lily sah angelegentlich in den Kaffee und biß die Zähne zusammen.

«Schicken Sie doch ein Memo an den Fachbereich Religion», sagte Professor Nichols.

«Ein Seraph», sagte Professor Hong, «der in Webster frei herumläuft.»

Die Männer lachten.

Professor Schwandt schüttelte den Kopf. «Was mich beunruhigt, ist der Koffer. Ein Engel mit Gepäck. Riecht nach Ketzerei, nicht wahr?»

Professor Nichols lächelte. «Ja, aber ich bin immer davon ausgegangen, daß göttliche Sendboten mit leichtem Gepäck reisen.»

«Ich möchte wissen, was es wirklich war», unterbrach Lily. «Wer es war.»

Professor Vegan sah sie kopfschüttelnd an. «Ich habe keinen Schimmer, aber als ich nach Haus kam, waren Marit und Gladys ganz schön mitgenommen. Was immer sie da gesehen haben, es muß nicht nur unwahrscheinlich, sondern ganz unmöglich ausgesehen haben.»

Lili schenkte allen Kaffee nach und ging. Sie beobachtete, wie Frances Herda Lynn Strom auf die Schulter klopfte und laut sagte: «Keith Ellingboe ist es einfach nicht wert. Wenn du meine Meinung hören willst, hat er sich in den letzten drei Wochen wie ein Blödmann benommen.» Lynn griff schniefend nach ihrem Glas Orangensaft. Flügel, dachte Lily, und ein Koffer. Frances wandte den Kopf, und der kleine goldene Ring in ihrem rechten Ohr blitzte kurz im Licht vom Fenster auf. Als sie sich erneut bewegte, verschwand das Glitzern. Lily ging mit der Kaffeekanne in Richtung Tür. Sie wäre gern umgekehrt und hätte Professor Vegan gefragt, ob seine Frau die Größe oder das Gewicht des Koffers erwähnt und ob sie das Wesen für einen Mann oder eine Frau gehalten habe. Lily kannte Marit Vegan. Ihre älteste Tochter Iris war ihre Babysitterin gewesen, und die ganze Familie war Lily immer unbezwingbar vernünftig und gescheit vorgekommen. Das Haus der Vegans lag oberhalb des Bachs, nur einen knappen halben Kilometer von dem der Bodlers entfernt auf der anderen Seite der Landstraße, unweit der Höhlen. Plötzlich fragte sie sich, wo sie Martins Lageplan gelassen hatte. Sie ging an Bert vorbei und stellte sich neben die Tür. Das Licht draußen war so hell, daß sie nicht hineinsehen konnte. Sie blinzelte auf die Straße hinaus. Natürlich haben sie etwas gesehen, dachte sie. Der Koffer, den sie in der Garage gefunden hatte, hatte sich in Luft aufgelöst. Dazu der Mann, der am Stadtrand eine verletzte Frau getragen hatte. Warme Flüssigkeit tropfte auf ihren Fuß. Sie riß die Augen auf und sah, daß die Kaffeekanne sich in ihrem lockeren Griff geneigt hatte und daß Kaffee auf ihre weißen Turnschuhe lief.

Hinter sich hörte sie Vince «Paß auf, die Kanne!» schreien. Sie drehte sich zu ihm um und stellte den Kaffee neben der Kasse ab. «Alles in Ordnung?» sagte er. Lily antwortete nicht. Sie dachte nach. Ich kann das nicht einfach so auf sich beruhen lassen. Jemand muß etwas unternehmen. Ich kann nicht hierbleiben und so tun, als wäre nichts. Sie wischte sich den Schuh mit einer Serviette ab und sah wieder auf die Division Street hinaus. Es war schwierig, in den hellen Sonnenschein zu blicken. Sie streckte die Hand nach der Fliegentür aus und öffnete sie. Ich gehe jetzt, dachte sie. Es ist unaufschiebbar. Sie trat auf die Straße hinaus und bog zweimal rechts ab in den Gang zu ihrem Fahrrad.

Sie fuhr am Ideal Café vorbei und sah Vince mit seiner weißen Schürze in der Tür stehen. Er gestikulierte mit einem Spatel und brüllte: «Was fällt dir ein! Komm sofort zurück! Wenn du deinen Arsch nicht in zwei Sekunden wieder hier reinbewegst, bist du entlassen!»

Sie beachtete ihn gar nicht. Er befand sich in einer anderen Dimension; sie konnte ihn so unbeteiligt betrachten wie eine

Filmfigur. Er hatte sie schon zweimal entlassen, aber beide Male innerhalb von zwanzig Minuten wieder eingestellt, und beide Male war es seine Schuld gewesen, weil er so ein Hitzkopf war. Jetzt war sie es, die ihn im Stich gelassen hatte, und es schien nur gerecht, daß er sie feuerte. Es war etwas seltsam Lustiges an dem Aufruhr, den sie verursacht hatte: der dicke Mann, der in der Tür stand und schrie, die erschrockenen Gesichter im Café. Es war so einfach gewesen; das Ideal Café auf den Kopf zu stellen hatte nur ein paar Sekunden gedauert. Lily wußte, wohin sie wollte. Sie suchte jemanden – ein namenloses Mädchen, das bei Martin oder bei den Bodlers, im Wald oder in den Höhlen versteckt war. Wer sie auch war, sie mußte irgendwie zugleich Lily und Dolores ähneln, und wer sie auch war, Lily spürte, daß sie sie finden mußte. Als sie aus der Stadt hinaus war, stellte sie sich den im Wald liegengelassenen Koffer vor und malte sich aus, wie ihre Finger den Dekkel nur einige Zentimeter hochhoben, und dann schlug sie in ihrer Phantasie den Deckel wieder zu, damit sie sich den gräßlichen Inhalt nicht ansehen mußte.

ALS Lily vor Martins Haus stand, war sie aufgeregt. Die Aufregung übertraf ihre Furcht, vielleicht weil Martins Transporter nicht da war und das Haus leer wirkte. Sie ging auf die Veranda, öffnete die Tür und spähte in den Raum. Der Schaukelstuhl stand wieder in der Ecke, und sie sah das schwarze Tuch und die Collage von Verbrechen und Reklame mit ihrem leeren Mittelpunkt. Sie ging hinein. Auch das war einfach. Du stellst einen Fuß vor den anderen, sagte sie sich, und du bist drin. Sie berührte einen Moment lang das schwarze Tuch, ließ es aber schnell wieder los. Der chemische Geruch im Haus war immer noch stark, und sie fragte sich erneut, woher er kam. Als sie nach den Messern sah, bemerkte sie, daß sie verschwunden waren. Sie erinnerte sich daran, wie Dolores geschrien hatte, sie habe Schnittwunden, erinnerte sich an Martins Hand, und während sie durch die offene Tür in Martins Schlafzimmer ging, dachte sie, daß solche Schnitte, wie sie sie an Martins Hand gesehen hatte, nicht von einer Zaunreparatur herrühren konnten. Auf dem Boden lagen Bücherstapel, und auf einem Tisch sah sie das Exemplar von «Gray's Anatomie», das vorher in dem anderen Zimmer gewesen war, einen Fotoband zum Thema «Der Akt» und ein dickes weißes Buch mit dem Titel «Prothesen». Eine Fliege summte an ihrer Wange vorbei, und sie lauschte auf Motorengeräusche vom Weg her, aber da waren keine, nur in der Ferne der Verkehr auf der Landstraße. Sie ging zu Martins Schreibtisch, schob den Stuhl beiseite und öffnete die Schublade: Kontoauszüge, mehrere Karteikarten, Büroklammern, eine Nummer des «Playboy». Als sie nach unten sah, bemerkte sie auf dem Fußboden einen dunklen Haufen, beugte sich hinunter und griff danach. Kleider, dachte sie, nur Kleider, aber als sie ein blaues T-Shirt herauszog und es sich ansah, stellte sie fest, daß es eine kleine Schleife am Hals hatte und innen ein Etikett, auf dem «Lady Susan, Größe 36» stand. Sie starrte auf das Etikett, holte tief Luft und warf das T-Shirt zurück unter den Schreibtisch. Irgendwo draußen hörte sie einen Hund bellen und rannte aus dem Haus. Als sie über den Kiesweg zur Landstraße fuhr, fiel ihr plötzlich ein, daß sie vergessen hatte, die Schublade zuzumachen.

In der Zufahrt der Bodlers standen zwei Autos: der Lastwagen der Zwillinge und ein Pontiac, der Lily bekannt vorkam. Sie sprang vom Fahrrad und lief zur Tür. Sie rüttelte an dem Fliegendraht und rief: «Hallo! Ich bin's, Lily. Ich muß mit Ihnen sprechen!» Während sie in das Haus hineinschrie, wurde ihr klar, daß sie sich vorübergehend erlaubt hatte, sich wie eine Verrückte zu benehmen, diese Erlaubnis aber jeden Moment zurücknehmen konnte, wenn es sein mußte.

Sie schrie weiter: «Lassen Sie mich rein! Es ist wichtig!»

Aus dem nächsten Zimmer kamen schwere Schritte. Frank erschien in der Küche.

«Immer mit der Ruhe», brummte er. Während er über den Küchenboden schlurfte, zog er seine Hose zurecht. Er blieb hinter der Fliegentür stehen, sah sie mit seinen blutunterlaufenen Augen an und grunzte.

«Ich muß noch mal mit Ihnen sprechen, mit Ihnen und mit Dick – über das, was er gesehen hat.» Lily zögerte. Sie sah ihn bohrend an, um die Dringlichkeit ihrer Worte zu betonen, und fügte dann hinzu: «Es könnte um Leben und Tod gehen.»

Sie war sich nicht ganz sicher, aber sie meinte einen Funken Amüsement in Franks Augen zu sehen. «Nu ma langsam», sagte er und sah sie, ohne eine Miene zu verziehen, an. Er machte die Fliegentür nicht auf.

«Mr. Bodler», sagte Lily, «lassen Sie mich rein.»

Frank kratzte sich am Hals. «Dick ruht sich aus.»

«Es dauert nicht lange.»

Frank rieb sich mit dem Handrücken die Nase. Dann hob er langsam den Finger wie jemand, der die Windrichtung prüft, und sagte: «Moment.»

Er verschwand. Während Lily wartete, vernahm sie von drinnen Stimmen. Sie meinte, eine Frauenstimme zu hören, aber Dicks Stimme hatte das Timbre einer Frau, und es mochte er gewesen sein.

Frank kam zurück, bedeutete ihr, ihm zu folgen, sagte aber nichts. Er führte Lily durch den zweiten Raum und stieß dann mit dem Fuß die Tür zum dritten auf. Der Tritt erschreckte sie, und sie machte sich auf alles gefaßt, als sie hinter ihm das Schlafzimmer betrat. Der Raum war unglaublich dunkel. Sie sah nichts außer einem Streifen dunstiges Licht direkt vor ihr. Zwei oder drei Sekunden später wurde ihr klar, daß das Licht von einem Fenster kam, dessen Öffnung von einem hohen Stapel Kisten verdunkelt wurde, und daß der sichtbare

Teil des Glases mit einem dicken gelben Belag überzogen war. Eine unförmige Frisierkommode mit einem halb blinden, schwarz angelaufenen Spiegel darauf stand an der linken Wand, und als Lily hineinsah, entdeckte sie darin die verschwommene Reflexion zweier Menschen auf einem Bett. Die Verzerrung durch den Spiegel verwirrte sie einen Moment, doch dann drehte sie sich nach rechts um und sah Dick Bodler und Dolores Wachobski zusammen auf einem schmalen Bett, das unter ihrem Gewicht durchhing. Dolores saß dicht neben dem liegenden Dick, dessen Kopf von einem nicht bezogenen Kissen gestützt wurde. Am Fußende des Betts standen bolzengerade Dicks Stiefel. Ihre langen, schmutzigen Zungen hingen zwischen verknoteten Schnürbändern heraus und ließen sie entfernt hundeartig aussehen. Dolores trug ein dünnes rosafarbenes, vorne hochgeschlossenes Kleid, und weil dieses Kleid der einzige helle Farbklecks in diesem dunklen Raum voller schmutziger Braun- und Grautöne war, hob sich ihr Körper von allem ringsum ab. Anstelle der erbrechenden, aufgedunsenen, mit Whiskey vollgepumpten Frau von vor drei Tagen saß da jetzt eine gesetzte, nüchterne Person in Rosa. Die Verwandlung erschien so vollständig, daß Lily sie fast übernatürlich fand. Das war nicht die Dolores, die sie neulich nachts geschüttelt und geschlagen hatte. Diese Dolores hier hielt ein Blatt sauber aufgefächerter Spielkarten in beiden Händen, wandte Lily den Kopf zu und sagte: «Du siehst ein bißchen durch den Wind aus, Schätzchen. Stimmt was nicht?» Dann senkte sie den Blick auf ihre Karten. Dick hatte sie weder begrüßt noch durch irgend etwas verraten, daß er sie wiedererkannte. Er hob eine hinter seinem Schenkel versteckte Hand und hielt sich ein paar schmuddelige Karten vors Gesicht. Dann kniff er die Augen zusammen. Lily bewegte sich, fühlte, daß ihr Fuß gegen etwas stieß, hörte ein schwappendes Geräusch und sah auf den Boden. Sie war mit dem Zeh gegen eine Kaffeedose gestoßen, die als Spucknapf diente. Sie roch ranzigen Tabaksaft und war froh, daß sie ihn nicht verschüttet hatte.

Sie versuchte ihre Augen scharf zu stellen. Das diesige Licht und der im Raum schwebende Staub erschwerten das Sehen. Sie spürte, daß ihr nachmittäglicher Elan verflogen war. Die Welt hatte sich verlangsamt und war dann in diesem seltsamen, schmutzigen Zimmer zusammengestürzt. Aber sie sprach dennoch. «Ich möchte Sie etwas über Martin Petersen fragen.» Sie trat einen Schritt auf das Bett zu. Niemand rührte sich. Frank stand vor dem Turm aus Kisten und beobachtete die drei anderen mit leeren Augen. Dolores und Dick sahen in ihre Karten. «Martin Petersen», sagte sie noch einmal.

Nach einer Weile klopfte Dolores aufs Bett. «Spielst du 'ne Runde Rommé mit uns?» Ihre Stimme war hell und klar.

Ich bin müde, dachte Lily, wirklich müde. «Nein», sagte sie. «Ich will nur reden.»

«Dann setz dich», gurrte Dolores. Sie lächelte und deutete mit dem Kopf auf eine Stelle des Betts neben den Stiefeln.

«Ich bleibe lieber stehen», sagte Lily.

Dolores warf den Kopf zurück und lachte höhnisch.

Dick studierte weiter seine Karten. Dann zog er die Augenbrauen hoch, als wäre er überrascht von dem, was er da sah.

Dolores lachte wieder.

Das Lachen klang Lily in den Ohren, auch als es vorbei war. Sie sah Dolores direkt an. «Ich hab's mir überlegt», sagte sie, «rutscht mal.» Sie kletterte über Dicks Beine und schob Dolores mit dem Ellbogen beiseite. «Platz da, Schätzchen», sagte sie mit besonderer Betonung des Wortes ‹Schätzchen›. Unter ihrem Gewicht sank das Bett noch tiefer ein, und einen Moment lang dachte sie, es würde zusammenbrechen. Sie hockte sich in den Schneidersitz und strahlte Dolores an. «Sehr gemütlich», sagte sie.

«Na, wie finden wir denn das!» sagte Dolores. Es war keine

Frage. «'nen Moment lang dachte ich, du hättst 'n kleines bißchen Schiß vor mir oder vielleicht vor Dickie hier?» Sie klopfte auf die Hose des Mannes, und eine kleine, dunkle Staubwolke stieg aus dem Stoff auf.

«Nicht die Bohne», sagte Lily und wackelte in einer übertriebenen Geste des Wohlbehagens mit den Schultern. Dolores' Sarkasmus linderte ihre Schuldgefühle. Sie ist wirklich ein Miststück, dachte sie. «Ich möchte genau wissen, was Sie an dem Tag auf dem Feld gesehen haben, als Sie, wie Sie meinten, Martin Petersen gesehen haben», wandte sie sich schreiend an Dick. Er sah sie nicht an. Draußen zwitscherte ein Vogel drei klare Töne in aufsteigender Folge.

«Warum?» sagte Dolores.

Lilys Bein streifte Dolores' Hüfte. Die Berührung war ihr unangenehm, und sie merkte, daß ihr Gesicht heiß wurde. «Dick», begann sie und verbesserte sich: «Mr. Bodler meint, er habe gesehen, wie Martin Petersen» – sie rieb sich übers Gesicht – «mich» – sie hielt erneut inne – «vorigen Donnerstagabend über das Feld da draußen trug, aber ich war gar nicht hier.»

«Dich?» Dolores warf ihr einen schiefen Blick zu.

«Erinnert Sie das an was?» sagte Lily. «Jesse James zum Beispiel?»

«Nein», sagte Dolores, aber mit verwirrt gekräuselten Lippen.

«Machen wir uns nichts vor», sagte Lily, «es war nicht Jesse James.»

Frank hatte sich ihr zugewandt und kam näher.

Auch Dolores sah sie an und sagte zwischen den Zähnen hervor: «Ich hab Jesse gesehen, und ich hab mich gesehen. Ich weiß, was ich gesehen hab, und ich hab mir vor Angst fast in die Hose gemacht. Es war nicht Martin Petersen, und du warst es todsicher nicht.»

Lily schrie Dick an: «Woher wußten Sie, daß es Martin

war? Wurde es nicht gerade dunkel? Ich will ja nicht behaupten, Sie hätten nichts gesehen, aber wie konnten Sie sich so sicher sein? Im Polizeibericht von voriger Woche stand eine Meldung über einen Mann, der in der Nähe der Stadt eine verletzte Frau trug. Es ist dieselbe Geschichte, sehen Sie das nicht? Ich habe ihn dabei.» Sie kramte in ihrer Gesäßtasche nach dem Zeitungsausschnitt und wedelte damit vor Dolores hin und her. «Sie haben doch nicht die Polizei gerufen, oder?»

«Diese Clowns ruf ich nie», sagte Dolores. Sie nahm Lily den Ausschnitt ab, starrte darauf und sog die Wangen ein.

Frank trat zu Dolores und streckte die Hand nach dem Zeitungsausschnitt aus. Sie gab ihn ihm, und er brachte mindestens eine Minute damit zu, ihn zu lesen. Kindergartentempo, dachte Lily. «Möchte wissen, wem sein Schwein das war», sagte er schließlich.

«Du meinst, Marty Petersen läuft mit 'ner Toten in der Stadt rum und daß ich ihn gesehen hab?» sagte Dolores. «In Cowboyklamotten? Daß es keine Visionen waren? Willste das damit sagen?»

«Vielleicht», sagte Lily. «Ich bin mir nicht sicher.»

«Was ist mit der Musik? Ich hab Musik gehört.»

Lily ignorierte sie.

Noch immer das zerknitterte Stück Zeitungspapier in der Hand, setzte Frank sich auf eine Kiste mit Stapeln von Zeitschriften und spuckte in die Kaffeedose. «Der Junge is mit dünnem Blut auf die Welt gekommen», sagte er. «Das liegt bei uns in der Familie.» Er sprach langsam.

«Von wem redet er?» fragte Lily Dolores.

«Wohl von Marty.»

«Sie und Martin sind verwandt?» sagte Lily laut.

Frank nickte. «Wie gesagt, er hat's geerbt, dünnes Blut, wie bei 'ner Frau, wenn Sie verstehn, was ich meine, 'n bißchen wie Dick hier.» Bei der Erwähnung seines Bruders sprach er leiser. «Bloß daß Dick nich klug is, und Marty is verdammt klug und geschickt, nich nur mit den Händen. Er liest 'ne Menge Bücher, kommt her und blättert alle durch, die wir reinkriegen, um zu sehen, ob er welche davon will, und nimmt mit, was ihm gefällt. Er macht sich 'ne Menge Gedanken über alles, und wenn das verwünschte Stottern nich is, labert und labert er, bis ich es nich mehr aushalte. Wenn er mal in Fahrt kommt, isser 'ne richtige Quasselstrippe.»

Lily unterbrach ihn. «Wie sind Sie denn verwandt?»

Frank sah sie an. «Unsre Mutter und Martins Großmutter warn Schwestern.»

«Das wußte ich ja noch gar nicht.»

Frank nickte. «Norwegerinnen», sagte er. «Die Mädchen sind hier geboren, aber ihre Eltern kamen aus 'nem kleinen Nest am Sogne-Fjord namens Underdahl. Den Namen ham sie übernommen: Underdahl.» Lily betrachtete Franks Hinterkopf im Spiegel und sah, wie seine kahle Stelle sich in der Spiegelung wellte.

Dolores sah Lily an. «Wie du.»

«Es gibt viele Namen mit Dahl», sagte Lily, als würde eine Erklärung von ihr erwartet. «Das heißt auf norwegisch ‹Tal›. Overdahl, Grondahl, Folkedahl – es gibt eine Menge davon.» Ihr fiel auf, daß sie die Stimme gesenkt hatte. Sie wußte, daß es albern war, aber die zufällige teilweise Übereinstimmung ihres Namens mit Helen Bodlers Mädchennamen verstörte sie.

«Stimmt», sagte Dolores. «Ich bin mit 'nem Mädchen namens Hallingdahl in die Schule gegangen.»

Alle schwiegen. Helen Underdahl, dachte Lily und stieß auf. Es war ein lautloses Aufstoßen, aber sie schmeckte Erbrochenes in ihrem Mund und schluckte, um den Geschmack loszuwerden. Sie sah Frank an und sagte mit lauter, gemessener Stimme: «Glauben Sie, daß Martin fähig ist...» Sie hielt inne. «Könnte Martin jemandem weh tun?»

Frank beugte sich auf der Kiste vor. «Die Wahrheit is, Miss

Dahl, daß man über gar niemand mehr was wissen kann, oder? Mir scheint, Sie selbst könnten jemand weh tun, wenn Zeit und Ort stimmen. Is doch so, oder? Sogar von denen, die einem am nächsten stehn, kann man's nich wirklich wissen. Eines Tages wachst du auf und findest es raus. Die Leute sagen: ‹Is nich möglich, kann nich passieren.› Aber du lebst 'n bißchen weiter, und schon passiert's.» Frank nickte. «Die Leute stecken voller Überraschungen. Ich hab 'ne Menge Dinge gesehn, die eigentlich nich passieren durften, Miss Dahl, und es is nich leicht zu sagen, wer schuld is. Liegt in der Natur der Dinge. Es kommt der Tag, wo du morgens aufwachst und aus dem Fenster kuckst und nichts siehst wie Heuschrecken, so viele, daß sie den Himmel verdunkeln. Und dann, bevor du dich versiehst, setzt 'ne Trockenheit ein, und deine Felder verbrennen, so sicher, wie wenn du dein eigenes Getreide mit 'ner Fackel anzündest. Das liegt dann einfach an der Natur, aber dann geht der Eierpreis so weit runter, daß es sich nicht mehr lohnt, welche zu verkaufen. Die Aufzucht der Küken kostet mehr. Und wer ist schuld dran, Miss Dahl? Diese Politiker in Washington, die 'ne Färse nich von 'nem Ochsen unterscheiden können?» Frank schüttelte den Kopf und schob sich ein Stück Tabak in die Backe. Er kniff die Augen zusammen. «Und dann kommt der Tag, wo so 'n gottverdammter Inspector aus dem gottverdammten Minneapolis in seinem dicken Auto angefahren kommt und dir sagt, du mußt deine Tiere schlachten, alle bis zum letzten. Maul- und Klauenseuche, sagt er. Aber es stellt sich raus, Miss Dahl, daß sie nich krank waren. Die Kühe waren nich krank.» Er hob Lily eine Faust entgegen. «Und dann kommt der Tag, wo du deine eigenen Leute nich kennst, wo du nich weißt, wer sie sind oder was sie denken, und das is das schlimmste. Sie kehren dir den Rücken und lassen dich einfach im Stich. Is egal, daß du ihnen nichts getan hast. Du bist irgendwie drin verwickelt, und nur darauf kommt es an. Mitleid is billig, Miss Dahl, und wer Mitleid hat, kommt einem nich gern zu nah. Der steht 'n gutes Stück weg, schnalzt mit der Zunge und schüttelt den Kopf, aber er macht sich nich die Hände schmutzig, und das is nich viel, wenn du nur noch 'n Fleckchen Land übrig hast mit dem Zeichen des Teufels drauf.» Er nickte. «Die Leute überraschen einen. Das is alles. Sie fragen mich, ob der Junge was Böses tun könnte. Und ich sage, jede Wette, aber deswegen is er noch nich viel anders als alle andern.»

Lily sah Frank an. Die Länge seiner Rede hatte sie in Erstaunen versetzt. Leise sagte sie: «Martin hat die Wand voller Bilder und Artikel über Tote – Ermordete – hängen. Wußten Sie das?»

«Denken Sie, das ist schlimmer, wie wenn man die Bilder hier oben drin hat?» Frank tippte sich mit dem Finger an die Schläfe.

Lily hatte einen trockenen Mund. «Ich ... ich weiß nicht», sagte sie.

Dick regte sich auf dem Bett, und als Lily sich zu ihm umdrehte, sah sie, daß er sich aufsetzte. Er ließ die Karten los und sah zu, wie sie auf seinen Schoß und aufs Bett fielen. Bis dahin, hatte sie das Gefühl, war der Mann abwesend gewesen, ganz versunken in die Zahlen und Figuren auf den Karten in seiner Hand. Sie wußte nicht, was er mitbekommen und was er nicht mitbekommen hatte, aber nun nahm sein Gesicht einen freudigen Ausdruck an. Er warf den Kopf zurück, öffnete den Mund und begann lautlos zu lachen. Sein Kinn bewegte sich auf und ab. Er schlang die Arme um sich und fing an, auf dem Bett vor und zurück zu schaukeln, wobei er mit den Schultern die beiden Frauen anrempelte. Lily rutschte von ihm weg und stieß mit dem Knie gegen Dolores' Schienbein.

«Das hat nix zu bedeuten», sagte Dolores zu Lily. «Is bloß eine seiner Eigentümlichkeiten.» Sie lächelte. «Eigenheiten. Ab und zu überkommt's ihn – einfach so.» Sie schnippte mit den Fingern. «Ich glaub, wir sollten ihn allein lassen. Frank is der einzige, der ihn da rausholen kann, wenn es nich von selbst aufhört.»

Lily sah Dick an und schrie: «Ich muß jetzt gehen, Mr. Bodler.»

Der Mann hörte sofort auf zu schaukeln, blickte ihr direkt ins Gesicht und sagte: «Sie gehn?» Er sah zu seinem Bruder. «Miss Underdahl geht?»

«Dahl», sagte Frank. «Bloß Dahl.» Er sprach nicht laut genug für Dick. Lily wußte, daß er die Berichtigung nicht für seinen Bruder, sondern für sie eingeschoben hatte.

Sie kletterte über Dicks Beine und stieg vom Bett. Sobald ihr Fuß den Boden berührte, verfiel er wieder in sein Schaukeln und sein lautloses Lachen. Lily sah, wie ihr Bild sich in dem dunklen Spiegel vor ihr wellte, und wandte sich von dem Anblick ab. Dabei bemerkte sie, daß Dolores Dick einen freundlichen Klaps aufs Bein gab, als sie sich zur Bettkante schob. Ihr Kleid blieb an der Matratze hängen, rutschte über den Schenkel hoch und enthüllte den Rand eines Strumpfs und einen Strumpfhalter. Lily fiel ein, daß Dolores neulich nachts keinen angehabt hatte.

Sie schüttelte Frank die Hand und widerstand dem Impuls, die Hand an ihrer Jeans abzuwischen. Dann bemerkte sie, daß Dick ihr winkte, und begriff, daß auch er sich verabschieden wollte. Sie streckte ihm die Hand hin. Er nahm sie, und Lily spürte seine warme, fettige Handfläche in ihrer, und als sie ihn ansah, bemerkte sie in seinen Augen einen Funken des Erkennens. Er muß mich mit jemand anderem verwechseln, dachte sie.

Zu keiner Neugier mehr fähig und irgendwie verletzt, starrte sie auf den Markennamen Folgers auf der Kaffeedose neben ihren Füßen. Die Brüder zu sehen und Frank zuzuhören hatte an irgendeine alte Wunde in ihr gerührt, und obwohl sie den Schmerz deutlich spürte, wußte sie nicht, was ihn verursacht hatte. Sie ging hinter Dolores aus dem Zimmer, und als sie den zweiten Raum durchquerte, bemerkte sie durchs Fenster die Pfingstrosen. Eine dicke, dahinwelkende Blüte drückte sich gegen die schmutzige Scheibe.

Auf der steinernen Stufe vor der Tür blinzelte Lily ins Sonnenlicht und sah eine Libelle, die neben ihrem Knie schwebte und dann nach rechts zu einem der Müllhaufen davonflog. Als sie sich Dolores zuwandte, bemerkte sie, daß die Frau draußen anders aussah. Der Wind blies ihr das rosa Kleid gegen die Schenkel, und die feinen Falten in ihrem Gesicht waren deutlich sichtbar.

«Bist du mit dem Auto da?» sagte Dolores.

«Nein, mit dem Fahrrad», sagte Lily und zeigte darauf.

«Geh und hol's. Ich nehm dich mit. Wir legen es in den Kofferraum.»

Lily antwortete nicht. Sie fühlte sich bewegungsunfähig und starrte auf einen Autoreifen auf einem Müllberg. Dann hob sie den Blick zu den Telefondrähten an der Straße und sah eine Reihe Spatzen dort sitzen – lauter kleine, dunkle Körper. Einer drehte, von einem nicht wahrnehmbaren Geräusch oder einer Bewegung alarmiert, abrupt den Kopf nach links, und im nächsten Augenblick breiteten alle die Flügel aus und flogen auf in den Himmel.

«Los», sagte Dolores. «Jetzt hol schon das verdammte Fahrrad.»

Dolores fuhr schnell, und Lily hörte ihr Rad hinten im Kofferraum scheppern. Sie starrte aus dem Fenster und dachte an das Mädchen-T-Shirt unter Martins Schreibtisch. Es ist ihres, dachte sie. Sie roch Stinktiergeruch von der Straße draußen und wandte sich zu Dolores um. Jedesmal, wenn ich sie treffe, sieht sie anders aus. Es könnte der Alkohol sein, aber man kann sich Persönlichkeit doch nicht aus einer Whiskeyflasche einflößen, oder? Sie musterte den Schoß der Frau, die Schenkel unter ihrem Kleid. Sie prüfte ihre Gefühle, aber sie empfand nichts, gar nichts.

«Du bist gehetzt», sagte Dolores plötzlich. «Das seh ich dir an.»

«Was meinen Sie damit?»

«Das, was ich sage. Du bist gehetzt.»

«Das würde ich nicht sagen», log Lily in Richtung Straße.

«Ich schon», sagte Dolores. «Der einzige, der hier nicht sauber tickt, ist Dickie. Das hast du doch gemerkt, oder?»

«Er ist ein merkwürdiger Mensch», sagte Lily. «Aber Sie eigentlich auch.»

Dolores öffnete den Mund, und nach einem Moment lachte sie. «Ich?»

«Auch Ed hat gesagt, Sie wären ungewöhnlich oder erstaunlich oder so etwas Ähnliches. Er weiß nicht so recht, was er von Ihnen halten soll.»

Dolores lächelte. «Das ist nicht dasselbe wie merkwürdig, Schätzchen. Er ist doch selbst 'n komischer Kauz, findest du nicht?»

«Ed?»

«Ja, Ed.» Dolores äffte Lilys Aussprache seines Namens nach, und diese kleine Grausamkeit war Lily eine Warnung. «Der Typ ist doch die meiste Zeit gar nicht vorhanden, wenn du weißt, was ich meine.»

«Nein, weiß ich nicht», sagte Lily. Aber sie log.

«Er lebt in diesen Bildern da. Das müßte dir doch inzwischen aufgegangen sein. Ab und zu lockt ihn dann sein Pimmel davon weg.»

Lily erstarrte. «Das denken Sie also?»

«Ja. Ist doch nix dabei.»

«Er hat sich neulich nacht ziemliche Sorgen um Sie gemacht, und ich glaube nicht, daß das etwas mit Sex zu tun hatte. Wenn er nicht gewesen wäre, wären Sie unten am Fluß in Ihrer eigenen Kotze aufgewacht.» Lilys Stimme bebte.

«Ich hab aufgehört zu saufen, falls dir das noch nicht aufgefallen ist.»

«Doch, ist es. Ich war neulich auch dabei.»

«Ich weiß», sagte Dolores. Sie lächelte Lily an. «Ich meine bloß, wenn ich nicht auf dem Bild da wär, würde er sich einen Dreck um mich scheren.»

«Ich bin auf keinem Bild, und trotzdem bedeute ich ihm etwas», sagte Lily.

Dolores lächelte. «Wie alt bist du, Schätzchen, achtzehn?»

«Neunzehn», sagte Lily.

Dolores nickte. «Und unser Malerfreund, der ist so ungefähr fünfunddreißig, meinst du nicht?»

«Vierunddreißig.»

«Der Mann hat Sachen auf Lager, von denen du noch nicht mal geträumt hast.»

Lily setzte sich auf ihre Hände und sah aus dem Fenster. Sie sprach langsam. «Kürzlich, in Eds Zimmer, als Sie sagten, er hätte eine wüste Seite, was haben Sie da gemeint?»

«Wenn du's nich selber weißt, werd ich's dir todsicher nich verklickern. Das ist Gott sei Dank nich mein Job.»

Eine oder zwei Minuten fuhren sie schweigend. Lily betrachtete durch ihr Fenster die Felder unter dem weiten Himmel. Dann sagte sie: «Warum haben Sie sich vor Ihrer Mutter versteckt, als Sie klein waren?»

«Das hat er dir wohl erzählt.»

Lily nickte. «War es eine Art Spiel?»

Dolores' Fuß trat das Gaspedal durch, und der Wagen beschleunigte. «Hat er dir das auch erzählt? War wohl idiotisch von mir zu glauben, er würde es für sich behalten. Ein Spiel? Na schön, wir haben ein Spiel gespielt. Ich hab mich verirrt, und er hat mich gefunden. Ich hörte ihn rumstapfen und richtig scharf werden...»

Lily unterbrach sie. «*Das* hat er nicht erzählt. So was würde er nie erzählen.» Der Kummer in Dolores' Stimme war unüberhörbar, und Lily bereute ihre Frage.

Eine Weile sprach keine von beiden.

«Nimm's nich so tragisch», sagte Dolores schließlich. «Es gibt viel Schlimmeres auf der Welt als diese Art Spiel. Schau, hier in der Stadt gibt's 'n Haufen Männer, die mögen Spiele, die keiner mit ihnen spielen will. Ich muß es ja wissen. Ich schade keinem damit, und für sie ist es ein Trost. Ich schäm mich nich dafür.» Sie hielt inne. «Das Komische daran ist, daß man sogar Verrückte in Typen einordnen kann. Es gibt eben nix Neues unter der Sonne. Das macht einen irgendwie nachdenklich.» Dolores hob eine Hand und schlug damit leicht aufs Lenkrad.

«Aber Verstecken ist Ihr Spiel, Dolores, nicht Eds.»

Dolores fuhr langsamer. «Gehören immer zwei dazu, Schätzchen.»

Doch Lily sah, daß das Gesicht der Frau unter einem Ansturm von Gefühlen erschlaffte. Sie sieht besser aus, wenn sie gemein ist, dachte sie. Dolores überquerte langsam den Bahnübergang, und Lily drückte die Nase ans Fenster. Als sie sich wieder zu Dolores umwandte, war deren Gesicht gerötet und feucht, vielleicht von Tränen, aber Lily konnte keine Tropfen in ihren Augen sehen.

Als sie in die Division Street einbogen, sagte Dolores: «Ich hab kein Geld dafür genommen, verstehst du. Nur fürs Modellstehen.»

«Gut», sagte Lily. Der Wagen hielt vor dem Ideal Café, und Lily fiel ein, daß sie keinen Job mehr hatte. Ich sollte lieber versuchen, mich mit Vince zu versöhnen, dachte sie, öffnete die Wagentür und schlug sie zu. «Danke», sagte sie zu Dolores, die in einer ebenso dramatischen wie ärgerlichen Pose über dem Steuer zusammengesunken war. «Was ist los mit Ihnen?» fragte Lily in scharfem Ton.

Dolores hob den Kopf und sah sie mit großen, aufrichtigen Augen an. «Sag der alten Dame vielen Dank für das Essen und die Sachen.»

«Was?» sagte Lily.

«Die Sachen, die sie mir am Sonntag morgen vorbeigebracht hat. Das war wirklich sehr nett von ihr. Mir ging's an dem Morgen nich so gut, drum war ich nicht sonderlich redselig, aber sie ist 'ne anständige Frau, und ich möchte, daß du ihr das ausrichtest. Sag ihr, ich bin froh, daß sie mir das erzählt hat. Sie weiß dann schon, was ich meine.» Sie lächelte süßlich. Dann warf sie ihr langes Haar über die Schulter zurück und sagte mit vor falscher Weiblichkeit trällernder Stimme: «Bis irgendwann mal.» Sie zog ihr Kleid über die Knie hinunter, schob ihren Hintern auf dem Sitz zurecht und drehte den Schlüssel um. Lily trat vom Fenster zurück und hätte Dolores glatt mit ihrem Fahrrad wegfahren lassen, wenn sie es nicht im halboffenen Kofferraum gesehen hätte. «Halt!»

Lilys Schrei und die anschließende Tortur, das Seil zu lösen und das Fahrrad aus dem Kofferraum zu heben, blieben nicht unbemerkt. Es war nicht klar, ob Dolores auffiel, daß die Gäste im Ideal Café sie anstarrten, oder ob sie sah, daß Beulah Bjornson wie angewurzelt vor Tinys Zigarettenladen stehenblieb, um sie zu beobachten. Wenn ja, dann ließ sie es sich nicht anmerken, und Lily konnte nicht umhin, ihre Sturheit zu bewundern, auch wenn sie nur gespielt war. Sie hielt ihr Fahrrad an der Lenkstange fest und sagte: «Danke, Dolores.» Dann fügte sie hinzu: «Ehrlich», weil sie es aus irgendeinem Grund wirklich so empfand.

Während Lily ihr Rad zum Fenster des Cafés schob, sah sie hinein. Zwei Frauen mittleren Alters starrten sie von Martins Tisch her an, und ehe Lily Zeit hatte, den Impuls zu unterdrücken, hatte sie den Fahrradständer heruntergeklappt und starrte mit Glotzaugen zurück. Sie steckte die Daumen in die Ohren und wackelte mit den Fingern. Es war albern und kindisch, aber während sie durch die Scheibe auf die zwei entgeisterten Gesichter sah, konnte sie sich das Gefühl nicht verkneifen, daß es sich gelohnt hatte.

Drei

ALS Lily die Treppe hinaufging, hörte sie dumpfe Geräusche aus Mabels Wohnung. Sie müßte jetzt eigentlich bei Ed sein, dachte Lily. Irgendwas ist schiefgegangen. Mabel war schweißgebadet, als sie ihr die Tür aufmachte, und Lily wurde klar, daß sie die Frau noch nie, auch nicht bei der größten Hitze, hatte schwitzen sehen, aber jetzt standen ihr Schweißperlen auf der Oberlippe, und ihre Stirn glänzte feucht. Sie trug ein großes weißes Hemd mit bis zu den Ellbogen aufgerollten Ärmeln, und ihre dünnen weißen Arme zitterten.

«Mabel», sagte Lily. «Was ist los?»

«Ich habe alles wieder zurückgestellt.» Sie deutete mit einer schlaffen Hand ins Zimmer und seufzte. «Das ganze Zimmer... Ich wußte einfach nicht mehr, wo ich war. Es war so dumm von mir. Ich dachte, es sei Zeit für eine Revolution, weißt du, eine neue Ordnung, aber dann fand ich es furchtbar, einfach furchtbar... Ich war so unglücklich mit dem Sofa da drüben.» Sie zeigte hin. «Es war, als würde man mit fünfundsiebzig versuchen, Russisch zu lernen. Ich habe es probiert. Aber mein Gehirn war schon so verkalkt, und ich kam einfach mit den Fällen nicht zurecht, und noch weniger mit den Lauten. Das hätte mir eine Lehre sein sollen, aber nein, ich mußte schlau und wagemutig sein und alles umkrempeln. Da haben meine Nerven dann einfach nicht mehr mitgemacht, und diese ganzen schweren Möbel umzustellen ...»

«Du hast die Möbel umgestellt? Wann hast du denn das getan? Spinnst du? Du hättest mich bitten sollen, dir zu helfen.» Lily sah auf Mabels Hände. Die Knöchel waren rot und geschwollen. Sie betrachtete Mabels Gesicht. «Dolores bedankt sich für das Essen, und ich soll dir ausrichten, sie sei froh, daß du ihr das erzählt hast, du wüßtest schon, was.»

«Dann hast du sie also auch besucht?» Mabel sah sie scharf an.

«Nein, ich habe sie zufällig bei Frank und Dick Bodler getroffen.»

Mabel sah verwirrt aus. «Du meinst doch nicht diese Männer mit den Lumpensäcken, die aussehen, als wären sie gerade aus einem Bergwerksstollen gekrochen?»

«Doch», sagte Lily und verschränkte die Arme. Dann sagte sie sanft: «Warum hast du Dolores besucht?»

«Ich wollte sie etwas über Ed und das Porträt fragen.»

«Warum hast du nicht ihn gefragt?»

«Ich wollte es von der Gegenseite hören. Und ich wollte etwas über die Geister erfahren.» Mabel wischte sich die Oberlippe ab. «Ich muß mich setzen.» Sie sank aufs Sofa und streckte seufzend die Beine aus.

Lily setzte sich neben sie. «Was hat sie gesagt?»

«Gar nichts. Nur ich habe geredet. Aber ich glaube, sie hat mich verstanden. Ich war mir nicht sicher.»

«Jetzt ist sie putzmunter», sagte Lily.

«Das mit dem Porträt macht mir zu schaffen, Lily.» Mabel rieb sich sanft die Wange, als wäre es die Haut einer anderen. «Ich weiß gar nicht, was ich machen soll. Du solltest es jetzt mal sehen. Wir haben heute wieder gearbeitet. Es ist, es ist, oh, ich weiß nicht, wenn ich es ansehe, bin ich bestürzt. Mir ist völlig klar, daß kein Mensch sich in irgendeiner Weise für die Identität der alten Dame in Edward Shapiros Gemälde interessieren wird, und doch habe ich das Gefühl, daß ich in eine Krise gerate, die ein Teil von mir herbeigewünscht hat und der ein anderer sich widersetzt. Ich bin mir nicht sicher, ob Ed das richtig versteht. Ich bin mir nicht einmal sicher, ob er weiß, was er da tut, aber er hat etwas Aggressives an sich, nicht in seinem Verhalten, verstehst du, sondern in seiner Arbeit – er trifft einen ins Mark.» Mabel schluckte. «Er hat seine Frau gemalt. Wußtest du das?»

Lily schüttelte den Kopf.

«Es war der Anfang vom Ende ihrer Ehe.»

Lily sagte nichts.

«Anscheinend fing es gut an, und dann ging irgend etwas schief. Er hat es mir nicht im einzelnen erzählt, aber weißt du, was er gesagt hat?»

«Nein.»

«Er hat gesagt, er hätte sie *erkannt*, wirklich erkannt.» Mabel sah ihr in die Augen.

Lily wandte den Blick ab und schaute zum Fenster. Sie fragte sich, was Ed wohl erkannt hatte und warum sie es so bestürzend fand, aber sie sagte: «Es ist nur ein Bild, Mabel. Du regst dich über nichts auf.» Sie starrte in Mabels bleiches Gesicht und redete sanft auf sie ein. «Ist es die Geschichte in den Kästchen?»

Mabel wandte sich ab. Weder nickte sie, noch gab sie Antwort.

«Zum Teil», sagte sie schließlich leise.

Da kam Lily plötzlich ein Verdacht. «Ich wäre vorsichtig mit dem, was du Dolores erzählst. Du solltest ihr nicht trauen, Mabel. Sie könnte leicht alles, was du sagst, dem Mädchen ausplaudern, das sie bei Miriam manikürt, oder Willy, dem Schuhmacher, oder sonstwem!»

«Ich bin mir nicht sicher, ob sie so ist, Lily.» Mabel lächelte mit geschlossenem Mund. Ihre Augen glänzten, und sie strich sich eine Haarsträhne aus der Stirn.

Lange saßen die zwei Frauen schweigend nebeneinander auf dem Sofa. Lily dachte an ihre Kündigung und an die Probe und daran, daß Martin im Kunstverein sein würde, und dann erzählte sie Mabel von ihm. Es war nur ein Teilgeständnis, denn sie ließ Einzelheiten aus, die zum festen Bestandteil der Geschichte geworden waren, obwohl sie eigentlich nicht dazugehörten: Helen Underdahl-Bodler und die Schuhe, die sie, Lily, gestohlen und verbrannt und vergraben hatte; Dolores im Gras; Dick und Frank in diesem Haus. Aber sie erzählte ihr von der Serviette und dem Plan, von Becky Runevold und dem Schaukelstuhl. Sie erzählte ihr, daß sie von der Arbeit weggelaufen war und in Martins Haus herumgeschnüffelt und das T-Shirt gefunden hatte. Mabel hörte gebannt zu. Sie hörte so konzentriert zu, daß ihr schmaler Körper ganz angespannt war, und als Lily zum Ende kam, hob sie das Kinn, starrte auf ein blaues Holzei, das in einer Schale auf dem Couchtisch lag, und sagte: «Es gibt alle möglichen Erklärungen für dieses T-Shirt. Das siehst du doch ein, oder?»

Mabels Worte hallten in Lilys Kopf nach. Sie erinnerte sich daran, wie sie den blauen Stoff befühlt und gespürt hatte, daß er mit einem Makel behaftet war, dem Zeichen für etwas Unsägliches. Warum war sie sich so sicher gewesen, daß das T-Shirt dem Mädchen gehört hatte, das die Leute sahen? Warum war ihr nicht der Gedanke gekommen, es könnte jemand anderem gehören: Martins Schwester oder einer Freundin? Sie sah Mabel an. «Ja», sagte sie. «Aber ich spüre, daß da etwas ist...»

Die Frau faltete die Hände im Schoß und sagte: «Ja, da ist etwas. Ein Verstand, der Löcher in die Welt brennt.»

Lily antwortete nicht darauf, doch sie leugnete nicht, daß der rätselhafte Satz für sie eine Art Sinn ergab.

«Könnte ich heute abend bei der Probe dabeisein?» sagte Mabel. «Ich möchte sowieso gern zuschauen, aber vielleicht, wenn ich ihn sehe...» Sie beendete den Satz nicht.

«Ich glaube, das ist eine gute Idee.» Lily brauchte eine Verbündete, sie wollte Martin nicht allein gegenübertreten. «Er verhält sich, als hätte er mich irgendwie in der Hand», fuhr sie fort, «wie ein Erpresser oder so.» Sie unterbrach sich. Du warst es, wiederholte sie stumm und starrte auf den Fußboden. Die Möglichkeit, so verrückt sie auch war, daß sie das Bewußtsein und das Zeitgefühl verloren, ein wesentliches Ereignis falsch erinnert oder vergessen haben könnte, ging ihr wie eine kleine Melodie durch den Hinterkopf. Nicht, daß sie Martins Worte jetzt als die Wahrheit akzeptiert hätte, aber sie gestand sich zum erstenmal Unsicherheit ein und nahm sie als einen störenden Ohrwurm des Zweifels wahr, wie einen stupiden Refrain aus einer Fernsehwerbung oder einen Popsong, den man summt, fast ohne es zu merken, und wenn man versucht, ihn aus dem Kopf zu bekommen, gelingt es nicht.

MARTINS Schnittwunden mußten gut verheilt sein, denn er gebrauchte seine Hände auf der Bühne und auch sonst, ohne sie zu schonen. Mabel saß die ganze Zeit über auf einem Klappstuhl in der zweiten Reihe, und Lily sorgte sich schon, daß es für die Frau nichts zu sehen gab – zumindest nicht an Martin. Sie beobachtete ihn ja auch und sah einen unauffälligen, kooperativen jungen Mann, der einen guten Spinnweb abgab. Er starrte ein bißchen zuviel und blinzelte zuwenig, aber na und? Daran waren alle gewöhnt. Sie begann sich zu wünschen, daß er irgend etwas Entlarvendes tun oder sagen würde. Sie hoffte, er würde ihr noch ein Briefchen zustecken, das sie Mabel zeigen könnte, oder vor dem versammelten Ensemble eine Szene machen. Während sie hinten auf der Bühne so tat, als schliefe sie, und ihr rechtes Auge gerade so weit offenhielt, daß sie sehen konnte, wie Martin Zettels Eselskopf tätschelte, hörte sie Mabel lauthals lachen, und sie stellte sich vor, Martin würde plötzlich aus seiner Rolle als

Spinnweb fallen, sich den Zuschauern zuwenden und gestehen. Den genauen Inhalt des Geständnisses malte sie sich nicht aus, aber in ihrer Phantasie schockierte er das Publikum. Sie sah ihn mit rotem Gesicht, wild um sich schlagend und stotternd vor sich. Als die Elfen von der Bühne abtraten, war Lilys Geschichte so weit gediehen, daß die komplette Truppe sich auf ihn stürzte und ihn zur Polizeiwache schleppte. Danach beschloß Lily, ihrem Glück auf die Sprünge zu helfen.

Sie ergriff ihre Chance, als die Probe beendet war und Martin mit drei Kostümen auf dem Arm an ihr vorbeiging. Er lief in Richtung Treppe, und obwohl sie nicht allein waren – Jim, Denise und Oren unterhielten sich direkt hinter der Tür –, trat Lily an ihn heran und sagte mit gepreßter, aber ruhiger Stimme: «Ich weiß, was du getan hast.»

Martin blieb stehen und wandte sich ihr zu. Er starrte sie an, aber sein Gesicht verriet nichts.

«Ich sage dir, ich weiß es», wiederholte sie.

Martin nickte, sagte aber nichts.

Hinter ihm sah Lily Mabel stehen. Ihre Blicke begegneten sich, und im selben Augenblick wurde Lily klar, was sie getan hatte. Sie hatte nicht nur gelogen. Sie hatte so getan, als wüßte sie etwas, was sie nicht wußte, und ihr fiel ein, daß diese List sie in Gefahr bringen konnte. Martin schien durch sie hindurchzusehen, während er sich anschickte zu sprechen. Sein Mund bewegte sich, und seine verbundene Hand umklammerte den blauen Stoff der Kostüme. Er bedeutete ihr mit einer Kopfbewegung, mit ihm zur Seite zu treten, und fing an zu reden. Bei den ersten Silben stotterte er heftig, aber die Wörter waren deutlich genug zu verstehen, und als Lily sie gehört hatte, fühlte sie sich wie nach einem harten Schlag in den Magen. «Du warst also in der Höhle und hast sie gesehen.» Er hielt inne und legte den Kopf schief. «H-h-hast du erwartet, ich würde leugnen?» Dann sah er auf seine Schuhe hinunter. «Du hast sie doch nicht angefaßt, oder?»

Lily schüttelte den Kopf, aber nicht als Antwort auf Martins Frage. Ihr wollte nicht in den Kopf, was sie da gehört hatte. Hat er wirklich das gesagt, was ich glaube, gehört zu haben? Martins Worte waren so schnell verhallt, und niemand sonst schien sie mitbekommen zu haben. Denise stand kichernd vor Jim, und Lily sah, daß Martin sich umdrehte und mit den Kostümen davonging, während Mrs. Wright für Donnerstag die Kostümprobe ansagte. «Wir sind nah dran, Leute, sehr nah. Ihr habt zwei freie Tage, also ruht euch gut aus und bereitet euch auf ein anstrengendes Wochenende vor. Am Donnerstag gibt es keine Unterbrechungen. Wenn ihr Fehler macht, ist es wie bei einer richtigen Vorstellung, macht einfach das Beste draus.»

Mrs. Wrights Stimme klang weit entfernt. Lily rührte sich nicht. Sie hörte Geplauder und Schritte und dann, wie jemand den Triangel anschlug, der sonst den Auftritt der Elfen einläutete.

Es war Mabel, die den Entschluß faßte, Martin zu folgen. Lily berichtete ihr mit einer Stimme, die sie selbst kaum wiedererkannte, von dem Gespräch. Sie wußte nicht, wie sie es überhaupt schaffte, diese Worte zu wiederholen, aber sie tat es, und dann fragte sie sich, ob sie sie wirklich glaubte. Die zwei Frauen saßen zusammen in Mabels altem Saab und warteten darauf, daß Martin herauskam. Nach ein paar Minuten erschien er. Sie beobachteten, wie er sich von Mrs. Baker verabschiedete und wie die Frau ihm liebevoll auf die Schulter klopfte. Er ging langsam und mit gesenktem Kopf zu seinem Wagen, wobei seine bandagierte Hand in der Dunkelheit sehr bleich aussah. Dann stieg er ein und fuhr davon. Mabel ließ den Transporter einen Häuserblock vorfahren, dann bog sie mit dem Saab auf die Straße ein und folgte Martin aus der Stadt hinaus.

«Er hat weder Zettel noch sonst jemanden auf der Bühne wirklich berührt», sagte sie.

Lily war es schleierhaft, wie Mabel jetzt über das Stück sprechen konnte, aber sie unterbrach sie nicht.

«Hast du das bemerkt?» Mabels Stimme war ein wenig heiser. «Dahinter steckt offenbar eine bewußte Entscheidung, und zwar eine kluge, denn so wirken seine Gesten wie Zauberei. Er ist zwar nahe herangegangen, aber es gab nie eine richtige Berührung. Seine Bewegungen haben mich an einen Pantomimen erinnert.» Mabel hielt inne. «Es war, als hätte er die Umrisse von Dingen in seiner eigenen unsichtbaren Welt nachgezeichnet, als hätte er die Abmessungen wirklicher Menschen und wirklicher Dinge vergessen. Ich nehme an, dem Schauspieler, der Zettel spielt, ist das gar nicht aufgefallen, weil er diesen Eselskopf aufhat.»

Lily faltete die Hände und preßte sie in ihren Schoß. Sie dachte an den Kuß, den sie Martin gegeben hatte, als er an seinem ersten Probentag von der Bühne abgetreten war, und wie sein Gesicht dabei ausgesehen hatte. Der Mond war fast voll und schien mit ihnen dahinzusegeln, während sie, zwei Autos zwischen sich und ihm lassend, hinter Martins Wagen herfuhren. Lily erinnerte sich an den Riegel auf der Kiste, die Martin auf seinen Plan gezeichnet hatte. Es war ein Griff, oder? Zu groß für eine Truhe. Aber es war auch keine Truhe. Vor ihnen leuchtete Martins linker Blinker rot auf, und der Transporter bog auf die Old Dutch Road ein. Mabel fuhr langsamer, wartete, bis der Wagen knapp hundert Meter weiter hinter dem Hügel verschwunden war, und folgte ihm dann. Als der Saab auf der Hügelkuppe ankam, schaute Lily hinunter und sah keine Lichter und keinen Wagen.

«Wo ist er hin?» Durch ihr offenes Fenster roch sie den Bach und Dünger und Heu von der Farm jenseits der Straße. «Da ist er.» Der Transporter war an einer Böschung abgestellt – zwei Räder im Gras, zwei auf dem schmalen Seitenstreifen. «Wir parken ein Stück weiter», sagte sie. «Da vorne ist die alte Dundas Road. Sie ist ganz zugewachsen, oder fast, aber da kannst du parken. Mein Haus, mein Elternhaus steht gleich dahinten, siehst du, hinter dieser Biegung und dem Feuermelder.» Sie holte Luft. «Ich kenne hier jeden Stein, Busch und Baumstumpf.»

Mabel folgte ihren Anweisungen und parkte das Auto auf der alten Dundas Road. Als der Motor abgestellt war und Mabel die Scheinwerfer ausgeschaltet hatte, sagte Lily: «Was machen wir jetzt?»

Mabel legte die Hände aufs Lenkrad und sagte: «Ich weiß nicht. Sind wir in der Nähe der Höhlen?»

Lily nickte. «Ja, da muß er hingegangen sein. Aber es ist dunkel, Mabel. Wir haben keine Taschenlampe, und selbst wenn wir eine hätten – es ist nicht leicht, in die Höhlen reinzukommen.»

«Du hast recht. Fahren wir nach Hause. Soll die Polizei sich darum kümmern. Wenn in dieser Höhle etwas zu finden ist, dann finden sie es.»

«Ich möchte trotzdem einen Blick in seinen Wagen werfen.»

Leise sagte Mabel, ob nun zu sich selbst oder zu Lily: «Es ist nicht ungewöhnlich bei Stotterern, daß das Stottern weggeht, wenn sie, na ja, wenn sie außer sich sind.» Sie öffnete die Wagentür und stieg aus. Lily tat es ihr gleich. In der nächtlichen Brise stehend, blickte sie über das mondbeschienene Feld.

In Martins Transporter fanden sie eine Spule Nylonschnur, einen Schraubenschlüssel, einen Hammer und eine Plane. Lily war klar, daß diese Funde nichts bedeuteten. Ein Gelegenheitshandwerker mußte Werkzeug dabeihaben. Doch als sie nach der Plane griff, berührten ihre Finger etwas Kaltes und Nasses, und sie zog ihre Hand weg, als wäre sie gebissen worden.

Mabel stand mit dem Rücken zu ihr und starrte die Böschung hinunter, die zum Bach führte. Unter der Straße hindurch verlief ein Durchlaß, und Lily lauschte auf das Wasser, das in seinen Metallwänden plätscherte. In der Ferne pfiff ein Zug, und auf der Landstraße brummten Autos, aber man hörte keinen Laut von einem Menschen, der sich im Unterholz bewegte. Wäre Martin in der Nähe, dann würden sie ihn hören, da war Lily sich sicher. Jedes Husten, jeder unter seinem Fuß brechende Zweig wäre in der relativen Stille deutlich zu vernehmen. Sie stand neben Mabel und sah zum Bach hinunter, wo das Mondlicht, hundertfach gebrochen, im dahinströmenden Wasser glänzte. Es war hell genug, daß man den umgestürzten Baum erkennen konnte, der wie eine Brücke quer über dem Bach lag. An der Stelle machte der Wasserlauf eine Biegung, und das Ufer war so steil, daß das Hinunterklettern schwierig war. Der Eingang zu den Höhlen lag hundert Meter hinter dem umgestürzten Baum, und wenn man noch einen knappen halben Kilometer am Ufer weiterging, kam man in die Nähe der Bodlerschen Farm, wo Lily die Schuhe vergraben hatte. Das scheint jetzt alles so fern, als hätte ich es geträumt, dachte Lily und sah zu Mabel hinüber, deren ernstes Gesicht zum Himmel gewandt war. «Orion», sagte sie und zeigte hinauf.

Lily nickte und drehte sich in die Richtung ihres alten Hauses um. Sie hatte es nicht mehr gesehen, seit die neuen Leute eingezogen waren. Der Mann arbeitete bei 3 M, und die Frau war Sekretärin bei Grundhoffer und Lundqvist. Sie hatten drei Kinder.

«Lily.» Mabels Stimme hatte einen ängstlichen Unterton. «Was ist das?» Sie deutete zum Bachufer hinunter, und als Lily hinschaute, sah sie etwa hundert Meter entfernt, unweit des umgestürzten Baums, etwas Weißes langsam auf sie zugleiten. Es war schwer auszumachen, wo es anfing und wo es endete, weil es unerklärliche hauchzarte Anhängsel mit sich schleppte. «Was ist das?» flüsterte Mabel.

Lily starrte hin und schüttelte den Kopf. «Es ist zu weit weg.» Aber das unmögliche Ding kam weiter auf sie zu, und in den folgenden Sekunden schwankte Lily zwischen Glauben und Unglauben. Sie sah einen Engel, und sie sah ein Gespenst, und sie sah eine verrückte Ausgabe des Heiligen Geistes durch den Wald schweben, aber sobald ihr diese Begriffe eingefallen waren, wies sie sie wieder von sich und sagte sich, es müsse etwas anderes sein. Sie wollte es sich ansehen, und sie wollte wegrennen, aber als das Ding aus dem schwarzen Schatten der Bäume auftauchte und an einer mondbeschienenen Stelle am Bach haltmachte und Lily Flügel sah, riesige durchsichtige Flügel wie die eines Insekts, packte sie Mabel an der Hand und zog sie über die Straße und die Böschung hinunter zur anderen Seite des Durchlasses. Sie meinte, in der dicken Metallröhre würde sie sicher sein und das Wesen trotzdem noch sehen können. Sie ließ Mabels Hand los, faßte nach den Metallrippen des Rohrs und suchte mit den Stiefeln Halt auf den großen Schrauben direkt über der Wasseroberfläche.

«Ich gehe rein. Du bleibst hier», sagte sie zu Mabel. Im Durchlaß selbst war das Rauschen des Wassers furchtbar laut. Zweimal rutschte sie in ihren Cowboystiefeln ab, und sie spürte, daß Wasser durch die Ledersohlen sickerte.

Mabel redete hinter ihr, und ihre Stimme hallte von den Wänden wider. «Es ist Martin, Lily. Er trägt etwas.» Das Echo wiederholte den Satz dreimal, wobei es jedesmal schwächer wurde, und Lily wußte, ohne es selbst genau zu sehen, daß Mabel recht hatte. Als sie sich vorbeugte, um aus der Öffnung des Rohrs zu spähen, erkannte sie Martins helles Haar und sein ovales Gesicht in einer Wolke von weißem Tüll. Weil er jetzt viel näher war, konnte sie sehen, daß die vier Flügel zu Spinnwebs Kostüm gehören mußten. Sie waren so dünn, daß sie leicht im Wind zitterten. Dann wurde ihr klar, daß das, was wie ein Loch in seinem Körper ausgesehen hatte, ein langes dunkles Bündel war, das er auf den Armen trug. Sie hörte Mabel hinter sich atmen und drehte sich nach ihr um. Auch sie hatte sich in den Durchlaß gezwängt und lehnte jetzt halb stehend, halb sitzend an der runden Wandung. Sie hielt sich mit zitternden Armen und Beinen fest, und weil sie es nicht wagte loszulassen, deutete sie mit dem Kopf heftig zur Böschung zurück, von der sie gekommen waren. Lily ignorierte das Zeichen und drehte sich wieder zu Martin um. Er stieg ins Wasser, und während er mit seiner Last den Bach durchquerte, nahm sein Gesicht im Licht einen unheimlichen Ausdruck an – seine Augen standen hervor, und seine Lippen wirkten unnatürlich rot. Und dann erkannte Lily unter der Plane oder Decke die schlaffe Form eines Menschen: den Umriß von Knien über Martins Armen, ein herunterhängendes Hinterteil und über seinem anderen Arm einen nach hinten gefallenen, verdeckten Kopf. Sie unterdrückte einen Schrei und hörte sich statt dessen aufstöhnen, und dieser erstickte Laut hallte im Rohr wider. Martin blieb stehen. Er sah geradewegs in den Durchlaß. Er sieht uns, dachte Lily. Er muß uns sehen. Ihre Hände rutschten ab, aber sie fing sich ab und sah Martin mit den Schultern wakkeln, um den Körper auf seinen Armen zurechtzurücken, und in dem Moment verrutschte die Decke. In dieser Sekunde, und es war nicht mehr als eine Sekunde, sah Lily den unbedeckten Kopf des Mädchens, ihr schönes, schmales Gesicht und ihr langes dunkles Haar, das über Martins Arm fiel. Die Reglosigkeit des Körpers war vollständig, und Lily schrie auf. Das Echo war furchtbar, und während es noch nachhallte, stürzte Mabel. Als Lily es platschen hörte, verlor sie selbst den Halt und rutschte an der gerippten Wand hinunter ins kalte Wasser. Sie stand wieder auf, rutschte noch einmal auf dem Metallboden aus und schrie wieder auf. Das von Wand zu Wand widerhallende Geräusch war wie eine dritte Person, eine kreischende Irre, die mit ihnen in dem Rohr steckte, und dann schrie auch Mabel. Lily stürzte zu ihr hin. Sie konnte Mabels sich entfernenden Kopf über dem Wasser sehen. Sie stemmte die Füße fest auf den Boden des Rohrs und stützte sich seitlich ab. Das Wasser ging ihr nur bis an die Oberschenkel, aber die Strömung trieb sie voran, und sie mußte um ihr Gleichgewicht kämpfen. Schwimmen kam nicht in Frage. Mabel war mittlerweile aus dem Durchlaß hinausgespült worden, und Lily mußte sich wahnsinnig langsam hinter ihr hertasten, aber sobald sie aus dem Tunnel war, warf sie sich ins Wasser. Sie prallte mit dem Knie gegen einen Stein am Bachgrund und schrie auf, während sie nach Mabels Ellbogen griff, die Frau unter den Armen faßte und zog. «Lily», sagte Mabel. Lily zog die Frau ans Ufer, und mit Mabels kleinem, schwerem Kopf an der Brust lauschte sie dem Brummen von Martins davonfahrendem Transporter.

Sie rang nach Luft. Der Wind auf ihren nassen Kleidern fühlte sich kalt an, und das hohe Gras kitzelte sie an den Armen. Sie hörte das hohe Sirren von Moskitos.

«Mein Knöchel», sagte Mabel. Sie beugte sich hinunter und zog ihr Hosenbein hoch. Lily bemerkte, daß sie kleine Ballerinas ohne Socken trug. Der Himmel war dunkler geworden, und selbst als sie sich dicht über Mabels Bein beugte, konnte sie nicht genug sehen, um zu erkennen, was damit war.

Jede Bewegung, die Lily danach machte, schien in einer anderen Art von Zeit abzulaufen. Sekunden, Minuten, Stunden gerieten durcheinander. Sie konnte nicht annähernd abschätzen, wie lange es dauerte, von einem Ort zum anderen zu gelangen. Aber sie half Mabel zum Auto, setzte sie auf den Beifahrersitz und untersuchte den Knöchel bei offener Tür, um Licht zu haben. Eine klaffende, blutige Wunde lief vom Knöchel zum Schienbein hinauf, und das Gelenk hatte schon begonnen, anzuschwellen und sich zu verfärben. Mabels Gesicht war grau-weiß, ihre Lippen waren bläulich angelaufen.

Lily hatte Mabel noch nie mit naß angeklatschtem Haar gesehen, und nun, da der vertraute Wuschelkopf weg war, der ihr altes Gesicht weich machte, sah sie wie jemand anders aus. Unkontrollierbar zitternd sagte Mabel: «Im Kofferraum ist eine Decke.» Ihre Zähne klapperten hörbar. Dann sagte sie: «Das ist ja lächerlich» und begann zu lachen. «Absolut lächerlich.» Als Lily in ihre glasigen grünen Augen sah, fragte sie sich, ob Mabel nicht drauf und dran war, einen Schock zu erleiden.

Lily half ihr aus den nassen Kleidern. Sie klebten ihr an der Haut, und nachdem Lily ihr die Bluse und den Büstenhalter ausgezogen hatte, entfernte sie ein bißchen altes Laub vom weißen Bauch ihrer Freundin, über den eine schartige rote Narbe lief. Es war seltsam, Mabel nackt zu sehen, ihre spärlichen nassen Schamhaare und die geschrumpften Brüste zu beiden Seiten eines knochigen Brustkorbs, aber der schmale alte Körper rührte sie, und als sie ihn fest in die Decke einwickelte, sagte Mabel nichts. Dann streichelte Lily ihr die Wange und erkannte darin eine Geste ihrer Mutter.

Lily starrte geradeaus auf die Straße und fuhr langsam.

«Irgendwas stimmt da nicht», sagte Mabel. Sie hatte den Kopf ans Fenster gelehnt, und Lily hörte, daß ihre Zähne nicht mehr klapperten.

«Was meinst du damit?» Sie ließ ein anderes Auto überholen.

«Hast du gemerkt, wie er sie getragen hat?»

Lily erinnerte sich an die Gestalt auf Martins Armen, an das Gesicht und das Haar.

«Sie war so leicht, Lily. Nicht mal ein Kind...» Mabel krächzte heiser. «Und warum hat er den Bach durchquert? Er war am anderen Ufer. Da hätte er einfach weitergehen können, um zu seinem Wagen zu gelangen. Warum sollte er durchs Wasser waten und naß werden, wenn er nicht...»

«Wenn er nicht was?»

«Wenn er nicht wußte, daß wir da waren, und von Anfang an wollte, daß wir ihn sehen.»

Lily fiel es schwer, zu reden, auszusprechen, was sie gesehen hatte, ohne in Tränen auszubrechen. «Ich habe ihr Gesicht gesehen.»

«Ja», sagte Mabel. Sie räusperte sich, als wollte sie weiterreden, tat es aber nicht. Schließlich sagte sie: «Lily, da war eine Ähnlichkeit.» Sie hielt inne. «Eine starke Ähnlichkeit, fandest du nicht?»

Lily beobachtete die weiße Begrenzungslinie am Fahrbahnrand, die unter dem rechten Vorderrad auftauchte und verschwand. «Eine Ähnlichkeit?»

«Mit dir.»

Lily sagte nichts. Nein, dachte sie. Nein.

«Hast du das nicht gesehen?» sagte Mabel.

Lily schüttelte den Kopf, aber ihr Magen schien sich zu heben, und die Kälte, die sie besonders an ihren nassen Ärmeln gespürt hatte, kroch ihr in die Knochen.

LILY hielt den Telefonhörer mit der Schulter, während sie den Gürtel von Mabels Bademantel um ihre Taille festzog. Dann wählte sie die Nummer des Polizeireviers und warf einen Blick auf Mabel, die, in einer Hand einen kleinen Make-up-Spiegel, in der anderen ein Handtuch, mit hochgelegten Beinen in einem marineblauen Pyjama dasaß. Sie richtete sich das Haar, und Lily wunderte sich über ihre Eitelkeit. Es ist ein Uhr morgens, sie hat gerade eine Leiche gesehen, und jetzt macht sie sich zurecht. Als nächstes wird sie einen Lippenstift zücken. Kein Lippenstift tauchte auf, aber als Hank sich am Anschluß der Polizeiwache meldete, kniff Mabel sich gerade in die Wangen, um ihrer aschgrauen Haut etwas Farbe zu geben. Hank erkannte Lilys Stimme und sagte: «Lily!» Sein glücklicher Ton tat ihr weh.

«Es geht nicht um uns, Hank. Ich würde dich nicht während der Arbeit anrufen, um über uns zu reden. Ich muß etwas melden.»

Hank antwortete nicht darauf. Er hörte sich Lilys Geschichte von Martin am Bach an. Sie erwähnte Dick und Dolores und das Foto des toten Mädchens. Er war so still, daß sie ihn einmal fragte, ob er noch am Telefon sei. Er sagte «Ja», aber das war schon alles.

Als sie fertig war, sagte er: «Und?»

«Reicht das nicht?»

Hank holte Luft. «Martin Petersen läuft, je nachdem, wer ihn sieht, in seinem Elfenkostüm oder seinem Cowboyanzug mit einem toten Mädchen auf den Armen rum – und das seit mindestens einer Woche, vielleicht länger. Die Leiche muß inzwischen ganz schön stinken. Und niemand wird vermißt, Lily, kein Mann, keine Frau, kein Mädchen oder Junge. Ein paar Hunde und eine Menge Katzen, aber kein *Mensch* im ganzen County.»

«Na ja, das Dakota County ist nicht die Welt, Hank.»

«Ach ja, es ist nicht die Welt, genau! Vielleicht hat Martin ja eine von den Huren deines Freundes abgemurkst, die den ganzen Weg von New York hergekommen ist. Dort überblickt niemand, wer vermißt wird.»

«Mabel hat sie auch gesehen, Hank.»

«Na, bei der ist auch 'ne Schraube locker.»

«Das ist unfair, Hank, und du weißt es. Du bist wütend auf mich, drum hältst du alles, was ich jetzt sage, für Quatsch.»

Hank reagierte nicht.

«Sag mir eins», sagte Lily. «Wer hat wegen dem Mann angerufen, der an der Stadtgrenze eine tote Frau spazierentrug? Ich hab's im Polizeibericht gelesen.»

«Verarsch mich nicht, Lily.» Hank hörte sich stinksauer an.

«Tu ich ja gar nicht.»

«Du hast angerufen. Du warst am Telefon.»

«Was?» Lily sah aus dem Fenster. Leise sagte sie: «Nein, Hank, habe ich nicht. Ich schwör's dir. Hast du den Anruf entgegengenommen?»

«Nein, Pete.»

«Aber wo warst du? Du hattest doch Schicht, oder?»

«Ich war pissen. Hast du was dagegen?»

«Hank», sagte Lily. «Ich habe nicht angerufen. Warum ruft jemand an und tut so, als wäre er ich? Wo du Dienst hattest?»

«Vielleicht hast du's ja vergessen.»

«Oh, Hank», sagte sie. «Bitte...»

«Wiedersehen, Lily.»

Hank legte auf, bevor sie sich verabschieden konnte. Lily starrte ins Zimmer. Es wurde von einer einzigen Lampe auf einem kleinen Tisch neben Mabels Sessel erhellt, und die Glühbirne leuchtete gelb durch den alten Schirm. Mabel hielt den Spiegel in ihrer schlaffen Rechten, und ihre Lider waren halb geschlossen.

«Schläfst du, Mabel?» flüsterte Lily, als sie sich über den Sessel beugte.

«Nein, Lily, ich bin nur müde.»

«Das war Hank. Er glaubt mir nicht.»

Mabel nickte. «Ich werde auch nicht schlau daraus, aber sie werden schon Nachforschungen anstellen, glaub mir.»

Lily wusch Mabels Knöchel, legte einen Verband an und machte einen Eisbeutel zurecht. Sie half Mabel, zu ihrem Bett zu humpeln, und deckte sie zu. Mabels Gesicht war leichenblaß und ihr inzwischen getrocknetes Haar wieder weiß. Lily zog einen Stuhl heran und setzte sich neben das Bett. Hatte das Gesicht des Mädchens wirklich wie ihres ausgesehen? Wäre ihr das nicht aufgefallen? Dolores hatte ja auch sich selbst gesehen... Hatte Martin das Mädchen umgebracht? Vielleicht hatte er sie irgendwo tot aufgefunden, nachdem jemand anders sie umgebracht hatte – der Cowboy, vielleicht Tex? Konnte Dolores sturzbesoffen den Mord mit angesehen haben? Nein, das stimmt alles nicht, dachte Lily. Der Zeitablauf ist falsch. Dicks Geschichte. Professor Vegans Geschichte. Aber aus irgendeinem Grund machten ihr diese konfusen Spekulationen über Martins Unschuld Hoffnung. Sie hoffte, Tex oder irgendein namenloser Fremder habe es getan. Vielleicht hatte Martin versucht, das Mädchen zu retten. Vielleicht hatte er es nicht gekonnt und hatte dann, verzweifelt und verrückt und noch als Spinnweb verkleidet, angefangen, die Leiche in einer Plane herumzuschleppen.

Sie setzte sich auf Mabels Bett und sah sie an. Ihr friedliches, erschöpftes Gesicht war plötzlich eine Last, ein Ärgernis. Sie sah nicht mehr bestürzt aus. Sie sah entspannt aus. Sie nahm die Sache nicht ernst. Lily biß die Zähne zusammen.

«Egal, was passiert ist, Lily», sagte Mabel leise und nachsichtig, «du hast nichts damit zu tun und hast dir nichts vorzuwerfen, außer vielleicht in der Phantasie dieses Jungen.» Das letzte flüsterte sie mit halb offenen Augen.

«Phantasie?» wiederholte Lily. «Was hat die Phantasie damit zu tun? Warum bist du so ruhig?» Sie stand vom Bett auf. «Was ist los mit dir? Du warst doch dabei. Du hast genau dasselbe gesehen wie ich, und trotzdem ist es dir ziemlich egal, oder?»

Mabel musterte sie eindringlich, aber mit einer Ruhe in den Augen, die Lily als Herablassung deutete.

«Mir ist es jedenfalls nicht egal!» sagte sie laut.

«Lily, verstehst du denn nicht? Er wollte, daß wir ihn sehen. Es war eine... eine Art Vorstellung, eine Inszenierung. Wir haben die Polizei angerufen. Was können wir sonst noch tun?»

Lily zog die Augenbrauen zusammen. Tränen liefen ihr über die Wangen. «Ich weiß nicht mal, wer *du* bist...» Sie sprach den Satz nicht zu Ende. Mabels Gesicht wurde noch blasser. Lily lief aus der Wohnung und schlug die Tür hinter sich zu. Sie hörte, wie Mabel ihren Namen rief, aber sie ignorierte die Stimme und floh in ihr Zimmer.

Durch die Wand konnte sie Mabel weinen hören. Sie war sich nicht sicher, aber es kamen leise Geräusche von nebenan. Trotzdem ging sie in dieser Nacht nicht zu Mabel zurück. Sie lauschte dem letzten Schniefen und trat vor ihren Spiegel. Dort zog sie den von Mabel geliehenen Bademantel aus und sah sich ihr nacktes Spiegelbild an. Scharf und kalt betrachtete sie ihren Körper, und dann hob sie die rechte Hand und schlug sich fest ins Gesicht. Danach trat sie näher an den Spiegel heran, um sich den Abdruck auf der Wange anzusehen. Und dann, bevor sie ins Bett kroch, schlug sie sich noch einmal – sicherheitshalber.

LILY schlief fester, als sie es für möglich gehalten hätte, und wachte zur gewohnten Zeit auf, um zur Arbeit zu gehen. Sie hatte Kopfschmerzen, und ihre Glieder waren schwer, aber ihr Kopf war leer. Als erstes trat sie, ohne Licht zu machen, ans Fenster und kniete sich neben den Vorhang, wie sie es immer getan hatte, bevor sie Ed kennenlernte. Dann zog sie den Vorhang auf, um zu sehen, ob Ed auf war und malte. Durch sein Fenster sah sie ihn in Unterwäsche mit einem Pinsel in der Hand vor der nicht sichtbaren Leinwand stehen. Sie war froh, daß sie das Bild nicht sehen konnte. Erst da fiel ihr Martin in seinem Kostüm mit dem Mädchen auf den Armen ein. Während sie zu Ed hinübersah, dachte sie: Jetzt ist der Moment schon vorbei. Es gibt gar nicht wirklich ein «Jetzt». Selbst das Wort «jetzt» auszusprechen dauert zu lange. Jetzt wird so schnell zu damals, daß es gar nicht zählt. Und so banal diese Erkenntnis war, Lily spürte sie am eigenen Leibe, und sie traf sie ins Mark. Die Zeit ließ sich nicht in Begriffe fassen.

Sie wandte sich von Ed ab, ging unter die Dusche, und da fiel ihr ein, daß sie gefeuert worden war. Es gab kein Ideal Café mehr für sie, keinen Job, aber Lily beschloß, trotzdem hinzugehen und Vince zu bitten, daß er sie wieder einstellte. Sie hatte in ihrem ganzen Leben noch nie um etwas gebeten, und weil Vince sie kannte, stellte sie sich vor, er könnte sich mit einer Demutsgeste herumkriegen lassen. Aber was, wenn er schon jemand anders eingestellt hatte?

Als Lily die Hintertür zum Café öffnete und vorsichtig hineinspähte, sah sie kein neues Mädchen. Sie sah nur Bert, die bei ihrem Anblick den Kopf schüttelte. «Wenn du wüßtest, was für einen Ärger du hier angerichtet hast, würde es dir leid tun», sagte sie. «Seit du weg bist, ist Vince auf dem Kriegspfad, und du weißt ja, was das für Boom bedeutet – er wird ganz zittrig und weinerlich. Was hast du dir nur dabei gedacht, Mädel?» Sie beugte sich zu Lily vor und legte den Kopf schief. «Du siehst nicht gut aus, weißt du das? Zum erstenmal in deinem Leben siehst du aus wie ein Wrack.»

Lily sah Bert an, und dabei merkte sie, daß ihre Augen sich ganz trocken anfühlten, als wäre nicht genug Flüssigkeit darin. Sie packte Bert am Arm und sagte: «Gestern nacht habe ich sie gesehen.»

«Wen?»

«Das tote Mädchen. Ich hab dir doch davon erzählt, erinnerst du dich? Martin hatte sein Kostüm aus dem Stück an, und er... er trug ihre Leiche am Bach entlang. Mabel hat sie auch gesehen, aber ich glaube, sie hat ihren eigenen Augen nicht getraut.»

Bert legte Lily beide Hände auf die Schultern. «Ich hab es kommen sehen. Du bist nicht ganz bei dir. Seit Tagen hast du mich nicht angerufen. Das ist nicht normal, also hab ich bei dir angerufen, aber du bist ja nie zu Hause. Sie ist verliebt, hab ich mir gesagt, vor Verliebtheit ganz aus dem Häuschen, aber es ist nicht nur das. Da ist auch was in deinen Augen.»

Bert nahm die Hände herunter. «Als wärst du nicht ganz richtig. Als wärst du besessen von dieser ... dieser Idee.»

«Was?» sagte Lily. «Du glaubst mir nicht? Du denkst, ich erfinde das? Jemand ist tot, ermordet, und du denkst, ich scherze? Besessen? Wovon sprichst du? Denkst du, ich lüge?»

«Das hab ich nicht behauptet.»

«Doch, hast du wohl.»

Vince kam zur Tür herein. «Du!» brüllte er und zeigte mit einem dicken Zeigefinger in ihre Richtung. «Zieh Leine! Ich hab dich rausgeworfen!»

Lily fuhr zusammen, aber sie rührte sich nicht. «Ich bin hergekommen, um mich zu entschuldigen», sagte sie. «Es tut mir leid. Das war unüberlegt.» Ihre Stimme ließ sie im Stich, und sie bemühte sich verzweifelt um einen ausgeglichenen Ton. «In letzter Zeit ...», sagte sie.

Vince kam mit großen Schritten auf sie zu. Lily sah echte Wut in seinem Gesicht. Manchmal spielte er nur Theater und brüllte zu seinem eigenen Vergnügen herum, um Leben in die Bude zu bringen, aber jetzt meinte er es ernst, und seiner hochgradigen Erregung standzuhalten war schwer, furchtbar schwer. Lily zitterte. «In letzter Zeit ist mein Leben ...» Sie suchte nach einem Wort. Welches war das richtige? Schließlich sagte sie: «Außer Kontrolle geraten, weil, weil ...» Sie fuchtelte mit den Händen an ihrem Körper und vor ihrem Gesicht herum. Als sie die Tränen kommen fühlte, schlug sie die Hände vors Gesicht und fing an zu schluchzen. «Oh, Vince!» sagte sie. «Oh, Vince!»

Der Ausdruck des Mannes veränderte sich. Mit offenem Mund sah er Bert an und sagte: «Was zum Teufel soll das?»

Bert warf ihm einen bösen Blick zu und nahm Lily in die Arme. Als Lily ihre Umarmung spürte, drückte sie ihre Freundin fest an sich. Nach einer Weile spürte sie Vinces große Hand zaghaft an ihrem Rücken.

«Na, na», sagte er. «Wo ist denn das abgebrühte, selbstsichere Weib hin, das ich kenne und mag? Heiliger Strohsack, Lily, du hast doch sonst mehr Mumm in den Knochen.»

Bert sagte: «Jetzt mach aber mal 'n Punkt, Vince. Jeder hat seine Grenzen. So wie du sie angesehen hast, hättest du selbst einem Sumoringer eine Heidenangst eingejagt.»

Vince nahm die Hand von Lilys Rücken.

Lily merkte, daß ihr Drang zu schluchzen nachließ, löste sich von Bert und sah Vince an. «Es tut mir leid», sagte sie. «Ich werde dich nie wieder im Stich lassen. Es stimmt, ich bin nicht ganz bei mir, aber ich verspreche, daß ich wieder zu mir komme.» Sie schniefte laut.

«He», sagte er. «Deine Wimperntusche läuft. Jetzt bewegt euren Hintern wieder an die Arbeit. Ich habe Bert für dich einspringen lassen», wandte er sich an Lily. «Jetzt habe ich von fünf bis acht zwei Bedienungen, wo ich nur eine brauche, und ich werde euch beide bezahlen. Ich will also nie wieder ein Wort von euch hören, ich wäre ein Geizhals. Kapiert?»

Bert und Lily nickten.

Während der Frühschicht erfuhr Bert von Lily fast die ganze Geschichte – häppchenweise zwischen den Tischen und auf dem Weg in die Küche. Lily konnte sehen, daß das, was sie da hörte, sie beunruhigte, aber es blieb unklar, was sie wirklich davon hielt. Kopfschüttelnd fragte sie Lily ungefähr vierzigmal, ob sie sich absolut sicher sei, ein Gesicht unter der Plane gesehen zu haben. «Könnte es nicht was anderes gewesen sein? Vielleicht ein Hund oder sonst irgendein Tier, das Martin aus dem Bach gezogen hat?» Der andere Teil der Geschichte, den Bert nicht fassen konnte, war Lilys Besuch bei den Bodlers. «Warum bist du bloß da hingegangen? Kriegst du hier nicht genug von ihnen?»

Auf diese Fragen reagierte Lily mit Achselzucken. Das mit den Schuhen war nicht vermittelbar. Von ihnen zu erzählen hätte Bert nur in ihrer Sorge bestätigt, Lily könnte eine Art

Nervenzusammenbruch haben. «Sie kennen Martin», sagte sie. «Sie sind seine Großonkel oder so was.»

Bevor Lily ging, sagte Bert: «Vielleicht solltest du mal mit jemand sprechen, Lily.»

«Ich hab doch mit dir gesprochen, Bert.»

«Nein, ich meine einen Geistlichen oder Ratgeber oder so.»

«Du denkst, ich bin nicht ganz bei Trost.»

«Würdest du bitte aufhören, mir zu sagen, was ich denke. Das hab ich nicht behauptet.»

«Du meinst, Pastor Carlsen wird die Sache in Ordnung bringen? Kannst du ihn dir nicht vorstellen?» Lily senkte die Stimme und setzte eine aufrichtige Miene auf. Sie nickte feierlich. «Laßt uns Gott in seiner unendlichen Weisheit befragen.»

«Er würde es schon praktischer angehen», sagte Bert.

«Er hätte keinen Schimmer», sagte Lily.

«Ich ruf dich später an», sagte Bert.

Lily nickte und ging durch die Hintertür in ihre Wohnung hinauf. Sie wußte genau, was sie tun würde. Am Nachmittag hatte sie zwei Besuche vor. Den ersten im Stuart Hotel. Für den zweiten brauchte sie ihre Taschenlampe.

ALS Ed ihr die Tür öffnete, sah er ganz verändert aus. Nicht nur, daß er erschöpft wirkte und die Haut unter seinen Augen blauschwarz war oder daß er sich seit Tagen nicht rasiert hatte. Lily hatte ihn schon vorher abgespannt und ungepflegt gesehen. Aber jetzt hatte sie das Gefühl, daß etwas Vertrautes in seinem Aussehen über Nacht verschwunden war und daß der Mann, der da mit ihr redete, ein Fremder war. Noch ehe sie ihn begrüßen konnte, erzählte er ihr, daß Mabel ihn angerufen und von der vergangenen Nacht berichtet habe.

Lily sah an ihm vorbei auf Mabels Porträt mit den leeren Kästchen über ihrem Kopf. Ihr war nicht mehr zum Heulen zumute. Sie fühlte sich leer.

«Lily –» Ed beugte sich zu ihr vor und strich ihr sanft mit den Fingern über die Wange –, «ich muß dir was sagen. Nach Mabels Anruf habe ich nachgedacht, und ich bin mir ziemlich sicher, daß dieser Martin Petersen hier war. Aber er hat mir einen anderen Namen genannt und behauptet, er heiße Hal Dilly.»

«Hal Dilly», wiederholte sie. «Es gibt eine Familie Dilly in Webster, aber keinen Hal. Sie betreiben das Altenheim. Hat er gestottert?»

«Nein, aber vorige Woche, eines Morgens gegen zehn, am Mittwoch, glaube ich, hat er bei mir geklopft und gefragt, ob ich ihm die Bilder zeigen würde. Er sagte, er heiße Hal Dilly und wolle Kunst studieren.»

«Was hat er noch gesagt?»

«Nicht viel, aber er hat alle Bilder sehr genau studiert, und danach hat er sich im Zimmer umgesehen, als würde er damit rechnen, noch etwas zu finden.» Ed rieb sich über die Stirn. «Er hat gefragt, ob es nicht noch mehr gebe. Ich sagte nein, und dann ist er gegangen.» Ed hielt inne. «Mabel ist sich nicht im klaren darüber, was sie gesehen hat. Sie sagte, es ging so schnell, nur ein paar Sekunden, daß sie sich nicht sicher war...»

«Ich habe sie gesehen», flüsterte Lily.

«Ich weiß.» Er runzelte die Stirn. «Als er hier war, habe ich mir nicht viel dabei gedacht, aber nachdem er weg war, hatte ich so ein komisches Gefühl, daß etwas nicht stimmte, daß er sich noch über mich lustig machen, sich ins Fäustchen lachen würde, und dann sagte ich mir, ich wäre paranoid.» Ed setzte sich und sah sein Gemälde an. Seine großen Augen waren ruhig und weit geöffnet. «Geh nicht in seine Nähe», sagte er, ohne sie anzusehen. Dann blickte er zu ihr auf, streckte die Hand aus, nahm ihren Arm und küßte ihn.

Kurz darauf ging Lily und tat genau das, wovor Ed sie gewarnt hatte. Sie fuhr mit dem Fahrrad aus der Stadt.

BEI Tageslicht sah der Heath Creek anders aus. Als Lily am Ufer durch das Gestrüpp ging, durch das nur Stunden zuvor Martin gegangen war, fand sie es seltsam, ihre Umgebung sehen zu können. Ihr taten die Augen weh, und der stetig dunkler werdende Himmel tauchte die Bäume und das Wasser in ein trübes Licht und verfärbte sie zum Grauen und Braunen hin. Irgendwo bachaufwärts am anderen Ufer hörte Lily Kinder spielen, und sie wunderte sich, warum spielende Kinder sich immer gleich anhörten, daß es einerlei zu sein schien, wer sie waren und wo sie lebten. Sie durchquerte schnell das Unterholz an der Biegung des Bachs. Als sie sich der Höhle näherte, stolperte sie über ein altes Schild, dessen Warnung bis zur Unlesbarkeit verrostet war, und während sie es sich ansah, hörte sie die Kinder oben singen. Sie konnte den Liedtext nicht verstehen, aber mit ihren Reimen machten sie sich über jemanden lustig, und sie lauschte ihrer Grausamkeit mit einem unerklärlichen Schuldgefühl. Dann hockte sie vor dem mit Brettern vernagelten Höhleneingang.

Sie sah die kleine Tür sofort. Jemand hatte sie aus den Brettern herausgesägt. Sie hatte richtige Angeln und stand halb offen, als erwarte der darin wohnende Zwerg Besuch. Sie machte sie weiter auf, und die feuchte, kühle Höhlenluft schlug ihr entgegen. Bevor sie hineinkroch, leuchtete sie mit ihrer Taschenlampe in den ersten niedrigen, großen Raum hinter dem Eingang. Sie erinnerte sich daran. Es gab kein Anzeichen dafür, daß jemand in letzter Zeit darin gewesen war. Von dieser ersten Höhle konnte man durch einen Gang zu einer anderen gelangen. Niemand, den sie kannte, hatte sich je weiter als bis in diese zweite Höhle vorgewagt, aber die war höher – ein Erwachsener konnte darin stehen. Sie leuchtete mit der Taschenlampe in die Richtung und machte sie dann aus. Aus der anderen Höhle kam ein Lichtschein. Nachdem sie die Taschenlampe in ihre Gesäßtasche gesteckt hatte, begann sie durch den Gang zu kriechen. Irgendwo in der Nähe hörte sie Wasser tropfen. Der feuchte Boden schabte ihr die Knie auf, und ihre Schultern streiften die Seitenwände des Tunnels. Als sie fast an der Biegung war, wo der Gang sich in die zweite Höhle öffnete, hörte sie jemanden die einzige Arie aus der einzigen Oper pfeifen, deren Namen sie jemals gekannt hatte, und diese Melodie war so mit Ed verbunden, auf Ed und sonst niemanden bezogen, daß Lily ein paar Sekunden lang ihren Ohren nicht trauen wollte. Die Höhlenwände verzerrten die Töne. Sie hätten sonstwoher kommen können. Lily erstarrte und hielt den Atem an. Das Geräusch war, wie die Tür, eine Botschaft an die Sinne, die sie nur mit Mühe registrierte. Aber sie wußte, daß sie Hals über Kopf in das, was sie dort erwarten mochte, hineinschlittern würde, und im nächsten Augenblick schob sie sich um die Biegung und sah Martin neben einer kleinen Petroleumlampe sitzen, die in einem unerklärlichen Luftzug flackerte. Die Höhle war voller Gegenstände, Stoffhaufen, Pappschachteln, Garnspulen, Farben, doch Lily schenkte ihnen keine große Aufmerksamkeit. Martin hatte aufgehört zu pfeifen, aber er schien sie nicht zu sehen. Er rührte sich nicht, und trotzdem zitterte und hüpfte sein riesiger Schatten an der Höhlenwand. Er hielt die Augen eine Weile auf den Boden gerichtet, dann sah er zu ihr auf und sagte: «Ich wußte, daß du kommen würdest, Lily.»

«Was hast du mit ihr gemacht?» flüsterte sie.

Martin kniff die Augen zusammen und wandte den Kopf ab. Lily schob sich langsam in die Höhle vor, um zu sehen, was Martin da anschaute. An der rückwärtigen Höhlenwand saß, in einem Rollstuhl zusammengesunken, das Mädchen, das Lily in der Nacht zuvor gesehen hatte.

Sie schrie auf und schlug die Hände vor den Mund. Sie begann zum Tunnel zurückzukriechen, aber sie spürte Martins Hände auf ihren Schultern. Er zog sie zurück, und sein Griff war viel kräftiger, als sie erwartet hatte. Sie wehrte sich heftig, aber Martin zerrte sie über den Boden zu der Leiche hin. Lily schloß die Augen. Weinend schlug sie um sich, und dann merkte sie plötzlich, daß Martin stehengeblieben war. Er stand hinter ihr und hielt ihre Arme fest. Sie trat nach ihm. «S-s-sieh doch mal», sagte er. «S-sieh hin.»

«Nein!»

«Sieh sie dir an!» Er ließ Lily los. Sie öffnete die Augen und sah das Mädchen im Rollstuhl. Sie erkannte, daß es der Stuhl war, den Martin Frank und Dick abgekauft hatte. Martin hielt das Gesicht des Mädchens in beiden Händen, und Lily sah, daß es das Gesicht einer Puppe war, einer wunderschön gearbeiteten, lebensgroßen Puppe mit – im Gegensatz zu den meisten Puppen – absolut menschlichen Proportionen. Und zwar denen eines Mädchens, nicht einer Frau, mit einem kleinen, erst halb entwickelten Körper.

«Das ist ja eine Puppe», sagte sie.

Martin nickte. «A-aber das wußtest du doch.»

«Es ist eine Puppe.» Lily starrte das modellierte Gesicht mit den aufgemalten Augen und offenen Lippen an. Das lange dunkle Haar fiel über die Schultern. Mein Kostüm, dachte sie. Sie trägt Hermias Kleid. Und auf einmal bemerkte sie, daß das Ding wie sie aussah oder vielmehr wie sie ein paar Jahre zuvor. Niemand ist tot, dachte sie. Niemand ist tot, und sie verspürte ein Beben in ihrem Kiefer und in ihren Schläfen. Sie sagte nichts. Martin auch nicht. Sie sah die Puppe an. Irgend etwas stimmte nicht mit ihr, aber sie konnte nicht sagen, was. Es ist kalt hier drin, dachte sie. Mein Mund ist trocken. Sie bewegte ihre Zunge hin und her und sagte dann: «Woher hast du sie?»

«I-i-ich», sagte er, «h-h-habe d-dich gemacht. Es h-h-hat lange gedauert – ein J-jahr.»

«Was?» sagte Lily. Sie sah Martin an. Warum stottert er jetzt wieder? fragte sie sich. Mir ist schwindlig. Sie trat einen Schritt zurück. Dann versuchte sie ihren Blick auf Martin zu konzentrieren. «Ich dachte, du hättest jemanden umgebracht, Martin. Du hast mir dieses Bild gezeigt. Du hast gesagt, sie wäre nicht lebendig. Gestern nacht...» Sie war verwirrt. Das unstete Licht machte es nicht besser. Mit meinen Augen stimmt etwas nicht, dachte sie. «Was hast du da gemacht?» Lily sah wieder die Puppe an. «Was ist das?»

«I-ihr Gesicht, ihre Arme und Beine sind aus Sculpey – d-das ist so ein neues Zeug...»

Lily hatte nicht wissen wollen, *wie* er die Puppe gemacht hatte. «Nein», sagte sie, aber er fuhr mit seiner Erklärung fort.

«E-es ist wie Ton, aber man kann es zu Hause im Backofen brennen.»

Lily stellte sich Martin vor, wie er den Puppenkopf aus seinem Ofen holte, dann einen Arm. Sie legte sich die Hand auf die Stirn. «Du hast mich nicht gefragt. Du hast das hinter meinem Rücken getan. Du hast dabei gepfiffen... Das ist Eds Lied.» Sie schüttelte den Kopf und streckte Martin ihre Handflächen entgegen, als könnte sie ihn damit fernhalten. «Du hast mir lange, lange nachspioniert. Ich, ich habe dich herumschleichen hören.» Sie sah ihn an. In der Höhle wirkte er größer als sonst. «Warum?» Sie trat zurück und hörte Plastik unter ihren Füßen knistern. Die Höhlenluft tat ihr in den Lungen weh.

Aber Martin beantwortete die Fragen nicht. Er ging auf sie zu und sagte: «Du spionierst auch. Du hast ihm nachspioniert.»

Lily beobachtete sein Gesicht. Er war der blasseste aller weißen Männer, und er war überall zugleich, sah und wußte alles. «Wer bist du?» fragte sie wieder. «Was soll das hier bedeuten? Wozu dient es?» Sie ging einen Schritt auf die Puppe zu. Der Gedanke, daß sie irgendeinen Zweck haben könnte, war schrecklich.

Die Puppe lehnte, das Gesicht zur feuchten, tropfenden Höhlendecke emporgewandt, auf dem Stuhl, und Lily warf einen Blick auf das lange Haar, das über die Rückenlehne aus Korb fiel. Die Perücke, sagte sie sich. Der groteske Gedanke, daß Frank und Dick die ganze Zeit Bescheid gewußt hatten, durchfuhr sie. «Wissen die Zwillinge davon?»

Martin schüttelte den Kopf. «N-nur du. L-Lily, du mußt mir zuhören.»

«Dann sag's mir», flüsterte sie und näherte ihr Gesicht dem seinen. «Sag's mir.»

Martin schien diesen Befehl komisch zu finden. Er lachte – ein kurzer Anfall von bitterem Humor, der schnell vorbei war. Er hob die Puppe aus dem Rollstuhl und hielt sie in den Armen. Mabel hatte recht gehabt – der Körper war leichter als der eines Kindes. «Setz dich», sagte er freundlich.

Lily schüttelte den Kopf. Sie wollte sich nicht in den Rollstuhl setzen, wollte nichts damit zu tun haben. «Ich bleibe stehen.»

Martins Gesicht verriet Enttäuschung, aber nur eine Sekunde lang. Er setzte die Puppe sanft wieder in den Stuhl, legte ihre Hände auf ihrem Schoß zurecht und ließ dann ihren Kopf auf die Brust sinken, als schliefe sie. Dann trat er auf Lily zu, aber sie wich zurück. Er sprach in diesem melodischen Tonfall, an den sie sich gewöhnt hatte, rieb sich dabei die Hände und sah sie starr an. «Sie ist dazwischen, Lily.»

«Dazwischen?» sagte Lily. Sie stemmte die Füße in den Höhlenboden.

«Zwischen dir und mir, zwischen Becky und dir, zwischen Dahl und Doll oder Puppe, zwischen Wort und Fleisch, zwischen dir und dir.»

Lily sah ihre Finger an, die im Schein der Petroleumlampe seltsam gelb aussahen. «Was meinst du damit?»

Martin rieb sich über den Mund. Er wirkte enttäuscht. Er trat näher an sie heran und begann zu erklären.

«Bleib, wo du bist. Komm mir nicht zu nahe.»

Martin sah gekränkt aus, aber er kam nicht näher. «I-ich», stotterte er und zuckte zusammen. «Ich habe dich gemacht, also ist sie, bist du, zwischen uns. Und zwischen dir und Becky – älter als Becky, jünger als du, so, wie du warst, und so, wie Becky geworden wäre.» Er wiegte die Schultern zum Klang seiner eigenen Stimme und verwandelte seine Rede so in eine Beschwörung. «Sie ist die Ver-kör-pe-rung», sagte er, jede Silbe gleich stark betonend, «deines Namens in seinem dinglichen Aspekt...»

Lily schüttelte den Kopf. «Das ist der älteste Witz der Welt – ein blödes Wortspiel. Das habe ich schon auf dem Spielplatz immer gehört. Es ist blöd –»

Er unterbrach sie. «N-n-n-nein! Es ist sehr wichtig.» Er hatte Mühe, sich zu beherrschen. «Das Wort, das Fleisch wird, Lily, das Zwischending, bevor –»

«Nein, es ist kein Fleisch! Es ist nicht wirklich! Es ist eine Puppe!» Sie hatte die Sprache wiedergefunden, redete laut und irre. Sie spürte, daß ihr eine dicke Träne langsam die Wange hinunterlief.

Angesichts ihrer Wut schien Martin ruhiger zu werden. «Es ist Puppenfleisch», sagte er. Lily fand, daß er selbstgefällig aussah. «Und Lily, sie ist du, bevor...»

«Bevor was?» Sie spuckte ihn an. Sie hatte es nicht gewollt, aber sie sah Speichel fliegen.

«Bevor du dich verändert hast.»

«Verändert?» Lily wich einen weiteren Schritt zurück. «Wie meinst du das, verändert?» Den letzten Satz flüsterte sie. Ich bin hier eingeschlossen, dachte sie. Es ist zu eng. Ich kann nichts sehen.

Martin starrte sie stirnrunzelnd an. «Sie ist du in anderer Gestalt.»

Lily antwortete nicht.

«Du bist jetzt eine Frau», sagte er sanft. «Aber das warst du früher nicht», sagte er mit leiser, verschwörerischer Stimme. «D-d-d», stammelte er. «D-A-H-L», buchstabierte er. «Ich bin auch ein Dahl, ein Underdahl. Verstehst du nicht? Es steckt überall drin.»

«Wovon sprichst du?»

«E-R», buchstabierte Martin. «Es steckt in Hermia; es steckt in Helen Bodler; es steckt in Underdahl.» Er gestikulierte mit den Händen und drehte sich zu der Puppe um.

«Die Buchstaben?» sagte Lily. «Du meinst ‹E› und ‹R› bedeuten etwas?»

«Es gibt viele ‹E-Rs› – sie wandern dauernd von einem zum anderen, je nachdem. Hermias Vater... Helen Bodlers Mann... Beckys Vater... Hal Dilly.» Martin lächelte.

Lily atmete ein paarmal tief durch. «Dieser Name», sagte sie, «zu wem gehört der?»

«Ich bin zwischen dich und mich getreten. Du warst meine Verkleidung.»

«Was?»

Aber Martin redete weiter. «Sie hätten ihn getötet, weißt du.»

«Wer?»

«Er ist Jude, Lily. Die Nazis hätten ihn umgebracht.»

«Ed war noch nicht mal geboren.» Martin hatte sich nicht gerührt, trotzdem sagte sie: «Komm mir nicht zu nahe.»

«W-wenn er schon auf der Welt gewesen wäre, hätten sie ihn umgebracht.» Martin flüsterte jetzt, und sein Gesicht leuchtete golden im Licht der Lampe.

«Sag das nicht, Martin.» Lily wäre am liebsten in Tränen ausgebrochen.

Martin schlang die Arme um sich und schaukelte mehrmals vor und zurück. Um sein Stottern unter Kontrolle zu halten, verfiel er wieder in seinen Singsang. «Die Puppe ist die Under-Doll, Lily, sie ist du.» Der Singsang wurde ihr unerträglich, und sie schüttelte abwehrend den Kopf.

Martin trat einen Schritt auf sie zu. «Du hast mir das mit dem Kühlschrank nie verziehen.»

«Mit dem Kühlschrank?» sagte Lily.

«Auf der Farm der Overlands. Der Kühlschrank in der Garage.»

«Was?» sagte sie.

«Schneewittchen», sagte Martin. Er kam näher.

«Geh zurück.»

Martin trat zurück.

Lily stand ganz still. «Ist das auf der Zeichnung», sagte sie langsam, «ein Kühlschrank?» Erinnerte sie sich an einen Kühlschrank? War auf der Farm der Overlands irgend etwas passiert? Schneewittchen, dachte sie. In dem Stück in der dritten Klasse habe ich Schneewittchen gespielt. Sie erinnerte sich an Andrew Wilkens, der nur so getan hatte, als küsse er sie, weil er keine Mädchenläuse bekommen wollte. Aber Martin?

«In der Garage», sagte er. «Ich habe dich gefesselt und dich in den alten Kühlschrank gesperrt. Er lag auf dem Rücken.»

Lily starrte ihn an. «War das ein Spiel?» sagte sie. Sie versuchte sich zu erinnern. Sie sagte nichts und rührte sich nicht. Kann ich mich erinnern, mit Martin gespielt zu haben? Schneewittchen? War es nicht mein Cousin George, mit dem ich das gespielt habe? Hatte ihr nicht George hinter den Weinstöcken das Gesicht abgeküßt? Lily erinnerte sich an ein Zwicken zwischen ihren Beinen, als müßte sie pinkeln. War sie in der Dunkelheit eines geschlossenen Kühlschranks gewesen, eingesperrt, ohne Luft zum Atmen? War es das? Oder erinnerte sie sich an George? Sie hatte mit ihm Mann und Frau gespielt, und das Komische daran war, daß sie die Frau so künstlich dargestellt hatte, als sei sie selbst nicht weiblich. Trotzdem, da war etwas, ein vages Gefühl, eingesperrt gewesen zu sein. Oder war es das Außenklo ihrer Großeltern gewesen? George hatte die Tür abgeschlossen und sie darin gelassen, und sie hatte ihn über die Kacke und den Mief lachen hören. «Das warst du nicht», sagte sie.

Martin reagierte nicht. «D-du hast mir nie verziehen. Zuerst wolltest du in den Kühlschrank. Dann hab ich dich provoziert. Ich hab dich provoziert, und dann hab ich dich reingestoßen und die Tür zugemacht. S-sie war s-so schwer.»

Lily schüttelte den Kopf. «Ich kann mich nicht erinnern», flüsterte sie. «Warum warst du auf der Farm der Overlands?»

«Um bei dir zu sein, Lily.»

Lily beugte sich zu ihm. «Hast du das erfunden, Martin? Lügst du mich jetzt an?»

Martin schüttelte heftig den Kopf. «Du, du bist gestorben, Lily.»

«Was?» Lily drehte den Kopf zu der Öffnung in der Höhlenwand, durch die sie hinausgelangen würde.

«D-d-du bist erstickt. E-es war nicht genug Luft zum Atmen in dem Kühlschrank. Ich habe mich draufgesetzt.»

«Aber ich stehe hier vor dir, Martin. Sei nicht dumm. Selbst wenn es passiert ist – wir waren doch Kinder und haben nur gespielt, oder?» Sie studierte Martins Gesicht. An seiner sturen, in sich gekehrten Miene prallten ihre Worte und deren Bedeutung einfach ab.

«Ich habe dich gefesselt.»

«Nein», sagte Lily. Sie fühlte sich unbehaglich. Hatte er sie wirklich gefesselt? War sie in ihrem Leben je gefesselt worden? Wieso war ihr das Gefühl vertraut, daß ein Seil ihr Fußknöchel und Handgelenke wund scheuerte? War das wirklich passiert?

Sie sah Martin in die Augen. Sie standen weit offen.

«D-d-dann, nach einer langen Zeit, habe ich reingeschaut, und, und es war vorbei.»

«Nein, Martin», sagte Lily. «Nein.»

«D-du warst t-t-tot. Ich habe dich umgebracht.» Er hielt inne. «U-und dann habe ich dich geküßt, und du bist in deinem weißen Kleid aufgestanden...»

«Nein», sagte Lily.

Martin nickte. Er flüsterte: «Wie Hermia.»

«Ich hatte als Kind nie ein weißes Kleid, Martin. Meine Mutter haßte Weiß. Es wurde zu schnell schmutzig, und da draußen...» Sie schüttelte den Kopf.

«Hattest du doch», sagte er eindringlich. «Und Becky auch. Sie trug es im Sarg.»

«Hör auf damit, Martin», sagte Lily. «Hör auf.»

Sie spürte, daß ihr Tränen die Wangen hinunterliefen. «Das ist nicht wahr. Du sagst es bloß, um» – sie hielt inne –, «um...» Sie konnte den Satz nicht beenden. Warum sollte er es sagen?

Martin beugte sich über den Rollstuhl und nahm die Puppe wieder heraus. Lily sah, daß ihr Körper mit irgendeiner Baumwollfüllung ausgestopft war. Als sie das Gesicht betrachtete, merkte sie, daß die Augenfarbe nicht stimmte. Die Petroleumlampe flackerte im Luftzug, und Lily holte tief Luft. «Die Augen sind blau», flüsterte sie. «Sie sind blau.»

«Ich habe ihr meine Augenfarbe gegeben», sagte er. Er hielt Lily die Puppe hin. Lily wich zurück und blieb dann stehen. Er schien sie ihr schenken zu wollen, und einen Moment lang dachte Lily, daß sie wie eine arme Prinzessin aussah, die den Riesen geopfert wird. Martins Kinn zitterte, und seine hellen Augenlider flatterten. «I-ich will, daß du sie nimmst.»

Bevor sie ihn bremsen konnte, war er auf sie zugestürzt und drückte ihr die Puppe in die Hände. Sie nahm sie und spürte, wie das Perückenhaar ihren Arm streifte. Es ist nur eine Puppe, sagte sie, während sie sie ansah. Es ist ein Ding. Sie kämpfte gegen die in ihr aufsteigende Angst an.

«Ich kann nicht, Martin. Nimm sie zurück.» Sie versuchte ihm die Puppe zurückzugeben, aber er hob die Hände, trat zurück, und die weiße Gaze seiner verbundenen Hand wedelte vor ihren Augen.

«Ich, ich will, daß du sie nimmst!» sagte er so laut, daß es in der Höhle widerhallte. «Sonst geht es nicht.»

Lily starrte ihn an. «Was? Was geht nicht?» Die Puppe mochte nicht mehr als fünfzehn Pfund wiegen, aber ihre Arme und Beine waren schwierig zu halten, und ihr Kopf ruhte schwer auf Lilys rechtem Arm. Sie sah in das friedliche Gesicht und bemerkte, daß die roten Lippen leicht geöffnet und gespitzt waren, und dieser Ausdruck, was immer er bedeutete, erfüllte sie mit Ekel.

Sie ließ die Puppe fallen.

Martin schrie auf. Er schrie wie eine Frau, und bei dem Geräusch zerbrach etwas in ihr. Sie drehte sich um und wollte loslaufen, als sie Martin noch einmal aufschreien hörte. Er packte sie am Knöchel und brachte sie zu Fall. Sie klammerte sich an den Boden der Höhle, aber Martin hatte sich auf sie geworfen und drehte sie an den Schultern um. Er hatte wieder die Puppe und preßte sie gegen Lily, während er sie unten hielt. Der harte Puppenkopf zwischen ihnen drückte ihr auf die Kehle, bis sie nach Atem rang, aber Martin ließ sie nicht los. «Ich k-k-kriege keine Luft», keuchte sie. Seine Umklammerung war kraftvoll, und Lily sah seine Armmuskeln hervortreten. Sie wehrte sich und ruckte heftig und schnell mit dem Kopf hin und her, um ihre Kehle zu befreien, und sobald sie sich seinem Griff entwunden hatte, schlug sie nach seinen Händen und traf mehrmals die Puppe. Darauf fing Martin an zu weinen. Im unsteten Licht der Lampe sah sie, daß er zitterte, und hörte ihn schluchzen.

Sie stürzte zum Gang. Dabei schürfte sie sich die Knie auf,

aber davon ließ sie sich nicht aufhalten. Sie kroch durch den Tunnel, durch die erste Höhle und zu der kleinen Tür hinaus. Sie machte sie nicht zu. Das Licht überraschte sie. Aus der Höhle kam kein Laut, und während sie zu ihrem Fahrrad lief, hatte sie das Gefühl, daß ihre Beine sie nicht tragen würden, daß sie plötzlich unbrauchbar geworden waren, und sie fragte sich, wie sie nach Hause kommen sollte. Sie schleppte sich schluchzend die Böschung zur Straße hinauf, und da tauchte dann der Hund auf. Es war ein Border-Collie, und er kam auf der Straße auf sie zugetrottet. Sie kannte ihn nicht, aber sie beugte sich zu ihm hinunter und tätschelte ihm den Hals. Während sie ihm ins Gesicht sah, fand sie es auf einmal seltsam, daß er nicht sprechen konnte. In einer Geste der Verwirrung oder Sympathie legte der Hund den Kopf schief, und Lily zog das Tier an sich. Sie drückte ihr Gesicht an seinen Hals und weinte. Der Hund stand ganz still und winselte ein bißchen, bis sie ihn losließ.

LILY ging direkt in Mabels Wohnung. Sie klopfte nicht an, sondern riß die Tür auf und sagte laut: «Es ist eine Puppe.» Zuerst sah sie Ed und dann Mabel, deren ernste, abgespannte Miene sie darüber nach denken ließ, ob sie nicht ein intimes Gespräch unterbrochen hatte. Mabels Hand hatte auf dem Manuskript gelegen, und bei Lilys Anblick hatte sie sie schnell weggezogen. Aber Lily machte sich weiter keine Gedanken darüber, was zwischen den beiden vorgegangen war. Sie hatte eine Geschichte zu erzählen, und sie erzählte sie. Als sie anfing, wußte sie noch nicht, daß sie die Sache mit dem Kühlschrank weglassen würde. Wenn sie sich sicher gewesen wäre, daß Martin log, als er sagte, er habe sie eingesperrt, hätte sie es erzählt, aber sie hatte ihre Zweifel. Martin dachte, sie wäre gestorben und wieder zum Leben erwacht. Konnte sie das Bewußtsein verloren haben und dann, während er zusah, wieder aufgewacht sein? Wenn es nie geschehen war, wieso rief die Geschichte dann in ihr das Gefühl wach, gefesselt und eingesperrt gewesen zu sein? Warum erinnerte sie sich an die Panik, keine Luft zu bekommen, und entsann sich trotzdem keiner Einzelheiten? Kinder sperren Kinder andauernd in Keller, Truhen und Schränke und sogar in alte Kühlschränke. Hatte sie nicht eine Geschichte von einem Mädchen gehört, das in einem gestorben war? Als sie zu Ende erzählt hatte, sagte Mabel: «Sollen wir die Polizei anrufen?»

«Ist es verboten, Puppen zu machen?» sagte Lily. Darauf antwortete Mabel nicht.

«Du könntest ihn wegen Körperverletzung anzeigen», sagte Ed. Seine Stimme war so erregt, wie Lily sie noch nie gehört hatte. Er beugte sich mit geballten Fäusten zu ihr vor.

Lily sah auf ihre Uhr. Hank hatte Dienst. Sie schüttelte den Kopf. «So war es nicht, wirklich nicht. Niemand ist tot. Das ist das Wichtigste.»

«Wie sah sie aus?» sagte Ed. «Die Puppe?»

Lily versuchte sie zu beschreiben, aber das ließ sich nicht leicht in Worte fassen, und sie konnte sich nicht an den Namen des Materials erinnern, das Martin benutzt und in seinem Backofen gebrannt hatte. Sie spürte, daß Ed ein bißchen enttäuscht von ihr war.

«War sie gut gemacht?» sagte er.

«Ja», sagte Lily. Sie sah ihn an, preßte den Mund zusammen und sagte dann: «Sie war sehr gut gemacht. Er sagte, er habe ein Jahr dazu gebraucht.»

Bevor Ed und Lily Mabel verließen, sahen sie sich ihren Knöchel an. Lily hockte sich vor den nackten Fuß der Frau. Er sah besser aus, aber noch immer geschwollen und blau. Es war ein alter Fuß mit heraustretenden Adern und Hühneraugen auf den gekrümmten Zehen. Lily machte einen Eisbeutel, und als sie ihn unter den Knöchel schob, sah sie in Mabels Gesicht empor und fragte sich zum erstenmal, wie lange die alte Frau noch leben würde.

ED sagte sie, sie wolle in dieser Nacht in ihrem eigenen Bett schlafen. Sie behauptete, es sei, um in Mabels Nähe zu sein, falls sie etwas brauche, aber das stimmte nicht. Der Hals tat ihr noch weh von dem Kampf mit Martin in der Höhle, und sie fühlte sich verletzlich. Sie wollte mit Ed in ihrem eigenen Bett liegen und wollte Mabel durch die Wand hören, wollte wissen, daß sie da war.

Als Ed ihr Zimmer betrat, warf er einen Blick auf das Poster von Marilyn und lächelte kurz. Er hatte es schon vorher gesehen, doch jetzt schien er es zum erstenmal zur Kenntnis zu nehmen, und in seinem Lächeln mochte Ironie liegen, aber Lily war sich nicht sicher. Dann hob er sie wortlos hoch, trug sie zum Bett und liebte sie. Seine Berührungen waren anders in dieser Nacht. Er widmete sich mehr als je zuvor ihrem Gesicht, streichelte mit den Fingern ihre Wangen, ihre Augenbrauen und ihren Mund und zeichnete die Linie ihres Halses nach. Er erinnerte Lily an einen Blinden, der sich ein Gesicht über dessen Konturen einprägt. Und sie war froh, daß er sie nicht zu fest hielt. Ihre Haut war empfindlich und wund, und jeder Muskel in ihrem Körper schien überdehnt zu sein. Sogar die Knochen taten ihr weh, obwohl sie nicht wußte, wie das möglich war.

Später dann, als er nackt, mit einem Zigarillo zwischen zwei Fingern, vor dem Fenster stand und Lily auf dem Bett lag und beobachtete, wie der Rauch zur Decke stieg, sagte er ihr, daß er am nächsten Morgen nach New York zu Elizabeth zurückfahren werde.

Lily wollte ihn nicht ansehen, deshalb starrte sie an die Decke und sagte: «Für immer?»

«Ich muß noch mal wiederkommen. Meine Sachen, meine Arbeit...»

«Du kehrst also zu ihr zurück?»

«Sie will es noch mal versuchen.»

Lily hörte ihn Rauch inhalieren und dann auspusten.

«Willst du mich nicht ansehen?» sagte er.

«Nein.»

Er trat ans Bett und setzte sich. Das einzige Licht im Raum kam von der Laterne draußen, und Lily wandte den Kopf davon ab und musterte die Schatten auf dem zerknitterten Laken unter ihrem Schenkel. «Das, was du über sie gesagt hast», begann sie.

«Stimmt alles.»

«Dann verstehe ich nicht.»

«Ich bin es ihr schuldig», sagte er sanft.

«Weil du schuldig bist?»

«So was Ähnliches.»

Lily konnte nicht sagen, was in diesem Moment über sie kam, warum sie sich so verhielt, aber sie weigerte sich, zu weinen oder Theater zu machen, und diese Weigerung befreite sie von sich selbst. Es hatte etwas mit Martin und der Puppe und der Höhle zu tun, aber sie wußte nicht, wieso. Vielleicht hatte sie Dramen satt. Es war nicht nur Stolz, was sie davon abhielt, sich ihm an den Hals zu werfen und zu betteln, er möge sie nicht verlassen, sondern daß sie sich die Szene im voraus ausmalen konnte, jeden einzelnen blöden, abgeschmackten Augenblick, genau wie in einer Seifenoper im Fernsehen, und sie wußte, daß sie ihn nie wiedersehen würde, wenn sie die Verzweifelte spielte, und daß ihre Härte ihre einzige Hoffnung war. Ob diese Härte echt war oder nicht, schien kaum etwas daran zu ändern. Sie sagte: «Okay.»

«Okay?» sagte Ed.

«Ja, okay.»

«Sonst fällt dir dazu nichts ein?»

Lily schüttelte den Kopf.

Ed öffnete den Mund, um etwas zu sagen, aber Lily setzte sich auf und legte den Finger darauf. «Nein», sagte sie. «Das bist du mir schuldig. Das letzte Wort.»

Sie schlief fest und tief. Nachts fing es an zu regnen, und sie wurde von leichten Regentropfen geweckt, die ihr vom Fenster her ins Gesicht wehten. Ed war weg. Er hatte eine Nachricht auf ihrem Nachttisch hinterlassen, und sie machte Licht, um sie zu lesen. «Konnte nicht schlafen. Gehe nach Hause, um zu packen. Ich liebe dich. Ed.»

BIS Martin Petersen am nächsten Morgen um Viertel nach sieben das Ideal Café betrat, verlief Lilys Schicht ereignislos. Vince hatte besonders gute Laune, genau wie Boomer, dessen Stimmung mit der seines Chefs stieg und fiel. Boom erzählte Lily pikante Klatschgeschichten: Die Hell's Angels waren in der Stadt, und es hieß, sie wollten den Tanzabend im Rick's sprengen. Linda Waller hatte, wie verlautete, eine Affäre mit Mr. Biddle, dem High-School-Basketballtrainer, und Lilys Exfreund Hank Farmer «steckte» bei Denise Steckle «einen weg». Auf diese letzte Klatschmeldung reagierte Lily nicht; sie starrte nur ausdruckslos auf das mit Soßenfett verschmierte Elvis-Bild auf der Brust des Jungen und dachte, daß Denise genau die richtige Wahl für Hanks Rache war, wenn es denn Rache war und nicht die «wahre Liebe». Ihr fiel ein, daß ihr Wissen um Hank und Denise dem Streit zwischen Hermia und Helena auf der Bühne mehr Pep geben könnte.

Als sie Martin mit einer großen Einkaufstüte in der Hand durch die Fliegentür erspähte, wurde ihr kalt. Sie ging schnell in die Küche, blieb hinter der Tür stehen und legte sich eine Hand auf die Brust, um ihr rasendes Herz zu beruhigen. Vince musterte sie kritisch, sagte aber nichts. Sie holte tief Luft. Aus den Augenwinkeln sah sie, daß Boomer ihre Bewegungen nachäffte. Sie ignorierte ihn und verließ die Küche. Martin saß in seiner Nische. Er hatte die Tüte dicht neben sich auf den Sitz gelegt. Lily stellte sich den Kopf der Puppe darin vor. Dann erinnerte sie sich an Martins Arme um ihren Hals und berührte die Stelle an ihrer Kehle, ob sie noch weh tat, aber sie spürte nichts. Hier kann er nichts machen, dachte sie und trat an seinen Tisch.

Sie wartete darauf, daß er klopfte oder redete oder sonstetwas tat, aber nichts geschah. Schließlich sah er zu ihr auf, und Lily holte kurz Luft. Das Gesicht, das Martin zu ihr hob, sah wächsern aus. Seine Lippen waren rot, zu rot, und sie brauchte einen Moment, bis sie begriff, daß er geschminkt war, nicht mit Make-up aus der Parfümerie, sondern mit Theaterschminke – ein heller, schwerer Pfannkuchen –, und daß sein Mund mit Lippenstift nachgezogen war. Sie starrte ihn an, holte ihren Block aus der Tasche und fragte ihn, was er wolle.

Martin klopfte nicht. Er stotterte nicht, und seine Stimme hatte keinen melodischen Klang. «Ich will, was ich immer will, Lily.»

Die Leichtigkeit, mit der er sprach, alarmierte sie, und sie dachte, irgendwas stimmt ganz und gar nicht mit ihm.

In der Küche sagte sie zu Vince: «Martin Petersen ist geschminkt.»

Vince spähte über die Schwingtür und sagte: «Na ja, ich denke, er bekennt endlich Farbe. Ich wußte doch, daß der Typ was Tuntiges an sich hat.»

«Das ist es nicht», sagte Lily. «Er stottert auch nicht.»

Vince zuckte die Achseln. «Es gibt kein Gesetz gegen Spinner, Lil. Das ist eben Amerika. Wir bringen sie in rasantem Tempo hervor.»

Lily nickte. Ed ist weg, sagte sie sich. Und dann fühlte sie es, das Elend, das sie in der vergangenen Nacht nicht gefühlt hatte. Sie verspürte den plötzlichen Drang, zur Toilette zu laufen und dort laut loszuheulen, aber sie hielt sich zurück und verließ die Küche.

Eigentlich hatte Martin im Café kaum Aufmerksamkeit erregt. Falls Mike Fox, Harold Lundgren oder den anderen sein sonderbares Gesicht aufgefallen war, so verrieten sie keinerlei Anzeichen von Neugier, und Lily hielt das für ein gutes Omen. Sie brachte Martin seine verlorenen Eier, schenkte ihm Kaffee nach und bediente Mr. Berman, der früh mit seiner «Minneapolis Tribune» und etwas, was wie ein Stoß Bestellscheine aussah, gekommen war. Mr. Berman war der einzige, der sich die Mühe machte, Martin genauer anzusehen. Er zog die Augenbrauen hoch, um Lily seine milde Überraschung anzudeuten, aber dann vertiefte er sich in seinen Lesestoff und blickte nicht mehr auf.

Lily ging Martins Teller abräumen. Er hatte alles aufgegessen. Auf dem Teller waren nur noch Spuren von verschmiertem Eigelb zu sehen, mehr nicht. Der Teller in ihrer Hand zitterte, als sie ihm zuflüsterte: «Es ist doch nicht wahr, Martin, daß du mich eingesperrt hast? Es ist nur eine Geschichte, stimmt's? Bitte, sag's mir.»

Er sah sie wortlos an.

«Du mußt verstehen», fuhr sie, immer noch flüsternd, fort, «ich will, daß du mich von jetzt an in Ruhe läßt.»

«Ich weiß, was ich weiß», sagte Martin ohne Stottern und ohne Singsang. Als sie mit seinem Teller in die Küche ging, bemerkte sie, daß Harold Lundgren sie ein paar Sekunden lang beobachtete, ehe er seine Kaffeetasse zum Mund hob. Auf dem Rückweg atmete sie an der Theke den Rauch von Mike Fox' achter Kent ein und sah, daß Martin die Papiertüte auf dem Schoß hatte und sie öffnete. Als sie am Ende der Theke ankam, hatte er seinen Arm darin und zog etwas heraus, was wie ein zerschlissenes rosafarbenes Handtuch aussah. Sie blieb stehen und sagte: «Martin.» Sie sagte es nicht laut und mehr zu sich selbst als zu ihm.

Aber Martin hatte die Papiertüte sorgsam beiseite gelegt und war jetzt darin vertieft, das Handtuch zu entrollen. Lily beobachtete, wie er mit beiden Händen arbeitete. Seine verbundene Linke behinderte ihn dabei nicht. Lily ging auf ihn zu. Als sie an seinem Tisch ankam, stockte ihr der Atem, und im Café wurde es totenstill.

Martin hatte einen Revolver ausgewickelt, einen riesigen Revolver, einen Fünfundvierziger, wie sie annahm, größer und schwerer als die der Polizei. Er lag nur ein paar Sekunden lang auf dem Handtuch, bevor Martin ihn in beide Hände nahm. Lily fing an, stumm mit sich selbst zu sprechen, und traf Feststellungen, als müsse das, was sie sah, bestätigt werden. Das ist ein Revolver, aber er kann nicht geladen sein. Wozu hat er einen Revolver? «Der ist doch nicht geladen?» sagte sie laut zu Martin. Hinter sich hörte sie Rufe. Vince brüllte: «Lily! Weg da! Leg dich hin!» Aber Lily dachte, ich bin zu nah dran. Ich kann nicht. Ich kann mich nicht bewegen.

Martin zielte jetzt mit dem Revolver an die Decke. Sein weißes Gesicht war völlig ausdruckslos, und hinter Lily sagte Mr. Berman: «Leg ihn weg, Martin. Du willst doch niemanden verletzen.» Und dann glaubte sie Boomer weinen zu hören, aber es konnte auch jemand anders sein. Martin senkte den Revolver und richtete ihn auf Lily. Er blinzelte, und sie sah seinen Kopf einen Augenblick wackeln. Gleich sterbe ich, dachte sie. Er wird mich im Ideal Café umbringen. Jetzt gleich, dies sind meine letzten Sekunden. Sie spürte, daß ihr Gesicht sich verzerrte. Das dunstige Sonnenlicht vom Fenster tat ihr in den Augen weh. Dies ist mein Tod, sagte sie sich, und während sie in Martins friedliches Gesicht sah, fing sie an zu schluchzen. «Nein! Nein!» Aber er hielt den Revolver auf sie gerichtet, und sie keuchte und weinte und hörte hinter sich Schreie und das Geräusch einer Telefonwählscheibe. Urin lief ihr in den Jeans an den Beinen hinunter. Sie hatte nicht gemerkt, daß ihre Blase nachgegeben hatte. Sie spürte nur den warmen Strom, der nicht aufhören zu wollen schien. «Nein», schrie sie mit tränenerstickter Stimme. «Bitte!»

Martin sagte nichts, aber sie sah seinen Blick kurz durch das Café schweifen, dann richtete er den Revolver gegen sich selbst und schob sich den Lauf in den Mund. Lily sah, daß seine roten Lippen sich über dem Stahl dehnten, und sie sah, daß seine blaßblauen Augen sie ansahen. Sie bemerkte die ungeschickte Haltung seiner Hände und Ellbogen beim Halten der Waffe. Sie sah den Schmutz in den Falten seiner Fingergelenke, und sie hörte den Knall. Sie sah, wie Martins Gesicht sich auflöste, sie sah Haut, Knochen und Blut fliegen. Sie sah seinen zerplatzten Kopf nach hinten gegen das sonnenbeschienene Fenster prallen. Sie sah, wie sein Körper aufhörte, sich zu bewegen, und sie sah das Blut auslaufen. Hier ist zuviel Blut, sagte sie sich. Dann stieg die Übelkeit in ihr auf, und sie verkrampfte die Hände über dem Magen. Mir ist schwindlig, dachte sie. Mir ist so schwindlig.

VINCE trug Lily in Mabels Wohnung hinauf, aber als sie zu sich kam, war er schon wieder hinuntergegangen. Sie sah Mabel und erinnerte sich einen Moment lang nicht an das, was im Café passiert war. Aber als sie an sich hinunterblickte, stellte sie fest, daß ihre Brust voller Blut war, und zog ihr T-Shirt aus. Sie untersuchte ihren BH und bemerkte, daß ein Blutfleck durchgesickert war, daher riß sie sich auch ihn herunter. Sie zog sich vollständig aus. Wortlos stopfte Mabel jedes einzelne Kleidungsstück in eine Plastiktüte, band sie zu und steckte sie in ihren Mülleimer. Dann duschte Lily ausgiebig und wusch sich mit einem Waschlappen. Sie stand unter dem Wasserstrahl und schrubbte jeden einzelnen Körperteil methodisch ab, und während sie den Waschlappen hin und her bewegte, sah sie sich ihre Haut genau an. Zweimal meinte sie, Blut auf ihren Füßen zu sehen, aber die Flecken stellten sich als Schatten heraus. Dann zog sie saubere Sachen von Mabel an und registrierte, wie hübsch die Bluse war. Als sie aus dem Badezimmer kam, wurde ihr bewußt, daß sie die Abfalltüte nicht im selben Raum haben wollte, und sie bestand darauf, sie zu den Mülltonnen unten im Gang zu bringen. «Laß es jemand anders machen, Lily», sagte Mabel. «Ich würde ja gehen, aber mein Knöchel...»

Lily ging selbst. Als sie an der Hintertür des Cafés vorbeikam, sah sie, daß sie offenstand, und hörte Stimmen; eine davon gehörte Lewis Van Son, aber sie sah nicht hinein. Jeder einzelne sinnliche Eindruck auf ihrem Weg durch den Gang draußen – das Licht, die warme Luft, der Glanz der silbernen Mülltonnen, ihre angespannte Armmuskulatur, als sie die Tüte fest in die Tonne stopfte – wirkte seltsam scharf und deutlich. Sie drehte sich um und ging wieder zu Mabel hinauf. Der Anblick ihrer Beine, die sich auf der Treppe durch den Raum bewegten, die Schmerzen in ihren Ellbogen und Knien, die Steifheit in ihrem Hals, wenn sie den Kopf drehte, waren ihr zugleich präsent und nicht präsent. Sie spürte und sah ihren Körper, aber sie glaubte nicht an ihn.

Von Mabels Wohnung aus rief sie ihre Eltern in Florida an. Sie hörte, wie ihre eigene Stimme ihnen erzählte, was passiert war, hörte den Stoßseufzer ihrer Mutter und den entsetzten Ausruf ihres Vaters im Hintergrund. Sie erzählte ihnen nicht, daß Martin die Waffe auf sie gerichtet hatte. Sie sagte, sie wolle, daß sie es von ihr selbst erführen. «Ich bin nicht verletzt. Mir ist nichts passiert.» Ihre Mutter meinte, sie würden zurückfliegen, aber Lily sagte nein.

Danach wechselten Lily und Mabel nicht mehr viele Worte, außer darüber, was sie essen sollten. Sie lauschten dem Tumult unten, den ankommenden und wegfahrenden Polizeiautos und dem Geräusch anderer Wagen, den amtlichen Stimmen, die Befehle bellten, und den Ausrufen von

Leuten, die zufällig Zeugen des Nachspiels eines spektakulären Selbstmords geworden waren und sich nun auf den neuesten Stand bringen ließen.

Lily wußte, was sie gesehen hatte. Sie wußte, daß Martin Petersen sich vor ihren Augen erschossen hatte. Das war eine Tatsache. Sie erinnerte sich an das rosafarbene Handtuch, an die Waffe, die erst auf sie und dann auf ihn gerichtet gewesen war. Sie erinnerte sich an seine Lippen um den Lauf, aber nachdem der Schuß losgegangen war, fand sich kein Bild von ihm mehr in ihrem Kopf. Den toten Martin konnte sie nicht sehen. Sie wußte, daß viel Blut dagewesen war, denn sie erinnerte sich, daß sie sich selbst darauf aufmerksam gemacht hatte, und sie hatte es ja auf ihrer Kleidung gesehen. Nun, da sie diese ausgezogen hatte, blieben nur die Worte. Das Bild war verschwunden. Sonst war nichts in ihr. Sie war weder betrübt oder traurig noch geschockt. Sie wußte nur, daß sie nichts sagen und mit niemandem reden wollte, und mit Mabel mußte sie nicht reden, also schwieg sie. Sie saß auf Mabels Sofa, sah ihre Beine an und wackelte mit den Zehen. Sie beobachtete, wie sie sich bewegten. Daran war etwas so Dringliches, daß es ihre ganze Aufmerksamkeit beanspruchte. Gegen fünf Uhr erkundigte sie sich plötzlich bei Mabel danach, welcher Tag es sei.

«Donnerstag, der zwanzigste Juni.» Mabel las mit der Brille auf der Nase, und sie nahm sie herunter, um Lily anzusehen.

«Heute ist Kostümprobe!» sagte Lily. «Ich muß mich fertigmachen.»

«Nein, Lily. Du bist nicht in der Verfassung, hinzugehen.» Mabels Ton gab den Ausschlag. Dagegen war nicht anzuargumentieren. Lily schwieg.

Mabel rief Mrs. Wright an und hielt während des ganzen Gesprächs die Stimme gesenkt.

Nach dem Abendessen hörten sie die Band im Rick's, weniger die Musik als die Bässe, einen stetigen, nicht enden wollenden hämmernden Beat. Motorräder donnerten durch die Division Street, und Lily fielen die Hell's Angels ein. Es donnerte, und dann regnete es.

Gegen neun Uhr klopfte Hank an Mabels Tür.

Lily saß auf dem Sofa und betrachtete ihre Knie unter Mabels Pyjamahose. Hank setzte sich neben sie. Sie sah ihn an, aber Hank sagte nichts. Eine Haarsträhne war ihm in die feuchte Stirn gefallen und klebte an der Haut. Es donnerte wieder. Sie hatte ihm nichts zu sagen. Gestern hatte sie ihm das mit der Puppe erklären wollen, heute nicht mehr.

«Es tut mir leid, was passiert ist», sagte er.

«Ist er bei Swenson?» sagte Lily. «Martin, ist er bei Swenson?»

Lily sah, daß Hank Mabel einen Blick zuwarf. «Ja. Die Beerdigung ist Sonnabend.»

«Die Beerdigung», wiederholte Lily. Sie hatte nicht an eine Beerdigung gedacht. Natürlich würde es eine Beerdigung geben.

Hank nahm sie in die Arme, aber Lily erwiderte die Umarmung nicht. Sie versteifte sich nur und wandte den Kopf ab. Er versuchte nett zu sein, aber es war ihr egal.

In dieser Nacht, in der nächsten und in vielen Nächten danach schlief Lily bei Mabel in deren großem, ringsum von Bücherregalen umgebenem Bett.

MICKEY Berner spielte den Spinnweb. Er trug das gewaschene und gebügelte Kostüm, das Mrs. Baker am Mittwoch abend in der Garderobe gefunden hatte. Er spielte schlecht, aber es hatte auch niemand erwartet, daß er gut spielen würde. Martin Petersen war der beste Elf des Stücks gewesen, und alle wußten es. Lily war erstaunt, als Mabel sie fragte, ob sie nach dem, was geschehen war, weitermachen wolle. Natürlich wollte sie. Sie fuhr mit dem Fahrrad zum Kunstverein und tat so, als würde niemand sie anstarren, als sie zur Tür hereinkam. Sie hatte erwartet, daß die Schauspieler über Martins Tod verblüfft und bestürzt sein würden, und das waren sie auch. Aber darüber hinaus schien der Selbstmord wie ein Stimulans auf das Ensemble gewirkt zu haben. Oren widmete Martin sein Spiel. Gordon erklärte laut, daß das Stück die «Erinnerung an Martin lebendig erhalten» werde, und Denise weinte in der Garderobe. Lily weinte nicht. Sie war zu nahe dabei gewesen, und ihre Nähe zu Martins Tod ließ die anderen auf vorsichtige Distanz gehen. Mrs. Wright hatte ihr zwar gesagt, wie leid es ihr tue, aber ihr peinlich berührter Gesichtsausdruck hatte für Lily sehr nach Scham ausgesehen. Nur Mrs. Baker umarmte sie, und als ihre Arme sie umschlangen, verspürte Lily in ihrem Innern ein Beben und die Drohung echter Tränen, aber sie ließ ihnen keinen freien Lauf und konnte auch die Umarmung nicht erwidern. «Es geht schon. Danke», sagte sie.

Als sie am Freitag abend zur ersten Vorstellung ihr Kostüm anzog und in den Spiegel sah, entzog sich ihr Hermia, und sie vergaß ihren Text. Von so einem Moment, ohne ein Wort im Kopf auf die Bühne zu gehen, hatte sie oft geträumt. Aber es blieb nicht so. Als sie ihre Stichwörter hörte, fielen ihr der Text und auch Hermia wieder ein, die sich erneut verändert zu haben schien: Sie schien ein wenig wilder und leidenschaftlicher geworden zu sein, und als sie mit Helena stritt, waren die Zuschauer mucksmäuschenstill. Mabel saß in der ersten Reihe, und als Lily beim Sprechen einmal zu ihr hinuntersah, bemerkte sie, daß die Lippen der alten Frau sich lautlos bewegten. Und als diese erste Aufführung vorbei war und man Lily zujubelte und gratulierte, behielt sie Hermia noch ein wenig in sich, und sie und Jim hielten sich hinter der Bühne bei der Hand.

AM Sonnabend war herrliches Wetter. Winde aus North und South Dakota hatten einen wolkenlosen Himmel und trockene Luft mitgebracht, und während Lily die Stufen zur Kirche hinaufging, dachte sie, daß ihr Vater das vorausgesehen hätte, wenn er dagewesen wäre. Die Kirche war nicht ganz, aber fast voll. Lily setzte sich neben Mabel auf eine der hinteren Bänke und bemerkte, daß mehrere Leute den Kopf verdrehten, um einen Blick auf die Kellnerin zu erhaschen, die Martin Petersen seine letzte Mahlzeit serviert hatte. Ida kam mit einer silbernen Schleife auf ihrer Hochfrisur an. Mrs. Baker und Mrs. Wright erschienen mit ihren Männern. Jim, Denise, Oren und Gordon kamen zusammen. Bert brachte Boomer mit, aber Vince war zu Hause geblieben. Lily erkannte Martins Schwester Eileen und seinen älteren Bruder, dessen Name ihr entfallen war. Sie wartete auf Frank und Dick, aber sie kamen nicht in die Kirche geschlurft. Statt dessen kam Dolores. Sie trug ein enganliegendes blaues Kostüm und hatte das Haar hochgesteckt. Das ließ sie zahmer aussehen, fand Lily.

Pastor Carlsen vermied das Wort «Selbstmord». Lily nahm an, daß es ihr aufgefallen wäre, wenn er es ausgesprochen hätte, aber in Wirklichkeit hörte sie nicht sehr genau zu. Martins Sarg stand vorn in der Kirche, und sie fixierte ihn, um sich zu konzentrieren. Sie stellte sich Martin darin vor, und dann versuchte sie sich an die Puppe zu erinnern. Wegen dieser Puppe hatte sie sich schon Sorgen gemacht. Sie wollte nicht, daß jemand sie fand und sie, Lily, an deren Gesicht und Körper erkannte. Martin konnte sie sonstwo gelassen haben, und während sie an die Puppe dachte, zog sie wiederholt am Stoff des schwarzen Hemds herum, das Mabel ihr geschenkt hatte. Sie tat es ganz selbstvergessen und hörte erst auf, als Mabels Hand sich auf ihre legte. Sie ließ ihre Hand sinken und sah sich Mabels Stock an. Er hatte einen graubraunen Gummigriff. Wenn einer die Puppe findet, wird er wissen, daß ich es bin, sagte sie sich.

Jetzt sprach Martins Schwester, und Lily versuchte, Martins Züge in ihren wiederzufinden, aber sie konnte es nicht. Eileen hatte gerade gesagt: «Mein Bruder war ein freundlicher Mensch», als sie aufblickte, den Mund aufriß und einen seltsamen kurzen Laut von sich gab. Er war nicht laut, aber er drückte Verblüffung aus, und die Gemeinde drehte sich wie ein Mann um und sah Tex den Mittelgang entlangstürmen. Er war wie ein Gesetzloser aus dem alten Westen gekleidet, samt schwarzem Hut, sechsschüssigen Revolvern an den Hüften und Sporen, die klirrten, als er an Lilys und Mabels Sitzreihe vorbei auf den Sarg zueilte. Wäre es nicht in der Kirche gewesen, dann wären bestimmt mehrere Leute sofort aufgesprungen, aber es war in der Kirche, und ein paar Sekunden lang senkte sich entsetztes Schweigen über den Altarraum. Dann fing hinten ein Kind an zu weinen, Lily sah Martins Bruder aufspringen, und sie sah Pastor Carlsen mit erhobenen Händen und offenem Mund. Er sagte etwas, aber sie hörte nichts durch das Getöse, das jetzt unter den Leuten auf den Bänken ausbrach.

Lily rührte sich nicht. Tex war auf den Sarg gestiegen und versuchte ungeschickt, sich rittlings daraufzusetzen. So groß er auch war, der Sarg war zu breit, um als Schaukelpferd zu dienen, und ehe sie sich's versah, hämmerte Tex auf den Sargdeckel und schrie «Marty! Marty!» Vier oder fünf Männer in der Nähe der Kanzel, einschließlich Pastor Carlsen, warfen sich auf ihn und zerrten ihn vom Sarg herunter, aber der große Mann fuhr herum und hievte sich wieder auf die Kiste, und etwa eine Sekunde, nicht länger, meinte Lily zu sehen, daß der Sargdeckel sich öffnete. Ihr Gesicht bebte von etwas, was sich wie Elektrizität anfühlte. Sie schloß die Augen und stellte sich vor, wie Martin sich in seinem Sarg aufsetzte und herauskletterte. In ihrer Phantasie trug er sein Kostüm, doch dann fragte sie sich, wie sie ihn gekleidet hatten. In Webster hatten alle männlichen Leichen, die sie je gesehen hatte, einen marineblauen Anzug getragen – ihr Großvater, ihr Onkel, Mr. Deerhoeven. Als sie die Augen wieder öffnete, sah sie Pastor Carlsen seinen Talar aus Tex' Sporen befreien. Der Sarg war geschlossen.

Nachdem Lewis Van Son und Dick Shockley Howard Gubber ins Gefängnis verfrachtet hatten, blieben alle bis zum Ende des Gottesdienstes. Lily konnte die kollektive Entschlossenheit, zu beenden, was sie begonnen hatten, im Raum fühlen. Eileen zitterte, aber sie setzte ihre Rede fort. Sie sagte, Martin habe die Tischlerei und Bücher und Tiere geliebt. Von den Tieren wußte Lily nichts, aber sie glaubte seiner Schwester. Es ist alles wahr, dachte sie, und es ist alles gelogen. Eileen wollte an ihn erinnern, wollte das Rechte sagen, aber Lily hatte das Gefühl, daß man bis zum Jüngsten Tag graben und graben und reden und reden könnte und keinen «wahren» Martin finden würde, daß man einfach nicht sagen konnte, was mit ihm gewesen war. Als die Leichenträger die unter dem Sargdeckel verborgene Leiche aus der Kirche trugen, tastete Lily nach Mabels Hand, ohne sie anzusehen, und hielt sie während des ganzen Segens fest: «Der Herr segne und behüte dich. Der Herr lasse sein Angesicht leuchten über dir und gebe dir Frieden.»

DAS Ideal Café machte am darauffolgenden Montag wieder auf, und Lily arbeitete in ihrer üblichen Schicht. Etwa eine Woche lang waren die einzigen Leute, die sich in die Nische am Fenster setzten, von außerhalb. Danach schien sich niemand mehr darum zu kümmern, wo er sich hinsetzte, doch Martins Tod blieb ein heißes Thema. Allerdings interessierten die Leute sich weniger dafür, warum Martin sich umgebracht hatte, als Lily geglaubt hätte. Sie meinten, er sei eben verrückt gewesen oder verzweifelt, aber das war schon alles. Soweit Lily sehen konnte, nahmen sie es, wie ihre Tante Irma zu sagen pflegte, «philosophisch». Zugleich fand sie es interessant, daß die Tatsache, daß Martin auf sie, Lily, gezielt hatte, nicht in der Geschichte vorkam. Die Leute im Café mußten es gesehen haben, dachte sie, aber niemand sprach darüber. Trotzdem spürte sie, daß über sie und Martin geredet wurde und daß, wenn ihr auch niemand die Schuld an Martins Tod gab, die Leute wußten, daß sie irgendwie damit zu tun hatte. Wenn die Leute glotzten und flüsterten, fühlte sie sich, als würden sie mit dem Finger auf sie zeigen und sagen: «Sie war dabei, als er es getan hat – nur Zentimeter entfernt. Sie war ganz voller Blut.»

Einige Tage lang machte Boomer Führungen zu der «Selbstmordnische», meistens für Jungen unter zwölf. Dann bekam Vince Wind davon und verbot es ihm. Aber bis dahin verlangte Boomer einen Vierteldollar für die «Rekonstruktion»: «Hatte die Waffe in 'ner Tüte. 'ne riesige Kanone. Hat sie sich zwischen die Zähne gesteckt.» Das war sein Stichwort, um auf seinen Finger zu beißen und sich nach hinten gegen das Fenster zu werfen, während er seine Beschreibung fortsetzte, die direkt aus einem Comic-Heft stammte: «Peng! Bumm! Hat sich die Birne weggepustet!» Boomer war in der Küche gewesen, als Martin sich erschossen hatte. Er hatte ihn durch die Tür sterben sehen. Anscheinend war nur Sekunden nach dem Schuß Mike Fox in die Küche gerast gekommen, und Boomer hatte ihn und sich selbst vollgekotzt. Etwas an Boomers Vorstellung faszinierte Lily. Es machte ihr nichts aus, sie zu sehen, genausowenig wie es sie störte, die Kurzfassung der Geschichte zu hören, die wieder und wieder erzählt wurde. «Martin Petersen kam ins Ideal Café und bestellte wie üblich sein Frühstück. Er aß es bis zum letzten Bissen auf, und dann holte er eine Knarre raus und pustete sich das Gehirn weg.» Weder Boomers Schmierentheater noch die kleine Geschichte stellten das Geschehen falsch dar, und doch empfand Lily, wenn sie Boomer in der

Sitzecke herumturnen sah oder jemandem zuhörte, der von dem Selbstmord erzählte, die Gesten und Worte als Ausflüchte. Sie hatte Martins Leiche vergessen, aber irgendwie kam dieser blinde Fleck in ihrem Gehirn, wo die Leiche hätte sein sollen, der Wahrheit näher als alles, was getan oder gesagt werden konnte.

Ein Gerücht begann umzugehen, das angeblich aus dem Bestattungsinstitut stammte. Es besagte, daß der Verband an Martins linker Hand entfernt worden sei, als seine Leiche zur Einbalsamierung vorbereitet wurde, und daß Lilys Name in die Haut seiner Hand unter den Fingergliedern eingeritzt gewesen sei. Eines Morgens im Café sagte Bert zu Lily, sie solle Boomer verbieten, diesen Tratsch zu verbreiten.

Lily sagte nichts. Sie warf Bert einen kurzen Blick zu, dann wandte sie sich ab und starrte durchs Fenster auf die Division Street hinaus.

Bert berührte sie von hinten am Arm. «Er ist tot, Lily. Es spielt keine Rolle mehr.»

Seit Martins Tod hatte Bert Mabel und Lily mit Lebensmitteln versorgt, hatte Kuchen und Aufläufe gebacken und sie ihnen gebracht, ohne einen Dank abzuwarten. Sie hatte Lily jeden Tag angerufen, um «ein bißchen zu plaudern», und hatte so getan, als würde Lily ihren Teil zum Gespräch beitragen.

«Das geht vorbei, Lily», sagte sie.

Lily sah auf ihre Schürze hinunter. «Irgendwas stimmt nicht mit mir, Bert. Ich kann alles tun – arbeiten, essen, schlafen, reden –, aber ich will das alles nicht tun.» Sie sah Bert nicht an, aber sie nahm die Hand ihrer Freundin und drückte sie. «Es ist, als würden die Leute den Leichengeruch an mir riechen, Bert. Manchmal meine ich, ich rieche ihn selbst.»

Bert warf einen Blick auf ihre eigene Hand.

Lily spürte, wie ein Zittern durch Berts Finger lief, und ließ sie los.

Noch am selben Tag, dem Tag, an dem sie das mit Martins Hand erfahren hatte, verhängte Lily den Spiegel in ihrem Zimmer. Sie erklärte sich diese Tat nicht, sondern legte einfach ihren Bademantel über den Spiegel und ließ das Badezimmerschränkchen offen, damit sie sich nicht darin sah. Sie verbrachte ohnehin nicht viel Zeit in ihrem Zimmer, außer um sich umzuziehen. Sie wohnte jetzt bei Mabel, obwohl keine von beiden ein Wort darüber verloren hatte, und von Mabels zwei Spiegeln konnte sie sich ziemlich leicht fernhalten. Beide waren klein.

Eines Abends nahm Mabel ihr Manuskript vom Schreibtisch und sagte, es sei an der Zeit, es jemandem vorzulesen, und so fingen ihre nächtlichen Lesungen an. Mabels Buch war viel einfacher, als Lily es sich vorgestellt hatte. Es begann so: «Meine erste Erinnerung ist die an meine Mutter. Sie kauert mit ausgebreiteten Armen auf dem Fußboden, und ich gehe auf sie zu.» Mabels erste Erinnerungen waren isolierte Bruchstücke von Szenen, die sie mit großer Detailgenauigkeit erzählte: ein Tischtuch mit grünen Gläsern darauf, ihr Bruder nackt im Außenklo und eine tote Katze. Mit ungefähr ihrem siebten Lebensjahr wurden ihre Erinnerungen etwas zusammenhängender, und sie erzählte die Geschichte ihrer Kindheit in South Dakota und schilderte frühe Träume, deren sie sich entsinnen konnte. Lily gefiel vor allem einer, den Mabel ihr vorlas. Darin flog sie über eine Stadt und rettete ihren Bruder vor einer Hexe, die in einer mit Zeitungen gedeckten Hütte lebte.

Lily stellte fest, daß die Zeit des Vorlesens ihr liebster Teil des Tages war. Manchmal lasen sie im Bett. Dann saß Mabel mit Kissen im Rücken, und Lily lag neben ihr und hörte zu, wie die Jahre – je nach den berichteten Ereignissen langsam oder schnell – vergingen. In ihrem Buch machte Mabel sich oft über ihr jüngeres Ich lustig, und sie und Lily lachten zusammen darüber. Lily fand es merkwürdig, daß sie über das, was in dem Buch stand, lachen konnte, in ihrem eigenen Leben aber nichts mehr lustig fand. Als Mabel zu der Passage kam, die vom Tod ihrer Mutter berichtete, weinte Lily zum erstenmal, seit sie Martin in der Höhle gefunden hatte.

Die beiden Frauen hatten sich daran gewöhnt, in einem Bett zu schlafen. Anfangs hatte Lily sich dicht an die Bettkante gelegt und war sich sogar im Schlaf des Körpers der alten Frau bewußt gewesen, aber dieses Gespür verschwand bald. Nun wachten sie oft ineinander verknäult auf – einen Arm oder ein Bein über dem der anderen –, und nach den ersten paar Malen hielten sie sich nicht mehr mit Entschuldigungen auf.

Wie sich herausstellte, hatte Mabel ein Geheimnis. Sie las die entsprechende Passage in demselben Ton vor, in dem sie alle anderen Seiten vorgelesen hatte. Mit achtzehn war sie, nachdem sie Owen Hartwig vor dem Standesamt verlassen hatte, arm, allein und schwanger in Chicago gelandet. Sie gab das Baby, ein kleines Mädchen, weg und hatte es nie wiederfinden können. Sie wußte nicht, ob ihre Tochter lebte oder tot war und wie sie hieß. «Es ist so eine alte Geschichte», las sie Lily vor, «eine altbekannte, wieder und wieder erzählte Geschichte, aber das macht den Kummer darüber nicht geringer. Ich habe mich von den Dingen, die ich aus jenem Zimmer retten konnte, nie getrennt – dem Tisch, den Schlüsseln und dem Vogelnest. Jenem Zimmer, in dem die Frau von der Adoptionsvermittlung die Ansprache gehalten hat, mit der sie mich dazu überredete, meine Tochter wegzugeben. Es war eine schlechte Ansprache, voller Klischees und abgedroschener Vorwürfe. Schon damals wußte ich, wie dumm sie war, aber ich habe sie behalten und nie vergessen. Während sie sprach, habe ich die Worte an verschiedenen Gegenständen im Zimmer festgemacht und in mein Gedächtnis eingebrannt. Es war keine lange Rede.»

Lily drehte sich im Bett um und sah Mabel an. «Wie hast du sie genannt, Mabel?»

«Anna», sagte Mabel. «Anna Wasley.»

«Ist Wasley nicht der Name deines Mannes?»

«Ich war ein Blaustrumpf, Lily», sagte Mabel. «Ich habe meinen Namen nie geändert.»

IN der zweiten Juliwoche merkte Lily, daß ihre Periode ausgeblieben war. Ed hatte weder geschrieben noch angerufen. Sein Verschwinden war so total, daß er ihr nicht mehr wirklich erschien. Mabel sagte ihr, er habe im Stuart Hotel die Julimiete bezahlt, und sie erwarte ihn, aber Lily erwartete ihn nicht. Trotzdem hätte sie ihn an manchen Tagen gern angerufen, wenn sie glaubte, er wolle von ihr hören, an Tagen, wenn sie hoffte. Sie hatte seine Telefonnummer und Adresse auf einem kleinen Zettel notiert, der auf ihrem Nachttisch lag. Einmal war sie so weit gegangen, seine Nummer zu wählen. Aber nach dem ersten Klingeln hatte sie aufgelegt. Sie hatte Angst gehabt, Elizabeth würde sich melden. Sie hatte auch einen Brief an ihn angefangen, aber beim zweiten Lesen war ihr jedes Wort zuwider, das sie geschrieben hatte, und sie warf ihn in den Papierkorb. Sie befühlte oft ihren Bauch, untersuchte ihn nach Anzeichen für irgendeine Veränderung, nach einem Hinweis auf fötales Leben, konnte aber nichts feststellen. Obwohl sie sich von Spiegeln fernhielt, sah sie sich oft ihre Arme, Beine und Füße an und befühlte sie mit den Fingern. Manchmal, wenn Mabel ihr vorlas, streichelte sie unentwegt ihren Arm oder wiegte sich im Bett. Bevor sie zur Arbeit ging, bürstete Mabel ihr das Haar und legte ihre Kleider zurecht. Einmal legte sie einen Lippenstift und einen kleinen Spiegel auf den Tisch. Lily wußte, daß es ein Wink war, ignorierte ihn aber. Sie ging nicht zum Arzt. Wenn sie schwanger war, würde sie ohnehin nichts daran ändern. Das sollten andere tun.

Zweimal in der Woche las sie den Polizeibericht, sobald der

«Chronicle» erschien. Sie wartete darauf, daß jemand die Puppe fand, aber keiner tat es. Jedoch wurden im Laufe des Julis drei ungewöhnliche Erscheinungen gesichtet: ein UFO über Dundas, ein geisterhafter Cowboy, der in Richtung des öffentlichen Schwimmbads lief, und ein weiterer Engel. Der Engel wurde im Feld der Klatschwetters gesichtet, vielleicht von Mrs. Klatschwetter selbst, obwohl kein Name genannt wurde, und das führte etwa eine Woche lang zu einer Flut von Engelwitzen im Café. Lily glaubte von diesen Berichten kein Wort, aber sie hatte den Eindruck, daß sich jemand da draußen über sie lustig machte. Als sie Mabel gegenüber den Engel erwähnte, schwieg diese eine Weile und sagte dann: «Ich glaube, du solltest mal auf den Friedhof zu Martin Petersens Grab gehen, Lily.»

«Was?»

«Du hast schon richtig gehört. Wenn du möchtest, komme ich mit.»

Lily antwortete nicht, aber sie begann an Martins Grab zu denken. Hatte es schon einen Grabstein? Würde ein Spruch darauf stehen oder nur seine Lebensdaten? Hatten sie ihn neben seine Mutter gelegt? Auf Mabels Sofa schlang Lily die Arme um sich und schloß die Augen. Sie erinnerte sich an Martin, der von der Puppe als «etwas dazwischen» gesprochen hatte. Warum hatte sie das Gefühl, daß sein Grab auch «etwas dazwischen» war, daß es zwischen ihr und ihm stand?

«Im Kunstverein besetzen sie in zwei Wochen die Rollen für ‹My Fair Lady›.» Mabels scharfe Stimme riß sie aus ihren Gedanken. Sie sah Mabel an.

«Du solltest es mit Eliza Doolittle versuchen.»

Lily verdrehte die Augen, sagte aber nichts. Mabel schien jeden Tag etwas älter zu werden: Ihre Falten wirkten tiefer, ihr Gesicht totenkopfartiger. Sie schien sogar weniger Haare zu haben.

AM Morgen nach diesem Gespräch betrat Ed das Café. Mike Fox ließ seine Zigarette sinken. Pete Lund blickte von seinem Kaffee auf, und Vince und Boomer standen gaffend hinter der Küchentür. Lily merkte erst, daß er da war, als sie eine Hand auf ihrer Schulter spürte, sich umdrehte und ihn neben der Kasse stehen sah. Mit einer plötzlichen, heftigen Aufwallung von Vertrautheit erinnerte sie sich an ihn. Er sah aus wie immer. Aber Lily verspürte das Bedürfnis zu schreien, wie im Kino, wenn die Leute denken, jemand ist tot, und sich herausstellt, daß er lebt.

Er begann mit leiser Stimme zu reden und wollte ihre Hand nehmen, aber sie zog sie weg.

«Ich wußte nichts davon», sagte er, «ich wußte bis eben nichts davon, als ich Stanley traf, und der hat mir erzählt, was passiert ist. Du hättest mich anrufen sollen, Lily. Du hättest mir schreiben sollen. Ich hätte alles stehen- und liegenlassen und wäre gekommen ...»

Das ist zuviel für mich, dachte sie. Ihn jetzt zu sehen. Ich breche zusammen. Was will er?

Hinter sich hörte sie, daß Vince sich räusperte. Sie spürte, daß ihr Gesicht unkontrolliert zuckte. Sie öffnete den Mund und schloß ihn wieder. Sie blinzelte und hatte einen Kloß im Hals.

Dann stand Vince hinter der Theke, Vince, der seit Martins Tod ungewöhnlich nett zu ihr gewesen war. Er zeigte vorwurfsvoll mit dem Finger auf Ed, und Lily hörte ihn sagen, daß Ed sich vielleicht bei ihr hätte anmelden können, daß sie die Hölle durchgemacht habe und wo zum Teufel er die ganze Zeit gewesen sei? Lily zog sich von beiden zurück, bis Vince drohte, Ed eins «auf die Nuß» zu geben. Sie wankte nach vorn, stellte sich zwischen die beiden und blickte von einem zum anderen. «Hört auf!» sagte sie. Als sie Ed ins Gesicht sah, fragte sie sich, wer er war, dieser Mann, der gekommen und gegangen und wiedergekommen war, und warum er meinte, er könne in ihrem Leben auftauchen und verschwinden wie ein Springteufel. Ich bin wirklich wütend auf dich, dachte sie plötzlich. «Du hast mich nie angerufen», sagte sie. «Du hast mich nicht ein einziges Mal angerufen.» Sie ballte die Hände zu Fäusten und biß die Zähne zusammen. Sie hatte das Gefühl, sich nur beherrschen zu können, wenn sie jeden Muskel in ihrem Körper anspannte. «Ich komme nach meiner Schicht zu dir, dann können wir reden», flüsterte sie, an Eds Hände gewandt.

Vince, der ein paar Schritte zurückgetreten war, meinte, er könne Bert bitten, für sie einzuspringen, aber Lily drehte sich zu ihm um und sagte ihm mit der ruhigen, lauten Stimme, die sie als Hermia benutzt hatte, daß sie ihm versprochen habe, ihn nie wieder im Stich zu lassen, und daß sie dieses Versprechen bei Gott halten werde.

Vince lief knallrot an und zog sich zurück, und nachdem er in der Küche verschwunden war, hörte sie, wie Boomer einen langen, lauten Pfiff ausstieß.

BEVOR Lily über die Straße ins Stuart Hotel ging, suchte sie die Toilette auf und sah sich im Spiegel an. Das Gesicht, das sie sah, war jünger, hübscher und blasser, als sie es in Erinnerung hatte, und sie war froh, daß sie sich angeschaut hatte, weil sie wissen wollte, was Ed gleich sehen würde.

In seinem Zimmer sah sie einen offenen Koffer auf dem Boden liegen, und sie erkannte die herausquellenden T-Shirts und Jeans wieder. Einige dieser Kleidungsstücke hatte sie selbst schon getragen. Der Raum roch nach Farben, Rauch und anderen namenlosen, aber vertrauten Dingen, und als Lily sich auf den Klappstuhl setzte, hatte sie Angst vor diesen Gerüchen. Sie waren gleichbedeutend mit Eds Körper und Sex mit ihm in dem kleinen Eisenbett geworden, und sie fragte sich, ob sie es wagen würde, sich wieder von ihm anfassen zu lassen.

Ed setzte sich ihr gegenüber, aber Lily fand es schwer, ihn anzusehen, deshalb studierte sie ihre Hände.

«Stanley hat es nicht so direkt ausgesprochen», sagte Ed. «Aber im Grunde hat er durchblicken lassen, daß ich ein Arschloch bin, als ich ihm unten begegnete. Er stand kopfschüttelnd da und hat meinen Blick gemieden. ‹Sie hätten sich bei dem Mädchen melden sollen.› Ein paarmal hat er das gesagt. Es tut mir leid, Lily. Es tut mir furchtbar leid...»

«Warum bist du zurückgekommen?» sagte sie.

«Sieh mich doch an, Lily.»

«Ich will nicht.»

«Gut, dann sieh mich nicht an», sagte er. «Du hast Schreckliches durchgemacht. Ich wünschte, ich hätte Bescheid gewußt...»

«Warum bist du zurückgekommen?»

«Mit Elizabeth ist es zu Ende. Sie wollte mich gar nicht wirklich. Sie hatte von dir erfahren, und da hat sie angefangen, mich zu drängen, es noch mal zu versuchen, aber es dauerte nicht lange, bis ich gemerkt habe, daß sich nichts geändert hatte. Ich hatte das Gefühl, es war Heuchelei.»

Lily sah das Bild von Mabel an, das immer noch mit seinen leeren Kästchen mitten im Zimmer stand, und fragte sich, warum Elizabeth plötzlich so unwichtig erschien. Das Wort ‹Heuchelei› schien eine Spur in ihrem Ohr zu hinterlassen. Sie wiederholte es laut: «Heuchelei.»

«Es tut mir leid.»

Sie wußte, daß es ihm wirklich leid tat. «Mir auch», sagte sie. Das war keine Entschuldigung. Es war vielmehr so etwas wie ein Kommentar zur Welt im allgemeinen, zu der Art, wie Dinge passieren oder nicht passieren.

Ed schien das zu verstehen, weil er nichts sagte. Sie bemerkte, daß sein Gesicht, obwohl sein Körper entspannt schien, starr und grimmig aussah. Er stand auf, ging zu seinem Koffer, wühlte unter einigen Kleidungsstücken einen

Skizzenblock hervor und brachte ihn ihr. «Ich habe Martin gezeichnet», sagte er. «Ich habe damit angefangen, nachdem er damals von hier weggegangen ist, und habe eine Zeitlang Skizzen von ihm gemacht. Ich möchte, daß du sie nimmst. Du kannst damit machen, was du willst – sie verbrennen, sie wegwerfen. Mir ist es egal.»

Sie konnte die Entschiedenheit in seiner Stimme hören – die Sturheit, an die sie sich erinnerte. Er schlug den Block auf und gab ihn ihr.

Lily sah Martin an. Das Bild hatte keinen Hintergrund, keine Basis, nichts, worauf er stand. Sein Körper schien auf dem Blatt zu schweben, und in der rechten Hand hielt er einen Cowboyhut. Er sah sehr jung aus – wie ein Knabe. Sie schloß die Augen. «Du wolltest ihn malen», sagte sie, weil sie plötzlich verstand, was die Skizzen zu bedeuten hatten. «Er sollte der fünfte werden.» Sie flüsterte, um die Tränen zurückzuhalten.

«Ich habe daran gedacht», sagte Ed, «aber dann beschlossen, es nicht zu tun. Das ist die Wahrheit.» Lily bemerkte, daß er mit dem Knie wippte.

«Martin hatte Angst, du würdest mich malen, dabei wolltest du ihn malen. Das ist komisch.» Sie gab einen Laut von sich, halb Lachen, halb Schluchzen, und reichte Ed den Skizzenblock zurück. «Er... er...» Sie hielt sich die Hand vor den Mund, damit Ed nicht sehen konnte, daß ihre Lippen zitterten.

Er beugte sich vor. «Ich liebe dich», sagte er. «Ich bin mir nicht sicher, ob dich das jetzt noch kümmert, aber ich möchte, daß wir zusammen sind.»

Lily wich auf dem Stuhl zurück und hob abwehrend die Hände. Nachdem Ed sich zurückgezogen hatte, sah sie ihm in die Augen, antwortete aber nicht. Was sagst du da? dachte sie. Was meinst du damit? Und dann, während sie ihn weiter ansah, dachte sie, frühmorgens, bevor die Sonne aufging, habe ich dich immer beobachtet. Ich bin immer zum Fenster gegangen, um dich anzusehen, weil ich dich ansehen wollte, nein, weil ich dich ansehen mußte. Warum? Sagst du jetzt nicht das, was ich mir von Anfang an immer erträumt habe? Es ist seltsam, dachte sie. Alles auf der Welt ist seltsam. Sie sah zum Fenster, und ohne zu wissen, warum, erinnerte sie sich an Oberons Worte gegen Ende des Theaterstücks. «Da fordert' ich von ihr das Wechselkind. / Sie gab's mir gleich und sandte ihren Elfen / Zu meiner Laub' im Feenland mit ihm. / Nun, da der Knabe mein ist, sei ihr Auge / Von dieser häßlichen Verblendung frei.» Und Lily spürte, wie ihr Kinn anfing zu zittern, dann ihr Hals und ihre Schultern. Sie versuchte nicht, dem Zittern Einhalt zu gebieten. Es schien jetzt angebracht zu sein, wie ein Anfall, der sich lange angekündigt hat. Es kam nicht nur daher, daß Ed ihr sagte, er wolle sie, oder daß ihr klar wurde, wie schrecklich sie ihn vermißt hatte. Es kam auch daher, daß Vince bereit gewesen war, ihn zu verprügeln, und daß Stanley ihn angeherrscht hatte, und es kam von dem Nachmittagslicht, das durchs Fenster fiel, und von Mabels glücklichem Gesicht auf dem Gemälde. Es kam von ihren braunen Beinen auf Eds Stuhl und den warmen Tränen, die darauf fielen. Und wohl auch von Martin.

«Ich möchte, daß du mit mir nach New York gehst», sagte er. «Ich möchte mit dir zusammenleben.»

Lily schüttelte den Kopf. Damit sagte sie nicht nein. Sie war nur einfach überwältigt.

«Wenn du nicht mit mir zusammenleben willst, helfe ich dir, eine Wohnung zu finden. Du kannst Schauspielunterricht nehmen, und wir können uns täglich sehen. Wenn nicht täglich, dann sooft du willst. Ich werde dich nicht aufgeben, Lily.»

Sie konnte immer noch nichts sagen. Sie sah auf den Fußboden und weinte.

Aber sie ließ sich von ihm küssen, und in den Stunden, die

sie danach miteinander im Bett verbrachten, weinte sie hin und wieder weiter. Später, als er sich aufsetzte und nach seinen Kleidern griff, hielt sie ihn zurück.

«Ich möchte, daß du ans Fenster gehst», sagte sie, «und nur dastehst und mich ansiehst.»

Ohne Fragen zu stellen, durchquerte Ed schnell den Raum. Und dann lag Lily auf dem Bett und sah ihn an, wie er nackt vor dem Fenster stand, und einige lange Minuten vergingen, bevor sie ihm sagte, er könne sich wieder bewegen.

MABEL erzählte Ed von ihrer verlorenen Tochter, indem sie ihm beschrieb, was er in die narrativen Kästchen malen sollte. In das erste sollten ein schwangeres Mädchen und die Frau von der Adoptionsvermittlung in dem Zimmer in Chicago. Mabel erinnerte sich so genau an den Raum, daß Lily es unheimlich fand. Im zweiten Kästchen saß das Mädchen allein in demselben Zimmer und starrte aus dem Fenster. Im dritten saß eine alte Frau in derselben Haltung in Mabels Wohnzimmer auf der anderen Straßenseite. Sie gab ihm diese Anweisungen am Abend, und als sie damit fertig war, hatte Lily das Gefühl, das Zimmer sei von allem entleert außer der Stille, dem Zwielicht und Mabels unsichtbarem Kummer.

Im Lauf der folgenden Tage zermürbte sie Ed mit diesen Kästchen. Sie kritisierte seine Zeichnungen vehement. Dies und jenes war völlig falsch. Sie bestand darauf, daß er die Sitzfläche des Stuhls und die Tischbeine so lange änderte, bis sie damit zufrieden war. «Das ist kein Realismus», sagte er ihr. «Ich zeichne nicht nach dem Leben, verstehst du das nicht? Es geht allein um die Geschichte.»

«Du zeichnest nach meinem Leben, verdammt noch mal», sagte sie, «und du wirst mir zuhören.»

Mabel setzte sich in allen Punkten durch, und dann wurden

sie, Tex, Stanley und Dolores in Kisten verpackt und verfrachtet.

«Vielleicht kauft sie jemand, wenn du im September die Ausstellung hast», sagte Lily, als sie mit Ed und seinen Koffern in dem leeren Zimmer saß.

«Ich hoffe es», sagte er. «Die Leute in New York kaufen im Moment allen möglichen Mist. Ich könnte Glück haben.»

«Irgendein reicher Mensch hängt sich dann Mabel oder Tex an die Wand und weiß nicht mal, wer sie sind. Er wird sagen, ich mag diese alte Dame oder diesen nackten Cowboy, und er wird seinen Freunden erzählen, daß er ‹einen Shapiro› gekauft hat.»

«Und seine Freunde werden die Nase rümpfen und sagen: ‹Wer ist das?›»

«Es ist einfach komisch.» Lily sah ihn an. Sie hatte Ed nicht erzählt, daß sie womöglich schwanger war. Sie war nicht sicher und wollte nichts sagen, bis sie es war.

Ed rieb sich mit der Hand übers Gesicht und zündete seinen letzten Zigarillo in Webster an. «Ich weiß, daß du mir nichts versprochen hast, aber ich habe beschlossen, geduldig zu sein.»

Lily sah ihn an und lächelte.

«Ich rufe dich jeden Tag an.»

Sie küßte ihn. Und dann war er weg.

UNGEFÄHR eine Woche darauf lagen Mabel und Lily im Bett, als Mabel sich plötzlich aufsetzte und leise sagte: «Wirst du nach New York ziehen, Lily?»

«Ich weiß nicht. Was meinst du?» Lily setzte sich ebenfalls auf und umschlang im Dunkeln ihre Knie.

«Ich meine, du solltest von hier weg», sagte Mabel. «Du solltest nicht in Webster bleiben. Ich habe mich mit dieser Stadt angefreundet, sie ist in Ordnung für eine alte Dame, mit der es zu Ende geht.» Sie grinste, als wäre das ein guter Witz. «Aber du bist zu begabt für diesen Ort, und nach einiger Zeit wird er dich kleinkriegen. Und New York...» Sie schüttelte den Kopf. «New York ist die beste Stadt der Welt und zugleich die schlechteste.»

«Du willst, daß ich gehe», sagte Lily.

«Ja.» Mabel hielt inne. «Aber ich möchte, daß du es deinetwegen tust.»

«Nicht wegen Ed.»

«Nicht wegen Ed», wiederholte Mabel.

Durch das Fenster konnte Lily die Backsteine des Stuart Hotels sehen. «Ich kann nicht mit ihm zusammenleben», sagte sie. «Ich kann mit niemandem zusammenleben.» Sie lächelte, als ihr klar wurde, was sie da gesagt hatte. «Außer vielleicht mit dir. Ich bin in Ed verliebt, aber es gibt so viel, was ich an ihm nicht verstehe...»

«Ich war fünfzehn Jahre mit Evan verheiratet und kannte ihn nie ganz. Seit er vor so vielen Jahren gestorben ist, denke ich über ihn nach und kann ihn mir immer noch nicht richtig erklären. Aber ich habe ihn abgöttisch geliebt.»

«Habt ihr euch nie gestritten?»

«Natürlich haben wir das. Ich war eine Kratzbürste damals – unmöglich.»

«Wenn ich nach New York gehe, verlierst du deine Mitbewohnerin.»

Mabel drehte den Kopf zur Wand. Von der Straße her hörte Lily den Bus nach Des Moines vor dem Stuart Hotel halten und dann das hydraulische Zischen, als die Bustür aufging, um einen Fahrgast einzulassen. Während sie Mabels Hinterkopf ansah, hörte sie sie sagen: «Ich denke jeden Tag an sie, an meine Anna. Wenn sie noch lebt, ist sie viel älter als du. Sie könnte Großmutter sein. Ich könnte Urgroßmutter sein. Ist das nicht verrückt?»

Plötzlich empfand Lily Mabels Kind als sehr real, als einen

Menschen, der lebte oder gelebt hatte, und zugleich fragte sie sich, ob Anna sie selbst, Lily, nicht in einen Geist verwandelte, ob sie nicht auf irgendeine seltsame Weise ein Ersatz für das Baby geworden war, das Mabel verloren hatte.

Mabel wandte ihr das Gesicht zu und sagte mit brüchiger Stimme: «Weißt du, ich würde dich nie bitten, hier zu bleiben, um mir im Dilly-Altenheim die Hand zu halten, wenn ich an so ein gottverdammtes Sauerstoffgerät angeschlossen bin. Das ist nicht mein Stil.»

Lily sah das Gesicht der alten Frau an und berührte ihre Wange. «Ich weiß», sagte sie. «Aber manchmal tun Leute etwas, weil sie es wollen – etwa jemandem die Hand halten.» Sie ließ sich ins Kissen zurücksinken. «Jetzt lies mir vor», sagte sie.

Und Mabel las.

AM ersten Sonnabend im August fuhr Lily nach der Arbeit mit dem Fahrrad zum Friedhof. Es war ein heißer, trockener Tag, und das Gras war von zuviel Sonne braungelb verbrannt. Als sie am Friedhof ankam, fiel ihr, um Martins Grab zu finden, nichts anderes ein, als zwischen den alten Gräbern hindurch zu den neuen zu gehen. «Wahrscheinlich hat er noch gar keinen Stein. Dann kann ich nicht erkennen, welches seins ist. Die alte Mrs. Knudsen ist vorige Woche beerdigt worden. Bei ihr werden Blumen liegen und bei Martin vermutlich nicht.» Unter solchen gemurmelten Überlegungen steuerte sie, an einem Grabstein nach dem anderen vorbei, auf den baumlosen Platz am Rand des Friedhofs zu, von dem aus man die weite, mit Mais und Klee bebaute Ebene überblickte. Dort befanden sich drei namenlose Gräber, und in der Annahme, daß es Martins war, machte Lily an einem halt, auf dem über der Erde frische Grasnarbe lag. Ihr kam der Gedanke, daß Sterben teuer ist, teuer für die Angehörigen. Sie fragte sich, ob der Rasen im Preis eingeschlossen war oder ob man dafür extra bezahlen mußte. Sie trat entschlossenen Schrittes auf das frische Gras und versuchte, etwas Bedeutsames, etwas wie ein Ende zu spüren. Aber in Wahrheit empfand sie gar nichts. Es wehte ein heißer Wind, in dem der Geruch eines fernen Feuers sich mit dem von trockenem Klee und Autoabgasen vermischte. Er blies ihr ins Gesicht, als sie zum Horizont sah.

Dann dachte sie an die Schuhe und an den Stein, mit dem sie sie gekennzeichnet hatte. Sie dachte auch an Dolores, an ihr Gesicht, als sie sie nach Hause gefahren hatte, und an ihre schweren Schenkel auf dem Bettlaken. Sie legte sich bäuchlings auf das Grab. Das Rasenstück war ja mannsgroß, und sie paßte gut in das Rechteck hinein. Sie legte ihre Wange aufs Gras und öffnete ein Auge, um nach Ameisen Ausschau zu halten. Sie erspähte eine auf einem dicken Grashalm. Wo eine war, gab es mehr. Sie bemühte sich, den toten Martin zu fühlen, weil sie ihn vor ihrem geistigen Auge nicht sehen konnte, nicht als Toten. Dann grub sie die Hände ins Gras, packte ein paar Büschel, riß sie bei den Wurzeln aus und warf sie zu beiden Seiten neben sich. Die heiße Sonne briet die Rückseite ihrer Beine und Arme und ihren Nacken. Sie roch ihr eigenes Haar, als es ihre Nase streifte. Als sie sich aufsetzte, sah sie an ihren Schenkeln hinunter und bemerkte, daß das Gras Abdrücke auf ihrer Haut hinterlassen hatte und daß ein paar Halme daran klebten. Sie strich über eine der blaßroten Dellen und sprach zum Erdboden.

«Martin», sagte sie. «Ich lebe noch.»

Dann hörte sie hinter sich Schritte im Gras und drehte sich um. Sie stand nicht von dem Grab auf. Sie sah Dick und Frank auf sich zukommen und freute sich, sie zu sehen. Im Sonnenlicht bemerkte sie, wie vollständig verdreckt die beiden Männer wieder einmal waren. Keiner von beiden gab durch irgend etwas zu erkennen, daß er sie gesehen hatte, aber sie nahm an, daß es so war. Sie beobachtete, wie sie auf sie zuschlurften und stehenblieben.

Unter seiner Hutkrempe sah Frank aus Augen, deren Farbe der von nassem Sand glich, zu ihr herunter. «Ich wette, Sie ham's die ganze Zeit gewußt», sagte er.

Dick stand hinter seinem Bruder. Er musterte sie mit einem Ausdruck, aus dem sie nicht schlau wurde – ein starres, aber strahlendes Glotzen. Sie sah Frank an. «Was meinen Sie damit?»

«Daß er jemand verletzen würde – am Ende sich selbst. Das is schlimm genug.»

Lily sah auf das Grab hinunter und schüttelte den Kopf.

Als sie wieder aufblickte, hingen Dicks Augen noch immer an ihrem Gesicht, und er nickte heftig. Frank sah ihn nicht an, schien das Nicken neben seiner Schulter aber zu fühlen und sagte: «Dick will, daß ich Ihnen sag, daß wir uns drum gekümmert haben.»

Lily sah von einem Bruder zum anderen. «Um was?»

Frank nickte. Beide Männer nickten gleichzeitig. Dicks Augen wichen nicht von ihrem Gesicht. «Was Martin hinterlassen hat.»

Lily verschränkte die Arme über der Brust und rieb sich die Haut über den Ellbogen. «Haben Sie sie gefunden?»

Frank schüttelte den Kopf. «Nee, Marty is an dem Morgen damit angekommen. Meinte, wir sollten sie verbrennen.»

«Und, haben Sie sie verbrannt?» Lily schwebte plötzlich lebhaft das Bild der Puppe vor Augen, wie sie in der Mülltonne vor dem Haus brannte und Dick dabei zusah.

Wieder schüttelte Frank den Kopf. «Dick hat's nich zugelassen. Hat sie in 'ne große, lange Kiste gelegt, zum Glück hatten wir die. Mußte sie 'n bißchen zusammenfalten. Dann hat er sie hinterm Haus vergraben. Sie hatte's ihm richtig angetan – war ja auch nur so 'n halbes Portiönchen.»

Lily sah auf ihre Füße im Gras hinunter. Einer ihrer

Schnürsenkel hatte sich gelöst und lag auf der sich bräunlich verfärbenden Grasnarbe. «Hat er Ihnen von der Höhle erzählt?»

Frank nickte, aber nur knapp – eine einzige Bewegung mit dem Kinn. «Dick wußte, daß er sie nich im Haus rumliegen lassen konnte, nich, wo Marty tot war und sein letzter Wunsch war, daß wir sie verbrennen. Aber er hat gemeint, er verbrennt nix, was wie 'n Mädchen aussieht.»

Lily nickte. Sie biß sich auf die Lippe.

«Es war besser, sie in Frieden auf dem Grundstück zu beerdigen. Ich glaub nich, daß Marty was dagegen hätte. Und so gibt's kein Gerede, Miss Dahl, über Sie und ihn» – Frank murmelte jetzt, und sein Blick war ins Leere gerichtet –, «von wegen der Ähnlichkeit.»

Ein paar Minuten lang sagte keiner der drei etwas. Dick entfernte sich ein wenig von seinem Bruder und stand neben Lily. Er faltete die Hände und sah in ihr Gesicht hinunter, wie jemand, der nicht ganz glaubt, was er sieht. Ihr Schweigen war nicht eine dieser unangenehmen Gesprächspausen, in denen keinem mehr einfällt, was er sagen soll. Es war das vertraute Schweigen eines geteilten Geheimnisses, und Lily erkannte, daß die Puppe nur die Gestalt war, die das Geheimnis in diesem Augenblick angenommen hatte. Sie war nicht das Geheimnis selbst. Das lag irgendwo anders, immer irgendwo anders, und während Lily dies dachte, hörte sie ihren eigenen Atem und den von Dick und Frank, und das machte sie glücklich.

Dick starrte jetzt auf das Gras. Dann ging er ganz langsam erst in die Knie und dann in die Hocke. Lily verstand nicht, was er vorhatte. Als er unten angelangt war, ließ er sich schwer nach vorn auf die Knie fallen und nahm Lilys Schnürsenkel.

«Oh, Mr. Bodler», sagte Lily. «Das kann ich doch selbst machen.» Sie beugte sich vor und streckte die Hände nach ihrem Schuh aus, aber Dick schob sie weg und machte sich ganz langsam daran, ihren Schuh zuzubinden. Er band eine schöne, feste Schleife und sah zu ihr auf, bevor er sich wieder aufrichtete.

«Vielen Dank», sagte Lily.

Als Dick wieder stand, nahm er ihre Hand. Sie spürte die Schwielen in seiner Handfläche und seine fettige Haut. Er zog sie von Martins Grab hoch und ging mit ihr zwischen den Grabsteinen hindurch davon, während Frank ihnen folgte. Dick zog die Füße nach, aber er ging mit zäher Entschlossenheit, und seine Hand blieb fest um ihre geschlossen.

Er führte Lily zum Grab seiner Mutter. Der Grabstein war klein und grauweiß. Er sah älter aus, als er eigentlich war, und hatte grüne Moosflecken unten am Fuß. In diesem Teil des Friedhofs standen Bäume, und ihr Schatten kühlte Lily ab, während sie die Inschrift las: «Helen Bodler, geboren am 6. Dezember 1899, gestorben am 21. Juni 1932. Geliebte Mutter von Ethan, Frank und Richard Bodler.» Ethan Bodler war neben seiner Mutter begraben – geboren am 5. Januar 1926, gestorben am 11. Februar 1926. Während Lily das Grab betrachtete, drückte sie Dicks Hand. Sie drehte sich um und versuchte, in seinem Gesicht zu lesen. Er schwitzte; sein Griff war so glitschig, daß sie meinte, ihre Finger könnten jeden Moment aus seiner Hand rutschen. Er öffnete den Mund, stieß sein lautloses Lachen aus und bewegte kaum merklich die Füße. Diesmal griff Frank nicht ein. Dann hörte Dick auf zu lachen, und die drei gingen zusammen zurück zur Straße. Als Lily auf ihr Fahrrad zeigte, ließ Dick ihre Hand los.

Sie lehnte ihr Angebot, sie mitzunehmen, nicht ab. Sie stieg neben Dick in die Fahrerkabine, bat, sie vor dem Kunstverein abzusetzen, und Frank fuhr langsam in die Stadt. Dick lehnte ziemlich schwer an Lily, und das Gewicht seiner Schultern war unangenehm. Warum seine Nähe sie auf den Gedanken brachte, daß er vor vielen Jahren gesehen hatte, wie seine Mutter umgebracht wurde, wußte sie nicht, aber es war so. Vielleicht erinnert er sich nicht daran, dachte sie, aber ich glaube, er war dabei.

Nachdem sie ihr Fahrrad von der Ladefläche gehoben hatte und kurz bevor Frank den Motor anließ, schaute er aus dem Fenster und sagte etwas zu ihr. Lily sah und hörte ihn sprechen, verstand aber erst eine Weile danach, als hinke ihr Gehirn hinter ihren Ohren her. Als der Laster davonfuhr und sie nur noch Franks Ellbogen aus dem Fenster ragen sah, begriff sie, daß er gesagt hatte: «Dick will, daß Sie mal vorbeischaun.»

Im Kunstverein hatte die Vorsprechprobe schon begonnen. Lily hörte hinter den Türen in der Halle von der Bühne her ein Klavier, sah aber keine Konkurrentinnen für die Rolle der Eliza Doolittle. Mrs. Carter zwinkerte ihr zu. «Noch ein bißchen später, und du hättest die ganze Sache verpaßt», sagte sie.

Lily sagte, sie sei gleich wieder da, und raste die Treppen hinunter in den kleinen Raum am Ende des Flurs. Sie zog ihre Jeans herunter und setzte sich auf die Toilette. Während sie es unter sich rauschen hörte, entdeckte sie einen Blutfleck in ihrer Unterhose. So, dachte sie, da ist sie ja, und dann spürte sie Tränen in den Augenwinkeln. Sie riß ein langes Stück Toilettenpapier ab. Sie faltete es zusammen, legte es in ihre Unterhose und zog ihre Jeans hoch. Als sie den Flur entlangging, kratzte das rauhe Papier sie an der Innenseite ihrer Schenkel. Sie blieb stehen und steckte hastig die Hand in die Unterhose, um die Einlage zurechtzuschieben. Dabei bemerkte sie, daß sie vor der Tür des Kostümraums stand. Nur wenige Wochen zuvor hatte Martin da drinnen auf dem Fußboden gesessen, ihre Maße notiert, aus dem Stück zitiert und sie aufgefordert, mit zu ihm nach Hause zu kommen. Lily stellte sich das Innere des Raums vor, wie es jetzt aussehen mochte, und sah Spinnwebs Kostüm an einem Garderobenständer mit der Aufschrift «TRAUM» hängen.

Dann hörte sie irgendwo von oben eine Frau ihren Namen rufen, mit der gleichen hohen Stimme, mit der ihre Mutter sie immer zum Abendessen gerufen hatte, wenn sie am Bach spielte. «Lil-y! Lily Dahl!»

«Ich bin hier!» rief sie. «Ich komme.»

Die Straße, die Lily sich vorstellte, während sie die Treppe hinaufsprang, war wirklich, und der Nebel auch. Sie stand in schäbigen Kleidern mit einem Korb Blumen im Arm an einer Londoner Straßenecke und sang. Ich kann sie sein, dachte sie plötzlich. Dann straffte sie den Rücken, hob das Kinn und ging schnell durch die Doppeltür zur Bühne.